clásicos castalia

COLECCIÓN FUNDADA POR
DON ANTONIO RODRÍGUEZ-MOÑINO

DIRECTOR
DON ALONSO ZAMORA VICENTE

Colaboradores de los volúmenes publicados:

J. L. Abellán. F. Aguilar Piñal. G. Allegra. A. Amorós.
F. Anderson. R. Andioc. J. Arce. E. Asensio. R. Asún.
J. B. Avalle-Arce. F. Ayala. G. Azam. G. Baudot. H. E.
Bergman. B. Blanco González. A. Blecua. J. M. Blecua.
L. Bonet. C. Bravo-Villasante. J. M. Cacho Blecua. M.ª J. Ca-
nellada. J. L. Cano. S. Carrasco. J. Caso González. E. Ca-
tena. B. Ciplijauskaité. A. Comas. E. Correa Calderón. C.
C. de Coster. D. W. Cruickshank. C. Cuevas. B. Damiani.
G. Demerson. A. Dérozier. J. M.ª Díez Borque. F. J. Díez
de Revenga. R. Doménech. J. Dowling. M. Durán. H. Etting-
hausen. R. Ferreres. M. J. Flys. I.-R. Fonquerne. E. I.
Fox. V. Gaos. S. García. L. García Lorenzo. J. González-
Muela. F. González Ollé. G. B. Gybbon-Monypenny. R. Jam-
mes. E. Jareño. P. Jauralde. R. O. Jones. J. M.ª Jover Za-
mora. A. D. Kossoff. T. Labarta de Chaves. M.ª J. La-
carra. C. R. Lee. I. Lerner. J. M. Lope Blanch. F. López
Estrada. L. López-Grigera. L. de Luis. F. C. R. Maldonado.
N. Marín. R. Marrast. F. Martínez García. M. Mayoral.
D. W. McPheeters. G. Mercadier. W. Mettmann. I. Michael.
M. Mihura. J. F. Montesinos. E. S. Morby. C. Monedero.
H. Montes. L. A. Murillo. A. Nougué. G. Orduna. B. Pa-
llares. M. A. Penella. J. Pérez. J.-L. Picoche. J. H. R. Polt.
A. Prieto. A. Ramoneda. J.-P. Ressot. R. Reyes. F. Rico. D.
Ridruejo. E. L. Rivers. E. Rodríguez Tordera. J. Rodríguez-
Luis. J. Rodríguez Puértolas. L. Romero. J. M. Rozas. E. Ru-
bio Cremades. F. Ruiz Ramón. G. Sabat de Rivers. C. Sabor
de Cortazar. F. G. Salinero. J. Sanchis-Banús. R. P. Sebold.
D. S. Severin. D. L. Shaw. S. Shepard. M. Smerdou Altola-
guirre. G. Sobejano. N. Spadaccini. O. Steggink. G. Stiffoni.
J. Testas. A. Tordera. J. C. de Torres. I. Uría Maqua.
J. M.ª Valverde. D. Villanueva. S. B. Vranich. F. Weber de
Kurlat. K. Whinnom. A. N. Zahareas. I. de Zuleta.

JUAN GARCÍA HORTELANO

# TORMENTA DE VERANO

*Edición,*
*introducción y notas*
*de*
ANTONIO A. GÓMEZ YEBRA

clásicos castalia

Madrid

Copyright © Editorial Castalia, S. A., 1989
Zurbano, 39 - 28010 Madrid - Tel. 419 58 57

Cubierta de Víctor Sanz

Impreso en España - Printed in Spain
Unigraf, S. A. Móstoles (Madrid)

I.S.B.N.: 84-7039-544-0
Depósito Legal: M. 44.261-1989

# SUMARIO

# INTRODUCCIÓN

## BIOGRÁFICA Y CRÍTICA

### 1. DIMENSIÓN BIOGRÁFICA

#### 1.1. *Hasta 1939*

Juan García Hortelano nació en Madrid, el 14 de febrero de 1928, cuatro días después de haberse publicado *Ámbito,* de Vicente Aleixandre, [1] y apenas mes y medio más tarde de la excursión a Sevilla del grupo que dio en llamarse "generación del 27".

Era época de dictaduras, pero aunque los jóvenes del 27 se estaban manifestando abiertamente contra las dictaduras literaria y política, Primo de Rivera se preocupaba más por alejar de los centros de interés público a la generación precedente, [2] a buen seguro porque su impacto social era mayor.

Cuando Milagros Hortelano Martínez da a luz a su primer hijo [3] se estaba consolidando en la capital de España

[1] Fue editado como suplemento VI de la revista *Litoral* "el día 10 de Febrero de 1928, en la imprenta 'SUR', San Lorenzo, núm. 12. Málaga", como reza el colofón de la obra.

[2] Así Unamuno, después de ser confinado en la cárcel de Fuerteventura, de donde había conseguido huir, permanecía exiliado en París. También Valle-Inclán sería arrestado. Ortega, Pérez de Ayala, Azaña y otros manifestarían su repulsa hacia la dictadura aunque sufriendo menos sus consecuencias.

[3] Juan —que asumió el nombre de su padre— fue el primero de los hermanos, siguiéndole en orden cronológico José, María del Carmen y Amparo.

7

el movimiento literario más importante de los últimos trescientos años; un movimiento cuyas aportaciones serían es-
camoteadas posteriormente a quienes, como García Hortelano, se iniciaban a la vida por aquel entonces.

Poco puede recordar Juan García Hortelano de sus primeros momentos de vida, lo que quizá inconscientemente
refleja en un párrafo de *Los vaqueros en el pozo:* "La estampa del calendario de pared muestra a un hombre que
siembra un campo, cuyos surcos se pierden en el horizonte.
Anuncia una marca de abonos agrícolas. Esta tarde la hoja
del calendario correspondía al mes en que estamos, del año
1928." [4]

La imagen del sembrador y de los surcos que se pierden
en el horizonte —cabe pensar— simboliza la escasez, la
lejanía temporal y el progresivo deterioro de los recuerdos
que el escritor conserva de su padre. Éste, desde luego, no
influirá de modo decisivo en la vida de García Hortelano,
quien se refiere a él con un tono de cordialidad natural, sin
extremismos sentimentales: "Era una persona, por la que
no tuve gran amor, ni gran odio. Tuvimos unas relaciones
muy divertidas, corteses, digamos, y correctas. Era alguien
a quien yo quería, pero no mucho, en comparación con
cómo quería a mi madre o a mi abuela." [5]

Raras veces, por ello, aparece la figura del padre en los
relatos de marcadas características autobiográficas que se
reparten entre *Cuentos completos* y *Mucho cuento,* [6] y
cuando ocurre, su función es muy leve, secundaria, o des-

[4] J. G. H.: *Los vaqueros en el pozo,* Madrid, Alfaguara, 1979,
p. 58.

[5] R. M. Pereda: *El gran momento de Juan G. H.,* Madrid, Alfaguara, 1984, p. 18. El nombre del padre era Juan García Gutiérrez,
y había estudiado las carreras de Medicina y Química.

[6] De los *Cuentos completos* (Madrid, Alianza, 1979) destacan
como autobiográficos "Las horcas caudinas" (pp. 11-24) y "Riánsares y el fascista" (pp. 25-76). De *Mucho cuento* (Madrid, Mondadori, 1987) parecen más autobiográficos "Gigantes de la música" (pp.
11-43), "Carne de chocolate"( pp. 45-58), "El cielo palurdo o Mística
y Ascética" (pp. 59-68), "Detrás del monumento" (69-74) y "La capital del mundo" (pp. 75-86).

vaída, apenas breve acta de su presencia poco relevante: "El abuelo, mi padre y Luisa, más que otra cosa, se asustaron." [7]

Durante el período republicano, en el que transcurre su primera niñez, el futuro novelista recibirá dos influjos que pretenden un mismo resultado educacional: su madre y los hermanos maristas, a cuyo colegio de la calle Los Madrazos asistió hasta el inicio de la contienda civil. [8]

Milagros Hortelano, decidida a conocer de primera mano los acontecimientos de aquella España en crisis "era una mujer muy política y le gustaba ir a las Cortes, a oír la sesión. Ella no hacía política, pero era de esas mujeres que leen siempre los periódicos". [9] Encuadrable en la "derecha liberal", ella fue quien decidió el ingreso de su hijo en el colegio que, al lado de las Cortes, regentaban los citados maristas. Ni una ni otros conseguirían, sin embargo, asentar un sólido sentido religioso en el muchacho, que siempre se significó como no creyente. [10]

El comienzo de la guerra civil aconseja en principio que los chicos se alejen de Madrid, por lo que son trasladados a Cuenca, donde la tía Amparo —hermana de su abuelo materno— los acogerá en la casona familiar de la calle Alfonso VIII.

Es un cambio de ambiente bastante considerable. De un Madrid cosmopolita donde el niño tenía restringida su libertad de movimientos a los juegos y caminatas en compañía de sus padres por la Rosaleda del Retiro o por el Paseo del Prado, pasará a una libertad apenas sin restric-

---

[7] "Riánsares y el fascista", cit., p. 25.

[8] Todo el archivo del colegio pasó a poder del ejército republicano durante la guerra, por lo que no se conservan calificaciones ni dato alguno de ese período escolar de García Hortelano.

[9] R. M. Pereda, obra citada, p. 16.

[10] No sin ironía G. Hortelano comentó a R. M. Pereda que haber asistido a colegios religiosos le dio base científica para su ateísmo y que por esa razón recomienda mucho "a los progres" que manden a sus hijos a colegios de curas, que de ahí se sale bien preparado", ob. cit., p. 16.

ciones por los ámbitos de la mansión conquense y de la vieja ciudad.

La vieja casa y sus dependencias proporcionan al chico muchos de los mejores momentos de juego de su infancia, motivando también, en alguna medida, su espíritu novelador:

> La casa era enorme, misteriosa, llena de recovecos. Una casa para un niño con un poco de imaginación, y ya incluso sin imaginación, y tenía un jardín, que había sido de una antigua iglesia (...) ese jardín, como todo jardín de la infancia, era el paraíso (...). Aquella iglesia se destruyó, pero quedaba el jardín, construido sobre el cementerio, así que uno de los juegos macabros de mi infancia era desenterrar botones, pedazos de uniforme y hasta algún hueso, y fantasear. [11]

De este modo, un acontecimiento que hemos de calificar como tremendamente negativo —la guerra civil—, se convierte en causa, indirecta, si se quiere, pero eficaz, de algunos de los días más felices de la infancia de Hortelano.

Esos primeros meses de guerra, aunque acompañado por la tía-abuela Amparo y las mujeres que ésta mantiene a su servicio, suponen, con todo, un período de soledad y recogimiento del que apenas se evade para salir ocasionalmente con Gustavo Torner —después pintor—, a quien considera como el segundo amigo de su vida. [12] La soledad fue el paso previo a su despegue como lector: "yo era un niño muy solitario y muy lector; quizá era lector porque era solitario y no al revés". [13] La soledad y la lectura siguieron de la mano cuando, poco tiempo después, se va a vivir con sus abuelos maternos —Gabriel y Sofía— a su casa de Madrid, modificándose nuevamente su entorno social y familiar de un modo considerable.

---

[11] R. M. Pereda, ob. cit., pp. 23-24.

[12] El primero sería Carlos Muñiz, a quien conoció en el colegio de los Maristas poco tiempo antes.

[13] R. M. Pereda, ob. cit., p. 19.

García Hortelano pasa a convivir con dos personas mayores, de mentalidad encontrada, que reproducen en parte el propio hogar. Aquí, sin embargo, la abuela marca la diferencia con su acusada arreligiosidad y su espíritu nada timorato: "Yo nunca tuve creencias religiosas, gracias, entre otras cosas, a la benéfica influencia de mi abuela." [14]

Abuela y nieto —que ha salido a ella— se entienden a la perfección, llegando a compincharse en ocasiones, como deja entrever en uno de sus relatos autobiográficos: "La abuela sabía que algo me pasaba, pero no me preguntó más; me acompañó a mi cuarto, les dijo a los demás que yo no cenaría y me trajo un tazón de leche caliente y dos rebanadas de pan frito." [15] De este modo, los recuerdos que el novelista guarda de la abuela materna son siempre entrañables:

> Ella era muy dulce y muy valiente. Por ejemplo, no tenía miedo de que yo me fuera a las cuatro de la tarde y eran las nueve y no había vuelto. Y si lo tenía, daba la sensación de que no, no te transmitía esos miedos de que qué te ha pasado, o te podía haber ocurrido algo... al contrario. Ella era partidaria de la libertad. [16]

Los recuerdos del abuelo Gabriel quedan asociados, en los cuentos autobiográficos, a sus ansias de lectura. El abuelo sería, entre los ocho y los once años, quien le proporcionase varios libros que marcaron su afición a la literatura: algunas de *Cuchifritín* y *Celia,* de Elena Fortún, las obras de Julio Verne, las de Salgari, novelas de Richmal Crompton, y todas las aventuras de Guillermo:

> en Torrijos, esquina a Alcalá, nos pusimos a mirar los libros usados en los tenderetes. *Como siempre,* el abuelo, después de un rato, me preguntó que cuál quería. Yo quería uno de 'Guillermo', de los tres que me faltaban para completar la serie, pero el abuelo opinó que el volumen

---

[14] Ibíd., íd., p. 16.
[15] "Riánsares y el fascista", p. 74.
[16] R. M. Pereda, ob. cit., p. 17.

se encontraba en un estado nauseabundo y tuve que elegir
'Emocionantes aventuras de la Misión Barsac', que era lo
que él deseaba. [17]

El jovencísimo lector pasará muy pronto a la novela
policíaca, con Edgar Wallace y Ruth Rendell, sobre todo,
de cuyas lecturas —dirá— le "queda la costumbre de leer
alguna novela policial de vez en cuando", [18] y —creemos—
pueden encontrarse huellas en todas sus novelas, especialmente en *Tormenta de verano*.

Hortelano reconoce, sin embargo, que su deuda hacia
Elena Fortún es mayor. Ella le provoca un deseo casi desmedido por la lectura, que lleva a cabo a trompicones, muchas veces sin elección previa, por el placer de leer. Ese
deseo puede satisfacerlo porque atraviesa un período en
que las obligaciones escolares prácticamente han desaparecido y el tiempo para el ocio se extiende a lo largo de
la mayor parte del día. Durante la pre-adolescencia García Hortelano leerá a Dickens, devorará el *Quijote* y, ca-
sualmente, tiene noticias de la existencia de ciertos poetas
malditos como Machado, a quien desde luego, no va a leer
todavía.

La formación intelectual mientras dura la guerra es,
pues, bastante anárquica, casi autodidacta, sólo moderada
por el suave influjo que doña Berthe, catedrática de francés y ex colega de Antonio Machado en Segovia, ejerce
sobre el chico [19] a lo largo de unas ligeras clases particula-
res, merced a las que obtendrá, no obstante, un notable
conocimiento de la lengua y de la cultura francesas. [20]

[17] "Riánsares y el fascista", cit., p. 44. El subrayado es mío. Aunque pueda discutirse la autenticidad total del texto, parece suficientemente probado el espíritu de la letra.

[18] R. M. Pereda, p. 22.

[19] "Me echó una bronca, hasta que logré desviar la conversación
hacia un profesor de francés que ella conoció en Segovia y al que
quería mucho. Dejé que me hablase del profesor aquél, que parece
que era también poeta", "Riánsares y el fascista", p. 43.

[20] Por esta razón afirmará repetidamente que el influjo de la literatura francesa es más considerable que el ejercido por la española.
En una entrevista concedida a S. E. Sylvester manifiesta: "La gente

Asentado en una ciudad más preocupada por el momento presente que por el incierto porvenir, el muchacho vive una etapa de absoluta autonomía, en la confianza de que la abuela materna sabrá disculpar y amparar sus actos: "en esta ciudad, cuya improbable belleza ya no me afecta, conocí durante aquella guerra la única libertad de que he disfrutado", [21] aseveración que el escritor ha confirmado en otros lugares.

Así, cuando decide antologar a los poetas de su generación, lleva a cabo un análisis de aquellos momentos y de las experiencias que "los niños de la guerra" —como fueron denominados por Josefina Rodríguez— hubieron de padecer, concretándolo en estas palabras: "A la luz violenta de aquel verano, recién instalados en el paraíso de las grandes vacaciones, los precoces niños de la retaguardia comienzan a vivir en la excepción. Súbitamente conocerán *el hambre, el frío, el miedo y la libertad.*" [22]

Pero ni el hambre física, que se hacía compañera asidua en "las distancias siderales entre las comidas tanto como en la administración del trozo de pan a lo largo de la jornada", [23] ni el frío, [24] debido a la falta de elementos de ca-

---

de mi edad es, posiblemente, la última afrancesada, y esto no sólo en el terreno literario, sino también en el terreno ideológico. Por ejemplo, la influencia tan enorme de Sartre nos llegó directamente y a una edad en que esas influencias marcan para muchos años". "La novela goza de buena salud", *La Calle,* núm. 61, mayo, 1979, p. 40.

[21] "La capital del mundo", en *Mucho cuento,* cit., p. 85.

[22] J. G. H.: *El grupo poético de los años 50,* Madrid, Taurus, 1983², p. 11. El subrayado es mío.

[23] *El grupo poético de los años 50,* p. 12. En otros lugares se ha referido a este mismo tema con una ironía que no oculta la amargura del recuerdo: "eso me ha durado de tal manera, que yo, que tendría que hacer régimen de comidas, no lo hago, pensando en el hambre que pasé en la guerra. No estoy dispuesto a pasar hambre voluntariamente salvo que un médico me asuste". Declaraciones a Ángel Vivas en "Mañanas de expedientes y tardes de sintagmas", *Revista Muface,* núm. 44, junio, 1983, p. 26.

[24] "Pero lo cierto es que hacía un frío horrible, hasta el punto de que una de las torturas de los niños y los mayores eran los sabañones (...). Teníamos sabañones en los pies, en las manos, hasta en las orejas... Una de las ofensas físicas que se podían hacer a una per-

lefacción, pero también a las pocas calorías de la dieta; ni el miedo [25] a que los bombardeos destruyan el sótano donde se está refugiado consiguen, al menos en el caso de García Hortelano, imponerse sobre el sentimiento de júbilo que provoca la libertad.

La libertad de muchos niños a lo largo de la guerra civil llega a ser absoluta, tanto en cuestiones de horario como de estudio, de lecturas, de amigos o de idiolecto. En ese ambiente de relajación el despertar a la sexualidad es precoz y, desde luego, sin cortapisas. Cuando lo que se está jugando diariamente es la supervivencia, parece muy secundario que, como afirma quien entonces era niño, "fuésemos corriendo a tocarle el culo a las milicianas, que tratáramos de tener novia". [26]

Por esa razón, sin duda, en todos los relatos de características autobiográficas sobre aquella época, el componente erótico viene a ser recurrente. Un párrafo de "Las horcas caudinas" confirma cómo se produce el conocimiento de lo sexual:

> Me dejó que le tocase por debajo de la ropa, en silencio, sin empujarme. Hasta que descubrí que ella también me tocaba, y entonces recordé las cosas que sabía —gracias a embrolladas conversaciones con Tano y con los chicos del barrio— de los hombres y las mujeres. [27]

La guerra es la causa indirecta, que se dijo más arriba, de algunos de los mejores días del García Hortelano preadolescente, tanto por los juegos en el ámbito de la casa

---

sona, tal vez la mayor, era no los golpes más bajos, sino dárselo en las orejas". R. M. Pereda, ob. cit., p. 12.

[25] "La memoria, como de toda experiencia atroz, retendrá las inacabables horas en la angustiosa asechanza de un timbre que puede sonar o de una bomba que puede hundir el sótano en que se han refugiado los habitantes de la casa", *El grupo poético de los 50*, pp. 12-13.

[26] R. M. Pereda, ob. cit., p. 15.

[27] En *Cuentos completos*, cit., p. 20. Sobre este cuento García Hortelano comentará: "es un relato muy autobiográfico, casi deliberadamente autobiográfico". Entrevista de Ángel Vivas en *Revista Muface*, cit., p. 26.

familiar en Cuenca, como por la libertad de que disfruta
ya en Madrid. El sentimiento de libertad —casi libertina-
je— se impone sobre el resto de las emociones vividas en
aquel período, hasta hacer expresar al escritor que "lo único importante que le ocurrió, y no le ha vuelto a ocurrir
nada importante, fue la guerra civil española", [28] afirma-
ción que le ha supuesto numerosas críticas y no menos
sesgadas interpretaciones. La guerra civil marca definitivamente a los escritores del 50, y en el caso de Hortelano, con las referencias recién descritas, vino a significar
algo como una "novela de aventuras", como un "vivir en
la calle lo que otras generaciones más felices viven en los
libros". [29] Seguramente actúa sobre su memoria la humana
capacidad de borrar los recuerdos amargos y hacer permanecer intactos los felices. Con todo, y antes de pasar
al período de postguerra, no puede olvidarse cómo, refiriéndose a los miembros de su grupo literario, expresa que
"lo sorprendente, lo milagroso para decirlo con rigor, es
que no acaben en la idiocia, en la esterilidad y en la tristeza, que la especie reserva a sus miembros crecidos a destiempo", [30] frase que deja el asunto de la guerra civil en
su justo sitio, sin lugar a tergiversaciones.

## 1.2. *Desde 1939 a 1950*

Con tales premisas, al término de la guerra, Hortelano
y los chicos de su generación no eran precisamente unos
"ángeles de Compostela". Serían más bien los "hijos de la
ira" incontenida que dos formas distintas de entender la
vida habían provocado. Ante ellos se plantea "la segunda
experiencia fundamental de esos muchachos de 1939 que
va a ser la travesía del desierto, una de las operaciones más
sórdida, destructiva y venenosa, que una sociedad ha ofrecido a su juventud". [31]

---

[28] S. E. Sylvester, entrevista citada, p. 41.
[29] Ibíd., íd.
[30] *El grupo poético de los 50*, p. 12.
[31] Íd., p. 13.

Para empezar, lo más penoso fue que la travesía se llevó a cabo sin preceptores de ningún tipo, algo bien distinto de lo que le había ocurrido a la "generación del 36", la mayoría de cuyos integrantes procedía de la Facultad de Filosofía y Letras de Madrid y había gozado del influjo directo de los miembros del 27. Tras la guerra, Hortelano y sus contemporáneos son niños deformados en muchos aspectos y huérfanos de maestros idóneos. Al exilio voluntario o forzoso de tantos intelectuales se suma un control absoluto de la educación y una rígida censura que impide el acceso a las creaciones literarias de aquéllos y de otros muchos pensadores, novelistas y poetas de todas las épocas. Como consecuencia irremediable, "la desculturización deliberada y sistemática es cuantitativamente tan grave que, incluso decenios más tarde persiste, apenas encubierta bajo más altos índices económicos".[32]

Los inmediatamente posteriores a la guerra son años de reciclaje, con una primera etapa, más dura, de vuelta a la normalidad escolar que significa también restricción de libertades. Hasta el 42 Hortelano sigue asistiendo al colegio —hoy desaparecido— de la calle Los Madrazos, pero "lo mismo que es muy difícil reinsertar a los soldados que vuelven del frente, también fue muy difícil volver a la vida normal a los niños que habían hecho la guerra en la calle".[33]

De los doce a los catorce años el autor de *Tormenta de verano* atraviesa un período de rebeldía que se produce como una reacción ante el menoscabo de su propia libertad, pero también como consecuencia lógica de su prematura y precaria adolescencia lastimada. Los intentos de autoafirmación; los primeros conatos de independencia socio-familiar que invitan a pensar que se está queriendo abandonar la infancia y debe mostrarse ante los demás; el "ya soy otro y otros mis pensamientos" —que diría Pablos—; se condensan en estos términos:

---

[32] Ibíd., íd.
[33] Palabras del propio García Hortelano a R. M. Pereda en el libro citado, p. 25.

No daba golpe, era lo que se llama un niño golfo, todo el día preocupado por las niñas, fumaba mucho, incluso, bueno, no bebía porque no había posibilidades sociales, pero ya empezaba a tomar vinos y a echarme tragos de las botellas que encontraba por casa... [34].

El año 1941, por otra parte, supone el conocimiento directo de la muerte en los seres más próximos: al fallecimiento de la abuela Sofía en el mes de abril seguirá el de su padre, en mayo, y el de su abuelo Gabriel, en agosto. Ante tal cúmulo de desgracias y ante la manifiesta indisciplina del chico, su madre decide matricularlo en el internado de los padres escolapios de Getafe para el curso siguiente.

Como todos los colegios internos de la época, aquel de Getafe, donde se intentaba formar a los chicos con métodos que hoy resultan completamente desfasados y aun primitivos, era un lugar de difícil convivencia. De todas formas, García Hortelano, que gracias a la impagable labor de doña Juana Berthe, había podido superar los exámenes de cursos no realizados durante la contienda, no sólo efectuaba los estudios que correspondían a su edad, sino que obtenía buenas calificaciones. [35] Sin embargo, los recuerdos que conserva de aquel internado no son precisamente felices, sea por la severidad reinante, sea por el partidismo de sus profesores hacia los ejércitos del Eje, sea por la religiosidad impuesta, o incluso por el descubrimiento de la homosexualidad que allí encontraba determinado número de practicantes.

En "El cielo palurdo o mística y ascética", de confesado valor autobiográfico, su autor dirá: "pronto aprendimos allí todo lo que no se debe y todo lo que, gracias a la per-

---

[34] Ibíd., p. 26.
[35] En el curso 42-43 (5.º de Bachillerato), por ejemplo, obtuvo una nota media de 7, con un 8 en Religión, un 5 en Latín y en Griego, un 8 en Alemán y ¡un 10! en Literatura. Al curso siguiente obtuvo otro 8 en Religión, un 7 en Alemán y en Latín, un 6 en Griego y un 8 en Literatura, con un 7,5 de media.

sistencia de las ideas toscas, ya no se puede rectificar". [36]
En estos años de readaptación resultaba más difícil si cabe,
que en la fase anterior, localizar instrumentos culturales,
particularmente libros, pues prácticamente todo lo de interés estaba prohibido o censurado: "estaba prohibido
Flaubert, y Balzac, en fin, casi todo. Todos los franceses,
los rusos, los ingleses, Stendhal por supuesto". [37]

Sin guías apropiados, con una probabilidad entre mil de
encontrar algún libro no alineado en alguna oscura biblioteca, los niños de la guerra con inquietudes culturales —entre los cuales habría que contar a Hortelano— no tenían
nada a favor para salir de la barbarie. "Sólo lograrán sobre-
vivir intelectualmente los que se eduquen a sí mismos —comentará el autor de *Nuevas amistades*—. Tras precoces,
autodidactas." [38]

Una de sus nuevas amistades, precisamente, significará
la más valiosa ayuda para García Horfelano en esa época,
su condiscípulo José Luis Fernández, quien lo puso en
contacto con su padre, Luis Fernández de Sevilla, [39] con la
biblioteca que éste poseía, y, posteriormente, con el mundo de la farándula: "la amistad con la familia Fernández
de Sevilla (...) fue muy importante para mí porque me

---

[36] En *Mucho cuento*, cit., p. 59.

[37] R. M. Pereda, ob. cit., p. 29. Dionisio Ridruejo, por su parte,
asegurará: "La censura española fue, durante muchos años, dogmá-
tica, xenófoba y pudibunda en un grado inverosímil. Todo libro,
incluido en el Índice romano fue excluido de la circulación. Toda
ideología discrepante de la oficial fue proscrita", en A. Beneyto,
*Censura y política en los escritores españoles*, Barcelona, Euros,
1975, p. 124.

[38] *El grupo poético de los 50*, p. 13.

[39] Luis Fernández García, más conocido como Luis Fernández de
Sevilla, notable autor de libretos para zarzuela, entre los que destacan *La del Soto del Parral* (con música de S. Soutullo y J. B. Vert),
*Los claveles* (música de J. Serrano), *Don Manolito* (música de P. Sorozábal) y *La eterna canción* (también con música de Sorozábal).
Como comediógrafo obtuvieron cierto éxito al final de los cincuenta
sus obras *Especialista en tímidos* y *Las tres bodas de Rita*, ambas en
colaboración con Luis Tejedor.

hizo ingresar en el mundo del teatro, y verlo y vivirlo, a una edad muy adolescente". [40]

Mientras tanto, Hortelano vuelve a la capital para estudiar en el curso 44-45 el séptimo —y último— año del bachillerato en el colegio Calasancio, con un ambiente distinto, con diferentes compañeros, y con peores calificaciones, [41] pese a que el futuro novelista estaba más centrado en los estudios [42] y a punto de iniciar su andadura universitaria.

Por esas fechas, como consecuencia de la muerte de los abuelos maternos, García Hortelano afirma lazos con la rama paterna de la familia, motivo por el que pasará algunos períodos vacacionales en Segovia, ciudad donde daba rienda suelta también a la nostalgia de sus lecturas primeras, ya que en ella vivía Paquito, uno de los mejores amigos del Cuchifritín de Elena Fortún. [43]

Pero aunque *Cuchifritín* y *Celia* sigan en el ánimo del joven Hortelano, sus intereses de universitario matriculado en Derecho van hacia otras obras y otros autores. Tras el descubrimiento de la novela del XIX en la biblioteca de Fernández de Sevilla, donde tuvo acceso, asimismo, a los clásicos greco-latinos y castellanos, se hace asiduo de la biblioteca del Ateneo madrileño. En principio, para estudiar derecho procesal y derecho romano, pero muy pronto para

---

[40] R. M. Pereda, ob. cit., p. 29.

[41] Un 5 en Religión, Latín, Matemáticas, Francés, Griego y Alemán; 6 en Geografía e Historia, y Filosofía; 7 en Ciencias Naturales, y 8 en Lengua Española. Dibujo y Educación Física merecen una calificación A, mientras en Conducta obtiene una calificación B. Media, por tanto de 5.7, inferior a la obtenida en los escolapios de Getafe.

[42] "Yo ya estudiaba más, había cogido ciertos hábitos de trabajo, y se me había pasado la golfería, las novias esas con las que me quería fugar a Inglaterra." R. M. Pereda, ob. cit., p. 33,

[43] De los parientes de esa rama familiar asentada en Madrid los recuerdos son de otra índole: "Y era ésta una familia que debía tener mucho golfante, mucho señorito de Madrid y de la época, y que si ya tenías dieciséis años, se hablaba de si al chico se le podía dejar ir a un burdel o no se le podía dejar ir a un burdel", R. M. Pereda, ob. cit., p. 26.

convertirse en devorador de todo lo que la censura no había hecho desaparecer. [44]

Es una búsqueda a tientas y, en ocasiones, a ciegas, de textos abiertos, plurales, no alineados, del pensamiento europeo —principalmente—, de todos los tiempos, y contemporáneo. Pero si cualquier discrepante del régimen —como Ridruejo— era confinado, y sus libros censurados o paralizados, [45] el control sobre la producción literaria de los exiliados españoles era absoluto, impidiéndose la entrada de sus obras en el territorio nacional y condenándose la realidad histórica de sus autores al silencio, a la inexistencia.

Hortelano y quienes como él tenían inquietudes culturales

alimentan su vocación en las bibliotecas familiares, en las expoliadas bibliotecas públicas, en las trastiendas clandestinas de algunos heroicos libreros y, sobre todo, mediante la obtención de cualquier dato por cualquier medio y la destrucción fagocitaria de las ideas recibidas. No es de asombrar, por tanto, que uno descubra a Eliot antes que a Machado, que otro haya leído completamente a Mallarmé y apenas conozca el nombre de Salinas, o que todos deban redescubrir a Garcilaso y compañeros clásicos entre la hojarasca garcilasista y la púrpura del imperio. [46]

---

[44] "La del Ateneo de Madrid estaba tremendamente censurada por un cura que (...) era de una ignorancia tremebunda y, por ejemplo, nunca supo quién era Gide, y dejó todo André Gide de tal manera que no se podía leer *Armance* de Stendhal, pero podías leer el *Corydon* de Gide (...) como además el cura suponía que nadie podía leer en francés, no le daba importancia: de hecho censuraba mucho menos lo que había en otras lenguas que en castellano". R. M. Pereda, ob. cit., p. 40. He modificado levemente la puntuación sin variar el sentido.

[45] Tras la renuncia a sus cargos y su confinamiento en Ronda, Dionisio Ridruejo advertirá: "Complementariamente, se prohibió la publicación de tres libros míos de poesía que estaban en prensa y se le prohibió al jurado del viejo Premio Nacional de Literatura concedérmelo como era mi deseo." *Casi unas memorias*, Barcelona, Planeta, 1976, p. 245.

[46] *El grupo poético de los años 50*, cit., p. 15.

A trancas y barrancas, a pesar de la enorme "Potencia de Pérez" —que diría Guillén—, los jóvenes universitarios del quinquenio 45-50 van asentando su personalidad, descubriendo sus múltiples lagunas y deformaciones, así como a quiénes se puede acusar como sus causas directas, y ensayando respuestas. Si encuentran un clavo ardiente al que poder asirse, lo hacen con todas sus fuerzas: unos, en el magisterio de Dámaso Alonso o de Domingo Ynduráin; [47] otros, en la palabra cortés de Vicente Aleixandre; los más, en el espejo vivo de Gabriel Celaya; todos, en el aislamiento, donde llegan a la convicción de que sólo el escepticismo puede salvarlos de la adversidad que se ha venido cebando en sus vidas. En el caso concreto de García Hortelano, la figura más próxima y asequible de quien recibir información y consejo fue, por razones de vecindad, Manuel Machado, [48] aunque tuvo ocasión de conocer a Azorín, Pío Baroja, Benavente, Jardiel Poncela, etc.

La lectura, auténtica "empresa de locos" en aquella época, [49] cautiva a los jóvenes de postguerra y los incita a la creación [50] liberadora. Por medio del verso se manifiestan

---

[47] "Francisco Ynduráin consiguió dar un seminario semiclandestino como si fuera a hablar del marxismo, a quince o dieciséis muchachos, sobre novela americana, sobre la *generación perdida*". R. M. Pereda, ob. cit., p. 41.

[48] "Él vivía en la calle Churruca, así que nos lo encontrábamos y charlábamos mucho, porque era persona muy habladora y amable (...) le preguntábamos mucho por don Antonio, mucho más que por su propia obra, y eso que le habíamos leído a él también y yo realmente tengo mucho aprecio a muchas cosas suyas". R. M. Pereda, ob. cit., p. 47.

[49] "Conseguir un Faulkner o un Stendhal era para mí una de las aventuras más fascinantes que podía imaginarse." Palabras de G. H. en L. Nolens: "Soy un novelista urbano", *Quimera*, 6, abril, 1981, p. 11.

[50] "También he de decir que de las respuestas que más se aproximan al por qué escribo está esa de 'porque leo'. Es verdad que la lectura siempre me ha invitado a escribir, pero ahora pienso que si dejara de leer continuaría escribiendo, incluso aunque viviera en una isla desierta y no tuviera público." Declaraciones de J. G. H. a Milagros Sánchez Arnosi en "Juan García Hortelano entre la realidad y el deseo". *Ínsula*, núm. 491, p. 10.

muy pronto José María Valverde con su tempranísimo
*Hombre de Dios* (1945), Eugenio de Nora con sus *Cantos
al destino,* del mismo año, o Alfonso Costafreda, ganador
del premio "Boscán", en 1949, con *Nuestra elegía.* A través de la prosa, Carmen Laforet, con su escandalosa
*Nada* (1945), inmediatamente convertida en *best-seller* por
considerarse entonces obra de denuncia [51] de la realidad
contemporánea. El mismo Hortelano se hará eco de aquel
impacto de *Nada:*

> leía lo que se podía llamar ya la literatura contemporá-
> nea, quiero decir, por ejemplo, los premios Nadal. Y re-
> cuerdo bien aquella explosión, la primera idea de *best-seller*
> que hay después de la guerra civil y que yo creo que fue
> *Nada,* de Carmen Laforet. Un libro que costaba creo que
> veinte pesetas, y que yo tardé mucho en tener, porque re-
> sultaba caro. [52]

En su etapa universitaria empieza también el autor de
*Gramática parda* su andadura en el campo de las letras,
si bien a los trece años, según propia confesión, había escrito ya una novela policíaca: "la primera vez que publico
es en la Universidad, en un periódico del SEU... No, quizá
antes aparece una cosa en *La Estafeta Literaria".* [53]

En seguida, con otros universitarios, pone en marcha
una revista, *Vuelo,* auténtico cajón de sastre de las inquietudes del grupo y donde tuvieron cabida todas las manifestaciones literarias posibles, desde la poesía al ensayo breve,
pasando por los relatos. Que alcanzase el número 20 sólo
puede explicarse por dos razones: la existencia de una
multicopista en casa de su abuela paterna, Domitila, [54] y

---

[51] S. Sanz Villanueva, en su *Historia de la novela social* pone en
entredicho tales características (Madrid, Alhambra, 1980, 1986, pp.
282-283).

[52] R. M. Pereda, ob. cit., pp. 38-39.

[53] Íd., p. 43. La revista se editaba con el título *La hora.*

[54] El nombre de esta abuela, Domitila, recuerda a la tía abuela
Dominica de "Gigantes de la música", *Mucho cuento,* pp. 11-43 y
"Carne de chocolate" (Íd., pp. 45-68). Con su abuelo paterno, Timo-
teo, había tenido 23 hijos, de los cuales vivían siete en la postguerra.

que al grupo se hubiera incorporado un amigo que se preparaba para ser policía, lo cual los liberaba, en principio, de sospechas y de inspecciones.

La universitaria (1945-50) es época también de tertulias, aunque ninguno de los miembros de su generación puede considerarse adicto a las mismas. En el "Café Gijón", Hortelano contacta con Buero Vallejo, que estrena *Historia de una escalera* en 1949, con J. Suárez Carreño, poeta conocido ya por su *Edad de hombre* (1943) y próximo a publicar su novela *Las últimas horas* (1950), y José Luis Xifra, que dedicaría la mayor parte de su afán a la diplomacia,[55] entre otros.

Pero ésa es, asimismo, la fase de politización de Hortelano y de muchos de sus compañeros, como respuesta activa a la uniformidad ideológica oficial. Aunque los jóvenes de la postguerra pudieron haberse convertido en apolíticos confesionales, lo cierto es que, "unos más, otros menos (...) son considerados marxistas por el común, comunistas o, con máxima benevolencia, simpatizantes".[56]

En el umbral de los 50, con una beca del Instituto de Estudios Políticos que le proporciona sus primeros ingresos, García Hortelano empieza a leer a Marx y a pensar seriamente en fundar, con algún compañero, el partido comunista:

> El primer activista político que conocí es Antonio Ferres (...) los dos, durante tres o cuatro años, fundamos tres o cuatro veces el Partido Comunista (...). Una vez nos mandaron a (...) Armando López Salinas, que nos pre-

Domitila es un personaje de "Los domingos del barrio", *Mucho cuento*, pp. 191-197.

[55] "Yo, en el Gijón, me lo pasaba muy bien. Ellos, los mayores, eran divertidos y generosos, y más que maestros de literatura fueron un poco maestros de vida. Te informaban en seguida de esas cosas que nos interesaban muchísimo, de que había una editorial en Barcelona, en fin, nos enseñaban un poco de sociología de la literatura, lo que es un contrato de edición, cosas así. Cosas que tardaron muchos años en entrar en nuestras vidas, pero bueno: lo cierto es que ellos fueron nuestro primer mundillo literario". R. M. Pereda, ob. cit., p. 47.

[56] *El grupo poético de los años 50*, cit., p. 21.

guntó si ya que estábamos fundando el PC nos gustaría estar en él de verdad. [57]

Su afiliación al PC y su toma de postura subsiguiente lo llevará a un enfrentamiento personal con García de Enterría, profesor del Instituto de Estudios Políticos, siendo expulsado del mismo y perdiendo por ello la beca que disfrutaba.

## 1.3.  *Desde 1950*

Perder la beca fue perder la primera fuente de ingresos y quizá la última gota de inocencia, si esto era posible todavía. Ya están —que diría su amigo Gabriel Celaya— todas *Las cartas boca arriba* (1951), y el joven García Hortelano —recién licenciado en Derecho— cumpliendo su servicio militar. El período de instrucción en el Campamento Robledo, de la Granja de San Ildefonso, y las prácticas de alférez en el Regimiento de Carros de Combate de la capital.

Liberado, al fin, de obligaciones universitarias y militares, obtiene por oposición una plaza en el Cuerpo de Funcionarios de la Administración Civil en el Ministerio de Obras Públicas (1953), puesto que lo libera también de preocupaciones monetarias. Puede, pues, dedicarse —cierto que no con excesivo calor [58]— a sus actividades como miembro del partido comunista, y a escribir teatro: un conjunto de obras que jamás se representaron y que sólo llegó a conocer un reducido número de amigos. [59]

---

[57] R. M. Pereda, ob. cit., p. 50.

[58] "Como todo eran eufemismos, éramos diputados y senadores. Los diputados éramos los que estábamos dentro, que *no dábamos ni golpe,* y los senadores, los que la prensa llamaba *compañeros de viaje,* que eran los que hacían todo el trabajo, me refiero al sector cultural, porque en los otros las cosas ocurrían seguramente de distinta manera." R. M. Pereda, ob. cit., p. 52. El primer subrayado es mío.

[59] Así lo ha comentado García Hortelano a quien escribe estas líneas. Al parecer, las obras no se han perdido, aunque su autor no desea publicarlas.

Los de esa época aunaban, lógicamente, la afición literaria y el compromiso político: Javier Pradera, Jaime Salinas, Armando López Salinas —por supuesto—, y otros con los que mantiene contactos más esporádicos en las obligadas tertulias del momento: Aldecoa, Carmen Martín Gaite, Ferlosio, Fernando Baeza, Paco Pavón, Eusebio García Luengo, etc., en la del "Café Comercial"; Alfonso Sastre y Juan Benet en "Gambrinus"; [60] Semprún, Ferres y Claudín en el "Pelayo".

*La colmena,* de Cela (en 1951), ha puesto a calentar motores al grupo generacional del 50, aunque ya Ana María Matute se había hecho notar con *Los Abel.* [61] Sánchez Ferlosio con las *Industrias y andanzas de Alfanhuí* (1951); Aldecoa con *El fulgor y la sangre,* del mismo año que *Los bravos* (1954), de Fernández Santos; Carmen Martín Gaite con *Entre visillos* (1958); [62] y López Pacheco con *Central eléctrica* (1958), se adelantan —por primera novela editada— a Hortelano. Éste, por su parte, ha presentado al Nadal de 1956 su novela *Barrio de Argüelles,* obra que, tras haber quedado finalista, jamás llegó a publicarse. [63] Tres años después y, tras haber presentado sin éxito *Nuevas amistades* al Nadal, que entonces recogía las nuevas voces de nuestra novelística, la obra consigue el premio "Biblioteca Breve", patrocinado por Seix Barral. [64]

---

[60] "También iba alguna vez a la tertulia de *Ínsula,* porque ya entonces estaban esas dos grandes revistas, *Ínsula* e *Índice* (...). La de *Ínsula* era bastante tediosa, más que nada porque, además de literario, tenía ese aire de hispanista académico; lo cual es mucho peor". R. M. Pereda, ob. cit., p. 55.

[61] Premio Nadal, 1947. Publicado por Ed. Destino en 1948.

[62] Premio Nadal, 1957. Previamente había publicado una novela corta: *El balneario* (1955).

[63] Según G. Hortelano, su presentación al "Biblioteca Breve" no fue de *motu proprio*: "encargué a una amiga de Barcelona [Pepita Ferrán] que retirase los ejemplares de Destino y me los almacenara. Bueno, pues esta amiga me confesaría poco después... que, sin consultarme, los había presentado a otro premio, el *Biblioteca Breve".* R. M. Pereda, ob. cit., p. 78.

[64] Quedó también finalista, según ha referido a quien esto escribe, en el Premio Sésamo de novela corta de 1957, con su obra *Salida*

El joven García Hortelano que va a recoger su premio a Palma de Mallorca "más parecía un inspector de Hacienda o un ingeniero de Montes que un novelista", en palabras de J. A. Goytisolo. [65] Carlos Barral, promotor y editor del premio, por su parte, siente auténtica angustia al verlo llegar "con un terno a rayas oscuras, cuello de camisa almidonado y corbata de tela color burdeos. Hemos dado el premio a un guardia civil, le dije asustadísimo, al verlo, a Jesús López Pacheco". [66] Nada más lejos de la realidad, por su historia personal, que vamos conociendo, y por su forma de ser, que dibuja acertadamente Ana María Moix:

> siempre dispuesto a hacer un favor, es divertido e ingenioso, cuenta anécdotas y chismes mejor que nadie, es discreto si se le pide, es el primero en leer el libro de los amigos y, si se le pide, es sincero en sus juicios (...), es, en resumen, un hombre entrañable. [67]

Superada la primera apreciación, García Hortelano comienza su inquebrantable amistad con Barral, de quien se convierte en su embajador capitalino y en eficaz eslabón entre los escritores catalanes y madrileños de su grupo generacional. Labor paralela, aunque inversa, efectúa, a su vez, Castellet, en Barcelona.

Definitivamente centrado en su vocación literaria —que no se siente obstaculizada por su trabajo como funcionario— [68] García Hortelano se entrega con ahínco a la redacción de *Tormenta de verano,* novela con la que iba a

---

al amanecer, rigurosamente inédita, como lo están otras cinco novelas suyas.

[65] En "Elogio desmedido de... García Hortelano", *La Calle,* 59, 1979, p. 42.

[66] C. Barral, *Los años sin excusa,* Barcelona, Barral, 1978, p. 201.

[67] A. M. Moix, "Juan García Hortelano. Un embajador en las Ramblas", en *24×24,* Barcelona, Península, 1972, pp. 56-57.

[68] "Prefiero una profesión absolutamente distinta de la literatura, de tal manera que me pueda lavar el cerebro cuando salgo del ministerio; además me permite una independencia mayor". A. Vivas, entrevista citada, pp. 26-27.

conseguir en 1961 el espaldarazo definitivo al obtener el primer "Prix Formentor". [69]

La todavía activa censura prohíbe su publicación, pero los editores extranjeros que sustentaban el premio reaccionaron ásperamente, por lo que fue autorizada su impresión, que vio la luz en 1962 con el éxito asegurado por tales avatares previos. [70]

Con *Tormenta de verano* llega también el ruido de la fama nacional e internacional. De ser prácticamente un desconocido, su autor se coloca en el punto de mira del "realismo social", tendencia que tras esta novela iniciará su declive.

Paralelamente a su ascenso como novelista había ido enfriándose su filocomunismo, y en general, su interés por la política, trasladado "hacia otras posturas más éticas o más declaradamente éticas. Habíamos descubierto —concluirá— lo de siempre: que la política es para los políticos, que nosotros no éramos políticos, y que la dosis de política que tuvimos que ejercer por imposición de la dictadura, nos había hartado ya". [71]

[69] Este premio internacional estaba destinado a "autores jóvenes, cuya obra es merecedora de fama y supone intentos de renovación artística. Dotado con diez mil dólares, sólo se concede a obras de ficción inéditas. La obra galardonada tiene derecho a ser editada en doce idiomas". *Índice de las Artes y las Letras,* núms. 150-151, 1961, p. 4.

[70] Apareció simultáneamente en doce lenguas y trece países distintos. El "Prix Formentor" había sido fundado por los editores Einaudi, de Turín; Gallimard, de París; Grove Press, de Nueva York; Rowohlt, de Hamburgo; Seix Barral, de Barcelona; y Weidenfeld Nicolson, de Londres. A ellos se sumaron de inmediato Arcádia, de Lisboa; Bonnier, de Estocolmo; Gyldendal, de Oslo; Gyldendal, de Copenhague; Hestia, de Atenas; Mc Clelland Stewars, de Toronto; Meulenhoff, de Amsterdam; y Otava, de Helsinki. Con posterioridad se editó también en Canadá, Austria, Rumanía, etc., traduciéndose a los idiomas ruso, checo, eslovaco, etc.

[71] R. M. Pereda, ob. cit., p. 59. En 1981 dirá: "No tengo ideología, pero cuando aquí *había* que ser rojo, yo era de un rojo subido, e incluso pertenecí al Partido, por supuesto que también lo dejé cuando había que dejarlo. No soy un individuo político. Es verdad que leía a Marx, pero la policía de Franco se equivocaba al definirme

Mucho más interesante —y más factible— que abatir a
Franco resulta entonces la confección de guiones para películas, a lo que se dedica con intensidad tras preparar el
de *Nuevas amistades,* film cuya exhibición comercial prohibió en primera instancia la censura, y que se estrenaría
por fin, con notable éxito, en Zaragoza. [72]

Pronto, sin embargo, abandona esta faceta de su producción literaria para dedicarse a culminar los relatos que
iban a componer *Gente de Madrid* (1967), libro donde la
censura hizo auténticos estragos y que no saldría sin modificaciones hasta la edición de *Cuentos completos.* Esta
etapa de "entre novelas" se resuelve con la traducción de
*Semmelweis* al castellano, [73] con el abandono definitivo del
PCE, lo que se lleva a cabo sin una fecha fija entre 1965
y 1968, y con algunas colaboraciones dispersas en diarios
y revistas. De la anunciada novela *Primera pasión,* [74] acaso
transformada en *El gran momento de Mary Tribune* (1972),
no se tienen noticias. Habrá que esperar, pues, hasta ese
año, para conocer la más larga novela del escritor madrileño. [75]

La presentación de *El gran momento de Mary Tribune*
en Barcelona, a cargo de José María Castellet, fue un autén-

---

como marxista; y lo mismo ocurre con Freud... Pertenezco a una
generación de existencialistas". L. Nolens, entrevista citada, p. 10.

[72] García Hortelano asegura que no pasaron de cuatro o cinco
guiones, entre los cuales estuvo también el de *Donde tú estés.* Aunque hechos casi todos en colaboración con Juan Marsé, ocuparon
prácticamente todo su tiempo, por lo que exclamará: "Pero de pronto me di cuenta que en todo ese tiempo, unos dos años, no había
escrito ni una sola línea. Eso me asustó. (...) Era un trabajo tan
cercano a la literatura que me impedía escribir", en A. Vivas, entrevista citada, p. 27.

[73] Louis Ferdinand Céline, *Semmelweis,* Madrid, Alianza Editorial,
Col. Libro de Bolsillo, núm. 141, traducción y prólogo de J. G. H.

[74] "Me gustaría, aunque no tengo demasiada esperanza, que al
cabo de los dos o tres años que tardaré en escribirla, me resistiese
aún *Primera pasión,* que es su título provisional", L. Yrache, "3 preguntas a Juan García Hortelano", *Índice de Artes y Letras,* 150-151,
julio-agosto, 1961, p. 5.

[75] "Su primera versión constaba de 1.500 folios, de ahí quedó
reducida a 900, luego a seiscientos y pico, que forman la versión
definitiva; fueron casi diez años", L. Nolens, entrevista citada, p. 12.

tico acontecimiento, aunque la extensión de la obra retrajo, en parte, al público y a la crítica especializada. [76]

Para entonces

> los años le han convertido en un reflexivo de frente prominente, coronada por un matojo de cabellos ralos que desembocan en la nuca y al mismo tiempo se rebelan, como exigiendo que le sea permitido conservar su aire anarquizante, las cejas espesas y acarbonadas, como los ojos de mirada frontal, hundidos en las cuencas, la nariz aquilina y gordezuela, mofletudo, de labios curvados en un rictus de sonrisa colgante que lo mismo es capaz de expresar regocijo que escepticismo, montado sobre un mentón ligeramente curvo hacia adentro, a un nivel más bajo que el labio inferior, y una sotabarba ondulante, de piel tempranamente fláccida. [77]

Se ha producido, mientras tanto, el *boom* de la narrativa hispanoamericana, y los novelistas españoles quedan momentáneamente eclipsados ante el empuje de "realismo mágico". Algo de ese tipo de realismo que cautiva a los lectores de García Márquez, Cortázar, Borges, Carpentier, Vargas Llosa, etc., se cuela en la segunda y tercera secciones de *Apólogos y milesios* (1975).

Sin dejarse arrastrar por la nueva corriente literaria, García Hortelano lee, asimila, inicia la redacción de sus memorias, [78] y se inscribe en la nómina de los poetas con

---

[76] "Lo curioso es que ocho años más tarde, *Mary Tribune* tuvo una revitalización especial (...) el libro empieza a funcionar como no lo hizo al principio (...). Yo tengo la impresión de que *Mary Tribune* fue un libro un poco prematuro, gusta más ahora". R. M. Pereda, ob. cit., p. 82.

[77] R. Saladrigas, "Monólogo con Juan García Hortelano", *Destino*, 1825, sept., 1972, p. 31.

[78] "Hace unos años, desde los setenta (...) he empezado a redactar unas cosas, y digo cosas porque tampoco son unas memorias en el sentido muy estricto, aunque sí, realmente sean unas memorias. En fin, el género es lo de menos, pero sí, son episodios sueltos de mi vida". R. M. Pereda, ob. cit., pp. 65-66. En otra ocasión dirá: "Es una mezcla de relato y memorias. (...) En estas memorias que estoy escribiendo, a veces, se acentúa, el aire histórico de lo que

*Echarse las pecas a la espalda* (1977), aunque no se jacte por ello. [79] Su incursión en todos los géneros literarios se completa, poco tiempo después (1979), con la ya citada antología sobre los compañeros de generación, en la que incluye a Ángel González, Caballero Bonald, Alfonso Costafreda, José M. Valverde, Carlos Barral, José A. Goytisolo, Jaime Gil de Biedma, José A. Valente, Francisco Brines y Claudio Rodríguez. Se trata, a juicio del antólogo, de "una generación, o grupo poético, tan buena y digna como la del veintisiete", [80] opinión que habrá de contrastarse con un mayor margen de tiempo y a través de un prisma neutral.

La muerte de Franco motiva un nuevo poema —aún inédito—, y el relato "Un crimen", [81] cuyo título hace pensar en una intención irónica. Con la desaparición de quien había implantado la censura, ésta deja de tener las escasas posibilidades de supervivencia que aún mantenía, llegando a publicarse, por fin sin mutilaciones, los cuentos de *Gente de Madrid,* a los que se unen *Apólogos y milesios* y un conjunto de quince piezas más —*Cuentos contados*— en el volumen de *Cuentos completos* (1979).

Los cuentos han sido banco de pruebas para las novelas de García Hortelano. A este respecto afirmará: "hay algunos personajes que aparecen en cuentos y lo vuelven a hacer en mis novelas, pero ya realizados. En los cuentos es como si hubiesen nacido y no estuvieran bautizados". [82]

---

ocurrió. (...) El orden cronológico es arbitrario. (...) no serán Memorias estrictas al no conservar la cronología histórica y la coherencia, si es que puede hablarse de coherencia en una vida humana". M. Sánchez Arnosi, cit., p. 11.

[79] "Todo escritor quiere ser poeta. Todo el mundo ha escrito poesía, que es lo maravilloso, lo sublime. Pero más pronto o más tarde te das cuenta de que no has nacido para eso." M. Sánchez Arnosi, art. cit., p. 11.

[80] L. Nolens, entrevista citada, p. 11.

[81] En *Mucho cuento,* cit., pp. 175-190. En p. 182 puede leerse: "No fue así y aquella emocionante madrugada (en la que el país se puso de luto durante una semana y a la siguiente ya estaba olvidado el sepultado) me llegó el anuncio del óbito dormido sobre el diván de un bar".

[82] M. Sánchez Arnosi, cit., p. 11.

Observamos, además, que relatos como los de *Gente de Madrid* pueden considerarse engarzados por un mismo hilo conductor —susceptibles por tanto de ser considerados como una novela—,[83] y sabemos que *El gran momento de Mary Tribune* era un cuento en la intención primera de su autor.

También en 1979 se edita *Los vaqueros en el pozo,* con escasa incidencia sobre el público lector, quizá porque en ella se haya alejado de la realidad objetiva incorporando elementos de la novelística más arraigada en esa época. Hortelano suele manifestarse poco satisfecho de su resultado, aunque complacido por la rápida y feliz superación de las dificultades que entrañaba: "es cierto que se trata del único que no me costó excesivamente escribir. Surgiría de una forma espontánea, con mayor fluidez que nunca".[84]

Su última novela *Gramática parda* (1982), obtuvo el "Premio de la Crítica", según L. Suñén porque de este modo se venía a "reconocer la importancia, de una obra que había ido experimentando una evolución claramente positiva" y a "confirmar el buen momento, la llegada progresiva a la madurez de los narradores de su edad".[85] Es una de las obras cuya composición y resultado posteditorial ha motivado más satisfacciones personales a su autor, sea porque en ella elabora un trabajo de metaliteratura, sea porque con ella ha ido desarrollando de una manera definitiva su capacidad de distanciamiento a través de la ironía y el sarcasmo, que ya surgieran en la novela anterior.

Paralelamente a *Gramática parda* el escritor madrileño había iniciado la redacción de otra novela: *En la ciudad secreta,*[86] aún inédita, de la que en 1987 advirtió que se

[83] Así lo entiende L. Yrache en "Intención en la última novela de García Hortelano", *Papeles de Son Armadans,* CLV, 1969, pp. 192-200.
[84] L. Nolens, cit., p. 9.
[85] L. Suñén: "*Gramática parda,* de Juan García Hortelano", *Ínsula,* 438-439, p. 21.
[86] Ya en abril de 1981 había anunciado este trabajo del que tenía entonces "unos 80 folios escritos", y también montones de papelitos,

desarrollaba en los arrabales de una ciudad. [87] Para poder
dedicarse con mayor intensidad a esta nueva obra solicitó
la jubilación anticipada, que obtuvo a finales de 1988, poco
después de haber publicado sus últimos conjuntos de relatos: *Mucho cuento* y *Los archivos secretos*.

Cuando se escriben estas líneas García Hortelano vive
en la ciudad que lo viera nacer con su esposa, María Martín Ampudia, y su hija Sofía.

## 2. DIMENSIÓN LITERARIA

### 2.1. *La novela en los 50.* [88] *Nuevas amistades*

En las peores condiciones materiales e ideológicas, los
novelistas españoles, apenas habían mantenido el tipo en
la inmediata postguerra, y sólo desde una postura próxima
a la ideología imperante puede admitirse que se produje-
ron obras de interés. Difícilmente podía ser así en los 40 si
consideramos la rigidez de la censura y la utilización de
las obras literarias como medio de propaganda, así como el
exilio o el silencio editorial de tantos escritores.

De los cuarenta habrá de recordarse a Cela con *La familia de Pascual Duarte* (1942), Torrente Ballester con sus
*Javier Mariño* (1943) y *El golpe de Estado de Guadalupe
Limón* (1946), Carmen Laforet y Delibes con sus respecti-
vos "Nadal" en 1945 y 1947, algunas narraciones de Agus-
tí, Aldecoa, Cunqueiro y Zunzunegui, y poco más. [89] El pe-

---

nombres de personajes, fichas, apuntes e incluso párrafos". L. Nolens, cit., p. 12.

[87] "Estoy escribiendo una novela que me está llevando mucho
tiempo. (...) Estilísticamente es un libro complicado dividido en capítulos que narran varias voces y en distintos tiempos". M. Sánchez
Arnosi, cit., p. 11.

[88] Aunque esta cuestión ha sido abordada desde variados puntos
de vista, parece inexcusable volver a ella, teniendo en cuenta que el
autor de *Tormenta de verano* se está fraguando durante ese período,
y que al final de la década editará *Nuevas amistades*.

[89] Mayor importancia otorga a esta década J. María Martínez Cachero, que comparte estas palabras de Torrente Ballester: "Los años
que van desde el cuarenta hasta nuestros días [1950] son importantes. No sólo porque los hombres de otras generaciones han man-

ríodo subsiguiente, sin embargo, se abre con *El camino* (1950), una de las más conseguidas obras de Delibes, aunque no augura precisamente el posterior auge de la novela social. En *El camino,* como en *La colmena* (1951, pero en redacción desde 1945) está patente el espíritu de la década anterior, reflejada, por ejemplo, en la pueblerina comisión de censura cinematográfica de aquélla, y en el rosario de tipos y *modus vivendi* de ésta. [90]

El año 1951 permite atisbar próximos cambios, con el nombramiento de Ruiz Giménez como ministro de Educación, la creación de un nuevo Ministerio —Información y Turismo—, el retorno de embajadores, el boicot de transportes en Barcelona y la llegada de un nombre nuevo: Sánchez Ferlosio. *Industrias y andanzas de Alfanhuí* señala, en el terreno literario, el advenimiento de una etapa nueva que otros delimitan en *La colmena* y algunos, en fin, prefieren enmarcar con *El Jarama,* en 1956.

Ferlosio delimita temporalmente, con sus dos obras capitales, la primera fase del realismo que Hortelano prefiere denominar realismo socialista. [91] Éste comprende *La noria* (1952) con la que Luis Romero obtuvo el Nadal de 1951, *Los bravos, Juegos de manos, El fulgor y la sangre, Pequeño teatro* y *La vida como es,* todas de 1954. Con ellas Fernández Santos, Juan Goytisolo, Aldecoa, Ana María Matute y Zunzunegui hacen de este año el momento cumbre de la etapa. [92]

---

tenido su producción y, con ella, un buen nivel literario, sino porque los jóvenes y los más jóvenes hemos también añadido lo nuestro". Tomado de J. María Martínez Cachero, *La novela española entre 1936 y 1980,* Madrid, Castalia, 1986, p. 158.

[90] En frase lacónica de Sanz Villanueva, "*La colmena* reflejaba la España del gasógeno, el pan negro y el racionamiento". *Historia de la novela social,* Madrid, Alhambra, 1986, vol. 1, p. 61.

[91] "Poesía social, novela social-realista, literatura del realismo social, fueron algunos de los términos acuñados en la época y que se siguen usando, cuando ya nada obliga a esos disimulos de la clandestinidad. A eso, en todo el mundo, la historia de las ideas literarias le llama realismo socialista". *El grupo poético de los años 50,* cit., p. 22.

[92] En 1955, aunque con menor trascendencia, Antonio Prieto obtendrá el Planeta con *Tres pisadas de hombre.*

La segunda mitad de los cincuenta supone una renovación del realismo —motivada por la obra fundamental de Ferlosio—, mediante "la incorporación de nuevas técnicas novelescas (...) la búsqueda de temas nuevos (...) el descubrimiento de una crítica (...) el descentrar la relación universo-protagonista", [93] etc.

De este segundo subperíodo no puede dejar de destacarse la fecha de 1958, con la salida editorial de cinco novelas fundamentales: *Entre visillos,* de Carmen Martín Gaite, *Ayer, 27 de octubre,* de Lauro Olmo, *Central eléctrica,* de López Pacheco, *La resaca,* de J. Goytisolo y *Las afueras,* de L. Goytisolo. Éste de 1958 es para Sanz Villanueva "el año en que la novela social ha fraguado" y "la trayectoria posterior es ascendente hasta bien entrados los años sesenta aunque en el transcurso de estos mismos, y a partir de 1962, se vaya gestando la renovación". [94] En esta renovación juegan un papel importante, como admite buena parte de la crítica, las novelas de García Hortelano.

*Nuevas amistades,* publicada en 1962, llega avalada por el premio "Biblioteca Breve" (1959) y respaldada por el aplauso de la mayor parte de los comentaristas del momento. En el mes de noviembre Juan Gomis la consideraba una obra honrada a situar "entre los tres o cuatro mejores frutos" que la novela objetiva había producido en nuestro país. Tal apreciación en la avanzada revista católica *El Ciervo* no sería compartida, sin embargo, por el jesuita Jorge Blajot, quien no quisiera ver la novela "en todas las manos", "en espíritus incapaces de confrontación y síntesis". Olvidado de preocupaciones didácticas, sin embargo, acierta al considerar que se trata de una buena radiografía de cierta zona de la sociedad y que pertenece a la línea de Duras y Sánchez Ferlosio, donde se busca la fidelidad auditiva, "de cinta magnetofónica, que graba una sucesión

[93] J. I. Ferreras, *La novela en el siglo XX (desde 1939),* Madrid, Taurus, 1988, p. 58.
[94] S. Sanz Villanueva, cit., vol. I, p. 121.

de diálogos y tertulias, sin juzgarlos, limitándose a verterlos escrupulosamente en el oído del lector".[95]

J. Marra-López, a su vez, destaca en seguida la técnica objetiva utilizada, pero se queja de que los personajes de *Nuevas amistades* "son como seres borrosos, apenas contornos levemente iluminados que se mueven, accionan y hablan pero no muestran lo que llevan dentro";[96] sin percatarse de que estaba ante una novela de protagonista múltiple, de grupo más que de individuo, haciéndose innecesaria la puntillosa definición personal, el análisis psicológico de cada uno, que aquí se hace, en efecto, levemente. José L. M. Albertos, por su parte, destaca la "trama argumental que mantiene en interés creciente la atención del lector según la técnica de las películas de *suspense*" y advierte cómo García Hortelano "ha querido hablarnos de la vaciedad absoluta de unos hombres y mujeres que no saben qué hacer con sus vidas".[97]

La trama argumental de la novela puede resumirse brevemente: un grupo de amigos se tropieza sin querer con el primer problema que hace temblar su inseguro andamiaje. Cuando la novia de uno de ellos muestra señales de embarazo, la pareja involucrada y el resto de jóvenes con quienes comparten muchos momentos deciden salir del paso por la vía más rápida: el aborto. No se trata de un alegato en pro o en contra del aborto, que habría de esperar muchos años, sino de una morosa presentación del problema sin ninguna toma de postura ética. O, si se quiere, con una postura tan fría e imparcial por parte de García Hortelano, que impacta. Esos jóvenes que no tienen nada que aportar a la sociedad, que no ven más allá de su propia

[95] "Dos novelas premiadas", *Razón y Fe,* núm. 746, marzo, 1960, p. 308.

[96] J. Marra-López: "En torno a *Nuevas amistades*", *Insula*, número 158, 1960, p. 20.

[97] "Dos premios literarios: Biblioteca Breve y Planeta", *Nuestro tiempo*, 67, enero, 1960, pp. 366-367. Menos acertado parece el comentario de Gil Novales al opinar que "los tipos se delinean rigurosamente", en "Juan García Hortelano, *Nuevas amistades*", *Cuadernos Hispanoamericanos,* núm. 126, junio, 1960, p. 385.

insignificancia, que no oyen los gritos de dolor de sus convecinos, que se ahogan en un vaso de agua, son el auténtico problema. La presentación de sus vidas vacías y sin otras miras que el propio ombligo magnificado e insatisfecho; el documento de esa existencia sin trascendencia, es la finalidad auténtica de la obra.

García Hortelano lleva a cabo esa disección de las relaciones grupales de una forma aséptica, dejando, como es preceptivo en este tipo de novelas, que los personajes sean quienes lleven adelante la apenas existente "aventura", sin intromisiones del narrador. Lo que el autor de este tipo de novela ofrece —dirá J. Bloch-Michel— son unos personajes entre los que "existen falsas relaciones y un lenguaje pervertido que sirve para obtener lo contrario de aquello para lo que el lenguaje está hecho [la comunicación]. Gracias a esto permanecen extraños los unos a los otros, enmascarados, protegidos. Se trata, las más de las veces, de un mundo sin amor (…) es el mundo del hastío". [98]

En *Nuevas amistades* el autor dirige a sus personajes con toda libertad, amparando su poder de creador tras una auténtica *tarnkappe* que produce la sensación de distanciamiento prevista. Bien oculto el narrador, difuminados los personajes, reducida al mínimo la trama argumental, a la novela le queda todavía ese aire de callada denuncia —la objetividad no es imparcial— de una clase social: la tranquilizada burguesía de la época.

La técnica behaviorista que García Hortelano está practicando, [99] lleva pareja el uso continuado del diálogo de tipo magnetofónico. En este sentido *Nuevas amistades* es uno de los mejores modelos posibles ocupando la mayor parte del texto y la totalidad del capítulo 26.

Los diálogos no sólo delatan la vacuidad de quienes intervienen en ellos —acaso excluyendo a Juan—, sino tam-

---

[98] J. Bloch-Michel, *La nueva novela,* Madrid, Guadarrama, 1967, p. 68.

[99] Véase sobre esta cuestión Sanz Villanueva, "El conductismo en la novela española reciente", *Cuadernos Hispanoamericanos,* 263-264, mayo-junio, 1972, pp. 593-602, especialmente 599-602.

bién la pobreza y estandarización de su lenguaje, repleto
de estructuras hechas y frases anodinas:

—Serían Leopoldo y Jovita. Estuvieron discutiendo, ya
sabes.
—Todo esto te cuesta mucho dinero.
—Pero ¿qué idea es esa?
—Sé que estás gastando mucho.
—Pareces una niña.
—Tengo mal sabor de boca.
—Hoy has fumado demasiado. [100]

Pero si en este fragmento reconocemos con facilidad las
voces de Pedro y Julia, que sostienen una larga conversación, en muchas otras ocasiones es difícil —e incluso
imposible— distinguir cuál de los personajes habla. El narrador les hace usar un lenguaje de clase que apenas permite diferenciar a cada individuo. Cuando se eliminan las
referencias del tipo "dijo A", "exclamó B", "arguyó C",
etc., muchas veces las intervenciones personales se cruzan
sin que podamos adscribir una frase determinada a un hablante concreto:

—Mañana daremos nuestro paseo.
—Desde luego.
—Hace una noche genial, eh.
—Yo no siento nada de fresco.
—Porque has estado metida en la cocina.
—A ver qué dice.
—¿Quién?
—Ésa.
—La pobre Julia no ha tenido nunca enfermedades. [101]

García Hortelano, sin embargo, no lleva hasta el extremo esta técnica, que desarrollará plenamente en su siguiente novela. En *Nuevas amistades* es frecuente todavía el uso
variado de los verbos de dicción: interrumpió, repitió, re-

---

[100] *Nuevas amistades,* Barcelona, Seix Barral, 1982[7], p. 246.
[101] *Nuevas amistades,* pp. 207-208. En el diálogo intervienen Jovita,
Neco, Meyes y Gregorio.

husó, interrogó, opinó, ironizó, rió, explicó, protestó, murmuró, susurró, gritó, son los que ha destacado M. D. Troncoso para advertir que con ellos se refleja el tono en que la frase ha sido pronunciada. [102] A ellos pueden añadirse el reiterado "dijo", "intervino", "afirmó", "objetó", "se asombró", "recordó", "bromeó", "preguntó", "advirtió" "denegó", "sonrió", "propuso", "silabeó", "exclamó", "llamó", "rogó", "carraspeó", "añadió", y un largo etcétera de verbos y expresiones ("trató de pacificar", "su voz se agrió", "dudó unos instantes", "su voz trataba de ser amable", etc.).

El tono del diálogo completa, además, la "puesta en escena" de los personajes, que se lleva a cabo de una forma más próxima al teatro o al cine que a la novela. Los personajes están en escena realizando su papel antes de sernos presentados, ocupando un primer plano de cámara que despierta nuestro interés. Así discurrirá casi todo el primer capítulo de la novela enfocando a una atractiva y misteriosa joven sin que sepamos quién es. Ignorando que es el tema del diálogo, permanece bajo los efectos del alcohol, y entre sus objetos personales se halla una pequeña cartulina con esta leyenda "En caso necesario, llame a este teléfono, pregunte por el señor Cantarlé y dígale que venga a recogerme al lugar donde me encuentre." [103] Habrá de esperarse hasta la página 15 para descubrir que se trata de Isabel.

A pesar de la primera impresión, Isabel será uno de los personajes mejor dibujados, con el cabello rojizo revuelto, el maquillaje descompuesto, caído a trozos el rojo de los labios, su expresión de sueño, sus hermosas piernas, su edad (treinta años), su estado civil (soltera) y sus deseos

---

[102] *La narrativa de Juan García Hortelano,* Santiago de Compostela, Universidad, 1985, p. 33.

[103] *Nuevas amistades,* p. 10. Con esta leyenda, García Hortelano acrecienta la intriga del "espectador" (lector) de esta secuencia casi fílmica. R. Conte, refiriéndose a la posible subdivisión de la novela considera este arranque inicial "un poco revulsivo" pero que "prende ya en el lector". "Dos premios y cuatro novelas. El mundo y la técnica", *Acento Cultural,* 7, marzo-abril, 1960, p. 38.

de diversión, características que se van desgranando a lo largo del primer capítulo. A los demás habrá que irlos descubriendo mucho más lentamente durante el resto de la obra, como el insatisfecho Leopoldo, que irá abandonando el protagonismo de los primeros capítulos en favor de Gregorio, o éste mismo, el más joven y activo del grupo, que, imitando a los héroes cinematográficos pretende ir besando a todas las chicas que se ponen a su alcance, sean de la clase social que sean. Como apunta Gil Casado, Gregorio llega a ser admirado por los demás como "tipo magnífico", aunque "su conducta se adapta a la idea de lo cinematográfico, [104] es decir, a "representar" el papel de hombre de acción. Su actividad —como la de los demás— no sirve para nada, porque toda su vida de señoritos es un *bluff* y han sido engañados por una infeliz que se aprovechó de su inexperiencia y cobardía.

Con *Nuevas amistades,* García Hortelano se integra entre los escritores de aquel realismo de los cincuenta que, en sus propias palabras "no se pretendía objetivo y objetual, sino crítico y social". [105] La vanidad de los jóvenes que aparecen en la novela, su falta de auténtica amistad —el título ha de tomarse en sentido irónico—, la amoralidad de que hacen gala, retrata a los hijos de la rápidamente enriquecida burguesía de la inmediata postguerra, que se ha quedado sin valores. Los jóvenes de *Nuevas amistades* no buscan salir de su situación. Si se encuentran un problema intentan solucionarlo de la única manera que conocen: con dinero. Pero éste no puede impedir que caigan en la situación más humillante: la burla y el ridículo subsiguiente.

Gracias a *Nuevas amistades,* García Hortelano inicia su andadura como novelista con un éxito absoluto y en la seguridad —esto es fundamental— de haber encontrado las herramientas y los materiales justos con los que ejercer su

---

[104] P. Gil Casado, *La novela social española,* Barcelona, Seix Barral, 1973, p. 177.
[105] Palabras de Hortelano a Federico Campbell en el libro de éste *Infame turba,* Barcelona, Lumen, 1971, p. 263.

propia labor. Esta novela le hace sentirse seguro de sí mismo y diferente de sus contemporáneos. Desde este momento, su voz tendrá un timbre propio, indiscutible, y esto es, a fin de cuentas, lo que distingue a un innovador de sus seguidores. El escritor madrileño ocupará desde entonces uno de los puestos privilegiados en la escuela del realismo social. No sin fundamento, Corrales Egea encuentra un importante cambio en esta tendencia entre 1958 y 1960, [106] cambio que coincide con la aparición de *Nuevas amistades*.

## 2.2. *Tormenta de verano, "Prix Formentor"*

Igual que había ocurrido con *Nuevas amistades*, llegada por manos ajenas al premio "Biblioteca Breve", *Tormenta de verano* fue al Formentor en la mano sabia de Carlos Barral. Era lógico que así fuera si tenemos en cuenta que Barral tenía la obra en su poder, [107] que García Hortelano formaba parte de su "equipo" de escritores, [108] que su editorial promovía la novela conductista, y que *Tormenta de verano* era, sin duda alguna, una gran novela, merecedora— ¿por qué no?— de los diez mil dólares dispuestos como premio.

La novela —explicará su autor— "es un largo relato en primera persona, que narra el proceso de una crisis moral, desencadenada en un hombre de cuarenta y pico de años por la aparición, en la playa de la colonia donde veranea, del cadáver de una muchacha. Paralela al aludido proceso

---

[106] J. Corrales Egea, *Novela española actual*, Madrid, Edicusa, 1971, p. 85.

[107] "El libro lo tenía ya (...) Carlos Barral y, aunque yo había decidido no presentarme a más concursos (...) Carlos mismo me volvió a hacer de Pepita Ferrán. Él acababa de fundar el Formentor, aquellos premios internacionales, y decidió presentarme sin consultarme". R. M. Pereda, ob cit., p. 79.

[108] "Entre éstas [editoriales] sobresalió la barcelonesa Seix y Barral que, en un principio, se benefició con algunas revelaciones "nadalianas", dándoles cabida en sus colecciones "Biblioteca Breve" y "Biblioteca Formentor", al tiempo que iba creando su propio equipo, al que en ocasión ya lejana se me ocurrió denominar "Grupo Formentor". J. M. Martínez Cachero, ob. cit., p. 181.

y a la investigación policíaca de la muerte de la mujer, se extiende la trama de las relaciones del narrador con su familia y sus amigos, de sus formas de vida y pensamiento, mediante el discurrir de sus partys, sus diálogos, sus ocupaciones, sus tedios, de aquella su fatal tendencia egocéntrica". [109]

Es un relato— efectivamente— en primera persona, narrado por un yo que asume la mayor parte del protagonismo. La novela tiene un protagonista múltiple en determinados miembros de la alta sociedad que Javier —el yo narrador— lidera. Todo el grupo se resume, se condensa y se explica en Javier y por medio de Javier. El yo narrador es quizás la punta del iceberg en el conjunto, su portavoz y su modelo.

El protagonismo de Javier es un protagonismo por delegación; Javier ha de considerarse la cabeza visible de la colonia veraniega que él mismo ha ideado, que él mismo ha hecho construir y que legal y socialmente representa. El término "colonia" con el significado de agrupación de seres vivientes que se desarrolla a partir de un elemento inicial que le sirve de soporte, tantas veces por agregación, es el justo para señalar a este grupo de personas de la alta sociedad, amigos todos ellos de Javier. Él ha sido el *alma mater* de la colonia y encarna lo que un naturalista denominaría "el espíritu de la colmena". Por ello, parece poco acertado expresar que "el estudio de su personalidad no es más profundo que el de las restantes", como hace J. F. Cirre [110] en su atinada adscripción de esta novela entre las de "protagonista múltiple". Javier representa la personalidad de todo su grupo: es quien más veces expresa sus sentimientos, es quien se plantea la crisis que podía acaecer a cada miembro de la colonia, es quien conduce la novela. Protagonista múltiple, sí, pero no diluido: cada uno de los integrantes de la colonia es el radio de una rueda de bici-

---

[109] Palabras de Hortelano a L. Yrache, en su artículo citado, p. 4.
[110] J. F. Cirre: "El protagonista múltiple y su papel en la reciente novela española", *Papeles de Son Armadans*, 98, mayo, 1964, pp. 165-166.

cleta y Javier es el eje; ellos se confían en él y él los sus-
tenta; todos conforman la rueda que gira y gira obligada a
moverse por una cadena dependiente a su vez de unos pedales que alguien mueve.

Aunque Javier intente salir de ese engranaje, no puede
hacerlo, porque el lazo que lo une a los otros es demasiado
firme para poder deshacerlo, y los demás lo estrechan más,
incluso, cuando perciben su intento de fuga.

La crisis de Javier, pese al matiz irónico del título de la
obra, y pese a la vuelta a la normalidad que se produce al
final de la misma, es auténtica, y pasa por tres etapas:
*a)* descubrimiento y estudio del "otro"; *b)* análisis de sí
mismo y débil intento de cambiar de vida; *c)* vuelta a los
orígenes.

Hasta el descubrimiento del cadáver —desnudo— en
la playa, la otredad había pasado desapercibida para la
gente de "Velas Blancas", es decir, para Javier. Desde ese
instante, el aglutinador de personalidades advierte que existen otros grupos sociales que le hacen reflexionar:

> —Antes veía a las personas y no pensaba en ellas. A
> cierta clase de personas. Maleteros, camareros, criados,
> pescadores. Gente de ésa. No sé por qué ahora pienso con
> frecuencia en ellos. Me parece que están vivos. [111]

Estamos ante la toma de conciencia de que existen otras
personas próximas, pero ajenas:

> el tipo que te lleva la maleta, el tipo que te limpia los zapa-
> tos, el tipo que te vende el paquete de tabaco. No son ami-
> gos míos, ni clientes, ni nada. Pero he empezado a mirarles
> y a preguntarme dónde está la culpa (...). La culpa de que
> hasta ahora no haya pensado que ellos son hombres. [112]

Esta toma de conciencia de la otredad es lo que hizo
considerar a F. Morán que "el tema de la novela es el re-
descubrimiento por Javier de que existen otros ambientes

[111] *Tormenta de verano*, p. 156 de esta edición.
[112] Ibíd., p. 157.

no tan resguardados como el suyo", [113] aunque a mi modo de ver, el tema fundamental de la obra sea el conformismo de su protagonista, que no se decide a dar el paso definitivo.

El análisis que de sí mismo efectúa Javier lo realiza en las peores condiciones, porque es siempre ante sus amantes, y éstas constituyen la franja más conservadora de la novela dentro de sus clases sociales respectivas. Por una parte Elena, que es capaz de continuar indefinidamente sus relaciones extramatrimoniales mientras se mantengan en secreto, pero que no se atreve a fugarse con su amante por "el qué dirán" y por la consiguiente pérdida de su *status* social. [114] Pero también Angus, la prostituta, que no se fabrica castillos en el aire cuando Javier le propone huir con ella. Más realista que el promotor de la colonia, ella advierte la fragilidad de su posible unión y el fracaso de la fuga:

> Tú a mí no me aguantas ni seis meses. Somos tan distintos... Quiero decir que yo soy poca mujer para ti, porque estás acostumbrado a otra educación, a otra vida. Yo, mira, no tengo cultura. [115]

Todo, en suma, invita al abandono de la idea de cambio que se está fraguando en ese comienzo de verano tan climáticamente irregular como lo es sentimentalmente; incluso el consejo del policía, que recomienda a Javier: "no alborote la aldea con sus impulsos filantrópicos". [116]

Y, como es más sencillo abandonarse a la vida muelle, a la *dolce vita* de su grupo social, Javier renuncia a su propósito y recupera su lugar —pues su preponderancia nunca la había perdido— en "Velas Blancas".

---

[113] F. Morán, *Novela y semidesarrollo*, Madrid, Taurus, 1971, p. 362.
[114] "Tú abrirías portezuelas en Via Veneto y yo fregaría escaleras y oficinas. Javier esos sueños se tienen a los veinte años", *Tormenta de verano*, p. 348.
[115] *Tormenta de verano*, p. 384.
[116] Ibíd., p. 373.

*Tormenta de verano* es el análisis de la conciencia burguesa del final de los cincuenta y principio de los sesenta,
a través de un grupo de personas que confluyen en Javier.
El fracaso de la rebeldía de éste es el fracaso de la toma de
conciencia burguesa de ese período; él y su grupo social
son capaces ya de advertir las diferencias de clase, pero
no se sienten llamados a mesianismos sociales o políticos.
Y cuando lo sienten, dejan pasar la llamada en pro de la
comodidad personal y de grupo.

En *Tormenta de verano*, pues, la clase social *acomodada*
admite la existencia de clases inferiores, pero apenas llega
a realizar a través de sus miembros otra cosa que actos
simbólicos, como dar una suculenta propina o llevar unos cigarrillos y unas palabras de consuelo a los jóvenes encarce-
lados: eso es todo. La clase burguesa no profundiza en su
análisis de las clases inferiores; si permanecen en ese estado será porque no han sido lo suficientemente atrevidos
o inteligentes como para superarse. Mientras Javier es capaz de convertir un terreno cualquiera en una ciudad residencial, casi en un abrir y cerrar de ojos, los pescadores
del pueblecito apenas han evolucionado en centenares de
años. La colonia "Velas Blancas" y el pueblo de pescadores no tienen prácticamente nada en común, son dos mun-
dos opuestos. Aquél es el de la opulencia —licores caros,
criadas, coches, ociosidad, libertades—, éste es el del trabajo mal remunerado, el vino barato, el pescadito frito, el
servilismo. Unos y otros conocen su puesto y advierten las
diferencias: los miembros de la colonia pueden tomar como
suyo todo lo que les apetezca de la aldea, pero los integrantes de ésta saben que aquélla es "propiedad particular" a
la cual les está prohibido el paso. Si alguien de la aldea

---

[117] "Ustedes tienen medios para vivir sin tiendas y sin cines y sin
ayuntamientos", dirá Vicente, pero Javier le contestará: "Yo no
decido solo en los asuntos de la colonia. Existe un Consejo de Administración. Es norma que no haya tiendas ni ninguna clase de establecimientos al público en la colonia. Yo no puedo prometerle más
que una cosa. Se estudiará su proposición" (pp. 269-270), que significa: *vuelva usted mañana*.

pretende montar un pequeño negocio en la colonia encontrará todas las dificultades, porque aquí la independencia y la autosuficiencia son absolutas: no se desean extraños. [117]

Esta clase que se permite reservarse "el derecho de admisión", está formada por quienes han ganado la guerra, quizás los jóvenes que habían encontrado "nuevas amistades" en la novela anterior, pero que, después de unos años, han contraído matrimonio y han tenido hijos. Javier, por ejemplo, ha cumplido cuarenta y seis años, lo que nos lo situaría en la contienda entre los veinte y los veintitrés años; Andrés había acabado el bachillerato hacia el 36, y Elena tenía treinta y siete años hacia 1959-60. Como advertirá Javier, "hicimos la guerra, la ganamos y nos pusimos a cuadruplicar el dinero que tenían nuestras familias antes del 36". [118]

En *Tormenta de verano* el tema de la guerra se vertebra desde el punto de vista del vencedor, en dos tipos de manifestaciones: *a)* la de los padres; *b)* la de los hijos. De los padres, Javier será quien la rememore con más frecuencia, casi siempre en relación con su amor veraniego. Así lo advierte F. García Sarriá: "si en la guerra luchó con los nacionales, ahora está del otro lado, el alejarse de Velas Blancas y acercarse a Angus representa el pasarse de un bando a otro bando", [119] aunque todos sepamos que sólo es un flirteo y por poco tiempo.

Los hijos, que reproducen la sociedad parental y actúan movidos por idénticos resortes, no han sido "niños de la guerra", calificación que sí correspondería a Angus. Son los hijos de los vencedores y, por tanto, quienes están gozando de todas las prerrogativas. Ellos dispondrán en 1980 —según vaticinio de Javier— de "un yate para pasar seis meses al año en las islas griegas", [120] pero mientras llega

[117] Los recuerdos de la guerra están presentes a lo largo de toda la narración, en especial en los capítulos 20 y 26.
[119] F. García Sarriá, "*Tormenta de verano,* abandono y despojo de Maruja, alias Margot", *Neophilologus,* vol. LXVI, 2, abril, 1982, p. 230.
[120] *Tormenta de verano,* p. 351.

esa fecha aún tan lejana, han convertido la guerra en el más divertido de los juegos.

El infantil juego de la guerra ha sido, precisamente, la causa de la intriga principal del relato, porque durante esa actividad "el grupo capitaneado por Joaquín despojó el cadáver de Maruja-Margot, dejándolo desnudo. Estos despojos guerreros los ha guardado Joaquín y forman su *tesoro*". [121]

Si la guerra había sido —se dijo antes— lo único importante (por trascendente) que le había ocurrido al autor de la novela, parece lógico que para sus creaturas literarias infantiles sea el mejor juego. La actualización lúdica de la guerra significa, tal vez, que en un futuro lejano esos niños la conservarán en su recuerdo totalmente desdramatizada, sin trauma, justo al revés de lo que le ocurrió a la generación de García Hortelano.

Desde esta perspectiva *Tormenta de verano* puede considerarse como uno de los primeros pasos en favor de la cicatrización de las heridas causadas por la guerra civil, pero la lejanía de esa fecha señalada (1980), hace suponer que habían de pasar otros veinte años para que tal acontecimiento catastrófico llegara a superarse.

Lo que se supera realmente en la novela es el plano formal, como ya manifestó J. Marra-López en 1962: "tiene a su favor la minuciosa y calculada envoltura técnica, casi perfecta, que hace deslizarse el relato de forma morosa apenas apreciable (...) gracias a la abundancia de diálogos (...) y en equilibrio con las descripciones". [122]

El diálogo en *Tormenta de verano* ocupa la mayor parte del texto y se presenta muy a menudo desprovisto de signos de identidad, sistema magnetofónico que ya había puesto en práctica en *Nuevas amistades,* como se vio. La técnica está más depurada ahora, de modo que, cuando habla el grupo social de la colonia, García Hortelano suele evitar las fórmulas estereotipadas "dijo A", "observó B", por

[121] F. García Sarriá, art. cit., p. 231.
[122] J. R. Marra-López, *"Tormenta de verano,* primer Premio Formentor", *Ínsula,* 187, junio, 1962, p. 4.

lo cual es el grupo quien se expresa y no cada individuo. Cuando el diálogo ocurre entre personajes de distinta clase, sin embargo, cada uno delata su origen social por su propio léxico y por las estructuras lingüísticas que utiliza en la conversación.

En cuanto a las descripciones, *Tormenta de verano* abunda en las de tipo anatómico, fundamentalmente de partes del cuerpo femenino, como todas las obras de García Hortelano. Pero, además, por ser la menos urbana de todas sus novelas, aparecen con frecuencia las de elementos de la naturaleza, o la de situaciones casi edénicas:

> Los pájaros piaban agudamente, haciendo más amplia la extensión gris del cielo, más allá de los árboles, del tejado de Emilio, de la columna de humo, que debía de nacer donde los naranjales próximos a la aldea. [123]

Estas descripciones son, desde luego, una manifestación más del objetivismo del autor de ésta y de las obras de esa escuela. Como explicaba Robbe-Grillet, "la vista aparece en el acto como el sentido privilegiado, y en particular la vista aplicada a los contornos (más que a los colores, los destellos, las transparencias). La descripción óptica es, en efecto, la que más fácilmente opera la fijación de las distancias: la vista, la mirada, si quiere seguir siendo la mera vista, deja las cosas en su respectivo puesto". [124]

[123] Ésta, en p. 70, pero pueden encontrarse en todos los capítulos: "A la salida del bosquecillo de abetos apareció el mar, brillante de luz, solidificado en una inmensa mancha de color variable" (p. 260). "El sol ponía neblinoso el cielo en lo alto (...). Al otro lado de la línea de la borda volaban unas gaviotas que, en la lejanía parecían rozar el agua" (p. 312). "Con un ojo solo, veía la playa en una bruma de luz en movimiento, que se llenaba a veces, de manchas coloreadas" (p. 424). A mi modo de entender este tipo de manifestaciones deja en entredicho unas palabras de su autor: "Odio la naturaleza, los espacios libres. Soy, o sería la bestia negra del ecologismo si expusiera mis ideas de manera pública", en L. Nolens, cit., p. 12, palabras que han de entenderse como un ex-abrupto más que como una declaración de principios.

[124] A. Robbe-Grillet: *Por una novela nueva*, Barcelona, Seix Barral, 1973, p. 86.

## 2.3.  *Tres novelas más y algunos cuentos*

Durante el largo paréntesis "entre novelas" que ya vimos (1962-1972), se publica *Gente de Madrid,* donde se destilan algunos ingredientes que pasarán a su próxima obra, como el humor. [125]

Los cinco relatos que componen el volumen presentan tantos elementos en común, que han llegado a ser considerados como otra novela más. Para Luis Yrache, por ejemplo, "no son independientes, pues su trabazón es no sólo constructiva para el desarrollo del relato total, sino para la creación de una tensión dialéctica, que constituye la intención". [126] Para José Domingo, sin embargo, los dos primeros relatos "constituyen un cuerpo y forman una novela, más que corta, sobre el Madrid en guerra". [127]

Los cinco cuentos presentan dos épocas y sistemas de vida distintos, pero históricamente relacionados. En los dos primeros, el protagonista relata sus andanzas por Madrid durante la guerra, y "en ambos relatos, desde la situación provisional que todos los personajes viven, se apunta hacia un futuro de inciertas esperanzas". [128] En los dos textos siguientes se nos presenta una sociedad madrileña en la que pululan personajes muy próximos a los de *Nuevas amistades* y *Tormenta de verano* a través de una técnica similar a la planteada en ambas novelas: objetivismo basado en el diálogo. Ocasionalmente, con todo, García Hortelano proporciona detalles de la psicología de sus personajes, que nos hacen pensar que nos hallamos en una etapa de cambio en su forma de novelar.

[125] "Intento en ellos —dirá G. Hortelano— como en esas piezas breves de cámara, lo que luego voy a hacer en las novelas, en las sinfonías... En *Gente de Madrid* hay ya rasgos de humor, por ejemplo". R. M. Pereda, cit., p. 81.

[126] L. Yrache, "Intención en la última novela de García Hortelano", *Papeles de Son Armadans,* 155, febrero, 1969, p. 195.

[127] J. Domingo, "J. G. H., *Gente de Madrid*", *Ínsula,* 253, diciembre, 1967, p. 5.

[128] M. D. Troncoso, ob. cit., p. 222.

El último cuento, "Marciapiede izquierdo Avenue de Wagram", nos lleva al París de los sesenta, adonde tantas españolas han llegado para ponerse a servir. La caótica mezcla de idiomas que se advierte en el título indica una mirada benévola y comprensiva por parte de Hortelano, que no deja de emitir un juicio sobre la emigración y sus causas.

*El gran momento de Mary Tribune,* como el último cuento de *Gente de Madrid,* no puede disimular en su título un matiz irónico que el propio García Hortelano desvela cuando advierte: "el mismo nombre de Mary Tribune es también ambiguo, alzado: 'Tribune' significa 'plataforma' y, al mismo tiempo, suena al *Herald Tribune.* No niego que encierra algunas intenciones perversas". [129]

*El gran momento de Mary Tribune* parte, como sus dos novelas anteriores, de un acontecimiento poco común, un hecho que hace temblar —como en las obras precedentes, también— las relaciones de un grupo de personas —otra vez un colectivo— que podríamos calificar como "jóvenes adultos" de la alta burguesía. En *Nuevas amistades* el imprevisto-motor era un embarazo no deseado; en *Tormenta de verano,* un cadáver desnudo en la playa; y ahora el aterrizaje en el clan de un personaje insólito, incluso exótico, Mary Tribune. La yanqui pecosa hace temblar, pero no tambalear las relaciones del grupo; es aceptada —como lo fue Gregorio en *Nuevas amistades*— porque al grupo le viene bien un poco de savia nueva que los saque de la monotonía: "Es un hallazgo Mary. Temo que el ambiente local la malee. Nos hacía falta gente nueva. Llevamos mucho en la endogamia y la raza se debilita." [130]

El grupo al que se incorpora Mary Tribune es, por otra parte, similar al de *Nuevas amistades,* y sus miembros, aquéllos, si bien más maduros. Y en el fondo de todo esto —como señala Darío Villanueva— está el mismo vacío que llena (...) las vidas de los personajes de la novela, in-

---

[129] En L. Nolens, entrevista citada, p. 11.
[130] *El gran momento de Mary Tribune,* Barcelona, Barral, 1972, t. I, p. 186.

cluido el lúcido y semialcohólico narrador que nos lo desvela". [131]

Hasta aquí, pues, todo indica que se pueden aceptar sin reservas unas palabras del propio autor de la obra a Martín Vilumara: "uno cuenta a lo largo de su vida las mismas historias y los mismos demonios, aproximadamente". [132] Ésta es, desde luego, una verdad poco menos que tópica, aquí aceptable por cuanto queda matizada con el adverbio "aproximadamente".

Los personajes son similares; los motivos, del mismo estilo; los grupos, casi idénticos; pero ha variado el tono de la novela a la par que el narrador.

*Nuevas amistades* estaba narrada en la tercera persona que se ha dado en denominar como de "omnisciencia multiselectiva". [133] *Tormenta de verano* era conducida por Javier en primera persona. *El gran momento de Mary Tribune* también se desarrolla en una primera persona, si bien este narrador no se siente encadenado por la férrea voluntad de Hortelano a la casi exclusiva expresión dialogada de su anterior novela. En *El gran momento,* García Hortelano ha dado rienda suelta a su personaje narrador y lo ha dotado de una gran capacidad de observación y juicio de la sociedad en que se desenvuelve. Sin embargo, no se produce en él, como destaca D. Villanueva, la crisis de Javier. A pesar de su cinismo, el narrador, un personaje desarraigado, fuera del lugar que le debería corresponder, se siente "amenazado, acorralado, sin escapatoria posible de la sociedad que critica". [134]

Una de las diferencias más notables de ésta respecto a las anteriores novelas de su autor —diferencia que algunos

[131] D. Villanueva, "La última novela de García Hortelano", *Camp de l'Arpa,* 6, marzo-abril, 1973, p. 20.

[132] M. Vilumara, "El gran momento de Juan García Hortelano", *Triunfo,* 531, diciembre, 1972, p. 55.

[133] M. D. Troncoso dirá que *Nuevas amistades* ofrece "ciertas dificultades sobre el punto de vista elegido, a medio camino entre el objetivismo y la omnisciencia selectiva de un narrador en tercera persona", ob. cit., p. 58.

[134] D. Villanueva, art. cit., p. 21.

críticos no quisieron ver— [135] consiste en el tono de relajada ironía, de ambigüedad, incluso, que impregna a la obra, y que va alimentando la sorpresa del lector al tiempo que lo involucra en la narración. Esta ironía procede en gran medida de la personalidad del narrador, aunque también de los numerosos elementos distorsionantes incorporados al texto.

De ellos hay que hacer notar los de tipo léxico y los de tipo plástico. Entre aquéllos, la amplia nómina de extranjerismos y términos de diversas hablas y aun jergas; [136] y, entre éstos, la estructuración de cada página, que en nuestro país tuvo tan en cuenta Juan Ramón, y que iban a continuar después buena parte de los poetas del 27 y, muy particularmente, Jorge Guillén y Gerardo Diego.

Así pues, con *El gran momento de Mary Tribune*, el novelista no se contenta con la autoimitación, con la repetición *ad infinitum* de sus propios temas, ambientes y personajes. La obra, que participa, en efecto, de todo lo anterior, adelanta, asimismo, componentes y fórmulas futuras que la convierten en bisagra entre las novelas previas y las posteriores. Su larga extensión, por otra parte, considerada como uno de sus defectos principales, motivará la reflexión de García Hortelano quien, en su siguiente entrega, no llegará siquiera a las 150 páginas. Pero antes de editarse *Los vaqueros en el pozo* —la más breve novela de García Hortelano— se publica un conjunto de cuentos, *Apólogos y milesios*, conformado por catorce historias poco relacionadas entre sí.

Los relatos están repartidos en tres secciones: una primera, con tres cuentos, cuyo narrador-protagonista es una mujer; una segunda, con ocho textos breves de diverso tono; y una tercera, con otras tres narraciones diferentes en cuanto a la persona que narra el asunto. No existe,

---

[135] J. Domingo, por ejemplo, no advierte ninguna novedad respecto a la producción literaria anterior de J. García Hortelano, en su artículo "«Novísimos», «nuevos» y «renovados»", *Insula*, 316, marzo, 1973, p. 6.
[136] M. D. Troncoso lleva a cabo un detenido estudio de los mismos en su obra citada, pp. 101-108.

pues, la unidad de tono y timbre de *Gente de Madrid,* aunque se advierte un sentido compilador en el número de textos de cada bloque, y una similar intención por parte del autor. Mientras el conjunto anterior podíamos considerarlo como un apéndice de sus dos primeras obras, una mini-novela donde una sola voz daba cuenta de lo visto y oído, en *Apólogos y milesios* se multiplican los puntos de vista y se evita la monotonía de lo comunitario en un único círculo. En este nuevo conjunto los ambientes son muy diversos y el lector llega a ellos por cristales de diferentes colores. Como menciona M. D. Troncoso,

> aparecen en sus páginas personajes del mundo de la política, de la música, de la literatura; mitos actualizados como Morfeo o Hipodamia; paródicos intelectuales, como los Jotas; angustiados seres de la Mafia, como Benedetto y Stefanía; gentes de ninguna y todas partes, como Adminículo y Viernes; personajes de la Inglaterra colonial, como el Mayor Mahimed y el Explorador; cronistas de intergalácticos campeonatos de fútbol. [137]

El mismo año de 1979, García Hortelano reúne en un volumen los dos conjuntos de cuentos hasta entonces editados y les añade quince piezas más (bajo el epígrafe "Cuentos contados"), con el título general *Cuentos completos,* [138] como ya se refirió.

Si *Apólogos y milesios* era un volumen dispar, un "conjunto disjunto", en terminología matemática, el nuevo libro, que recoge textos escritos a lo largo de veinte años, resulta ya totalmente heterogéneo. Pero en estos *Cuentos completos* se percibe cómo su autor ha ido ensayando nuevos ambientes, nuevos personajes y, sobre todo, nuevos

---

[137] Obra citada, p. 225. Respecto al tema del fútbol, García Hortelano suele comentar que es partidario de un equipo de la capital, y suele quejarse de que en el mundo "intelectual" ser aficionado a ese deporte está mal visto. Sobre este tema, véase A. Vivas, art. cit., p. 27.

[138] Con esta publicación en la calle, G. Hortelano diría: "me ha dado una impresión de ancianidad total. Que es como tener obras completas, una cosa de viejo". R. M. Pereda, ob. cit., p. 82.

puntos de vista. El objetivismo a ultranza de sus dos primeras novelas, va dando paso a ese subjetivismo que se vierte en *El gran momento de Mary Tribune*. Se observa además, a través de estos cuentos, cómo García Hortelano ha ido asumiendo algunas aportaciones de sus contemporáneos más próximos —Fernández Santos, Sánchez Ferlosio, Benet, Marsé— o más en candelero —Cortázar, Vargas Llosa, etc.—, con las que ha enriquecido su propia creación sin dejar de ser él mismo. [139]

El último cuento del volumen, *Los archivos secretos*, que servirá para titular posteriormente una antología, o muestrario, como prefiere R. Conte, no deja de asombrar por su cariz desmitificador y sarcástico. En él, nuevamente Hortelano aborda el tema de la creación literaria y la inspiración, "ceguera sin la cual es imposible escribir historias". El novelista desmonta, asimismo, en ese texto, las posibilidades que una obra literaria tenga para cambiar el mundo. La obra no se hace "por nada trascendental", y si se firma es "para que conste y por si el día menos pensado me ocurre algún percance que se sepa quién ha sido". [140]

*Los vaqueros en el pozo*, es la más hermética de las novelas debidas a Hortelano, pues a la anfibología del título ha de añadirse el difuminado ambiente en que se mueven unos borrosos personajes, una temporalidad indeterminada y un asunto opaco.

Una extraña mujer —Prudencia— recibe, en su casa de campo, a un elenco de personajes conscientemente ambiguos que apenas harán otra cosa que vegetar en ese escenario alejado del mundanal ruido donde han sido ubicados.

---

[139] Respecto a este asunto, G. Hortelano expresó: "una de las aventuras más hermosas es la realizada por los escritores latinoamericanos, y no solamente por ellos, sino también por todos aquellos escritores que les sirvieron de fuente y que fueron puestos en circulación a partir del *boom*. (...) Lo que el novelista latinoamericano enseña al novelista español es una actitud frente a la lengua, mucho más saludable, más enriquecedora y expresiva". S. E. Sylvester, cit., p. 40.

[140] *Cuentos completos*, p. 442.

Las relaciones entre los personajes, sus estudiados falsos diálogos, sus actividades sin sentido, nos hacen pensar que el escritor no ha querido desvelar las claves de su obra, convirtiéndose así en el único capaz de dar con su sentido final. Estaríamos ante "un puzzle inacabable [que] se pierde en la espesura, densa y consciente, de una logomaquia que espera la luz de la resurrección", como matiza Armas Marcelo. [141]

Tantos aspectos en el aire, tanta indeterminación en un novelista que siempre se había mostrado definitorio, manifiestan el carácter experimental de la obra. Por otra parte, su deuda con el cine es notable, [142] y resulta evidente que toda la novela crea un clima nebuloso donde se percibe con dificultad si lo visto y narrado ha sido "realidad" o simplemente "un sueño". Quizás todo haya existido sólo durante las horas de una tarde de sopor en la mente de la solitaria Prudencia.

García Hortelano deja, pues, varias puertas abiertas a la interpretación de su relato y permite que el lector decida por él. Novela hermética, pero por ello mismo, novela abierta: casi todas sus posibilidades de lectura están aún por desentrañar.

La última novela del escritor madrileño, *Gramática parda,* continúa en parte la línea iniciada en *El gran momento de Mary Tribune* y *Los vaqueros en el pozo,* donde parece que el autor ha trabajado completamente relajado, libre de toda atadura, alcanzada la plena madurez, y consciente de su poder fabulador. En *Gramática parda,* el García Hortelano gran conversador se sitúa sobre sus muñecos de ficción y les hace hablar con todas las voces que él mismo es capaz de articular, que él mismo es capaz —como otro Chamcha— de interpretar.

Si *Los vaqueros en el pozo* era susceptible de varias lec-

[141] J. J. Armas Marcelo, "El oficio de Hortelano", *Nueva Estafeta,* 9-10, agosto, 1979, p. 159.
[142] J. Alfaya ha advertido, en efecto, puntos de contacto con el cine de Antonioni y Resnais, en "García Hortelano, un superviviente", *La Calle,* 66, junio, 1979, p. 43.

turas, *Gramática parda* presenta mil y una voces, mil y una
lecturas posibles, por lo que puede considerarse "un libro
aparte dentro de nuestra tradición narrativa y de la ex-
perimentación misma que suele realizarse en nuestro idioma". [143]

Pero, además, se percibe casi página a página que el
creador se siente encantado con su creatura, que el esfuerzo
está continuamente recompensado con los hallazgos en
personajes, tonos, giros lingüísticos, estructura. No da la
impresión, desde luego, de que la novela haya sido reescri-
ta casi enteramente, como afirma su autor, sino de que
ha sido compuesta de un tirón, en ese estado de gracia conocido como "inspiración furiosa".

Si al escribir *Gramática parda* G. Hortelano pretendía
"hablar de literatura pero contando una historia, no haciendo un ensayo", [144] lo cierto es que por encima de todo
contó —como era de esperar— una historia, en la que el
ingrediente principal es la literatura y el oficio de novelista.

La historia, en este caso, puede resumirse en la testa-
rudez de una niña aún analfabeta que ha decidido convertirse en Gustave Flaubert y escribir una novela. Este
"caso" está en el centro de un círculo donde funcionan
otros mil casos distintos con otros tantos personajes de
diversa catadura, desde el viejo hidalgo español Teobaldo
García de García que viaja a París para vender explosivos,
hasta la pandilla de delincuentes infantiles que quieren hacer *tabula rasa* de todo.

La acción se desenvuelve en la capital francesa —de lo
que algún crítico se quejaría— y la niña Duvet Dupont
pertenece a la alta burguesía, capa social en la que se han
asentado siempre los principales personajes de Hortelano.

*Gramática parda* se distancia de las obras anteriores por
cuanto pretende convertirse en un manual para el aprendi-
zaje de la gramática, y se divide así en capítulos como "Las

---

[143] R. Conte: "Parodia, juego y metanovela en Juan García Hortelano", *El País,* "Libros", 4, abril, 1982, p. 1.
[144] En R. M. Pereda, cit., p. 74.

condiciones del sujeto", "Dialéctica de la ignorancia", "La buhardilla semiológica o la semiología en la buhardilla", "La importancia de los circunstanciales de modo y manera", etc., cuya sola lectura manifiesta la intención de parodiar las "gramáticas del texto".

Todo, pues, desde el planteamiento general de la obra hasta el más diminuto de los detalles, nos habla de un sentido lúdico más profundo del que lo demás es subsidiario. Junto a este sentido lúdico, que impregna la totalidad de la obra, encontramos, y no podía ser menos, las grandes verdades del escritor, con sus miedos y con sus dudas, con sus vanidades y con sus servidumbres.

*Gramática parda,* por fin, ha de leerse buscando siempre uno, dos, o tres sentidos más del aparente o del dominante, con una lectura advertida de que en ese texto cualquier vocablo puede ser equívoco, intencionadamente dilógico, desde los nombres propios de los personajes [145] hasta los más inocentes adjetivos. Habrá que admitir, como predica Vázquez Rial, que *Gramática parda* "entraña un arte nuevo de leer novelas", [146] que a mi modo de ver consistiría solamente en un leer *atento* a todos los registros.

*Mucho cuento,* última, hasta ahora, entrega de relatos que no habían sido todavía recogidos en un volumen, [147] reúne veinte piezas, casi todas previamente editadas en diarios, revistas, catálogos o antologías.

Los seis primeros textos presentan un acusado autobiografismo —como se advirtió— y sirven para recuperar, sin duda alguna, la ya lejana infancia de los estragos del olvido. Cierto que su autor alerta en una breve presentación "que se trata de una edición corregida y aumentada, ya que *no,* al tratarse de cuentos, *de textos veraces*". [148] Han

---

[145] Ignorantia Destra, Bonus Eventus, Venus Carolina Paula, Fabulae Centum, Spe Tantum Relicta, Virtus Deserta, Marceline Messaline, Motmot, Fleminga, etc.

[146] H. Vázquez Rial, "*Gramática parda*: Duvet Dupont intenta explicarse", *Quimera,* 18, abril, 1982, p. 46.

[147] Previamente había publicado *Los archivos secretos,* pero todos sus relatos estaban ya en *Cuentos completos.*

[148] "De veras", *Mucho cuento,* cit., p. 9. El subrayado es mío.

de considerarse, desde luego, como fragmentos biográficos "manipulados" durante la creación literaria.

El resto del conjunto, en el que cabe advertir también algún detalle biográfico, presenta diversas características, aunque en todos ellos es patente un tono de relajada ironía, como en *Gramática parda*. Esta ironía llega a veces al sarcasmo, cuando se reflejan modas y modos de *hacer* cuentos. En varios casos, a mi entender, G. Hortelano imita tan de cerca el estilo de algún fabulador hispanoamericano, que llega a la parodia, como ocurre en "Cuestiones flabeligeras" y "Mutis". En ocasiones, se plantea de una u otra manera el tema de la muerte de Franco [149] y el advenimiento de la democracia, con alusiones a la escasez de cambios que ésta trajo consigo. La crítica al ascenso que los mediocres obtienen por medios rastreros se deja ver en "Un crimen", y la burla de determinados modelos de relación amorosa es clara en *Preparativos de boda*, [150] donde Hortelano disfruta con las situaciones creadas y los conflictos de sus personajes.

*Mucho cuento* es, como toda recopilación, heterogénea, pero esa misma falta de cohesión le proporciona mayor variedad y con ésta un nuevo aliciente para el lector. "Hay que tener en cuenta —dirá su autor—, que un libro de cuentos es un cajón de sastre. En este libro se trata de echar cuentos al cajón de sastre, quizá porque a mí los libros que más me gustan son los que no tienen homogeneidad." [151]

ANTONIO A. GÓMEZ YEBRA

[149] Sin duda alguna está presente en los textos de *"(Los diablos rojos contra los ángeles blancos)"*. Véase un ejemplo de "Elasticidad": "En la actividad de este concurrido lecho confiaron mis *ángeles azules*. Acostumbrados a recoger cómodamente las almas de los lascivos cuando suena la hora de la artrosis, acudieron puntuales a recoger el alma de Procusto en cuanto, además de artrosis, el doctor diagnosticó el cáncer que yo le había asignado en mis inescrutables designios", p. 99. El subrayado es mío.

[150] Este cuento fue publicado previa e independientemente en Madrid por Colecciones Almarabú, 1986.

[151] En M. Sánchez Arnosi, cit., p. 11.

## NOTICIA BIBLIOGRÁFICA

NOVELAS

*Nuevas amistades,* Barcelona, Seix Barral, 1961.
*Tormenta de verano,* Barcelona, Seix Barral, col. Biblioteca Formentor, 1962.
*El gran momento de Mary Tribune,* Barcelona, Barral, col. Hispánica Nova, 1972.
*Los vaqueros en el pozo,* Madrid, Alfaguara, col. Literatura, 1979.
*Gramática parda,* Barcelona, Argos Vergara, 1982.

CUENTOS

*Gente de Madrid,* Barcelona, Seix Barral, col. Nueva Narrativa Hispánica, 1967.
*Apólogos y milesios,* Barcelona, Lumen, col. Palabra Menor, 1975.
*Cuentos completos,* Madrid, Alianza Editorial, col. El Libro de Bolsillo, 1979.
*Preparativos de boda,* Madrid, Ediciones Almarabú, 1986.
*Mucho cuento,* Madrid, Mondadori, col. Narrativa, 1987.
*Los archivos secretos,* Madrid, Montena, 1988, pról. de Rafael Conte.

POESÍA

*Echarse las pecas a la espalda,* Madrid, I. Peralta Ed. y Ed. Ayuso, col. Hiperión, 1977.

Ensayo

*El grupo poético de los años 50,* Madrid, Taurus, col. Temas de España, 1978.

Traducciones

Ferdinand Celine, Louis, *Semmelweis,* Madrid, Alianza Editorial, 1968, con prólogo de J. G. Hortelano.

Vian, Boris, *El otoño en Pekín,* Barcelona, Bruguera, Libro amigo, 1981.

Walser, Robert, *Jakob von Gunten,* Barcelona, Barral Ed., en colaboración con Carlos Barral.

# BIBLIOGRAFÍA SELECTA
## SOBRE JUAN GARCÍA HORTELANO

Buckley, R.: "El pícaro como pícaro: *El gran momento de Mary Tribune*", en *Raíces tradicionales de la novela contemporánea en España*, Barcelona, Ed. Península, col. Ciencia y Sociedad, núm. 177.

Conte, R.: "García Hortelano o el noble arte de contar", prólogo a *Los archivos secretos*, pp. 9-13.

Champeau, G.: "Répétition et variation dans un roman de J. G. H.: *Los vaqueros en el pozo*", *Annexes aux Mélanges de la Casa de Velázquez, Le temps du récit, Rencontres*, 3, Madrid, 1989, pp. 113-125.

García Sarriá, F.: "*Tormenta de verano*: Abandono y despojo de Maruja, alias Margot", *Neophilologus*, 66, abril, 1982, pp. 227-234.

Moix, A. M.: "Juan García Hortelano. Un embajador en las Ramblas", en *24×24*, Barcelona, Península, 1972, pp. 53-62.

Nolens, L.: "Soy un novelista urbano. Entrevista con J. G. Hortelano", *Quimera*, 6, abril, 1981, pp. 9-12.

Pereda, R. M.: *El gran momento de Juan García Hortelano*, Madrid, Anjana, 1984.

Sánchez Vidal, A.: "Tipologías narrativas en *Apólogos y milesios*, de J. G. Hortelano", en Fonquerne, Yves-René, ed., *Formas breves del relato*, Madrid, Secretariado de Publicaciones de la Universidad de Zaragoza, Casa de Velázquez, 1986, pp. 283-296.

Sanz Villanueva, S.: "El conductismo en la novela española reciente", *Cuadernos Hispanoamericanos*, 263-264, mayo-junio, 1972, pp. 593-603.

Schmidt, U.: *Kritik am Burgertum als Selbstreflexion: Untersuchungen Juan García Hortelanos unter Berucksichtingung personlichkeitstheoretischer Fragestellungen,* P. Lang, Frankfurt am Main, Nueva York, 1984.

Sherzer, W. M.: "Juan García Hortelano and the Spanish Social Novel", *Revista de Estudios Hispánicos,* XIII, 3, octubre, 1979, pp. 359-379.

Torres, A. M.: "Juan García Hortelano. La literatura como vicio", *El País semanal,* 14 de octubre de 1984, pp. 11-14.

Troncoso Durán, D.: "Evolución novelística de Juan García Hortelano", *Anales de la Narrativa Española Contemporánea,* 6, 1981, pp. 21-42.

——: *La narrativa de Juan García Hortelano,* Santiago de Compostela, Universidad, 1985.

Vázquez Rial, H.: "*Gramática parda*: Duvet Dupont intenta explicarse", *Quimera,* 18, abril, 1972, pp. 43-46.

Yrache, L.: "Intención en la última novela de García Hortelano", *Papeles de Son Armadans,* 155, febrero, 1969, pp. 195-200.

Zinn, B. C.: "The Proteus Principle in García Hortelano's *El gran momento de Mary Tribune*", *Hispanic Journal,* vol. 3, núm. 1, Fall, 1981, pp. 115-122.

# NOTA PREVIA

E L  A U T O R  da por buena la edición de 1987, en Seix Barral, que aquí se sigue fielmente. Tengo en cuenta, desde luego, la primera, de 1962; las variantes se reseñan en la sección correspondiente.

Respecto a las correcciones del texto *princeps* efectuadas por su autor, han sido, en la mayor parte de los casos, de erratas, pero también gramaticales y estilísticas, sin olvidar las modificaciones de aquellas palabras y frases que la censura había mutilado en su día.

He corregido por mi cuenta cuatro errores tipográficos evidentes: "obligé" (obligué, p. 133), "altera'os" (alterados, p. 153), "Porqué" (Porque, p. 172), y "tiene" (tienes, p. 228).

Por relacionarse en el texto una serie de hechos históricos que se producen mientras se escribía la novela, ésta puede considerarse novela-testimonio. Sin confundir fábula con historia, he intentado fechar cada acontecimiento citado de índole nacional o internacional, aun en los casos en que pertenecen al pasado.

Los datos geográficos, sociológicos, etc., acumulados en la novela, permitirán suponerla en un lugar concreto de la península, que se destaca en su momento.

Doy las gracias, por fin, a Juan García Hortelano, por su cordialidad y la ayuda prestada, así como a mi buen amigo Ramón Bordoli Dolci, mi embajador madrileño.

A. A. G. Y.

# TORMENTA
# DE VERANO

## 1

E N principio, lo peor fue que la muchacha, además de muerta, apareciese desnuda en la playa. De los niños nadie se preocupó, a pesar de haber sido ellos quienes descubrieron el cadáver. Pero a la mañana siguiente, durante el desayuno, Enrique y Joaquín provocaron los primeros sollozos de Dora.

—Enrique —había dicho yo—, anda a llamar a Rafael, que acaba de pasar por la calle.

Enrique saltó de la silla y atravesó corriendo el jardín.

—Rafael ha ido ya al pueblo esta mañana —Dora retiró la silla y se inclinó sobre la mesita de las revistas.

—Sí, me trajo los periódicos. Pero tiene que volver.

—Los de Madrid no publicarán nada de lo de ayer, claro —Dora cruzó las piernas—. ¿Crees que vendrán muchos periodistas?

—El juez le dijo a Emilio que se daría la menor publicidad posible al asunto. Por el turismo, [1] ¿comprendes? —vi

---

[1] Los protagonistas están realmente haciendo turismo, aunque el ocio forma parte esencial de sus vidas. Con este dato, G. Hortelano quiere situar la novela en la época posterior a la creación del Ministerio de Información y Turismo (1951). La presencia de algunos nombres extranjeros delata que en esa zona donde se sitúa la acción ha llegado ya el turismo internacional que se haría multitudinario en la época de los sesenta. Este turismo modificaría, desde luego, la forma de ver las cosas por parte de los españoles de entonces y favo-

a Rafael, que avanzaba por el sendero de grava—. Posiblemente, la prensa de Madrid y de Barcelona traerá sólo las cuatro líneas del diario regional de hoy. [2]

—Qué fastidio.

Rafael subió los escalones de la veranda. [3]

—¿Quería usted algo? Que aproveche.

—Gracias, Rafael.

—Vas al pueblo, ¿no? A ver qué dicen por allí.

—¿De la mujer muerta?

—Pregunta a Raimundo, cuando vayas a la tienda a recoger la caña. Raimundo estará enterado de alguna noticia, seguramente. Y no olvides los anzuelos que le encargué, si los tiene ya.

—Muy bien.

Tú, Dora, ¿necesitas alguna cosa?

Dora dejó de leer "París Match" [4] y denegó con una sonrisa.

—Bueno, hasta luego, señor.

—Adiós, Rafael.

El grito de Dora le detuvo cuando cruzaba el césped.

—Dígale al niño, que estará por la calle, que vuelva.

—Sí, señora.

—Gracias.

Dora buscó un cenicero entre el servicio del desayuno, antes de continuar leyendo.

---

recería el desarrollo económico que permitió la compra de los primeros coches y electrodomésticos.

[2] G. Hortelano no ha proporcionado el nombre del pueblo ni quiere tampoco citar diarios como *ABC* o *La Vanguardia,* que hemos de suponer por alusiones. Con ello dificulta la ubicación geográfica exacta de su novela.

[3] Parte delantera del edificio, corrientemente abierta a modo de galería. Su existencia lleva implícito un clima mediterráneo, de noches veraniegas más suaves, en que apetece tomar el fresco en el exterior.

[4] El título de la revista advierte ya que estamos ante un grupo de personas de la élite no desprovistas de cultura. "Siempre, o casi siempre, he ubicado a mis personajes en la burguesía, y esto tal vez se deba a que es el único mundo de referencias que tengo" —dirá G. Hortelano a S. E. Sylvester. Entrevista citada, p. 39.

—Va a llover.

—Hum.

Enrique regresó con Joaquín, que nos besó a Dora y a mí.

—Termina de desayunar.

—Vamos a ir a la playa —dijo Joaquín.

—Pero ni mojaros los pies, eh.

—¿Está tu madre en casa, Joaquín? —dijo Dora.

—No lo sé. Papá está durmiendo.

Mientras Enrique acababa su tazón de café con leche, Joaquín se subió a uno de los morris [5] para ver, sobre el hombro de Dora en que se apoyaba, las fotografías de la revista. Por el pinar debía de haberse nublado el cielo también. Leoncio pasó por el jardín, con una azada al brazo. El viento, racheado, sin fuerza, era frío. Movía las hojas de los árboles en intermitentes murmullos. La pregunta de Dora a los niños me hizo volver la cabeza.

—¿Qué cuchicheáis?

Joaquín, de puntillas, con un brazo apoyado en la mesa, tenía su rostro muy cerca del de Enrique, que se limpiaba los labios con la servilleta.

—Nada.

—¿Nada? Es muy feo que los niños murmuren —insistió Dora.

—Es que éste decía —Joaquín me miró— que por qué a las mujeres les crece...

—¡Joaquín!

—Acaba tu pregunta, Joaquín.

—Que ¿por qué? —se señalaba con el pulgar izquierdo los pectorales.

—Lo preguntaba Enrique.

Entonces Dora comenzó a sollozar. Les [6] puse en el jar-

---

[5] Este tipo de sillón, tan frecuente en las obras de G. Hortelano, denota también una clase social elevada. Pocos podían permitirse tener muebles de marca en casa.

[6] "Les" por "los". El escritor madrileño, que tiene a gala los rasgos peculiares de su habla, es leísta.

dín, les prometí reunirme con ellos en la playa y traté de tranquilizar a Dora.

—Mujer, es lógico que los chicos pregunten. Por primera vez en su vida se encuentran ante una persona desnuda. No hay por qué hacer aspavientos. Será preferible contestarles de la mejor manera que se nos ocurra.

—¡Yo no hago aspavientos! ¿Es que te parece bien que mis hijos...?

—Dora, por otra parte, no han sido sólo nuestros hijos. Y, mira, Dorita no está allí. ¿Qué quieres que se le haga? A su edad...

—¡Está bien! —chilló entre dos hipidos—. Pero también ha sido mi hijo.

—No desmesures las cosas. Te convendría entretenerte en algo. Llama a Marta o a Asunción. ¿Por qué no te vas de compras al pueblo? Con el día que hace, ni se podrá estar al aire libre. Anda, sí. Podéis comer allí y regresar a la noche, después del cine.

Me miró con los ojos húmedos de lágrimas, antes de levantarse súbitamente y tirar la revista al suelo.

—¡Déjame en paz!

Me senté en uno de los morris, con los periódicos sobre las rodillas, a fumarme un cigarrillo.[7] Los pájaros piaban agudamente, haciendo más amplia la extensión gris del cielo, más allá de los árboles, del tejado de Emilio, de la columna de humo, que debía de nacer donde los naranjales[8] próximos a la aldea. Volví a leer las escasas líneas que daban noticia del hallazgo del cadáver. Por fortuna, el hecho estaba narrado de una manera torpe, sin precisos datos cronológicos ni de lugar. Nada decían de los niños. Las autoridades, naturalmente, habían empezado a investigar el misterioso suceso. Estuve con el periódico abierto, sin leer más, hasta que Leoncio vino a distraerme.

---

[7] Muchos de los principales personajes de Hortelano son grandes fumadores. Esta clase social que no tiene nada importante que hacer gasta parte de su tiempo encendiendo cigarrillo tras cigarrillo.

[8] La presencia de naranjales es otro dato que permite situar la novela en la costa mediterránea.

—Bueno, haz lo que quieras. Llama a los albañiles, si crees que es necesario.

—Yo le digo lo que he visto. Y usted puede verlo también, si se molesta en ir a la piscina.

—De acuerdo, llama a los albañiles. Y vacíala antes.

Decidí trabajar un rato, pero Rufi tenía abiertos los ventanales del despacho, las sillas patas arriba, la mesa limpia de papeles. Me detuve en la escalera, al oír a Dora hablar por teléfono. Cuando ya estaba en la calle, recordé que había proyectado ver los desperfectos en los desaguaderos laterales de la piscina.

Las casas estaban cerradas y los jardines solitarios. Un perro, que no pertenecía a nadie de la colonia, trotaba de acera a acera, husmeando en los alcorques. El viento era más fuerte en el sendero. Les [9] vi, agrupados en círculo, como una mancha indistinta y sin relieve en la desolada igualdad de la playa.

—No nos hemos mojado los pies —dijo Joaquín.

—Eso me gusta. ¿Estáis solos?

—Sí —dijo Leles—. Luego va a venir Claudette.

Enrique dirigía la construcción del castillo; obligaba a las niñas a estarse quietas o a traer agua en los cubos de plástico. Joaquín, con las manos sucias de barro, se sentó junto a mí. En el mar, la espuma hervía sobre las crestas de las olas, pequeñas, continuas.

—¿Todas las mujeres son iguales?

—Sí.

Mantuve los brazos apoyados en las rodillas, la vista hacia la lejanía, donde las nubes se habían desgarrado y quedaba un franja azul pálido. Enrique llamó a Joaquín, pero éste no se movió.

—¿Las niñas son mujeres?

—Sí.

—¿Y Leles, Asun, Martita y Dorita?

—Sí, también son mujeres.

---

[9] Nuevo rasgo de leísmo. Como los casos son muy numerosos no volverán a anotarse.

—¿Y María Francisca?

—También.

—Pero son distintas.

—Porque son pequeñas. Cuando sean mayores, serán igual.

Vinieron detrás de Enrique y se sentaron, silenciosamente. Joaquín, colocando las manos en la arena, se movió hasta que nuestros cuerpos tropezaron.

—No habéis terminado el castillo —continuaron en silencio, inmóviles—. Yo creo que nos vamos a subir. Hace frío.

—Claudette va a bajar —dijo Martita.

—La buscamos en su casa. O, a lo mejor, la encontramos por el camino.

—Tío Javier dice que vosotras vais a ser iguales.

—Bueno, yo quería preguntarte un par de cosas —dijo José.

—Un momento, por orden. Sin quitarnos la palabra unos a otros.

—Yo no estuve —dijo Leles.

—Ni yo.

—Que se vayan Dorita y Leles —propuso Joaquín.

—Yo no quiero irme. Vete tú.

—Es una conversación entre hombres —dijo José—. Además, no deben estar más que los que la descubrimos, ¿verdad, tío Javier?

—Martita y yo también la descubrimos —dijo Asun.

—Pero es entre hombres.

—¡Papá, yo quiero quedarme!

—Un momento, no hablar [10] todos a la vez. Podéis quedaros, porque no hay ningún secreto.

—José decía que es pecado.

—No, no es pecado. ¿Es pecado encontrarse conchas?

---

[10] La fórmula imperativa "no hablar" denota coloquialidad. El imperativo ha sido sustituido por el infinitivo porque, en el plano sintáctico, es incompatible con la negación. Véase sobre esto F. Marcos Marín, *Curso de Gramática Española*, Madrid, Cincel-Kapelusz, 1980, pp. 266-267.

Pues lo mismo. Vosotros bajasteis a la playa y visteis a esa pobre chica. No es pecado.

—Pero ¿se puede confesar?

—Te dirán que no es pecado. Una cosa, y ¿si nos subiésemos? Parece que hace un poco de frío.

—No.

—Yo llevo jersey.

—¡Qué va a hacer frío!

—Mira, don Antonio —la mano de Asun señaló hacia los pinos enanos, que limitaban la playa.

—Oye —Joaquín me tiró de la manga de la cazadora—, ¿también doña Pura es igual?

—Sí, hombre, sí. ¡Buenos días! —el brazo de don Antonio ondeó en un saludo—. Deberíamos ir a saludarle.

—Es un pesado.

—Dorita, no digas esas cosas.

—Todo el mundo dice que es un pesado. Tú también —remachó Asun—. Mamá dice que doña Pura la duerme. ¡Fíjate, como si fuese una niña pequeñita!

—¿Todas las mujeres tienen pelo en el cuerpo?

—Oye, un momento.

—Éstos dicen que yo tendré pelo. ¿Es verdad?

—Preguntáis ahora todo —me pasé la mano por la cara—, yo os contesto, y, luego, ya no se vuelve a hablar del asunto. Ni entre vosotros siquiera.

—¿Es un pacto? —dijo Leles.

—Sí, un pacto. ¿De acuerdo?

Con las manos extendidas, juraron en un grito unánime. Don Antonio, que subía por el sendero, volvió la cabeza.

—Pero ¿qué asunto? —dijo Dorita.

—Cállate —ordenó Joaquín—. ¿A que Asun también tendrá pelo, mucho pelo, como esa mujer de ayer?

Asun me escrutaba con una mueca ansiosa. Le acaricié una mejilla y miré nuevamente hacia el sendero.

—¿A qué hora va a bajar la tía Claudette?

—Papá, has dicho que contestarías.

—Es un pacto.

—Pero yo no tendré tanto pelo, ¿verdad?

—Asun, eso no lo sé. Hasta que no seas mayor no puede

saberse. Pero pienso que es exactamente igual y que puedes ser tan guapa como lo era esa muchacha. Lo importante es ser estudiosa, por ejemplo. O decir siempre la verdad. O no tener miedo. Lo del pelo es cosa de la naturaleza, que hace todo sin consultarnos.

—Tú tienes pelos en las manos.

—Y papá.

—¿Qué es la naturaleza?

—¡Que os calléis! —dijo José.

—Se nace de una forma u otra. Quiero decir, con la nariz larga o corta, rubios o morenos o castaños —el viento me apagó la cerilla—. O pelirroja, como Martita —las niñas rieron—. Eso es lo que parecemos. Lo que nos ha hecho la naturaleza. Lo que somos, es distinto —encendí el cigarrillo—. Y lo más importante, ¿comprendéis? Sólo vale la pena ser buenos.

—Pero ¿por qué se les abulta el pecho cuando son mayores?

—Para criar a los niños.

—Como las vacas.

—No interrumpas, Enrique. Sí, como las vacas y otros animales. Así, los niños pueden crecer y ser mayores, como vosotros. Todos hemos sido alimentados por nuestras madres.

—María Francisca ya come —dijo Asun.

—Sí, pelargón [11] y papillas.

—El pelargón es bueno.

—Tío Javier, di a las niñas que se callen.

—Anda, sí, estad calladas. Bien, ¿qué más cosas queréis saber?

Se miraron unos a otros. Dorita hundía los pies para correr por la arena, en la que se dejaba caer. Enrique enterró la punta aún humeante de mi cigarrillo.

—Yo quiero saber quién era —dijo Asun.

—Hija, eso lo ignoro. Pero ya nos lo dirán.

—La policía lo descubre todo siempre, ¿verdad?

---

[11] Marca comercial de leche en polvo para la alimentación infantil tras el destete.

—Sí, Joaquín.

—Tío Javier —dijo Martita—, si una se muere desnuda, ¿se puede entrar en el cielo?

—Naturalmente que sí. Te mueras como te mueras, puedes ir al cielo. Si has sido buena antes.

—Yo soy buena.

—Me alegro.

—A mí no me pareció guapa —dijo José.

—Sí, lo era. ¿Hay más preguntas? —los chicos denegaron con la cabeza—. Pues, arriba, que se acerca la hora de la comida.

—Tía Claudette prometió bajar.

Corrían delante de mí, se retrasaban, peleaban entre ellos o tiraban piedras a los troncos de los árboles. Desde lo alto del sendero busqué infructuosamente la raya azul entre las nubes acumuladas en el horizonte. Leles me cogió de una mano hasta la primera calle. Enrique y Dorita se fueron a comer con Joaquín. En el comedor, Rufi colocaba los cubiertos.

—No, no vienen los niños. Se quedan en casa del señorito Andrés.

—Pues la señora tampoco. Se fue al pueblo con la señorita Marta.

—¿Ha vuelto Rafael?

—No —dijo Rufi—. Señor, he oído que esta tarde llegará la policía.

Antes del postre, comenzó a llover. La luz decreció, hasta convertir a Rufi, que ordenaba algo en el aparador, en una borrosa mancha contra el espejo.

Me senté en la veranda, con una copa de coñac [12] entre las manos. Casi no veía a través de la lluvia. Aspiré con fuerza el olor de la tierra y de las plantas. Quizá Elena no hubiese llamado porque tendría jaqueca. O quizá a An-

[12] Como el tabaco, las bebidas alcohólicas se consumen en grandes cantidades en las novelas de Hortelano. Suponen un rasgo generacional. En *Tormenta de verano,* sin embargo, como advierte algún crítico observador, no se proponen marcas determinadas, rasgo inequívoco de que estamos aún en el primer desarrollo económico.

drés le hubiera dado charlatana la sobremesa. En todo caso, ya que la policía estaba a punto de llegar, haría mejor en recordar, detalle a detalle, lo sucedido la tarde anterior.

## 2

Regresaba por el pinar y Joaquín apareció, de pronto, dando saltos. Al llegar a la carretera, me cogió de la mano.

—Nada.

Serían las ocho u ocho y media y atardecía sin crepúsculo, a causa de las nubes. Anduvimos unos metros en silencio y volví a preguntarle qué hacía por allí solo.

—¿Ha llovido arriba? —me preguntó él a su vez.

—No. Había setas y hongos para llenar camiones. Pasé por tu casa, después de la siesta, pero Manolita me dijo que andabas por la playa.

—Estuve por la playa.

—Eso me dijeron.

—A lo mejor, llueve mañana.

—¿Me buscabas?

—Sí, está muerta.

—¿Qué es lo que se ha muerto?

—Salí a buscarte, porque nadie se acuerda de ti.

Habíamos llegado a la primera calle de la colonia. Olía ya a begonias, a pinos, a azahar.

—Te agradezco que no me hayas olvidado.

Me tiró de la mano, sonriente, para que le mirase.

—Nosotros la vimos los primeros.

—¿Quiénes?

—Pues José, Enrique y yo. También venían Martita y Asun. Se asustaron, ¿sabes? Nosotros, no.

—No entiendo nada.

—¡Que nosotros la vimos, hombre! Íbamos a embarcarnos en la goleta, porque el tesoro no estaba, cuando vimos a la muerta. Luego, fuimos a avisar y nos encontramos con Leoncio, que venía de las huertas. Se pusieron a correr, después. Yo les dije que tú no sabías nada, pero no me oían.

Cogiéndole por la cintura, le puse de pie en la cerca del chalet cerrado de los Hofsen. [13] A la altura del mío su rostro, esperé unos segundos.

—¿Quién está muerta?

—Ella.

—¿Le conoces tú?

—Tiene la cara rara.

Le puse en la acera y comencé a caminar rápidamente. Entonces noté la soledad de las calles, el silencio, la insólita inmovilidad de la tarde en los jardines. Detrás de mí, sonaba la respiración anhelante de Joaquín.

—En la playa —susurró.

Le cogí en brazos. Pasado el chalet de don Antonio, encontré a María.

—Ha aparecido una joven muerta, señor.

—¿En la playa?

—Sí, creo que sí. Todo el mundo ha bajado a la playa.

Joaquín se asió a mi cuello, mientras yo corría por el sendero. Pronto apareció el grupo, la franja sucia de algas, el jeep, cerca del cual negreaban los tricornios. [14] Parecía que fuesen a montar unos tenderetes de feria, unos altos mástiles con banderolas, la plataforma de los músicos y, quizá, reflectores para alumbrar en el mar a los bañistas nocturnos. Casi era lógico que estuviesen aquellos dos hombres, con sus mosquetones negros y mates, porque algún muchacho terminaría borracho o alguna mujer acabaría por buscarle la riña a su hombre. Joaquín mantenía el entrecejo fruncido.

—¿Te da miedo?

Denegó con la cabeza, al tiempo que le bajaba de mis brazos; inmediatamente, me cogió de la mano.

El largo trecho de arena pisoteada terminaba en el cuerpo cubierto por la sábana blanca. Emilio me tocó en un hombro.

—Hola.

[13] Primer nombre extranjero, que corrobora lo dicho en nota 1.
[14] Prenda de cabeza por la que el lector conoce la presencia de la guardia civil.

—Hay que llevarse de aquí a los chicos.

—Acabo de llegar —dije—. Por otra parte, supongo que ya habrán visto todo lo que tenían que ver.

—No me gusta esto. Hace un rato te buscaba Dora.

Ellas se encontraban junto a los primeros pinos. Elena llevaba un blusa negra bajo el abrigo de paño gris claro.

—Ah, gracias.

Joaquín soltó mi mano y escapó corriendo. Algo decía Emilio, cuando uno de los guardias me saludó. Evidentemente me conocía. Nos acercamos a la abultada sábana, sujeta contra la brisa por el propio cuerpo que cubría. El guardia, en cuclillas, dejó suelto uno de los lados de la tela.

—Venga.

Rodeé el cadáver y, cuando estuve a su altura, el guardia abrió los brazos, levantando la sábana. Debajo estaba la muchacha.

Las manos del hombre, crispadas sobre la tela, temblaron. Antes de que variase de postura, apoyando un codo en la rodilla, cogí la sábana.

—Permítame —dije.

Hubiese estado más tiempo, pero las voces de los otros me distrajeron. Me moví, para dar a entender que había terminado; el guardia dejó de mirar el mar. Diestramente, sin que le estorbase el mosquetón, se agachó y remetió la sábana bajo el cuerpo, con una especie de solicitud. Le ofrecí un cigarrillo, pero me recordó que se encontraba de servicio y que lo estaría hasta la llegada del juez.

Elena y Dora corrían detrás de los niños, que reían y gritaban.

—¿Qué te ha parecido?

—Hombre... —alcé los hombros—. Es una chica de ciudad.

—¿Esperabas encontrarte una pescadora o una campesina?

—No sé qué esperaba. ¿La conoce alguien?

—Nadie.

Elena y Dora habían conseguido llevar a los niños hasta el sendero, donde charlaban con Andrés y Amadeo. Me aproximé a ellos. Prometí a Dora que subiría pronto, le

aseguré que no tenía frío. Joaquín pretendía que Rufi le
cogiese en brazos.

Después de encender un cigarrillo, me sentí mejor. Los
rostros no se distinguían a más de seis metros de distancia.
Por el sendero subían los niños, Dora y Elena, las criadas.
Andrés y Emilio, seguidos de Rafael, pasaron en dirección
a los guardias. Cerca de la orilla, Marta se vaciaba los zapatos de arena. Me puse a caminar en dirección norte, donde la oscuridad formaba una compacta guarida.

A mi izquierda, sobre los pinos de la cumbre, un fulgor
violeta difuminaba los perfiles de las colinas. Escuchaba el
mar, que estaba algo movido. Cuando terminé el cigarrillo,
me detuve y puse la punta en el pulgar de la mano derecha,
al tiempo que la lanzaba, en una parábola de chispas, con
el anular. Así arrojaba Joaquín los pequeños objetos. Al regreso me percaté de lo que me había alejado. Temí que
hubiese llegado ya el juez o que no quedara nadie en la
playa. Luego descubrí las luces de las dos lámparas petromax. [15] Antes de llegar, me humedecí las manos, dejándo-
las abiertas sobre el agua última de una ola.

—Javier —me llamó Marta.

Estaban en la penumbra, donde la blanca luz de las lámparas ya no devoraba los colores. El viento había cesado.
Junto a Marta, se habían sentado en la arena Amadeo, Emilio y Andrés.

—Estuve paseando —me guardé el pañuelo.

—Aún no ha llegado el juez. Los demás se subieron.

—¿Has visto a la chica?

—Sí, Marta.

—¿Tienes frío? —preguntó Amadeo.

—No, cariño —dijo Marta—. Si alguien me da un cigarrillo... No recuerdo nada tan sensacional en estos últimos
cinco veranos. La colonia tiene ya su historia —Andrés
acercó, protegida por sus manos, la llama del mechero—.
Gracias. Aquí nunca había sucedido nada y, de pronto, esta
tarde... Estábamos jugando una canasta [16] y vino la donce-

[15] Lámparas de petróleo.
[16] Juego de naipes,

lla a decírnoslo. Aquí, que nunca ha sucedido nada. De-
bieron de traerla desde el pueblo.

—O desde el camping —dijo Emilio.

—¿El camping? No había pensado en ello.

De la luz llegaban las sombras, quietas o en movimiento.
Fugazmente calculé que habían aumentado las personas en
torno al cadáver.

—La muchacha parece extranjera— continuó Emilio—.
Posiblemente, procede del camping o de cualquier otro
punto de la costa. La arrastrarían las corrientes y el viento
secó su cuerpo.

—No murió ahogada —dijo Andrés.

—Yo no he dicho que muriese ahogada.

—He visto ahogados y esa chica no murió ahogada en
el mar.

—Bien, pero éste —intervino Amadeo— no está diciendo que se haya ahogado la muchacha.

—No discutáis. Mientras la policía no investigue, es tonto hacer suposiciones —Marta se tendió en la arena—. To-
madlo como una de esas novelas policíacas que leéis por
las noches.

Su cuerpo se estiró dentro de los pantalones y el chaquetón de cuero, al colocar las manos bajo la nuca. Me
aproximé unos centímetros.

—¿Quiénes son?

Marta, antes de responderme, giró la cabeza.

—Gente de la aldea. Y los guardias. Hace un rato estaba
por aquí don Antonio.

—¡Qué horror!

—¿Por qué?

—No, por nada —dijo Amadeo—. Si os parece, le busco
y me lo traigo a charlar un rato.

—No, no, no, cariño. Ni en broma.

—Si tuviésemos algo de beber —dijo Andrés.

La muchacha debía de encontrarse en la oscuridad, más
allá de la segunda lámpara. Tendida en la arena, tan inmóvil como desde el atardecer y llenándose de arena
y conchas.

Amadeo y Emilio se pusieron en pie.

—Marido.

—¿Qué? —dijo Amadeo.

—¿Os subís?

—No. ¿Tienes frío tú? Cuando tengas frío, me avisas y nos subimos.

—De acuerdo.

Emilio y Amadeo entraron en la zona iluminada. Como un anticipo de tormenta, una ráfaga de viento trajo olor a lluvia.

—Al mediodía dijo la radio que cambiaría el tiempo en toda la costa.

—Hum… —asintió Marta, que mantenía el cigarrillo en una de las comisuras de la boca.

Ante nosotros, de perfil, Andrés apuñaba arena, la cabeza baja y los antebrazos en las rodillas, ligeramente flexionadas. El mar estaba en tinieblas. Me busqué [17] un cigarrillo, lo encendí con el de Marta y, al colocárselo de nuevo en los labios, sonrió.

—Emilio está nervioso por lo de los críos.

La piel de Marta, muy quemada por el sol, se agrietaba cerca de los ojos, en la frente, en sus flojas mejillas. Apenas le quedaban unos rastros de pintura en los labios.

—¿Por qué los niños? —pregunté.

—Ellos encontraron a esa mujer. Patearon toda la arena de alrededor.

—Esperemos que sea cierto que no tocaron nada, como teme Emilio.

—No —dijo Andrés, sin moverse—. Emilio teme que la hayan visto desnuda e incluso, si me apuras un poco, Emilio supone que han sido los niños quienes la han asesinado.

Marta tuvo una risa súbita y quebrada. Sentí que alguien llegaba a nuestras espaldas. Rufi, por encargo de Dora, traía mi chaquetón de hule [18] y un termo con café.

---

[17] La forma *me* aquí utilizada resulta enfática y sustituiría a un circunstancial de lugar equivalente a "por mis bolsillos".

[18] Chaquetón impermeable, con una capa de caucho o goma.

—La señora me ha encargado les pregunte si necesitan algo más.

—¿Quiere decir en casa, Rufi, que bajen una botella de whisky? [19]

—Sí, señorito Andrés.

Rufi se alejó, sin mirar siquiera a la zona iluminada. Marta, sentada, se calzó sus zapatos de tacón alto. Andrés le ayudó a ponerse en pie.

—Voy a husmear.

El jeep, conducido por uno de los guardias, rodaba hacia el sendero, iluminando los matorrales, los pinos enanos, el talud. Andrés palmeó una mano contra otra, para desprender la arena.

—Avisadme cuando llegue el whisky —gritó Marta.

Intentaba andar con la misma facilidad que si pisara asfalto.

—¿Qué día es hoy? —dijo Andrés.

—Martes. ¿En qué piensas?

Tardó en contestarme. Se le notaba una continua represión de los nervios, como si no hubiese bebido en diez días o acabase de mantener una barroca discusión con Elena.

—Desde la guerra no había vuelto a ver un muerto. Cuando lo de mis padres, no quise entrar a verles.

—Lo recuerdo.

—Es extraño, pero esa muchacha me ha recordado en un momento los días de Teruel, en el 37 [20] —cambió la entonación y sonrió—. Cuando tú me sacaste de aquel infierno, me llevaste a San Sebastián y me dejaste en el más cálido prostíbulo de toda Europa con la mujer más gorda de todo el mundo.

—A la que te recomendé especialmente.

—Me lo dijo a la mañana siguiente. Que mi primo, el capitán, le había advertido la noche anterior que yo era

[19] *Vid.* nota 12.

[20] Primera alusión a la guerra civil en uno de los frentes de mayor actividad. El ejército republicano, a fin de aliviar la presión sobre Madrid, inició la ofensiva sobre Teruel, que duró desde el 15 de diciembre de 1937 al 22 de febrero del 38.

virgen. Naturalmente, por la mañana seguía sin creérselo. [21]

Nos reímos bien, hasta que llegó Rufi con la botella de whisky.

—Pero no haberse molestado en bajar usted —Andrés bebió a gollete un sorbo—. Voy a proporcionarle un trago a Marta.

—Los niños están cenando —dijo Rufi, y añadió muy de prisa—: Señor, ¿se sabe de qué ha muerto la pobrecilla?

—No, aún no.

Rufi se santiguó.

—¿Le da miedo volverse sola?

—¿Miedo? ¡Huy, no!

El juez llegó hacia las diez en un turismo gris claro, precedido por el jeep, cuando el viento golpeaba fuerte de nuevo y las nubes se apretujaban sobre el mar, cada vez más bajas. Estábamos cansados de marchar de un sitio para otro, con el límite de unos diez metros antes de la sábana que cubría a la chica. El café se había acabado ya. Con el juez vinieron otra pareja de guardias, el forense y el secretario. Nos retiramos, excepto Emilio, que conocía a Su Señoría. Al cabo de media hora terminaron. Emilio nos hizo un gesto con la mano antes de subir al automóvil.

Marta se cogió del brazo de Amadeo y del mío mientras ascendíamos por el sendero. Andrés se detuvo dos veces a beber de la botella. Bajo la primera farola nos esperaban Santiago y Emilio.

—El juez ha ordenado que pongan el cadáver en la antigua caseta del guarda de las obras —Emilio estornudó contra el pañuelo.

—Preguntó dónde podía colocarse hasta mañana, que llegue el furgón, y yo me acordé de la caseta; se quedará una pareja de guardias.

—Habrá que proporcionarles unas mantas a esos hombres, unos colchones aunque sean viejos, café y algo de comida. Si es que...

—No te preocupes, Marta, que ahora se encargará Rafael —dijo Santiago.

[21] "creértelo", seguramente por errata.

—Cenar, pueden cenar en cualquier casa. Sí, Marta, tienen que quedarse en la caseta, con el cadáver.

—Me voy —dije.

—Rafael estaba en la playa.

—Vente conmigo —dijo Andrés.

—Es que quiero ver a los niños. Adiós.

—Hasta luego, Javier.

Todos, menos Rufi, se habían acostado.

—Tomaré un *sandwich* [22] solamente.

Después de beber una taza de café, salí a pasear. Aquella soledad, como de otoño, contrastaba con los céspedes verdes y los macizos florecidos. Sonaban ruidos de agua, de viento por habitaciones abiertas, de arena, de palabras y risas. Me detuve y encendí un cigarrillo. En el living de Santiago y Claudette había reunión. Desde la calle, oí la voz de Emilio. Recordé la tarde en que tío Pablo consiguió la orden en el Cuartel General y me largué a sacar a Andrés del infierno de los piojos, el hielo y las balas, para llevarle al sudado lecho de aquella prostituta más gorda que Marta. Ni a tío Pablo, ni a tía Amelia, ni a mi padre. Desde el último camarada que le cayese al lado o desde el último rojo que viese caer enfrente, la muchacha de la playa era su primer muerto.

Dora había dejado encendida la lámpara de su mesilla. Medio se despertó al entrar yo en mi cama. [23]

—Anda, descansa.

Trataba de dormir cuando sonó el motor del jeep. Desde el ventanal entreabierto no alcancé a ver la calle, pero, en cierto modo, vi el cuerpo de la muchacha en los asientos posteriores. Llovía y permanecí quieto, con la respiración de Dora, como un cronómetro, detrás de mí.

Con el camisón arrugado y los pies fuera de la cama, era

[22] Los extranjerismos son frecuentes también en la obra de Hortelano.

[23] El posesivo *mi* descarta la posibilidad de un lecho compartido con su esposa, y la existencia, en el dormitorio conyugal, de dos camas individuales, un gesto más delator de una clase social acomodada.

gracioso —pensé, mientras la tapaba— que, no habiéndo-
me acostado en los últimos años ni una sola vez con Dora,
su cuerpo dormido me hubiera hecho experimentar también lujuria.

3

La policía no llegó aquella tarde.

Cuando desperté, continuaba lloviendo. Alguien me había puesto una manta sobre las piernas y Joaquín estaba a
mi lado, con un periódico infantil. [24]

—¿Lo estás leyendo? —pregunté tontamente.

—Sí —mintió.

Bajo la manta se me acumulaban el calor y la pereza. La
lluvia, desmenuzada, llenaba el jardín de una luz de amanecer. Joaquín se apoyó en mi morris.

—¿Cómo es que no estás jugando con los demás?

—Las niñas están ahí dentro. ¿Quieres leerme una his-
torieta?

Le leí más de media revista, fue a buscarme un pañuelo
y una taza de té y regresó con Leoncio. En la piscina, se
habían resquebrajado los sumideros. Después de la lluvia,
sería preciso podar. O algo así, porque Leoncio tenía una
de sus tardes malas y mascullaba todas las palabras. Joaquín propuso que diésemos un paseo. Mientras me duchaba, lo oía moverse por el dormitorio, revolver en el tocador
de Dora, ensayar el doble salto mortal sobre una de las
camas. Creí que sonaba el teléfono del vestíbulo.

—Dice Rufi que no ha llamado nadie. Que si quieres
que suba.

—Que no. Procura estarte quieto, aunque sólo sean cinco minutos.

---

[24] Un nuevo detalle de situación económica holgada y de interés
por la cultura. El periódico infantil podía ser algún *TBO,* quizás
algún *Capitán Trueno,* o algún episodio de *Roberto Alcázar,* aunque
pudiera tratarse de algún suplemento literario especializado. Me inclino por el primero.

—Estoy pensando —dijo, antes de salir.

Me vestí, preguntándome si realmente Elena tendría jaqueca. Me apetecía colocarme ante el tablero de ajedrez, frente a Amadeo. Aunque Amadeo estuviese libre y se consiguiera encender un rescoldo en la chimenea, no sería posible dejar de salir a la lluvia, a los otros chalets, a escuchar algo de la muchacha muerta o la explicación de Elena sobre su —probable— jaqueca. [25]

—Se ha venido la Asun. [25] Como van a jugar a muñecas y médicos, no quieren que entre en la habitación. La Dorita me ha chillado, porque dice que siempre las ando espiando. Y si las espío, es porque el Enrique y el José me lo han encargado. Como ando siempre por ahí... Pero me aburren con sus tonterías.

—Alcánzame un par de zapatos con suela de goma que hay a la derecha. Y procura no cortarte, ni herir a nadie con esa navaja.

—Mi padre quería quitármela, ¿sabes? Se me ocurrió sacarla durante la comida y no quiero decirte. La Martita, que es una chivata, va por ahí...

—Gracias. Escucha, Joaquín.

—¿Te ato los cordones?

—Está bien.

—Si quieres, busco un calzador.

—No es necesario. Y ahora, escucha —le mantuve, por los brazos, quieto entre mis piernas—. A mí ya sabes que no me molesta la palabra chivato y que pongas el la o el el delante de cada nombre, porque yo respeto las formas personales de hablar. Pero también sabes que a tu madre no le gusta.

—Sí, lo sé.

—Por otra parte, me parece bien que aparezcas siempre de la manera más insólita, porque le prestas a la vida una variedad que, en general, no tiene. Pero también me pare-

---

[25] El uso del artículo con nombres propios suele darse en lenguaje forense o, como en este caso, lenguaje popular. Asun es, evidentemente, apócope de Asunción, y sirve para distinguir la niña de la madre, pues ambas tienen el mismo nombre.

cería mejor que jugases con los niños en vez de hacer la guerra por tu cuenta. [26]

—No juego a guerras cuando estoy solo. Oye, ¿qué es insólita?

—Vamos, anda. Te lo explicaré por el camino.

Pero, al llegar al porche, prefirió quedarse con las niñas; corrió, con el largo impermeable de plástico hinchándole el minúsculo cuerpo, a lo largo de la fachada, en busca de una ventana abierta por donde invadir la casa.

En la calle las hojas caídas formaban pequeños charcos. Una ventana del segundo piso del chalet de Claudette estaba abierta: Cuando entraba por el jardín, Claudette me llamó desde arriba. Me entretuve un poco en el paseo asfaltado que Santiago había hecho construir a principios de mayo. La lluvia dejaba terso el firme; el agua se canalizaba en las cunetas y ponía negra la tierra, como hirviente. En el rellano me esperaba Claudette. Antes de entrar en la habitación donde estaban reunidos, me enseñó su último cuadro, una marina, como casi todas sus obras, de unos colores claros y de unos trazos finísimos.

—Ya sé que no entiendes, pero dime tu impresión.

—Sí, me gusta. Me gusta mucho. Sobre todo, ese amarillo de la costa.

—Entiendes. [27]

Andrés, que me servía un whisky, había bebido ya lo suyo.

Amadeo hablaba con Elena de la chica muerta.

—¿La has visto? —me preguntó Santiago.

—Sí, anoche, en la playa.

—Después de cenar —explicó Claudette— estuvimos aquí al completo.

---

[26] Algún crítico ha querido ver en esta frase hecha una clave de la novela si se tiene en cuenta la respuesta del niño y conocemos el matiz de juego que el autor adscribe a la guerra.

[27] Javier no sólo tiene dotes de pedagogo, como ha demostrado en su conversación sobre el sexo con los niños; también es entendido en pintura. Su caracterización física y psicológica se realiza lentamente.

—Se te echó en falta.

—No más soda. Gracias, Andrés. Anoche estaba muy cansado y me fui a dormir.

—Siéntate en este butacón, que estarás mejor. Quisiera saber cuándo dejará de llover. Tu mujer, Amadeo, decía hoy que está dispuesta a empaquetar y a regresar a Madrid. [28]

—No lo permita Dios. [29]

—Pero ¿por qué?

Andrés me entregó el vaso de whisky.

—Sólo puedo trabajar en el verano —dijo Amadeo—. Con Marta en casa, no encontrarás nunca una habitación vacía. Preguntadles a Emilio y a Asunción de cuando estuvieron en febrero en casa. Me encontraron en el cuarto de baño, redactando un informe. Suelo trabajar en el cuarto de baño del servicio. [30]

—¡Oh!, exagerado.

—Créeme, Claudette.

—Pero, hombre, con once habitaciones...

—¿Qué te pareció la muchacha?

Volví la cabeza y puse una mano sobre la de Elena, que estaba en mi hombro.

—No sé. Quizá sea extranjera.

—Emilio dice que es inglesa.

—Yo creo —dijo Santiago— que la chica debía de estar en algún camping, que llegó por mar. Hace unos días, Claudette y yo nos cruzamos con una canoa a unas diez millas de la costa, en la que iban tres o cuatro parejas y todos desnudos.

—¡Bueno, que nos pareció!

---

[28] Casi todo el grupo que habita en la colonia es, como la mayoría de los que plulan por las novelas de Hortelano, madrileño. A la capital de España y a sus habitantes, que conoce muy bien, dedicaría más tarde *Gente de Madrid* y muchos otros relatos.

[29] El tema de Dios y la religión, en general, apenas se aborda en las novelas de Hortelano, si no es como algo lejano y rutinario.

[30] La utilización del cuarto de baño para funciones no específicas es también recurrente en otros relatos, como en "Carne de chocolate", de *Mucho cuento*.

—Con gran indignación de Asunción y de Emilio, cuando se lo contamos.

—Iban desnudos, querida.

—Habrá que tomar cartas en el asunto —dijo Elena—. No me extrañaría nada que Asunción estuviera otra vez embarazada.

—¡No! —gritó Claudette—. Pero ese hombre no tiene misericordia. El quinto y la pequeña aún no ha cumplido el año.

—¿Cómo?

—Que, según tu mujer, Asun está en estado otra vez. Y que digo yo que ese monstruo, porque María Francisca, la pequeña, no...

—Hace bien, coño. ¿Qué pretendéis, después de estar todo el día encerrado en su Barceloneta, rodeado de papeles, humos, planes económicos y tradición?

—Oye, Andrés... —comenzó a decir Elena.

—Recuerdo —dijo Amadeo— la primera vez que vi a Asunción. Fue hace cinco años, cuando la inauguración de la colonia. A Emilio ya le conocía. Su mujer me pareció una muchacha aviejada, demasiado sonriente y un poco tonta.

—Por favor —pidió Claudette—, un poco de piedad. Asun es magnífica.

—De acuerdo, de acuerdo. Contaba la primera impresión. Ahora —Amadeo rió— [31] el terrible me parece él.

—La verdad es que la tenéis tomada con el pobre Emilio.

—Pero, Elena, es que cada día está más insoportable. Con lo de la chica ésa —Santiago cruzó las piernas— piensa que los niños se han ganado el infierno, porque han visto una mujer desnuda.

—Es más que posible que él no haya visto nunca una mujer desnuda —dije.

---

[31] "rio". La acentuación ha sido adaptada en numerosas ocasiones siguiendo la nueva normativa. En especial con monosílabos y mayúsculas.

—¿Queréis comportaros como personas civilizadas? —dijo, riendo, Claudette.

—Pero si es verdad —insistí—. No me extrañaría que ni a la misma Asunción la haya visto desnuda.

—Oye, pero si cuando éstos —Santiago asentía a las palabras de Amadeo— le contaron lo de la motora, se puso encarnado hasta las orejas.

—De deseo.

—Os prohíbo que habléis así.

—¿De deseo? ¡De envidia!

—Sois vosotros, malditos cotillas —dijo Elena—, los que le envidiáis.

—¿Nosotros?

—¿Qué, qué le vamos a envidiar nosotros?

—Yo digo que parece que...

—Yo sí le envidio. Qué coño, es un hombre con la suficiente capacidad para decir lo que piensa.

—Andrés, ¿y si bebieras un poco más despacio?

—Ha dejado de llover —dijo Andrés.

Entonces nos percatamos de que la habitación estaba casi a oscuras y permanecimos durante unos instantes callados. Claudette encendió dos lámparas; Amadeo se cambió de butacón.

—Marta y Dora estuvieron aquí esta mañana —dijo Claudette.

—Sí. Le recomendé que se largase al pueblo de compras, hasta que se le calmaran los nervios. La intranquilizaron los chicos. Esta mañana se encontraban particularmente intranquilizantes.

—Ya sé que estuviste con ellos en la playa. Si alguna vez pienso en un posible hijo mío, estoy segura que en seguida haría amistad contigo. Me hace gracia. ¿Cómo te las arreglas?

—Pero, Claudette, si es Andrés quien les entiende. Yo únicamente utilizo la paciencia.

—Ah, no, no. Santiago y yo tenemos hablado esto muchas veces.

Al otro lado de la habitación, parcialmente tapadas por la mesita, veía moverse las piernas cruzadas de Elena. Aspiré el perfume de Claudette; tenía los hombros desnudos y su vestido de tirantes le estrechaba la cintura. Naturalmente que Santiago y ella habrían hablado de los niños y de mí, porque todo lo tenían hablado. Casi de repente, pensé que su boca era tan cuadrada, tan pálida y exacta, como la boca de la muchacha de la playa. Luego comprobé que se trataba de un efecto de la luz eléctrica. O de mi imaginación.

—Accedo a educar a vuestro futuro hijo. Si es que os decidís a tenerle.

—Me da miedo imaginar vuestras críticas.

—Oye, no, en serio. Dile a ese estúpido de hombre que te dé un hijo. O dos. No más de dos.

—Se lo diré. Me encanta que me hables así. Supongo que será el tono que utilizas con los niños.

—¿De dónde sacas tus perfumes?

—Últimamente nos reunimos con tipos jóvenes, solteros. Nos produce la ilusión de que estamos empezando a vivir juntos. A veces le digo que necesitamos una visita a casa de Asunción o un viaje a Madrid, para darnos cuenta de los años y años que llevamos juntos Santiago y yo.

—¿Sabes a qué me he dedicado estos últimos veinte años?

—A tener dos hijos, a ganar...

—No, espera, Claudette. Estos últimos veinte años he estado dedicado a conseguir exenciones tributarias. Al despertarme de la siesta me he dado cuenta de ello.

Claudette rió. También reían Elena, Amadeo y Santiago. Por el ventanal abierto entraba el mezclado aroma de las noches con viento. Santiago nos ofreció bebida y dejó un plato de galletas saladas en la mesita.

—De todo —continué—. Edificios, barcos, terrenos, artículos manufacturados e, incluso, en una ocasión le arreglé a Emilio unos papeles, en Madrid, para que el día de mañana sus hijos paguen menos matrícula en la Universidad. Hasta exenciones tributarias de hijos. Y esta tarde me he dado cuenta.

—¿Por qué esta tarde, Javier?

Estuve a punto de decirle la verdad, pero ni yo mismo

sabía qué influencia podía tener en ello aquel constante recuerdo de la chica muerta. Elena y yo nos miramos, a través del humo de los cigarrillos, durante un segundo, al
tiempo que Claudette me servía otro whisky.

—La lluvia nos va a poner neurasténicos —dijo—.
Hará bien Marta en empaquetar y largarse a Madrid.

—Hacemos mal quedándonos aquí en días como éstos.
Deberíamos salir hacia el sur o, por lo menos...

—Pero si está toda la costa dentro del régimen de tor-
mentas.

—...marcharnos alguna noche que otra a Barcelona. [32]

—Los primeros veranos, ¿recuerdas?, íbamos más a bailar por las noches. A Barcelona o a los pueblos.

Súbitamente dejaron de reír. Elena acudió presurosa al
butacón de Andrés. Los demás también se habían levantado y yo dije:

—Deja, Elena. Déjame a mí.

Cuando conseguí sujetar a Andrés, Elena se apartó.

—¿Quieres...? —dijo Santiago.

—No te preocupes. Yo le acompaño.

—No será nada —susurró Amadeo.

Claudette nos acompañó hasta el hall. Temí que Andrés
se dejase ir antes de que saliésemos al jardín. El aire libre
no le hizo efecto alguno. Rodeamos el chalet. De pronto,
me detuvo y se apoyó en un árbol, la frente sobre el dorso
de la mano derecha. Le mantuve cogida la izquierda, mientras vomitaba. Oí acercarse a Elena, pero no giré la cabeza.
Cuando hubo terminado, Elena le preguntó:

—¿Te encuentras mejor?

Andrés levantó los hombros con un enérgico gesto de
indiferencia. Asido a Elena y a mí, dejaba caer sobre nosotros el peso de su cuerpo desmadejado y rebelde a toda
línea recta. Salimos del jardín de Santiago a la calle solitaria. Antes de subir los escalones de la veranda, nos obligó
a detenernos y murmuró algo.

—Joaquín no está en casa —dijo Elena.

---

[32] La posibilidad de ir por unas horas a Barcelona delata la rela-
tiva cercanía de la capital catalana.

Tuve que ir delante para confirmarle que el niño se encontraba fuera y, sólo entonces, entró en el hall, tratando de mantenerse erguido. Elena le peinó con los dedos el largo y débil pelo, que le caía por la frente, al subir por la escalera. Cuando le tendí en la cama, me dolían los brazos.

—Espérame abajo, ¿quieres?

Tardó cerca de un cuarto de hora en desnudarle y dejarle dormido. Tranquilicé por teléfono a Claudette. Elena se había puesto un espeso jersey de color granate.

—Son sólo las nueve. ¿Te apetece pasear?

Terminó de anudarse el pañuelo rojo bajo la barbilla.

—No es que me apetezca, es que lo necesito.

En la calle se colgó de mi brazo. Al otro lado de la carretera, los pinos de la montaña verdeaban oscuramente, repletos de humedad. Llevábamos acompasado el paso y, en silencio, nuestras miradas coincidían, de vez en vez. Me gustaba llevarla así, con la mano izquierda en el bolsillo de su pantalón, entrelazada a su mano derecha. Con su piel que nunca me defraudaba, su tranquila forma de apretar mis dedos durante minutos y minutos.

—Hace tiempo que no nos veíamos.

—Bien, ya se sabe —dije—. Durante el verano es más difícil. Esta tarde pensé, no sé por qué, que tendrías jaqueca. Esperaba que me llamases.

—Estuve durmiendo. Yo anoche esperé verte en casa de Santiago.

—Tuve una noche rara ayer.

—¿Te continúa?

—Ya no.

Bajo mis manos se tensó su espalda cuando nos besamos metódica, desesperadamente.

—Sí, hace tiempo. Mucho tiempo. No me gusta —le abracé por la cintura— estar tantos días sin verte a solas.

Nos sentamos en las piedras húmedas. Era noche completa y el silencio tenía como un eco de murmullos. Abrazados, me encontré casi dichoso en aquel sosiego de los gestos conocidos y aquella certidumbre de los hábitos, que me permitían seguir las sensaciones y los pensamientos, igual que si me encontrase solo.

Alrededor de las diez volvimos a caminar por la carretera, despacio, deteniéndonos con frecuencia.

—Algo te sucede, ¿no?

—Sí —dije—. Esa muchacha muerta... Estuve cavilando ayer en la playa. Después, Andrés me habló de cuando la guerra. No sé. Pero me encuentro bien. ¡Mejor que nunca! Quizá sea eso lo que me sucede.

—Me alegro —sonrió Elena.

La voz de Santiago, llamándonos, sonó en la oscuridad. Dora y Marta habían vuelto ya del pueblo. Charlamos un rato, antes de regresar, para la cena en casa de Marta y Amadeo. Dora, al pasar delante de la caseta del antiguo guarda de las obras de la colonia, dijo:

—Según uno de los guardias, las camas turcas son muy cómodas.

—Los pobres... ¿Tendrán bastantes mantas?

—Creo que mañana vendrá una ambulancia.

Me quedé retrasado. Sobre la caseta, a menos de diez metros de distancia, se alzaba el mástil que sujetaba el cartel con las letras invisibles ahora: CIUDAD RESIDENCIAL VELAS BLANCAS. Me uní a los demás, que hablaban animadamente.

En las primeras calles, Amadeo descubrió a Joaquín, que merodeaba entre las cercas de los jardines. Pero Joaquín corría más que cualquiera de nosotros. Luego, a la hora del café, apareció por el comedor de Marta, se me sentó en las rodillas y se quedó dormido en mis brazos, antes de que Elena hubiese acabado de regañarle.

4

—Buenos días. Me han dicho que la chica continúa ahí

—Sí, señor, don Javier —dijo el guardia—. ¿Quiere usted verla?

—Si es posible...

El hombre empujó la puerta y me dejó pasar delante.

Abrió las dos ventanas de la habitación de paredes blancas, sin muebles. El cadáver estaba sobre el suelo de cemento, cubierto con la sábana.

—Sólo la cara —pedí.

Me trajo una silla de la otra habitación.

—Dentro de un rato vendrá el cura.

—Ya.

—Y, luego, el furgón. Hablan de que ayer ocurrió algo por la parte de Rosas. [33]

—Está movida la costa, ¿eh?

—Yo —pareció que sonría— lo achaco al tiempo.

El guardia se sentó en el escalón de la entrada y encendió un cigarrillo.

—Esperemos que hoy cambie.

—No, no lo espere —señaló con el mentón, hacia la montaña que él veía desde el umbral—. Dentro de media hora será de día y todas esas nubes no se van en media hora. Es un temporal, ¿sabe usted? Toda Europa está de temporal. Así lo ha dicho la radio.

La nariz de la muchacha había crecido hasta convertirse en un largo hueso, que le desfiguraba las facciones. Sin embargo, la boca se mantenía igual; los labios, en dos líneas paralelas, permanecían entreabiertos, gruesos, con un modelado muy nítido. La muchacha probablemente había usado en alguna época de su vida un tono claro, casi blanco, para maquillarse los labios. A pesar de las nubes, crecía la luz y la piel de la chica se hizo más amarilla y más tensa. Me hipnotizaba aquella dureza de las comisuras de la boca, levantadas, sin relación con las mejillas, ni con los párpados. Le habían limpiado la arena del pelo y, bajo la sábana, se alzaba la pirámide de sus manos cruzadas sobre el pecho.

—¿La recuerda de alguna parte?

—No, nunca la he visto.

Dejé de observar el rostro de la muerta y aplasté el cigarrillo en la suela de uno de mis zapatos.

[33] Este golfo, en la provincia de Gerona, permite suponer que la ciudad residencial "Velas Blancas" se localiza entre Palamós y Barcelona.

—¿Qué sucedió en Rosas?

—Una riña en un bar. Es del tiempo.

—Pero ¿hubo heridos?

—Debió de haber heridos, porque se pelearon a botellazos. Las extranjeras enmarañan las cosas. Quiero decir, que enfrentan a los hombres.

—Sí, claro.

—Los hay que, en estos meses, dejan la pesca y se dedican a vivir con una inglesa o con una sueca. Pero, a veces, vienen los maridos de ellas y, para que vea usted cómo es la vida, organizan la bronca ellos, los chulos. No tenemos arreglo.

—Las cosas son muy complicadas.

—Mire —continuó el guardia—, nosotros estamos en contacto con la vida, usted me comprende. Es raro el día en que no sucede algo, en que no viene nadie con su historia al cuartelillo. Yo se lo puedo decir y usted dispense que le lleve la contra. Las cosas son muy sencillas. O de aquí —resbaló varias veces el pulgar sobre el índice— o de aquí —se señaló la bragueta—. Con perdón. [34]

—Es posible. No sé.

—Créame usted que es así. Se lo digo yo que estoy en contacto con la vida. Y pregunte usted a alguno de mis compañeros. Todos le dirán lo mismo. Pasa mismamente que con el tiempo. Que hay sol, pues todos contentos. Que hay lluvia o frío, todos como perros y gatos. Y en Andalucía más. Yo he servido cerca de diez años en Écija, en la provincia de Sevilla, y así ocurre. Lo de los climas es una verdad como una catedral. Por eso se nos vienen las suecas y las inglesas a nuestras tierras, porque allí sus maridos tienen la sangre helada, se les hace cuajo la sangre con la niebla y las nieves. Con el sol, los hombres se amenazan, pero no pelean. El mal tiempo los reconcome y acaban por matarse.

Se puso en pie, unos segundos después que yo. Tiré la

---

[34] Con su estilo llano y gestual, el guardia expresa las dos modificaciones en la vida española tras la llegada de los turistas: dinero y sexo.

colilla apagada por el vano de la puerta y, cuando me volví, el guardia cubría a la muchacha.

—No, no la conozco.

—Es lo que pasa —dijo—. Se mira una cara que nos recuerda a otra y nos devanamos los sesos, hasta que damos con el parecido. Ésta era forastera. Seguro.

Fuera continuaban las nubes, negras y bajas. Era ya de día, pero algo indefinible convertía el paisaje en un crepúsculo lento. El guardia, sin dejar de hablar, me acompañó unos minutos. Tomé por uno de los caminos bajos del pinar. Estaba la tierra húmeda, casi barrosa, y al pie de los troncos, con un color negro de pizarra o alquitrán. El sendero ascendía en amplias curvas, desde una de las cuales se veía el mar, los tejados, las terrazas, los árboles, las calles, las piscinas, las pistas de tenis, los trozos de césped, las sendas, los ventanales. Pensé que era aquélla una ciudad mía, puesto que yo la había creado, y de Elena, quien prácticamente había escogido el emplazamiento. Resultaba extraño considerar que todo había sido hecho en seis o siete años. [35] Pero aún era más extraño, que fuese el lugar donde Elena había detenido el automóvil una tarde de invierno y por donde habíamos paseado hasta el anochecer, imaginando nuestra ciudad, aquella que yo veía desde el camino, inmóvil y silenciosa.

El frío me obligó a andar, los jardines estaban solitarios y las ventanas cerradas. Hacía tiempo que no recorría tan lentamente las calles, que no me fijaba en los distintos estilos de los chalets, que no envidiaba un tejado o un porche o una chimenea de piedra. Sentí que no estaba solo, sorprendido al descubrir que caminaba con la cabeza baja. Claudette me miraba desde una esquina. Apresuré el paso.

—Pero qué madrugador estás.

Cuando llegué junto a ella, le tendí la mano inconscientemente, que Claudette, repuesta con prontitud de la sorpresa de aquel saludo inesperado, me estrechó.

[35] Estos seis o siete años, si contamos desde 1951 (nota 1) sitúan cronológicamente la novela en 1957-58, época muy aproximada del inicio de su redacción.

—Llevo más de hora y media dando vueltas por ahí. ¿Y tú?

—Si prometes no empezar a dar gritos, te confesaré que...

—Que vas a la playa. Trae que te lleve esa bolsa.

—No, de ninguna manera —ondeó su bolsa de lona azul, antes de que siguiésemos andando—. Me desperté con tal deseo de nadar, que no he sido capaz de esperar a que salga el sol. Que, además, es muy posible que no salga nunca.

—Por lo menos, en los tres próximos meses.

La risa de Claudette me puso contento. En uno de los chalets, un hombre engrasaba una máquina cortadora de hierba. En cuclillas, no levantó la cabeza al oír nuestros pasos y nuestras voces.

—La verdad es que temo a Santiago. Discutimos tanto las posibilidades que tengo de coger una pulmonía, bañándome en este tiempo que, al final, prefiero una ducha de agua hirviente y una aspirina.

—¿Cómo has logrado levantarte sin despertarle? Todo el mundo sabe que dormís abrazados.

Nos habíamos detenido al principio del sendero y Claudette me miró de soslayo, con una sonrisa burlona.

—Lo que habrás oído es que dormimos en habitaciones separadas.

—Así —dije, sonriendo, sin saber qué me impulsaba— dormimos Dora y yo. [36]

Claudette se ruborizó instantáneamente. Tardó en reaccionar, mientras yo mantenía con el silencio una especie de crueldad placentera hacia mí mismo.

—Bien. Es igual, porque luego os entran más deseos de tener hijos.

—Tienes razón, tampoco eso soluciona nada. Tú o Santiago debéis proporcionarme la receta.

—Odiarse. Todo consiste en odiarse. Lo leí en un "Reader's Digest" [37] o en un sitio parecido. Si te odias concien-

---

[36] *Vid.* nota 23.

[37] "Reader's Digest". Otro dato cultural, que quizá quiera denotar la pedantería del hablante.

zudamente y en el momento preciso, la naturaleza, que es muy sabia según todo el mundo sabe, se niega a otras consecuencias. Después, puedes volver a quererte.

—Trataré de odiar a Dora la próxima vez.

—Te resultará imposible. Marta y yo chismorreábamos hace poco lo modelo de marido que eres. Empalagoso casi.

—Te quiero mucho, Claudette. Me encanta salir de madrugada, como un lobo hambriento y solitario, y encontrar una persona tan extraordinaria. Sí, te quiero mucho, porque me resultas la persona más limpia y más inteligente que conozco. Siempre he deseado que mi hija sea como tú.

—Bueno —me retuvo una mano durante unos instantes—. Te he visto sentimental a todas las horas de la noche, pero nunca de madrugada. ¿O es que no te has acostado y andas de resaca?

Claudette desabrochó la fila de botones delanteros de su vestido.

—Tiene un aspecto eso —señalé el mar— como para alejarse cien kilómetros.

—No te inquietes, que daré un par de brazadas solamente.

—Si te ahogas, no me llames. [38]

Se despojó del vestido y de las sandalias. Me tendí sobre una de las toallas. Claudette corrió hacia el agua. Tenía sus largos y delgados muslos ligeramente arqueados, llenos de pecas. Los tendones muy pronunciados de sus corvas le hacían unas tristes piernas de muchacha soltera y casta.

—No está nada fría —gritó, volviendo la cabeza, cuando el agua le llegaba por las rodillas.

Permanecí con los codos clavados en la arena, mientras ella desaparecía o volvía a surgir sobre las olas, muy espumosas y frecuentes. Me quedé adormilado, aspirando el perfume de la toalla. Claudette, para despertarme, me lanzó unas gotas de agua. Corrió por la banda de arena humedecida, se frotó con la toalla, se dio un masaje de colonia, bebió un trago de coñac. Cuando se sentó a mi lado, después

[38] Estamos ante un ejemplo claro de *hysteron-propteron* que motiva la ironía.

de haberse envuelto las piernas en su albornoz corto, le
rojeaba la piel de los hombros y de las mejillas.

—Me preocupa Andrés.

—Sí. Pero ¿por qué te acuerdas así, tan de repente, de
Andrés?

—Por lo de anoche.

Le encendí un cigarrillo. Las nubes se abrían; una ancha cortina de sol caía sobre las últimas olas.

—Lo de Andrés es aparatoso, simplemente. Bebe porque
le gusta.

—Y ¿por qué no hace nada?

—Siempre ha sido abúlico. No necesita hacer nada.

—Tampoco vosotros necesitáis el dinero. Tú podrías vivir igual que ahora y dejar a tus hijos para que también
vivieran sin trabajar.

—Estás equivocada, soy pobre.

—Hablo en serio, Javier. También Amadeo se quedó diciendo, cuando sacasteis a Andrés, eso mismo. Pero no.
Siempre hay un motivo. O muchos. Aunque los ignoremos.

—Ni el propio Andrés sabe esos motivos. Por lo tanto,
todo carece de importancia. Entiéndeme Claudette —dejó
de negar con la cabeza—. Conozco a Andrés perfectamente. Además de ser mi primo, Andrés ha sido mi mejor amigo desde niños. Y siempre fue lo mismo. Abúlico, indiferente, cariñoso y borracho. Pero nada más. [39]

—Quiero yo mucho a Andrés —miraba más allá de las
crestas del oleaje con una sonrisa invariable—. Recuerdo
el primer año que vinimos a la colonia. Como siempre,
pasamos una buena temporada aislados, Santiago y yo. Alguien se había encargado de ilustrar a todo el mundo sobre
las relaciones que nos unen. Una mañana se nos acercó
Andrés, aquí mismo, en la playa. Parece que le estoy viendo. Se sentó, encendimos un cigarrillo y planteó el problema de cara. A mí me importa un pimiento que no estéis
casados. Y a Elena, lo mismo. Elena es mi mujer. Al resto
de la gente le dejará de importar en cuanto os conozcan,

---

[39] La escueta definición podría servir para otros personajes de la
misma clase en diferentes textos de Hortelano.

porque sois una pareja simpática. En saliendo [40] Elena del agua, nos marchamos los cuatro a comer juntos. Fue tan sorprendente, que desde entonces le quiero. Aquella noche Santiago y él se emborracharon.

—Sí, lo recuerdo.

—En una semana conocimos a toda la gente. Ignoro si él nos imponía o si les hacía olvidar. Pero fue el primero que nos sacó de aquella estúpida situación. No me gusta que beba.

—A nadie nos gusta. [41]

—Ya, ya lo sé. Le dan tristes o alegres, pero nunca alborota. Nunca hace nada reprobable. Es eso lo inquietante. Y que Elena se haya habituado a eso. Que le quiera…

—Elena le quiere mucho.

—…con esa pasividad. Enormemente, pero… Como sin solución. En fin, todo es horriblemente complicado.

Volvió la cabeza. Yo dejé de amontonar arena y me froté las manos.

—Hace un rato estuve con uno, al que la vida se le aparecía de una manera sencillísima. Creo que usa dos o tres esquemas que le resuelven todo.

—¿Quién?

—Uno de estos guardias que están en la caseta. Él parece conocerme muy bien, pero yo ignoro de qué. Está convencido de que el sol, la lluvia y la niebla son las únicas motivaciones de los actos humanos. Hacer algo significa que se vaya a su cuartelillo para que él ponga orden. No he visto a nadie tan desprovisto de curiosidad, excepto ese tipo que estaba engrasando la cortadora, que ni siquiera ha tenido la instintiva curiosidad de levantar la cabeza cuando hemos pasado. Debe ser una cuestión económica. De pocos medios económicos, se entiende.

---

[40] Con esta construcción de reminiscencias francesas el autor confirma la procedencia de Claudette. G. Hortelano suele calificar social y geográficamente a sus personajes por su forma de hablar.

[41] La estructura parece extraña, pues lo más normal sería "a ninguno nos gusta", o "a ninguno de nosotros nos gusta", pero la primera de estas posibilidades resulta cacófona, y la segunda, redundante.

Claudette se puso en pie de un salto.

—¿Quieres tú ahora explicarme —estiró su ceñido bañador amarillo— qué te hace ir a las siete de la mañana a ver a esa chica muerta y ponerte a analizar a los dos únicos seres que te encuentras en el camino?

Reímos mientras le ayudaba a llenar la bolsa.

Santiago daba vuelta por el jardín, con unas tijeras de podar y unos saquitos con simientes. Fumamos un cigarrillo juntos; Claudette y yo terminamos por disipar su sueño greñoso y malhumorado. Insistieron en que me quedase a desayunar, pero no acepté.

Dora preparaba la mesa en la veranda, con ayuda de Rufi. Aquel sol intermitente y débil alcanzaba ya nuestro jardín. Expliqué a Dora que había tenido insomnio. Dora me preguntó (posiblemente, porque sabía cuánto me molestaban ese tipo de consultas) si me importaba que fuese al pueblo también ese día, con Marta.

—Siento cargarte con los niños, pero me gusta aprovechar este tiempo nublado para hacer compras.

—Te aseguro que me parece magníficamente.

—Regresaremos pronto.

Uno frente al otro, con la mesa por medio, caímos en un largo silencio. Acabé de fumar y, sin mirarla, pregunté a Dora si el automóvil marchaba bien.

—Sí. Normalmente. ¿Es que habías pensado utilizarlo tú?

—No.

—Escúchame, Javier, yo puedo...

—Te digo que no, que de ninguna manera. Lo preguntaba por nada, por saber si iba bien. Por si querías que Rafael le echase un vistazo.

—Rafael habrá salido ya con la furgoneta —dijo—. Ya sabes que lo que más odio es que me mientan. Estoy segura que pensabas utilizar el coche y que, por cortesía, has renunciado.

Miré a Dora. Era un extraño ser aquel que me hablaba desde el otro lado de la mesa, erguidamente sentada, con las manos entre los cubiertos, los platos, las tazas, que ella misma había ordenado disponer.

—Oye, Dora, no empecemos. No quiero discutir contigo tonterías de este tipo. Es como si nos estuviésemos engañando el uno al otro, como si jugásemos.

—Javier —gritó—, no me hables así.

—Te aseguro —traté de persuadirle— que no necesito el automóvil. Que ni siquiera esta mañana he pensado en utilizarlo.

Pero descubrí que estaba siendo injusto, que estaba incriminando a Dora algo ajeno, que me inquietaba desde mucho tiempo atrás y que ahora había despertado. Dora tenía una mirada olvidada, que patentizaba su debilidad, su casi inerme estupidez.

—Llévate el coche. Te lo ruego.

Se levantó de la mesa, simultáneamente a la entrada de los niños en la veranda. Experimenté un ataque de ira, como un deseo irrazonable de golpear.

Ayudó a los niños a sentarse y anudó la servilleta al cuello de Dorita. Su café llenaba aún más de dos tercios de la taza; pensé que se sentaría a acabar el desayuno. Pero no fue así. Encadenó la charla de los niños, les preparó las tostadas, se movió volublemente alrededor de la mesa, pareció olvidar que estaba yo allí, colérico, triste y desorientado. El sol había logrado romper una larga franja de nubes. Algunos pájaros cantaron en las ramas. Los colores de las flores me hirieron con una fuerza inusitada. Sentía una fatiga soñolienta.

—Papá, ¿nos dejarás bajar a la playa?

—¿A la playa? Sí, hijo. Si continúa el sol, bajaremos a la playa.

—Mamá, ¿haremos la canoa juntos?

—No, Enrique. Mamá no podrá bajar con vosotros. Mamá tiene que ir de compras.

—Pero ¿por qué?

—Además —siguió ella—, me temo que no hace tiempo de playa. Prometedme que os portaréis bien, que, cuando yo regrese esta noche, Rufi me dirá que habéis sido...

La arena del sendero estaba húmeda, granulenta. Arriba las nubes se cerraban. Me alejé de sus voces, por entre los macizos de flores —que Dora conocía por sus nombres—

y del boj —que Leoncio recortaba incansablemente—. Estuve observando, desde el borde de la piscina vacía, a Leoncio. Con su mono azul y su camisa caqui, comida por el sol y el uso, se encorvaba sobre el desaguadero del fondo. Un aroma amplio llegaba desde el jardín, donde los perfiles, a la luz cambiante, se destacaban rotundamente. Terminé por confesarme que me dolía la cabeza.

En la veranda, Rufi retiraba el servicio del desayuno. Me tendí en un morris, oyendo a los niños corretear por el vestíbulo. Saber que Dora estaría en el piso de arriba, me sosegó. Haría bien en descansar sin límite, hasta la hora de la comida o hasta la cena, si es que acaparaba suficiente sueño para dormir sin tregua. Estaba ansioso por hundirme en un sueño sin sueños, que me reparase de aquel enervamiento. Recordé las largas y pecosas piernas de Claudette. Andrés bebía demasiado, temía encontrarse borracho frente a los ciento veinte centímetros de Joaquín. [42] La playa pisoteada. En la canoa, donde bebían y reían desnudos, empujaban a Emilio, que trataba de saltar sobre la borda e inútilmente abría los brazos a las pieles bronceadas, a las mejillas hundidas, a los labios maquillados con exceso de un color rosa claro.

La mano de Rufi, sobre mi espalda, me despertó.

—Señor, señor... Don Emilio.

Abrí los ojos. Las nubes mudadizas presagiaban una inminente lluvia. Emilio subía el último escalón de la veranda. Me incorporé.

—Hola, ¿cómo estás?

—Escucha. No vuelvas a hacer lo de ayer. Vamos a hablar claro de todo esto, porque eres tú más niño que el más pequeño de ellos. Pero sabiendo lo que ellos ignoran.

Se sentó acalorado, casi temblonas las manos. El cielo estaba cubierto. Joaquín gritaba y corría, perseguido por Enrique y José.

—¿Cómo?

—¡No vuelvas a hacerme lo de ayer! —repitió Emilio, al

[42] La altura del chico, lo que hace suponerlo como de 6 a 8 años de edad, seguramente, 7.

tiempo que se asía al borde de la mesa y comenzaba a mirarme de frente.

5

—Sí, por favor —acepté.

—Es preferible que te aguantes el berrinche sin tantos camparis [43] —me advirtió Elena.

Amadeo sonrió al llenarme el vaso. Luego dejó caer el trozo de hielo, recuperó su cigarrillo del cenicero y se retrepó en el sillón de lona.

—Entonces —continué— me di cuenta de que estaba en pleno ataque de ira. Hasta entonces, yo estaba tomando la cosa con humor. Casi distraído con los chicos, que andaban correteando por allí. Pensaba en llamarles, porque Joaquín gritaba más de lo corriente, como si le estuviesen haciendo alguna barrabasada. Quiero decir que no le tomaba en serio y él debió de darse cuenta y esto le aumentó la ira. Rojo, sudoroso, con las manos sujetas a la mesa, para que no viese yo el temblor. Me ha puesto tan nervioso, que no podré recuperarme en todo el día.

Amadeo rió ruidosamente. Claudette salió de la casa con las raquetas y Elena se puso en pie.

—Pero tú se las mantuviste, ¿eh?

—Se las mantuve, Amadeo. Tardé en darme cuenta, pero, al fin, vi de lo que se trataba. Y ya no. Me dejé de medias palabras, de sonrisas y de ambigüedades. Y me oyó.

—Reconoce —dijo Elena— que también tenía su parte de razón.

—Ninguna.

—¡Santiago! —llamó Claudette.

—No, amor mío. Estoy fatigado y tendría que cambiarme además.

—¿Vamos?

---

[43] "Camparis". En este caso se proporciona la marca en clara metonimia porque se trata de una bebida de larga tradición y menor graduación alcohólica que el coñac, el whisky o la ginebra.

—Sí —dijo Elena.

Santiago llegó por el sendero, con una de las flores que había estado observando, en la mano derecha. Se sentó frente a Amadeo. Ellas dos hablaban, junto a la red. [44]

—No le des importancia —dijo Santiago.

—La verdad es que me ha desquiciado.

—Sí —dijo Amadeo—. Es un tipo inaguantable.

Claudette había hecho el primer saque.

—Ya le conocéis —Santiago, cruzado de brazos, dejó de contemplar la pista—. Tiene sus manías. Es de otra generación.

—¡Que te crees tú eso! [45] ¿Cuántos años piensas que tiene Emilio?

—No sé. Supongo que unos cincuenta o cincuenta y dos.

—¡Cuarenta y cinco! —gritó Amadeo—. Cuarenta y cinco años. Dos más que yo y uno menos que éste. ¿No? —asintió—. Es cuestión de caracteres.

—Aunque nunca recuerde la edad de Emilio y le crea el más viejo de todos nosotros, el hecho es que...

—El hecho es que siempre ha sido un estúpido —interrumpí a Santiago—. Y que le toleramos por costumbre, por lástima de la pobre Asun, por las amistades de los niños, por lo que sea. Pero es inexplicable que un tipo así forme parte de nuestro grupo.

—¿Sabes por qué te parece de cincuenta y pico años, Santiago?

—Porque está aviejado.

—No. Porque no hizo la guerra. Porque se pasó la guerra metido en una buhardilla de la calle Muntaner, calculando cuánto estaba perdiendo y cuánto tendría que ganar en los próximos años. [46]

---

[44] Aunque tras las victorias de Manuel Santana en los sesenta, el tenis obtendría muchos adeptos, en los 50 era deporte de minorías y considerado como de señoritos.

[45] "—¡Qué te crees tú eso", sin duda por errata.

[46] El tema de la guerra va muchas veces unido al tema —subtema, que dirá M. D. Troncoso— del dinero, "que ocupa una parte no despreciable de la novela y de la crisis del protagonista", ob. cit., p. 74.

—Tiene razón Amadeo —dije—. Es un tío enfermizo. Fijaos que va y me suelta que esa manera de educar a los niños es de comunistas. [47]

—¡Hombre!, como el plomo de don Antonio.

—Claro, pero no ves que últimamente están juntos todo el día. Si acabará por hablar igual que don Antonio.

—Yo creo —dijo Amadeo— que le busca las vueltas al viejo para un negocio en común.

—No se me había ocurrido, pero seguro que es eso. Probablemente don Antonio es al único de la colonia que no le ha propuesto una inversión. A ti, Santiago, también te fue con el cuento, ¿verdad?

Santiago miraba la flor que sostenía por el tallo entre dos dedos.

—Sí, hace unos años. Quería que montásemos una cadena de cafeterías en Barcelona. Se había enterado de que yo decoraba, por entonces, unos locales. Le expliqué que no valgo para negocios.

—Para negocios con él —completó Amadeo—. Te perdiste ganar un dos mil por ciento, que es el porcentaje mínimo con que trabaja, [48] pero te libraste de una neurastenia.

De vez en cuando oíamos el choque de la pelota, algún grito de Elena o de Claudette. Me quedaba viendo saltar a Elena, el movimiento de su pequeña falda blanca, cuando se le enroscaba a las caderas, sus brazos tensos. Santiago acabó su ginebra antes de volver a las flores. Amadeo intentó oírme otra vez la discusión con Emilio.

—Estuvo grosero, sencillamente. Me llamó estúpido modernista, *snob*, [49] cafre y soñador.

—Pero, a todo esto, ¿cómo se había enterado?

[47] Recuérdese lo que se dijo en el prólogo sobre el filocomunismo horteliano. En la etapa de redacción de la novela estaba ya deteriorándose su relación con el PCE.

[48] Adviértase la cifra, que indica las grandes ganancias de los últimos 50 y los 60, cifra de la que no ha de restarse apenas algún impuesto.

[49] "snob". Es anglicismo que recoge el *Diccionario Manual e Ilustrado de la Lengua Española* (Madrid, Espasa-Calpe, 1989) como "persona que tiene exagerada admiración por todo lo que está de moda".

—Alguno de sus hijos, supongo. Parece ser, porque la verdad es que no quise aclararlo, que una de las niñas preguntó algo que le escandalizó. Créeme, que lo de ayer fue necesario, que resultaba imprescindible calmar a los críos, después de lo que habían visto.

—Pero si te creo, hombre —Amadeo me palmeó un muslo—. Hiciste bien. Es él quien no comprende y quien no sabe educar a los niños.

—Yo les encontré curiosos y traté de explicarles algo. Pero limpiamente, claro está. ¡Carajo!, también se trataba de mis hijos.

—De tus dos hijos, de mi hija, de Joaquín, y de sus cuatro hijos, incluida la pequeña.

—¿Cómo? No te comprendo.

—Sí, hombre. Que él tiene más hijos que nadie, que él se cree el...

—Ah, sí, ya, ya.

—...padre de la colonia en grado sumo.

—Los chicos estaban inquietos. Hay que comprender que por primera vez en su vida veían a una mujer absolutamente desnuda. Y, además, que la estuvieron viendo a placer, sin que nadie les estorbase, sin obstáculos. Había que decirles algo que no fuese mentira. A estas edades ya no se les debe mentir.

—Eso no le entra en la cabeza a Emilio. Emilio es un puritano, que desea mantener el mito de la cigüeña hasta que tengan bigote.

—Pues me dijo que a sus hijos no les volviera a hablar de esos temas. Que hiciese lo que me diera la real gana con los míos, pero que a los suyos les educaba él a su manera. No me repitas la trastada de ayer. Entonces, yo fui y le mandé a la mierda, que ya estaba harto de mentiras, que no me gusta mentir y que, si es que quería educarles en plan invernadero, se llevase a sus hijos al Sahara. [50] La

---

[50] En enero de 1958, el Sahara occidental fue declarado provincia española. Poco después se transfirió a Marruecos la zona norte, y en 1976, tras la denominada "marcha verde", pasó a poder de Ma-

cosa fue violenta, puedes creerme. Y se hubiese puesto peor, a no ser por la llegada de tu mujer.

—¡Caray! ¿Qué dijo Marta?

—Iba a buscar a Dora y estuvieron sólo un momento en la veranda. Naturalmente, Dora tuvo tiempo suficiente para ponerse de parte de Emilio. Marta trató de poner paz.

—Una paz artificial. Es especialista en ello. Muchas veces estoy para escribir a la ONU y que la contraten.

Elena y Claudette habían dejado de jugar. Santiago se aproximaba hacia ellas. Desde unos minutos antes, el viento movía el jardín, sobre el que las nubes se hacían más grises.

—Este Emilio —dijo Amadeo.

—Imbécil de él.

Santiago debía de estar por detrás del campo de tenis. Claudette pasó corriendo y entró en la casa.

—Espero que no haya castigado a los niños.

Con la barbilla clavada en el pecho, Elena, a unos pasos de nosotros, apretaba las palomillas de su tensarraqueta. Levantó la cabeza y nos encontramos un instante las miradas. Amadeo encendía un cigarrillo.

—¿Seguís despellejando al pobre Emilio?

—No será tan bobo.

Elena se sentó en el borde de uno de los sillones de lona. Tenía la boca entreabierta, las piernas separadas, los brazos colgantes, apenas si sostenía la raqueta que casi rozaba el suelo; el sudor le punteaba las mejillas. Observé que sus labios se movían y, sobre la tos bronquítica de Amadeo, adiviné que canturreaba.

—Vas a quedarte helada —dijo Amadeo.

Elena se levantó de un salto, amenazó con despeinar a Amadeo y entró en la casa, cantando en voz alta, con una entonación deliberadamente teatral.

—Y esta tarde tendremos también tormenta.

—Vente a jugar una partida —propuso Amadeo—.

---

rruecos y Mauritania. En época de redacción de la novela se estaban llevando a cabo prospecciones petrolíferas, cultivos de invernadero, etc.

Como estaremos viudos, será posible beber tranquilamente unos whiskys mientras se piensan los movimientos.

—Estoy fatigado y voy a dormir —me puse en pie—. A la derecha, digo, a la noche, nos veremos. [51]

—Sí, de acuerdo.

Junto a la cerca de piedra, Santiago, en cuclillas, examinaba unas hierbas. Alzó la cabeza al oírme.

—¿Te vas? Claudette esperaba que os quedaseis Amadeo y tú a comer.

—Amadeo se quedará, supongo. Voy a tomar un bocado solamente y a tumbarme. Despídeme de Claudette.

—Hasta luego, Javier.

Por las calles el viento era más fuerte. Observé que mis zapatos de rejilla comenzaban a abrirse junto a las costuras de la suela. Don Antonio me dijo adiós, al otro lado de la verja.

Oí las noticias, sin escucharlas, hasta que Rufi avisó que la mesa estaba servida. Enrique y Dorita no hablaron mucho. A los postres, descubrí que Enrique comía precipitadamente.

—¿Qué pasa? ¿Quieres salir corriendo antes de terminar?

—José me espera.

—¿No está castigado José?

—¿¡Castigado?! —chilló Dorita.

—Eso había oído. Pero no hacedme caso. [52]

—No está castigado.

Bebí una copa de coñac junto al ventanal. Luego, llegaron Leles y Martita. Pensé en buscar a Rafael, para preguntarle qué se decía por el pueblo. Habían dejado abierto el ventanal del dormitorio y el viento movía las cortinas, los faldones del tocador de Dora, los bajos de las colchas. Mientras me desnudaba, permití que mi odio se recrease en una imaginaria quema de aquella ridícula tela de raso

[51] La inmediata *corrección* de lo dicho por Javier obliga a conceder a sus palabras un sentido político y, por ende, irónico.

[52] Esta fórmula gramatical no es común, como se advirtió en nota 10.

del tocador, que le daba al dormitorio aspecto de casa de citas.

Temí quedarme dormido con el cigarrillo encendido, pero antes de acabarlo sonó el teléfono.

El tono de voz de Elena, claro y alegre, contradecía la preocupación que empezó por confesar.

—Pero ¿por qué? Estará jugando por ahí, sin acordarse de comer. Ya le conoces. No sé cómo te preocupa aún que Joaquín desaparezca un día entero.

—Tienes razón —hizo una pausa y presentí que sonreía tenuemente—. Supuse que te quedarías en casa de Santiago.

—Amadeo quería una partida de ajedrez. ¿Se quedó él allí?

—Sí, claro. Yo también comí con ellos. Acabo de llegar a casa ahora mismo.

—Ah, no sabía. ¿Sigue durmiendo Andrés?

—Pero, Javier, cariño... Andrés se fue esta mañana al pueblo.

—¿Se fue?

—Te lo he dicho. Hace una hora que te lo he dicho en casa de Claudette.

—Perdona, no me he enterado. ¿A qué iba?

—Es su día de médico y tenía que recoger unos libros. Mañana llega Ernestina y se quedará a esperarla. Todo ello te lo he estado explicando esta mañana y parecías enterarte muy bien. ¿Quieres ahora explicarme tú a mí[53] en quién pensabas cuando te hablaba?

Aplasté el cigarrillo en el cenicero, me cambié de oreja el auricular y me senté en la cama.

—Oye, estás contenta. No me lo niegues, porque se te nota.

—Sí, sí lo estoy.

—Bien, entonces de acuerdo.

---

[53] El enclítico *me* junto al infinitivo *explicar* hace innecesario este nuevo complemento indirecto, que se justifica como medio para enfatizar el lenguaje.

—Espera, espera —tenía una premiosa ansiedad, una especie de ronquera anhelante—. ¿Crees que podremos?

—¿Por qué no? Dora no volverá antes de la diez. ¡Arrea!, el coche. ¿Se ha llevado vuestro coche Andrés?

—Sí. Pero tengo la solución.

—¿Andando?

—Tonto. Me gusta que seas capaz de andar cerca de cincuenta kilómetros [54] por un cuarto de hora de intimidad.

—¿Cuál es tu solución?

—La lambretta [55] de Ernestina.

—Pero...

—Está perfectamente. Tiene hasta gasolina. Hace dos días estuve rodando con ella.

—Esperemos que no llueva. Será mejor salir a las seis.

—Me parece muy bien. Antes de que llegues al pinar, te habré alcanzado.

Creí oír el ruido de la lluvia, al tiempo que el sueño me incapacitaba para poner en hora el despertador.

El timbre del teléfono me sobresaltó. Desperté, con una difuminada imagen de la chica muerta, repitiéndose en mi cerebro como un eco.

—Dígame.

—Perdona, Javier. Siento haberte despertado.

—No te preocupes, Elena. Iba ya a... ¡Pero si son las seis y media!

—Escucha, Javier. Sigo muy preocupada. Joaquín no aparece y nadie le ha visto.

—No te inquietes. Ahora iré por ahí.

—Estaré en casa de Claudette. Amadeo ha salido a buscarle hacia la aldea.

—Elena, por favor, no te dejes llevar de los nervios.

Me estiré en la cama, fumé un cigarrillo y sentí revueltos

---

[54] La distancia sería hiperbólica si hiciera referencia a la separación entre una y otra casas en la colonia. Estos cincuenta kilómetros separan "Velas Blancas" del lugar donde los amantes se citan, como se verá.

[55] "Lambretta". Nueva metonimia en el sentido "marca comercial" por "tipo de vehículo". Este tipo de motocicleta no está ya en el mercado.

todos los jugos gástricos, que me quemaban en la garganta
con un constante ardor. La luz fluorescente del cuarto de
baño me deslumbró. Después de beber un vaso de sales, [56]
me aproximé al ventanal, pero me senté en una butaca. El
silencio y la penumbra me relajaban en un paulatino bienestar.

Cuando salí eran las siete y media pasadas. La casa estaba a oscuras; en la veranda el viento era intenso. Las
luces de las habitaciones del servicio iluminaban, en rectángulos, algunos trozos del jardín.

Súbitamente experimenté como justa la inquietud de Elena y me apresuré.

—Buenas noches a todos— saludé desde la puerta.

Habían regresado Amadeo y Santiago, sin encontrarle.
Elena estaba hundida en uno de los sillones de cuero.

—¿Qué han dicho los niños?

—No le han visto en todo el día.

—Voy hacia el pinar —Elena me miró—. ¿Me dejas
una linterna, Santiago?

—Será mejor que...

—Es conveniente —interrumpí a Amadeo— que nadie
se mueva ni se alarme. O dentro de media hora está revo-
lucionada toda la colonia.

—Claro que sí —dijo Claudette.

Santiago me trajo la linterna. Le hice una torpe caricia
en el pelo a Elena, que no apartaba sus ojos de mí.

—Se llevó a *Poker*. [57] O, por lo menos, tampoco *Poker*
aparece por ninguna parte.

Sonó el teléfono cuando ya me encontraba en el porche.

—No, Javier, no esperes —gritó Santiago desde el vestíbulo—. Es Asunción, que vienen para aquí. [58]

Las nubes, muy bajas, se movían a gran velocidad. El
viento secaba las piedras de las tapias, la calzada, las tejas

---

[56] Otro detalle más de clase social. Las sales de fruta no iban a
competir con el socorrido bicarbonato entre las clases media y baja
hasta mucho tiempo después.

[57] "Poker". El nombre del perro supone un cierto esnobismo.

[58] Ejemplo claro de elipsis. Santiago ha omitido la forma verbal
*dice*. Esta estructura se repetirá en diversas ocasiones.

y las pizarras. Caminé rápidamente y, al llegar a la carretera, encendí durante unos minutos la linterna. Estaba invisible la cima de la montaña; sobre los cerros, las nubes tenían un claroscuro filamentoso, de luz de luna.

Trepé por el talud y llamé varias veces. Desde allí, la caseta era una mancha al borde de la carretera. Tomé por el sendero que subía hasta el manantial, y alumbré de nuevo con la linterna, cuyo haz me abría, al ritmo de mis pasos, un camino de ramas empapadas de lluvia, de troncos, de piedras y charcos.

Me detuve a recobrar aliento. Olía la savia, como a amoníaco o a uno de los perfumes de Claudette. Cerca del manantial, llamé por última vez.

—¡Estoy aquí!

La luz divergente saltó, al movimiento de mi mano. Joaquín, sentado en la tubería de cemento de la conducción del agua, se restregaba los ojos. A su lado, había una lata de sardinas vacía y un trozo de pan. Continué avanzando, lentamente ahora, con la decidida pretensión de dañarle con la luz, que levanté cuando llegué junto a él.

—Apaga —dijo.

—Tu madre enfermará por estas cosas tuyas.

—¿Por qué has venido aquí?

—Porque sé que este año te escapas al pinar.

—Pero no sabes el escondrijo del tesoro.

Apagué la linterna. Durante unos minutos, el rostro de Joaquín sólo fue una pequeña superficie blancuzca, de donde provenía su voz.

—¿Has comido?

—Sí.

—¿Y te habrás mojado?

—No. Cuando llueve, me meto en la choza. Pero el tesoro lo guardo en otra parte.

—Y ¿pensabas volver?

—Cuando fuese de noche del todo.

—¿Del todo? ¿Por qué no antes?

Saltó de la tubería y recogió su honda, su navaja y unos periódicos infantiles que se puso bajo el brazo.

—¿Está enfadado papá?

—Vamos.

—Espera.

Silbó, metiéndose dos dedos en la boca, y apareció *Poker,* sin ladrar, con un alegre contoneo.

Bajamos en silencio. En la carretera, negó que estuviese cansado, pero comenzó a quedarse atrás.

—Además de intranquilizar a tu madre, no comprendo qué puedes hacer todo el santo día [59] en el pinar.

—Esperando indios.

—Y ¿por qué no volviste al atardecer?

Trató de dar una carrera detrás de *Poker,* pero le fallaron las piernas y cayó en la cuneta. Se levantó antes de que acudiese yo. La sonrisa ponía en su rostro una mueca de inocencia (que había heredado de Elena), con la que le resultaba fácil hacerse perdonar.

—¿Me defenderás?

—No sé, Joaquín. En serio, no me gusta esto que has hecho hoy.

Las luces de la colonia se esparcían numerosas. El viento olía a mar. Joaquín se separó unos metros. Bordeamos la plazoleta del mástil y tomamos el camino de casa de Santiago. De repente, se detuvo.

Sentados en el bordillo de la acera, silenciosos, estaban los niños. Martita, Asun y Dorita se apoyaban en la tapia de un jardín. Joaquín contemplaba un lejano punto al final de la calle; redondeaba la boca, como si silbase, cuando Enrique se levantó, poniendo las manos en una farola. *Poker* saltó, con un ladrido, a los brazos de José.

—¿Qué sucede?

Con una fingida indiferencia, Joaquín salvó los metros que nos separaban, para asir mi mano.

—¿Os habéis peleado?

—No. Que quieren saber dónde guardo el tesoro.

Elena vino corriendo por la acera. En la veranda de Claudette estaba iluminada la mesa de cristal. Mientras me

---

[59] El calificativo, que encarece el significado del sustantivo, ha de considerarse eufemístico, pues el oyente es un niño. Entre los adultos el lenguaje es decididamente disfemístico.

buscaban unas zapatillas de Santiago, oí la opinión de Emilio sobre la conveniencia de unos azotazos en ciertas ocasiones. Don Antonio, que llevaba bajo la chaqueta de ante
una camisa con estrellas verdes estampadas en fondo amarillo, aseguraba que la policía haría al día siguiente una visita a la colonia.

—No saben nada.

—Pero es lo que yo digo —dijo don Antonio—. A la
policía le bastan unos días para averiguarlo todo. Nunca
fallan.

—¿Te has mojado mucho? —me preguntó Claudette.

—Son estos zapatos, que están ya viejos.


6


Amaneció lloviendo. Fumé un cigarrillo en la oscuridad.
Fuera, el ruido del agua se había regularizado. Decidí largarme al pueblo a ver qué había de nuevo en la tienda de
Raimundo. La noche anterior no había conseguido ni un
minuto a solas con Elena. Dora se revolvió en la cama, con
un ronco gemido. Silenciosamente, me duché y me vestí.
Por el ventanal del fondo del pasillo, la luz entraba acribi-
llada de lluvia. [60] Opté por desayunar en el pueblo. Bajo el
teléfono del hall, le dejé una nota a Dora, [61] explicando que
regresaría a media tarde.

Acababa de alzar el cierre del garaje, cuando llegó Leoncio.

—¿Se va usted? Va a venirle a buscar Vicente.

Leoncio llevaba el cigarrillo apagado en una de las comisuras de la boca, y la camisa a rayas fuera del pantalón.

—¿Vicente?

—Sí. ¿No va usted a tomar café? María se está levantando.


[60] Espléndida sinestesia no exenta de un proceso de corporización.
[61] Ejemplo claro de *catáfora*: el pronombre *le* adelanta "la significación de una palabra [Dora] que se mencionará después", Marcos Marín, ob. cit., p. 216.

—No tengo ganas. Dile a la señora que debajo del teléfono del vestíbulo queda una nota. Un papel escrito para
ella, ¿comprendes?

—Sí, así se lo diré. Los albañiles no podrán venir hoy.

—¿Quién es Vicente?

—Déme usted el chisme [62] ese del aire.

Mientras Leoncio aplicaba a las ruedas el medidor de
presión, me quedé mirando el jardín y la lluvia, el bajo
cielo compactamente cerrado. Se oía el rumor constante,
como un lejano machaqueo de la artillería. [63]

—Vicente es el de los comestibles. Quería hablarle esta
mañana?

—¿Para qué?

—Eso no me lo dijo. Van bien —me quité el impermeable al entrar en el coche; Leoncio creyó necesario aclarar—: Las ruedas van bien de aire.

—Gracias.

—¿Qué le digo a Vicente?

—Pues no sé. Que te diga él lo que quiere.

—Lo que quiere es hablar con usted.

—Que vuelva entonces.

—¿Cuándo? Vicente vive en la aldea.

—¡Que vuelva cuando le dé la gana! Y si es algo urgente, que te deje el recado a ti o a Rafael. Adiós, Leoncio.

Alzó la mano derecha hasta la altura del hombro, mientras el automóvil pasó frente a él. Después, corrió a abrir la
puerta del jardín.

La carretera se alejaba de la costa, donde las nubes parecían menos sólidas. El motor llevaba buena velocidad, a
pesar del pavimento de la pendiente. Al ritmo de las aspas
del limpiaparabrisas, me puse a silbar. Desde arriba, el
mar era una mancha brumosa, cuyos límites pude precisar
por referencia con el faro. En aquel tramo, al pasar los fre-

---

[62] La falta de precisión lingüística denota, como ya se advirtió, la
clase social a que pertenece Leoncio. Frente al vulgarismo *chisme*,
el narrador utilizará la locución *medidor de presión*.

[63] El tema de la guerra está presente incluso entre los elementos
utilizados en expresiones de *ornatus*, como en esta comparación.

cuentes baches, siseaban las cortinas de agua de los charcos. Cerca del cruce con la desviación que llevaba al camping, la carretera desembocaba en la general. No había
nadie en el bar de la estación de servicio. Sentado tras la
cristalera, vi al hombre del surtidor que cruzaba a avisar al
dueño. Pedí una tortilla francesa y café. Me puse a pensar
en los días de la guerra, cuando desde el puesto de mando,
la artillería sonaba como tam-tams. [64] Pero, sobre todo, en
la boca cuadrada de la chica de la playa, en la cérea tonalidad de su piel al recibir la luz por las ventanas, que abrió
el guardia. Bebí cuatro o cinco cafés y fumé sin pausas. De
vez en vez, entraba alguien, llegaba algún camión o turismo. Otras veces, sentía el silencio y, de pronto, el escape
de vapor de la cafetera. La lluvia caía más fina, cuando
comprobé que eran las diez.

Me encontraba entumecido. Nada más meter la palanca
de las velocidades, me comenzó a hormiguear la pierna
derecha, que paulatinamente se me convirtió en una mazo
de corcho sin conexión sensible con el pedal del acelerador.
Frené, me di unos masajes, anduve un poco y oriné contra
un matorral.

Dentro del automóvil hacía calor. Bajé los cristales de las
ventanillas delanteras. Un viento, húmedo y oloroso, me
disipó el embotamiento. Sobre el pueblo, el cielo tenía un
azuloso color de noche estrellada. Aquel tipo llamado Vicente escucharía las prolijas disculpas de Leoncio. Joaquín
habría empezado a merodear, con sus chanclos y su largo
impermeable, por los jardines. [65] Decidí, sabiendo que no lo
haría, [66] telefonear a Elena desde el pueblo.

Poco antes de llegar, dejó de llover. En el pavimento
brillante, en las cunetas, el viento rizaba la superficie de
agua estancada. Los campos de labor eran más escasos y
abundaban las huertas. Giré a la izquierda, hacia la carre-

[64] *Vid.* nota 63.

[65] En numerosísimas ocasiones Javier imaginará lo que puedan
estar haciendo otras personas en distintos lugares.

[66] Otro ejemplo de *corrección,* aunque ahora no se advierte una
motivación dilógica.

tera de adoquines que conducía al centro urbano. A la derecha había un cuartel, a cuya puerta los de la guardia estaban sentados en bancos de madera; siguieron con la mirada el paso del coche; en la bayoneta del centinela no había un solo reflejo. Por la abierta puerta principal de la iglesia, en la plaza, aleteaban las llamas de las velas sobre el fondo negro. Aparqué donde me indicó el agente de la circulación, crucé, rodeando el kiosco de la música, y, al empujar la puerta de la tienda de Raimundo, sin saber por qué, recordé que Andrés se encontraba en el pueblo desde el día anterior.

—Buenos días, don Javier.

—¿Cómo va eso, muchacho?

—Bien, don Javier. Y usted, ¿cómo se encuentra?

—Sin novedad —estreché la mano del chico—. ¿Raimundo?

—En la boda —su barbilla señaló en dirección al escaparate.

—¿Alguien de la familia?

—Ni siquiera contrapariente. [67] Pero ya sabe usted que don Raimundo conoce a todo el mundo. [68]

El muchacho sacó varias bandejas con anzuelos, moscas y cucharillas. Huroneé por el local, hasta que llegó Raimundo. La plaza estaba animada, principalmente por los chiquillos que corrían tras el tílburi [69] de los novios.

—Pero ¿es que no hay banquete?

—Sí, señor don Javier. Y de los bien servidos. Pero yo procuro no ir a los convites. A mí lo que me gusta es la ceremonia.

—Por eso, quizá, te vas a casar pronto. Por ahí se dice que te casas este verano.

[67] Pariente de pariente. El vocablo, en franca regresión de uso, puede oírse aún en pequeños núcleos de población donde casi todos los vecinos tienen algún parentesco, directo o indirecto.

[68] Existe un cierto sarcasmo en la ripiosa expresión, que tiene algo de greguería.

[69] Carruaje ligero, descubierto, con dos grandes ruedas, propio, como en este caso festivo, para dos personas.

Raimundo me miró unos segundos y, bruscamente, comenzó a reír. Le di una palmada en el hombro, antes de sentarnos en unas sillas apoyadas contra el mostrador. Raimundo estaba más gordo, más calvo y más sudoroso que el año anterior.

—Ya creí que no le veía a usted, señor don Javier. Hasta había pensado, escuche, en acercarme por las Velas Blancas.

—Eso debías de haber hecho. ¿Me quieres creer que no he salido ni un día de pesca? Tampoco creo que me haya perdido mucho...

—Nada.

—...según dicen los de la aldea.

—No se ha perdido usted nada. No hay ni lubinas, ni doradas, en toda la costa. En cambio, lo que parece que hay es chicas muertas.

—Sí —levanté el rezón, [70] que mantenía entre las piernas, hasta mis rodillas—. De eso sí hay. Y precisamente, en la colonia.

—Hoy —dijo el muchacho— la han traído al pueblo.

—¿Aquí?

—A las siete llegaron.

—Oye, Jordi, [71] ¿crees que vas a aprender más pronto el negocio metiéndote en las conversaciones?

Jordi enrojeció y volvió al otro extremo del mostrador. Raimundo, con los pulgares en las sobaqueras de la camisa, dejó de sonreír.

—Ayer pasó por aquí don Julio.

—¿Ayer?

—Sí, ayer, jueves. Pasó por aquí, de regreso de la colonia. Vino el miércoles a última hora y durmió en el pueblo. Ayer estuvimos en el bar, pero no logré sacarle nada. Lo

---

[70] "Ancla pequeña, de cuatro uñas y sin cepo, que sirve para embarcaciones menores", según el *Diccionario de la Real Academia* (Madrid, Espasa-Calpe, 1984). Corominas advierte que el idioma donde el vocablo presenta arraigo más antiguo es el catalán. Su inclusión aquí queda, de este modo, doblemente justificada.

[71] Este nombre propio es la primera concesión al catalán en el texto, pese a lo advertido en la nota anterior.

que quiere decir que no sabe nada, porque, si no, algo se le habría escapado.

—Un momento, Raimundo. Dime primero quién es la chica y, luego, vuelve a explicarme lo que acabas de decir.

Extendió un brazo sobre el cristal del mostrador, al avanzar el cuerpo hacia mi silla. Jordi acudió a mi gesto, para hacerse cargo del rezón.

—Nadie sabe quién es la chica.

—¿Y don Julio?

—Tampoco lo sabe.

—Quiero decir, que quién es don Julio.

—Ah...

—Don Julio es el policía —dijo Jordi.

—De la plantilla de la capital. Yo le conozco mucho. Es muy aficionado a la pesca y, además —Raimundo miró hacia donde el muchacho y disminuyó el volumen de la voz, al tiempo que sonreía—, en tiempos tuvimos de novias a dos que eran hermanas. Es un buen tipo. Y un águila para su oficio. Hace unos años, venía por aquí cinco o seis veces al mes. Cuando lo del apaño con las muchachas. Yo le suministro las artes. [72] Está empeñado en pescar por el sur. Para mí, señor don Javier, que tiene un asunto en Alicante o en Murcia. Es uno de esos tíos que las vuelven locas. Alegre, ¿comprende usted?, muy rumboso —Jordi, por el otro lado del mostrador, se acercaba, como distraídamente—. Y, encima, muy culto. En el treinta y nueve, le faltaban unos años para ser abogado. [73]

—Entonces —dije—, la policía estuvo ayer en la colonia.

—Estuvieron examinando en la playa el lugar del crimen.

—¿Del crimen?

—Oye, Jordi, ¿qué...?

—Don Raimundo —dijo el muchacho—, ¿me deja usted los "Life"? [74]

---

[72] Artes de pesca, desde luego.
[73] Nueva alusión a la guerra civil. Muchos de los personajes de los relatos de Hortelano han estudiado abogacía.
[74] Ejemplares de la revista *Life,* como dato del cosmopolitismo veraniego del pueblo.

—¡Cógelos y déjanos en paz! —el muchacho desapareció por la puerta de la trastienda—. ¿Le apetece a usted una cerveza?

Raimundo le gritó a Jordi, desde la puerta, que íbamos al bar de enfrente.

—Ya le mandé la caña con Rafael.

—Ah, sí.

—¿Necesitaba algo? El chico se lo lleva al hotel esta tarde.

—No, ya te lo pediría —pasé delante de Raimundo—. Además, me voy antes de comer.

Acababa de llegar un autobús de turistas. Nos sentamos en las sillas metálicas, en la acera, y Raimundo encargó cerveza y almejas.

—¿Quién ha dicho que es un asesinato?

—Todo el mundo piensa que es un crimen.

—¿Por qué?

Raimundo me miró fugazmente, antes de contestar.

—Porque sí. ¿No la encontraron desnuda? Ustedes lo sabrán mejor, que ha estado el forense en la colonia. Aquí, hasta se ignora de qué ha muerto.

—No lo sabemos. Ni he hablado con el forense, ni con el juez, ni con la policía.

—Pues, para mí, señor don Javier, la cosa está clara. Cualquier extranjera que se ha metido en líos. En una semana, don Julio, ya verá usted, ha encontrado a los criminales.

La cerveza era infame. Soplaba un vientecillo caliente, que arremolinaba polvo en el kiosco del centro de la plaza. El sudor me humedecía la frente, las mejillas, las manos.

—No creo que la hayan matado. Estaba sin señales de violencia.

—Mire, por aquí ocurren cosas muy raras. Hace poco, no sé si usted se enteró, tuvimos un buen lío. Yo pasé unos días malos, porque el asunto era feo y me vi casi dentro. Llegó una pareja de holandeses, unos tipos jóvenes; él, sobre todo. Ella era una rubia tetona y con aire de cachonda. Pues, ya ve usted, tenían su negocio. Sí, señor. Un buen negocio. Vivían aquí, en el pueblo, y algunas noches organizaban sesiones de cine en una cala que hay cerca del camping. Llevaban todo el material, las baterías, el aparato, las cintas, en el coche. Se montaba el tinglado al aire libre y a ver marranadas. ¡Qué películas, señor don Javier!

—¿Y os cogieron?

—Yo fui sólo cuatro noches. Pero, claro, corrió la voz y se acabó el festejo. Hasta querían cerrar el camping, no le digo a usted más. Había una... —Raimundo rió y se le atragantó el sorbo de cerveza que bebía—. Una de las que vi. No duraba más de un cuarto de hora, pero allí se hacía de todo. Y qué mujeres, madre mía, qué mujeres. Salían en...

En las otras mesas se hablaba en voz alta, se reía fuerte. Cuando el viento calmaba, dejaba un calor húmedo. Raimundo continuaba con sus historias. Traté de recordar la localización del hotel, donde Andrés se alojaba en sus viajes al pueblo. Los turistas deambulaban en grupos, se paraban ante los escaparates, entraban y salían de las tiendas. Uno fotografiaba la fachada de la Cofradía de Pescadores. En el balcón central, bajo el mástil sin bandera, había cinco flechas de madera pintadas de rojo. [75]

El muchacho cruzó la plaza a la carrera, para avisar a Raimundo que le esperaban en la tienda.

—Yo también me voy ahora mismo —dije—. Ya volveré otro día.

—Pásese usted a verme. Además, quiero consultarle algo de unos camiones que pensamos comprar mi socio y yo. ¿Se acuerda de él? Agustín, se llama.

—Ah, ya. ¿Qué tal va esa sociedad?

Raimundo ajustó el nudo de la corbata y se abotonó la americana.

—Bien, bien. Si usted conociese a alguien en el Ministerio... [76] Se lo explicaremos con más calma. Bueno, en fin,

---

[75] Símbolo de Falange. Solía estar presente en las fachadas de los centros oficiales y colocarse en las entradas de las poblaciones.

[76] El tráfico de influencias se hizo consuetudinario en la época. Las "recomendaciones" eran prácticamente imprescindibles para cualquier asunto público o semipúblico.

que vuelva usted pronto —se levantó de la silla—. Ya sabe
que no tiene más que hacer el pedido con Rafael y en el
mismo día se lo sirvo.

—Gracias, Raimundo. Se verá eso del Ministerio. Siempre habrá algún amigo.

—El señor —nos estrechamos las manos— no paga.

Discutimos unos instantes y, al fin, logré que el camarero me cogiese el billete. Raimundo se volvió, al llegar al
kiosco, para mover la mano en un saludo.

En la mesa vecina se sentaron unos italianos. Una de
las mujeres me dijo algo, en voz muy baja, al tiempo que
dejaba un bolso de rafia en el suelo, junto a mi silla. Me
entretuve buscándole la mirada. Luego, bebí más cerveza,
fumé unos cigarrillos y supuse que en la costa el tiempo
probablemente seguiría lluvioso. Logré arrancarme de allí.
La italiana encendía un cigarrillo, cuando miré para sus
piernas [77] por última vez. El tipo de la máquina colgada
del cuello por una correa continuaba inmóvil frente al balcón de las flechas, como embobado.

Anduve despacio hasta el estanco. En las calles del pueblo habían hecho algunas reformas, había más tiendas de
las que recordaba. [78] La única cafetería, inaugurada el año
anterior, tenía unas persianas de verdes láminas de plástico en sus ventanales. Durante un largo rato, permanecí
frente a un escaparate de *souvenirs*, [79] sin ver nada de lo
que había tras el cristal, casi sin pensar en nada. En la fachada de la tienda, junto a unas mantas a largas franjas de
violentos colores, unos sombreros de paja picudos y unas
madroñeras, [80] colgaba una gran red llena de pelotas de di-

[77] La preposición *para* indica una intención de mirada general o
de contorno. Las piernas femeninas son —con diferencia— el "objeto" erótico más presente en la novela.

[78] Signo inequívoco de que el turismo está favoreciendo el desarrollo económico de la localidad.

[79] "souvenirs". Galicismo por "objetos de recuerdo".

[80] Debe tratarse de algún adorno para la cabeza. Se usa como
complemento en algunos trajes típicos. No lo contemplan, sin embargo, el *DRAE*, el *Diccionario de uso del español*, el *Diccionario
Crítico Etimológico*, etc. Admiten, desde luego, la voz *madroño* como

ferentes tamaños. Ni siquiera Joaquín se alegraría más de
diez minutos, si es que me decidía a cargar con uno de
aquellos balones. De pronto, descubrí el hotel.

En el *comptoir* [81] me comunicaron que Andrés no se había levantado aún. Al cruzar el bar y antes de que yo le
hubiese visto, Fermín me llamó. Después de abrazarnos, se
disculpó con los tres hombres con los que bebía en la barra, cogió su vaso de whisky y nos sentamos a una mesa,
bajo un ventilador que refrescaba la penumbra del bar. Me
encontré bien repentinamente, con una especie de euforia,
en aquella habitación de maderas claras hasta el techo,
donde las conversaciones eran un murmullo sobre los netos
choques del hielo contra el vidrio de los vasos. Le di una
palmada en la rodilla a Fermín, le ofrecí un cigarrillo y
encargué también un whisky.

—Para el pago de unas expropiaciones. Ahora, después
del almuerzo, nos vamos. Lo que lamento es que tendré
que comer con ésos y no creo moral obligarte a soportarlos.

—No te preocupes. Andrés, que está aquí, debe de bajar
en seguida.

—¡Hombre!, Andrés. Bueno, cuéntame cosas.

—Hace unos días apareció una chica muerta en la playa
de la colonia.

—Sí, he oído algo. Un accidente, ¿no? ¿Y Dora? [82]
¿Cómo van Dora y Amadeo y Marta? Un día me voy a ir
por vuestro paraíso. A los que veo con más frecuencia es a
Emilio y a Asunción.

—Ojalá lo hagas. En cuanto salga el sol, te pasas una
semana con nosotros. ¿Qué tal esa electrificación?

Fermín abrió los brazos en cruz.

—Pero ¿no sabes la gran noticia? En diciembre, a Ma-

---

*borla pequeña;* madroñera puede ser, por tanto, un conjunto tren-
zado de estas borlitas a modo de tapete o similar. Era fácil ver a
muchos jóvenes realizar este tipo de artesanía en los momentos de
ocio, durante el servicio militar, incluso en los años 70. El *Vocabulario andaluz* define madroñera como "mantilla de madroños", y
ésta es "la formada por motas de seda imitando tal fruto".

[81] "comptoir". Es galicismo, por mostrador.

[82] "va". Ambas posibilidades de expresión son correctas, aunque
suele ser mejor recibida la definitiva.

drid. Se acabó la obra, se acabó el campo, los pueblos, los paletos y la porquería. A vivir.

—Oye, Rosario estará encantada.

—Fíjate.

—Fermín, te encuentro más gordo.

—Estoy apocilgándome. Dentro de poco, ni fuerzas para tener una querida.

—Me he enterado por ahí de que eres un buen ingeniero.

—Eso dicen.

—Si trabajases en una de mis empresas, haríamos algo grande.

—Oye, tú, no me lo digas así, riéndote, que, en diciembre, vamos a hablar largo y tendido. Pero, dime, ¿qué tal van tus asuntos por la casilla, con la extranjera? Yo llevo más de dos meses sin aparecer por allí. Pero ahora, en este tiempo, debe de estar delicioso, con la nueva terracita, con los árboles. Aquello es una maravilla, eh. Por cierto, mi compañero, el que nos proporcionó el asunto, ya no está aquí, porque se trasladó a Sevilla. O sea, que somos dos.

—Mejor. No, no he ido últimamente. Hace poco, una tarde la cosa casi se arregló para ir.

—Pero falló.

—Sí. Mala pata. Oye, Fermín, ésos parecen inquietos. Tú y yo somos de confianza.

—Chico, siento no poder quedarme contigo. De verdad que pasaré por Velas Blancas. Dales a todos muchos recuerdos. Sobre todo, a Dora.

—Y tú a Rosario —nos abrazamos—. Y ya sabes, en diciembre, tú a inventar y yo a contemplar cómo subimos en Bolsa.

—Ah, en diciembre... Es resucitar. En este país [83] sólo se puede vivir en Madrid o en Barcelona, siempre que te pases ocho meses al año en Francia. [84]

[83] La perífrasis "este país" viene utilizándose desde la dictadura para aludir a España. El humorista Máximo editó, bajo el título *Este país,* un libro de chistes en la última fase de la dictadura (Madrid, Ediciones 99, 1971).

[84] Adviértase la ironía y la capacidad económica de este grupo social.

Terminé el whisky y pregunté la hora de llegada del tren. Me gustaba aquel gazpacho, aquel salmón ahumado, aquella ternera, que no tenían el mal sabor de la cerveza de la mañana, que sabían en consonancia con el hotel. Pensé que, al igual que Emilio, iba proponiendo negocios a los amigos. A Fermín, que me achacaba unas intermitentes aventuras sentimentales y que nunca imaginaría que era Elena quien entraba hablando inglés [85] en la casilla al borde de la carretera. Como tampoco yo había imaginado nunca hasta entonces la posibilidad de que Fermín mantuviese una historia con alguna conocida. Se me vino la hora encima calculándole amantes a Fermín.

Anduve a la plaza, en busca del coche. Continuaba el viento polvoriento, más cálido que el de la mañana. Había unas nubes altas y pequeñas. Los turistas tomaban café en las terrazas de los bares.

Llegué a la estación diez minutos antes que el tren. [86] Ernestina, asomada a una ventanilla, me descubrió en seguida. Por la misma ventanilla le pasó el equipaje al maletero. Se tiró a mis brazos desde el segundo escalón del estribo.

—¡Qué alegría! Estaba segura que alguien vendría a esperarme, pero ni olerme que eras tú, Javierón.

—Estás guapa, guapa a reventar. Déjame que te vea bien. Por poco no encuentras a nadie en el andén. Anda, vamos hacia el coche y te explico. ¿Cómo están las familias?

—Tu madre, sensacional.

Ella me hablabla y yo buscaba las monedas para pagar al maletero, cuando sentí su mirada. Era un hombre pequeño, con el rostro muy rugoso. Me estaba mirando, como

---

[85] Otro detalle cultural más del grupo. Recuérdese lo que se dijo sobre la educación francófila de G. Hortelano en el prólogo. Ésta es una generación anglófila.

[86] En la época había ferrocarril desde Gerona a Palamós y a S. Feliú de Guixols, por lo que, de referirse a un sitio concreto, puede ser cualquiera de estas dos localidades, sin descartar otras.

si yo fuese el habitante de otro planeta. [87] Le di casi el doble de lo que me había pedido [88] y, en silencio, se llevó la mano a su gorra mugrienta, con visera de hule negro. Ernestina volvió a besarme cuando me senté frente al volante.

—Entonces, ese repugnante pariente mío se adelanta un día y, luego, se emborracha y no puede venir a esperarme. ¡Es delicioso!

—Llegó ayer, porque era su día de médico. Tampoco se sabe que se haya emborrachado.

—¡No, qué va! ¿Qué hace a las cuatro de la tarde, durmiendo? Ahora mismo le despertamos. Y organizamos una en grande, ¿eh, Javier? Vengo con verdadera necesidad de divertirme. Zarauz es una tumba. [89]

—¿Has regañado con José Manuel?

—No. Pero es un mierda. Me dio recuerdos para ti.

—¿Qué tal está?

Cruzó las piernas, dio un par de saltitos en el asiento y rió.

—Como siempre, bárbaro. Teniéndose que meter en los portales para descansar de guapo. [90]

Subimos al segundo piso, acompañados por un botones que nos abrió la puerta. Ernestina entró, alborotada y albo-

---

[87] La diferencia de clase entre uno y otro queda perfectamente reflejada en la hipérbole.

[88] Algún crítico considera este detalle como un rasgo de la mala conciencia que la burguesía tiene de sí misma. El propio autor ha dicho: "Es la burguesía, aguijoneada por la mala conciencia, que por lo pronto se plantea esos problemas de conciencia y los sufre, cualquiera que sea la naturaleza de su reacción final, porque, en contra de lo que afirman los panfletos, los burgueses son gente que también sienten y piensan", R. Saladrigas, cit., p. 31.

[89] El aburrimiento no radica, indudablemente, en la idiosincrasia de la bella localidad guipuzcoana, sino en el interior de los personajes. Ernestina, con su ansia febril de actividad y diversión es, por supuesto, la que está más aburrida.

[90] La frase resulta de un acusado casticismo, un casticismo muy madrileño. A este respecto, G. Hortelano dirá: "hablo madrileño y se me nota. Personas muy cuidadosas de la lengua me reprochan mi madrileñismo". M. Sánchez Arnosi, cit., p. 11.

rotando. [91] Por el suelo, por las sillas, por el arcón, había prendas de vestir. La maleta y los armarios estaba abiertos. Ernestina, que había descorrido las cortinas, abrazaba a Andrés sentada en el borde de la cama.

—Perdóname, pequeña, perdóname.

Tenía la chaqueta del pijama abierta y su pecho hundido le encorvaba los hombros.

—Inmediatamente a la ducha, a quitarte esa pinta de resaca. Y se avisa a la colonia que vamos por ahí de juerga. ¡Qué suerte teneros a los dos juntos, con lo que yo os quiero! ¡Venga, rápido, Andrés! ¿Se puede telefonear desde aquí?

—En cuanto me afeite, te parezco otro hombre.

Se sentó en una butaca. Andrés, desde la cama, me sonreía. Aquella fatigada sonrisa de Andrés me produjo una insólita vergüenza.

—Sí —dije—. Se puede telefonear. Pero, oye, ¿qué te has hecho en el pelo? —movió su melena pelirroja [92] y yo, con una entonación que me oí torpe, traté de animarle—. Estarás hecho migas, Andrés.

—El médico me ha dicho que estoy muy bien. Gracias, maja —cogió el batín que, al fin, había encontrado Ernestina.


7


—Te aburres —afirmó Ernestina por sobre el hombro de Andrés.

—Claro que no.

Los seis de la orquesta vestían unas camisas azules, [93] con grandes botones blancos. Desde una hora antes hacían

---

[91] Caso claro de *derivatio*, figura poco frecuente en la actualidad.

[92] También era pelirroja Isabel de *Nuevas amistades*, y lo será Mary Tribune y algún otro personaje de G. Hortelano. Esto hace pensar que no tiene en cuenta la malquerencia del refranero a este color de pelo, que solía adscribírsele a Judas Iscariote.

[93] Puede existir ironía en este detalle de color y prenda, que eran propios de los falangistas.

predominar las lentas y dulces melodías. A veces, en los
cristales que daban al jardín se oía el ruido de las gotas de
agua. Otras, parecía el batería quien estuviese creando la
lluvia, Andrés sudaba cuando volvieron a la mesa. Encargué otros whiskys.

—No puedo decir que abran, porque se mojarían los de
las mesas del fondo.

—¿Por qué no tienen refrigeración? Oiga usted —el camarero dejó los vasos en la mesa y volvió el rostro hacia
Ernestina—. Es que no tienen refrigeración, ¿verdad?

—Sí, señorita. Los ventiladores están funcionando.

—Los ventiladores... —Ernestina acomodó los tirantes
de su vestido, antes de encender un cigarrillo—. A lo mejor por Almería no llueve. [94]

—A lo mejor —dijo Andrés.

—Toda esa gente, los turistas —aclaré—, deben de sentirse defraudados.

—Considérame una turista.

—Bueno, pero aquí se está bien.

—Andrés, ¿cómo puedes decir eso con sólo tres whiskys en el cuerpo?

—Ahí radica el secreto de la felicidad. No pienso beber
más en toda la noche.

Las luces disminuyeron, en un cambio de colores, para
anunciar a una bailarina de flamenco. Ernestina arrastró
su silla al borde de la pista.

—O sea que el médico te ha encontrado mejor.

—Sí —dijo—. Aunque Elena no se lo va a creer, estoy
mejor.

—Y has decidido beber menos.

—Está claro. Para poder beber más —rió, pasando un
brazo sobre el respaldo de mi silla—. ¿No entiendes? Si
puedo acumular salud, voy a amontonarla, como si fuese
dinero. Cuando me rebose, empiezo a despilfarrar. Es un
método de mi invención.

—Cheques contra tu hígado.

---

[94] Aquí la ironía es evidente, ya que el índice de pluviosidad en
esa zona de la península es bajísimo.

Tenía las piernas cruzadas y su amplia falda desbordaba la silla. Volvió la cabeza, con un gesto de fingido enfado, por el ruido de nuestra conversación.

—Sí, hija —dijo Andrés.

La muchacha acabó su zapateado entre aplausos. Salió su pareja y, al minuto, volvió a aparecer ella con un nuevo vestido de volantes. Los extranjeros seguían la danza con expectación. En aquella penumbra rojiza, los rostros bronceados tomaban una suerte de exaltación, brillaban. Los componentes de la nueva orquesta vestían unas camisas hawaianas. Andrés retiró su brazo del respaldo. Le miré; sonriente y divertido, observaba a Ernestina. En el pelo rojo de ella saltaban los reflejos de la luz. Quizá a última hora apareciese por allí Raimundo. El entusiasmo de Ernestina me distrajo.

—¡Bravo!

—Oye, pero ¿dónde has aprendido a gritar bravo de una manera tan española?

—En París. [95]

Fui al lavabo, que olía a desinfectante y a un fuerte perfume, muy parecido al del ascensor de la casa de Marta en Madrid. Me entretuve ante el espejo, limpié mi peine minuciosamente, bostecé, retrocedí al percatarme de que había olvidado abotonar el pantalón. Ovacionaban a los flamencos cuando llegué a la mesa, e inmediatamente me encontré bailando con Ernestina.

—Esto es maravilloso.

—Con una semana en la colonia acabarás por estallar de aburrimiento.

—Es maravilloso, maravilloso. Hasta es bueno que llueva.

Encima de las mesas lucían unas pequeñas lámparas con pantallas de distintos colores. Ernestina bailaba bien y me daba su aroma, su proximidad descuidada, la tensa suavidad de la carne de su espalda. Me quedé cuchicheando con el de la orquesta, mientras Andrés me sustituía.

---

[95] Nuevo rasgo de ironía. Recuérdese, sin embargo, el relato "Marciapiede izquierdo Avenue de Wagram" de *Gente de Madrid*.

La canción de moda llenó la pista de parejas. Ernestina me hizo un gesto de triunfo. Los periódicos solían dedicar mucho espacio al problema argelino[96] y aquello, según decía, venía de Argelia.

*Cherie, je t'aime*
*cherie, je t'adore*
*comme la salsa di pommodoro*[97]

La chica se sentaba en el alto taburete, cuando descubrí su blusa amarilla, sin mangas, que le ceñía las caderas por encima de su estrecha falda negra. Rodeó con la mirada la sala, sin detenerla en ningún lugar concreto. Me vio llegar, giró en el taburete y apoyó los antebrazos en la barra.

—Hola —dijo.

—¿Qué tal? ¿Quieres tomar un whisky?

—Sí. ¿Estás solo?

—Con unos amigos —encargué los whiskys y la observé—. Tienes un pelo bonito. Lástima que lo lleves tan corto.

—Es por la playa, ¿sabes?

Bebimos en silencio y luego bailamos. Ernestina obligó a maniobrar a Andrés, hasta lograr la cercanía que le permitió examinar a la chica sin obstáculos.

—¿Son ésos tus amigos?

—Sí, ya sabes...

—No te preocupes. Que mire lo que quiera. Se dará cuenta de que no soy un bicho raro. Siempre les pasa igual. Se creen que somos unos bichos raros nosotras, las putas.[98]

—Vaya.

—Perdona. Sé que una chica no tiene que hablar mal.

—No, no es eso. Lo que no debe hacer una chica es pensar en esas cosas.

---

[96] Rebelión de Argelia contra su metrópoli, que alcanzó su punto culminante en el primer semestre de 1958 para conseguir la autodeterminación en 1962.

[97] En la primera edición el texto va entrecomillado.

[98] "las p...", seguramente obra de la censura.

—Es que estoy de mala uva.

Estreché su cuerpo. Estaba bebida, pero sería difícil que perdiese el control. Mejilla contra mejilla, hice un giño, que alborozó a Ernestina, hasta el punto de que Andrés tuvo que evolucionar en dirección contraria.

—¿Vamos a ver si el whisky te quita el mal humor?

Regresamos al bar y bebió, muy despacio, un par de sorbos.

—Tú no eres de aquí, ¿verdad?

—No.

—Nunca te había visto por aquí. Yo suelo venir todas las noches, salvo los fines de semana. Los sábados llega él, ¿comprendes?, y viajamos por ahí o no salimos de casa. En el pueblo hay dos o tres que estamos así. Bueno —sonrió—, cinco.

—¿Vives en Madrid?

—Sí. ¿Por qué lo sabes?

—Por el acento.

Después de la carcajada, bebió un trago, sin premeditación. Dio media vuelta en el taburete, apoyándose con las manos en mí.

—Es muy bueno eso de que distingas el acento de Madrid. Aquí todo el mundo habla distinto.

—Por eso. Yo también vivo en Madrid.

—Me alegro. Chócala, paisano.

Cuando brindamos, se puso más contenta y un poco más borracha.

—¿Te gusta veranear aquí?

—Sí. La verdad es que me gusta bastante. Verás, por la mañana duermo, voy a la playa, tomo el aperitivo. Después de la comida, un poco de siesta y la clase de inglés. Me gusta mucho aprender inglés, lo que pasa es que soy zote. ¿Tú sabes inglés?

—Diez palabras, pero casi siempre me las callo.

—Eres muy simpático —rió—. Luego, vuelvo a la playa o doy un paseo o meriendo con alguna amiga en la cafetería. Tengo pocas amigas. Y casi es mejor.

—Oye, ¿qué te pasa?

—Nada.

—Te han hecho alguna marranada las amigas, eh. ¿Cómo era él?

—¿Quién?

—El tipo ese alto, rubio y joven, que te ha quitado tu amiga.

—No, no —tuvo como una fugaz tristeza en la sonrisa—. Mi amiga no me ha quitado ningún tipo. Además —respiró hondo—, a mí no me gustan ni rubios, ni altos, ni jóvenes.

—Entonces, yo te gusto.

—Sí, tú me gustas mucho. Aunque seas joven.

Me acercó el rostro y le besé una mejilla.

—Por las noches vengo aquí. En el jardín se está fresco. Me gusta el jardín de este bailongo. [99] Me pongo en la barra a ver las luces entre las plantas. A veces, bailo con alguno. Me gustan estos pueblos, porque puedes ir en pantalón corto por la calle y llevar bikini en la playa. Oye, me llamo Angus.

Apagué la cerilla y le dije cómo me llamaba.

—Tienes nombre de mucho dinero. ¿Eres casado?

—Sí. Y es cierto que tengo dinero.

—Mucho. He dicho mucho, Javier.

—Bueno, mucho. Da lo mismo el dinero, ¿no? Hay cosas de más importancia.

—Sí, cuando se tiene mucho dinero.

—¿Tú no tienes?

—¡Claro que sí! Acciones. Él me invierte los ahorros. Cuando sea vieja...

—O sea, dentro de cincuenta años.

—...tendré para vivir. No, no tanto. He cumplido veintiséis.

—Me gustas, Angus.

—Y tú a mí. Eres un tío con clase. Eso se nota.

—¿En qué?

---

[99] Baile de muy baja categoría. V. León, *Diccionario de argot español*, Madrid, Alianza, 1980.

—En que no haces preguntas personales. Ni siquiera me has preguntado cómo es el que me entretiene. [100]

—¿Cómo es?

La risa se le atragantó con el whisky. Dejó todo el cuerpo contra el mío, al tiempo que yo abrazaba sus hombros.

—Es un... Anda, vamos a bailar. No te pareces a él en nada. Si yo te tuviese a ti de querido, no te pondría los cuernos.

—Angus, te estás declarando.

—Qué leñe, para eso es verano, ¿no? ¿Tomamos otro petróleo? [101]

—¿Otro...? Ah, sí, naturalmente. Lo único que temo es que...

—No temas nada. Resisto todo lo que me echen. Soy una chicarrona del norte.

—Déjame que lo averigüe. ¿De San Sebastián?

—No.

—¿De Bilbao?

—No.

—Si no lo averiguo ahora, pierdo el beso de la apuesta. ¿De Santander?

—No. De Vitoria. Bueno, de un pueblo de Vitoria. Pero hace tiempo que no voy por allí —me llegó súbitamente su rostro—. Paga la apuesta. Oye, ¿no tienes que volver con tus amigos?

Cuando el barman acabó de llenar los vasos, nuestras miradas se encontraron durante un segundo.

—Perdone —murmuró.

—No te inquietes por mis amigos.

—¿Son matrimonio?

—Oh, no. Ella es sobrina lejana de él y él es mi primo y mi mejor amigo. Ya te los presentaré.

—Déjate de presentaciones. ¿No querías bailar?

—Y tú también, ¿no?

---

[100] Otra perífrasis para eludir una palabra tabú. Cuando se conocieron, era simplemente "él", ahora se acude a un circunloquio eufemístico; pronto aparecerá el término justo.
[101] Whisky.

Nos volvimos en los taburetes, con las espaldas apoyadas
en la barra. Ernestina bailaba con un tipo viejo y manco, y
Andrés con la mujer del tipo, una americana que le sacaba
la cabeza, muy delgada y muy elegante. Los cuatro corea-
ban la canción que pronto cantamos todos. A mi lado, Angus, el vaso entre las manos, las piernas separadas, cantaba también, con una sonrisa ausente, que la llenaba de
pequeñas arrugas las comisuras de los párpados.

> *Eres diferente, diferente*
> *al resto de la gente que siempre conocí.*
> *Eres diferente, diferente,*
> *por eso al conocerte, me enamoré de ti* [102]

—Parece simpática.
—¿Quién?
—La chica amiga vuestra. La prima de tu amigo. Tiene
también clase. Fíjate que está animando ella sola el cotarro.
—Y Andrés.
—Él también es simpático. Ella tiene mucha clase. Hace
falta tener mucha clase para saber hacer el gamberro con
gracia.

> *...un tono distinto al gris de la niebla...* [103]

Angus puso [104] una mano en mi cuello.
—Bueno, cuéntame algo.
—Te pones sentimental.
—Luego se me pasa.
—¿De dónde sale Angus?
—De Angustias. Es un nombre muy poco alegre. No me
gusta. Yo soy muy alegre.
Se acercaron a Ernestina y Andrés, con los americanos.
Allí mismo, en la barra, nos estrechamos las manos.

---

[102] En la primera edición este fragmento va entrecomillado.
[103] Íd.
[104] "Angus, puso", seguramente por errata.

—Viven en Rota, ¿sabes? —explicó Ernestina—. Y hablan el castellano mejor que tú y que yo.

—Muy amable —dijo mistress Lansing.

—Lo siento por ti, Ernestina. No podrás demostrar lo mal que pronuncias el inglés.

—Oh, lo habla muy bien —dijo míster Lansing—. Con acento de Nueva York.

—Mistress Lansing baila flamenco —dijo Andrés—. ¿No os habéis fijado?

—Sí —dijo Angus—. Lleva usted un vestido precioso.

—¿Le gusta?

Estaban con una canción italiana y me encontré bailando con Ernestina. Andrés enlazó a Angus, que comenzó a reír cuando él le susurró algo al oído, mirándome a mí.

—Pero ¿quiénes son? ¿No te resulta siniestro bailar con un tipo al que han cercenado un brazo por el hombro?

—Son unos superclases. Él perdió el brazo en Filipinas, de coronel. Ella es puericultora. Se quieren mucho, se ayudan mucho y han vivido siempre juntos. Están casados desde el año 1920. Ahora hacen su decimocuarto viaje de novios. Él encuentra que soy la chica española más simpática que ha conocido y ella se está enamorando de Andrés. ¿Qué es lo que te parece mal?

—Tu manía de hacer amistades con desconocidos.

—¿Y tú? Pero ¿y tú, sinvergüenza? Es guapa tu furcia. A pesar de esa blusa. Ha sido Andrés, que se enamoró de la coronela.

Los Lansing nos sonrieron desde la mesa. Ernestina volteó su melena y parpadeó.

—Es una noche salvaje, ¿verdad?

Lansing reía por haber derramado el vaso de agua tónica. Su mujer le limpió la chaqueta antes de que acudiese el camarero. Sonreía, mientras cambiaban el servicio, y ella misma le preparaba otra ginebra.

—Bueno, Ernestina, vuelve con tus yanquis.

—¿Sabes —dijo Andrés— que ha nacido en Chicago?

—No. ¿Y qué?

—Que yo he estado en Chicago.

Se puso en pie, extendió su único brazo y gritó:

—¡Viva España!

—Hay que celebrarlo —dijo Andrés—. ¿Vas a seguir con la ginebra?

—Sí —dijo Lansing—. ¿Otro *scotch* [105] para ti?

—Pues no, ya ves. Abandono. ¡Camarero, un *gin-tonic!*

—¿No quieren sentarse? —dijo mistress Lansing.

—Gracias. Vamos a terminar unos vasos que tenemos en el bar.

Angus, en silencio, me miraba de una forma extraña, por lo que creí llegado el momento de concretar algo.

—¿Dónde vives?

—¿Cómo? Perdona, no te he oído— repetí la pregunta y dejó de mirarme—. En un hotelito de las afueras. De dos pisos.

—¿Sola?

—Por el día tengo una criada. Pero es de confianza, no te preocupes. ¿Quieres que nos vayamos? Aquí se está divertido ahora.

—Sí, sí.

Fumábamos en silencio. El local se vaciaba paulatinamente. En el centro de la pista, Andrés y la Lansing [106] bailaban unas sevillanas al ritmo de jazz de la orquesta. Ernestina les palmeaba desde la mesa, mientras Lansing golpeaba una botella con una cucharilla.

—Escucha.

—Sí.

—No me estoy portando bien contigo.

—¿Por qué, muchacha?

—Hoy no puedo. Me empezó esta mañana. Te juro por mi madre que es verdad que no puede ser hoy.

—¿Qué se le va a hacer? Contra la fisiología es imposible luchar. Pero ¿y el sábado, cuando venga él?

---

[105] "scotch". Es anglicismo que no oculta la metonimia del tipo "lugar de procedencia" a "cosa que de allí procede", F. Lázaro Carreter, *Diccionario de términos filológicos*. Madrid, Gredos, 1981.

[106] La elusión del término de tratamiento "señora" contrasta vivamente con expresiones como "señor don Javier", dedicadas al protagonista. *Vid.* nota 30.

Levantó las manos, en un aleteo rápido, sobre sus grandes ojos redondos, cercados de unos trazos verdes.

—¡Bah! Tienes que prometerme una cosa. Pero dándome tu palabra, eh. Que vuelves otro día. Dame tu palabra de que vas a volver otro día. Y pronto. La semana que viene, por ejemplo. Entiéndeme, Javier, te estoy haciendo una cosa fea, pero es que...

—Pero, mujer, si resulta perfectamente lógico.

—¿Volverás?

—Supongo que sí. Pero piensa que...

—No. Prométemelo —cogió una de mis manos con fuerza—. Te es fácil venir al pueblo. Tu amigo me ha dicho que vivías en la colonia de Velas Blancas. Eso está cerca, a una hora de coche o así.

—Pero ¿qué interés tienes en que vuelva?

—Mira —continuaba con su mano sobre la mía, cuando su sonrisa parecía hacerse líquida, como si fuera a llorar—, tú ven y déjate de disculpas. O ¿es que no te gusto más que para tomar unas copas?

—Ya sabes que no.

—Pues dilo, porque yo no sé nada. Que me muera si sé algo. Y eso que hay veces que me parece que puedo saberlo todo. Como ahora. Si ahora hiciese un poco de fuerza, cerrando los ojos y apretando los puños, lo sabría todo. ¡Pero no! No quiero saber nada de nada. Aunque pueda.

—Angus, chiquilla, estás bajo los efectos de una engañosa clarividencia.

—Lo que me pasa a mí es que estoy borracha de caerme.

—Aún no, pero lo estarás si sigues bebiendo.

Se bajó del taburete, apoyándose en mí, e hizo un gesto desmañado para rechazar mi ayuda. Cogió su bolso al encaminarse hacia los lavabos. El bolso, de lona azul y paja blanca, le penduleaba al final del brazo. La orquesta, a petición de Ernestina, interpretaba un pasodoble. Apenas si quedaban tres mesas ocupadas. Andrés hablaba animadamente con la Lansing. Llamé al barman para abonarle la cuenta. Era viejo y me recordó al maletero que aquella tarde había cargado con las maletas de Ernestina. Luego imaginé cómo quedarían los labios de Angus maquillados con un color pálido. Andrés se aproximó un momento a preguntarme por mi estado de salud.

—Tú ya veo que estás borracho.

—Ni siquiera Elena podría reprochármelo. Y ¿Angus?

—En el lavabo. ¿De qué habéis hablado antes?

—Créeme que no puedo recordarlo. Pero, desde luego, no he mencionado a Dora, ni la posibilidad de que tengas una Dora. Vuelvo con ellos. Les hemos invitado a que pasen unos días en la colonia. No se te ocurra hacer lo mismo con tu novia. Tiene unas piernas y unas... —trazó una esfera en el aire, sobre su pecho— que la denuncian. Pero parece buena chica. Yo no me equivoco, cuando alguien me parece bueno.

Elena pensaría a aquella hora en nosotros, con una lucidez muy distinta a la que Angus (o yo) se suponía. La orquesta acabó su tarea, dejando un silencio repentino, en el que se escuchaban murmullos, una frase en inglés de Ernestina, risas. El barman contabilizaba la caja, cuando el *maître* [107] pasó disculpando el final de la música y asegurándonos el tiempo que deseásemos permanecer allí. Acabé el whisky. Las pequeñas sensaciones se me concretaban en el persistente ardor de las mejillas.

Angus regresó recién maquillada, con una reciente brillantez en el rostro, ahuecándose su pelo negro. Nos acercamos a la mesa. Al camarero le indiqué que ya estaba todo pagado.

—Oh, no, no, no, eso no me gusta. Son ustedes muy rápidos para pagar —dijo Lansing.

—Es lo que se denomina —dijo su mujer— la cortesía española.

—Póngalo a cuenta del oleoducto.

—¿Hace usted asuntos de carburantes?

—Javier —intervino Andrés— se dedica a asuntos de todas clases. ¿Nos vamos?

---

[107] "maitre", es galicismo, por maestresala. "Jefe de comedor", define el *Diccionario Manual*, cit.

—Claro que sí. Yo tengo en el coche y me gustaría que aceptasen ustedes un trago.

—¡Carretera adelante hasta el mar! —dijo Ernestina.

Fuera, el aire estaba húmedo y sosegaba aquel cielo alto, oscuro, aquella amplitud de la noche. Lansing caminaba con un difícil equilibrio, cogido del brazo de Ernestina. Andrés le hacía reír. Angus comenzó a bailar cuando llegamos al automóvil.

Conducía bien la Lansing, a una velocidad regular. Me apoyé en la ventanilla, abierta a las sombras, las luces, los perfiles transformados. Dejaron de hablar inglés para entonar canciones regionales. Al cuarto de hora de marcha, nos detuvimos. Olía a azahar hasta el mareo, en la cuneta, mientras Angus se dormía en mi hombro. Paseamos para despejarnos. Entre los naranjos nos estuvimos besando y acariciando, pero Angus se excitó demasiado.

Nos despedimos largamente en la plaza del pueblo, cuyas farolas, que tenían tiestos colgados a la mitad de la columna, daban una luz de destellos verdosos. Acompañé a Angus por unas calles desconocidas, que iban estando peor iluminadas. Silbaba tercamente una de las melodías que habíamos bailado. Cuando llegamos, se apoyó en el muro en el que se empotraba la verja de hierro. Me rodeó la cintura con los brazos y levantó la boca hasta mi barbilla. Así estuvo un largo tiempo.

—Haz lo que quieras, ¿comprendes? Pero a mí me gustaría verte otra vez. Esta noche... Haz lo que te salga.

—Vendré la semana próxima, no te preocupes. El jueves o el viernes.

El hotel quedaba lejos y, además, me extravié durante unos minutos. En la soledad de la noche el viento era un sosiego. Todo parecía distinto a la mañana siguiente, sin aquel río de alcohol en las abultadas venas del cerebro. El whisky me estaba dando por los espacios abiertos, por las ilimitadas perspectivas y los profundos abrazos silenciosos.

En la habitación, Andrés, que dormía boca abajo, ni se movió cuando encendí la lámpara. Tardé bastante en coger el sueño, pero ya sin intentar el control de aquellas imágenes que sustituían a mis fugaces pensamientos.


## 8

María dejó la tetera sobre la mesa y Dora sirvió.

—Esta mañana estuvo otra vez a verte ese hombre.

—¿Quién?

—Ese que es amigo de Leoncio. Vicente, creo que se llama.

—Ya. ¿Y los niños?

Dora se levantó a cerrar la vidriera.

—En casa de Asunción.

—¿Joaquín también?

—No sé. Ayer se pasó la tarde encerrado en el desván, según me dijo Elena —sonó el teléfono y Dora volvió a levantarse—. Perdona, María no oye desde la cocina.

La habitación había quedado quieta al cerrar Dora el ventanal. Oía fragmentariamente su conversación en el vestíbulo. El té regularizaba mis jugos gástricos; aquella luz tamizada de la tarde me descansaba. Posiblemente, dentro de unas horas, cuando la cena, volviese a llover. Sobre la mesa de cristal, entre el correo, destacaba el grueso sobre de la oficina de Madrid. Al oír los pasos de Dora, abrí los ojos. Sus zapatos de tacón alto le alargaban las piernas, al final de la corta falda [108] de amplio vuelo. Se quedó frente a mí, como buscando algo.

—¿Era Ernestina?

—Sí. Están ya todas en casa de Marta.

—Vete.

—Siento retrasarlas, desde luego.

—Vete. No creo que ese hombre te necesite a ti. Si eres imprescindible, telefoneo y asunto concluido.

_____

[108] No puede ser una mini-falda, porque tal prenda tardaría aún cuatro o cinco años en imponerse, siendo, por lo demás, mucho más ceñida que ésta.

Dio aún una vuelta por el living, [109] antes de decidirse.

—Tendrás tú que abrir la puerta.

—No te preocupes.

Se sentó en uno de los brazos de mi butaca.

—No recuerdo si le di permiso a Rufi hasta el lunes o hasta el martes.

—Pero ¿a dónde iba?

—A las fiestas del pueblo de esos parientes suyos. Por Gerona, creo. No podía negarme, ya sabes. Es ridículo que tengas tú que abrir la puerta a la policía. Pero, compréndelo, no pueden empezar sin mí.

Me levanté para despedirla. En el jardín el viento movía las ramas. Estuve tentado de acercarme a la piscina, pero regresé al living.

La carta de Emilia ocupaba tres folios, que, en un estilo minucioso, daban cuenta de todo lo sucedido en la oficina en aquellos últimos días, así como relacionaba los documentos adjuntos. Tomé nota para el abono de una doble mensualidad a Emilia por la renuncia de sus vacaciones. Tendría que escribir al abogado, a uno de los consejeros, a los suministradores de Bilbao. Continué leyendo y, poco a poco, se me diluyó el interés por la correspondencia. El té, frío ya, tenía un gusto metálico. Durante unos minutos, contemplé el retrato enmarcado de los niños. Enrique había crecido desde aquella fotografía. En alguna parte había de estar el libro, empezado un mes antes, pero no tuve fuerzas para buscarlo ni para reanudar la lectura del periódico, que se encontraba al alcance de la mano. Calculé sobre el bloc los beneficios de una importación de válvulas y, después, reemprendí el trabajo sobre un estudio financiero de Amadeo de instalación de un sanatorio de lujo. Cuando recordé que estaba esperando al inspector, me adormilé en la penumbra, con los papeles en las rodillas y el bolígrafo entre los dedos. Me despertó el timbre. Antes de salir, encendí las luces del living y del vestíbulo.

---

[109] Otro anglicismo que ya había aparecido antes y que denota una intención culturalista.

El policía dijo su nombre en el mismo umbral, con la mano extendida.

—Pase. Raimundo, el de la tienda, ya me había hablado de usted.

Restregó las suelas de los zapatos en el felpudo, [110] antes de seguirme al living. Resultaba extraña su americana. Y su corbata y el brillo negro de su calzado.

—¿Quiere beber algo? Siéntese, por favor.

Se puso las gafas y sacó un pequeño cuaderno con tapas de hule, dirigiéndome una sonrisa de disculpa.

—Tiene que perdonar el retraso. Nunca se puede calcular el tiempo que van a llevar los interrogatorios.

—Es lo mismo. Estaba trabajando.

—Pues sí, Raimundo y yo somos amigos —dejó de colocarse la raya del pantalón—. Usted ya sabe de qué se trata. Un simple formulismo, por si puede aportar algún dato de interés.

—Estoy a su disposición. ¿De verdad no le apetece beber algo? ¿Y café?

—Acabo de tomar café en casa de don Antonio. ¿Quiere decirme cómo se enteró de la aparición del cadáver en la playa?

Se sujetó las gafas de montura invisible. De cuando en cuando, tomaba alguna nota mientras yo hablaba.

—¿Vio usted el cuerpo en la misma playa?

—Sí. Además, una mañana fui a la caseta donde lo habían colocado. El guardia me dejó entrar y estuve contemplando la cara de la chica.

—No la conoce, ¿verdad?

—No.

—¿Qué edad le calcula usted?

—Veintitantos. Más cerca de treinta que de veiticinco. No sé. Es difícil.

—¿Ha oído usted algún comentario que juzgue importante?

—Pues no. Permítame, ¿saben ustedes ya de quién se trata?

---

[110] "felpado", por errata.

—Estamos a punto de saberlo. Por otra parte, ¿cree usted que los niños, al descubrir el cuerpo de la mujer, tocaron algo?

Contesté precipitadamente, porque en aquel instante llamaron a la puerta.

—No creo —dije, al tiempo que me dirigía a la salida—. Los niños estaban asustados.

Pasé a Amadeo al despacho. El inspector miraba los cuadros del living.

—Tiene usted buenas reproducciones —se sentó de nuevo.

—El Dufy [111] no es una reproducción. ¿Le interesa la pintura?

El rubor le enrojeció el principio de la calva, donde la piel se le plegaba en unas dunas amarillentas.

—Casi no entiendo. Entonces, decía usted que los niños estaban asustados.

—Asustados y asombrados. Piense que era la primera vez que veían una mujer desnuda. Y un cadáver.

—Comprendo. Ahora bien, los niños pudieron ver u oír algo que les asustase especialmente. ¿Ha pensado en ello?

—Lo hubiesen dicho. Llegó en seguida Leoncio, el jardinero. Vive aquí todo el año, con su mujer.

—Esta mañana estuve interrogándole.

Guardó la libreta, después de quitarse la gafas. Sus párpados temblaron brevemente.

—¿Alguna cosa más?

—Yo ya he terminado de molestarle.

—No ha sido molestia. Le confieso que tenía otras ideas sobre los interrogatorios. Ideas del cine y de las novelas, claro. [112]

---

[111] Otro rasgo del elevado poder adquisitivo de Javier y de su cultura pictórica. La obra de Dufy, que había muerto en 1953, resultaba francamente cara al final de esa década. Los temas predilectos de su producción artística —relacionados siempre con la alta sociedad— casan a la perfección con el lugar donde ahora se halla expuesta su obra.

[112] G. Hortelano riza el rizo aquí, si tenemos en cuenta su propia afición a la novela policíaca, de la que se habló en el prólogo.

—Bien —sonrió—, no siempre es igual. Dependo de las personas, naturalmente.

—Gracias.

—Y de los casos.

La chaqueta, demasiado larga, se arrugaba en el borde. Volvió la cabeza cuando le hablé.

—Espero que éste se solucione pronto.

—Suele ocurrir que un asunto, que parece complicado por los primeros indicios, luego se resuelve rápidamente. Como una madeja, que se deshace casi por sí misma cuando se encuentra el cabo.

—Ayer Raimundo me dijo que era usted un gran pescador.

—Él es muy amigo de sus amigos. Me gusta pescar, pero no saco gran cosa. Sobre todo, con este tiempo.

Le acompañé hasta el primer escalón de la veranda. La tarde estaba ennubarrada, [113] con viento que hacía sonar todo el jardín. Cuando volví a entrar, sentí frío. Amadeo, desde la puerta del despacho, vino hacia mí con las manos en los bolsillos del pantalón.

—¿Cómo se ha portado?

—Ah, bien, bien. ¿Estuvo en tu casa?

—No. Le encontré en casa de Claudette y allí me soltó sus preguntas.

—¿Prefieres beber algo o dar un paseo?

—Hace un tiempo infame. Yo estoy de partida con Santiago. Le he dejado pensando un movimiento, mientras me daba una vuelta a que me contases.

Empujé la valla y cedí el paso a Amadeo.

—Pues, ya te he dicho. Bien. ¿Sabes que se llama Julio? Le interesaba si los niños...

—No, no, no —cortó Amadeo, riendo—. Por favor, dejemos los cotilleos sobre esa desgraciada. Me preocupa más lo de anoche. Lo que hicisteis anoche Ernestina, Andrés y tú.

---

[113] Vocablo que no contemplan el *DRAE* ni otros diccionarios, aunque sí "anubarrado", como "nuboso, cubierto de nubes", casi siempre su sentido pictórico.

—Pero si no hicimos nada de particular; bebimos unas copas, bailamos, nos acostamos tarde. Lo de siempre —le cogí del brazo—. Ya sabes que siempre es lo mismo.

—Ernestina dice que lo pasasteis en grande. ¿En qué consistió?

—Ernestina se lo pasa en grande siempre que logra estar fuera de casa.

Amadeo se paró.

—Si no te importa, vamos hacia casa de Santiago.

—Ah, sí, hombre, perdona —cruzamos la calle—. Se conoció a unos americanos, unos tipos estrafalarios, pero simpáticos. Hasta me temo que les convidásemos a pasar unos días aquí. Total, que esta mañana tenía una resaca espantosa a las doce, cuando me desperté.

Amadeo se abotonó la chaqueta y yo le solté del brazo. Las farolas, recién encendidas, lanzaban por la soledad de la calle su claridad, que el viento llenaba de intermitentes sombras. Doblamos la esquina y, al llegar frente al chalet de Claudette, nos detuvimos.

—Siento haberte defraudado con lo de anoche.

—Hombre, es que no hay derecho. Está uno todo el día encerrado en este pozo, más aburrido que una mona, y cuando se las promete felices... ¿No entras?

—Me acercaré por tu casa a ver cómo va la canasta de las señoras. Que dé mate el mejor.

—Hasta luego.

La puerta de madera crujió al moverla Amadeo. La sombra del voladizo de la terraza del chalet, en forma de aguja, caía más allá del porche. En la fachada había luces eléctricas. El viento hinchaba algunas persianas. Me senté en la cerca de piedra, que separaba los jardines de Amadeo y Santiago, entre cuyas junturas crecía una corta hierba muy verde. Sobre el césped, las luces de la casa formaban rectángulos irregulares. Por unos instantes, creí oír las voces de ellas, sus agudas palabras tratando de imponerse unas sobre otras. Regresé a buscar el automóvil.

Enfrente, la montaña, casi invisible, negreaba de pinos. En las huertas atardecía aún. La luz del sol, a través de las nubes, dejaba tenues los perfiles del terreno.

Unos dos kilómetros antes de la aldea, dejé aparcado el coche fuera de la carretera y tomé un atajo en el que las roderas de los carros eran bastante profundas. Me hacía gracia pensar que, detrás de mí, quedaban ellos, encerrados en los chalets, como en cajas de cerillas apiñadas, jugando al ajedrez, a la canasta, los niños con sus juguetes, intercambiando historias. Silbaba, hasta que me detuve a encender un cigarrillo.

Un brillo indeciso señalaba el mar. El camino, desde allí, bajaba en pronunciada pendiente hacia la aldea de los pescadores. Las huertas eran más escasas y pobres. Aspiré hondo el olor de la tierra húmeda. No muy lejos se movió una luz, llevada por alguien que caminaba entre los bancales con un farol de petromax.

Aquella chica tendría familia. Hasta entonces no había reparado en ello. Seguramente contemplarla tan aislada en medio de la arena, bajo una sábana, o en la caseta, [114] con aquel amanecer que daba un espesor de carne muerta a su piel, me había determinado a considerarla como un objeto que se sabe tuvo mucho valor. Pero era probable que viviesen sus padres, sus hermanos, incluso que hubiese tenido un hijo. Me recreaba morbosamente en inventarle una vida a la muchacha y decidí seguir andando. Aun así, continué pensando en ella y de una manera diferente hasta como entonces lo había hecho, porque, a partir de aquel momento, la muchacha poseía una especie de vida, una solidez o un valor, en mi memoria.

La luz de petromax convergía hacia el mismo punto que mis pasos. Era ya noche cerrada y descendí más lento. Luego, descubrí una bombilla suspendida en el aire; unos minutos después, se distinguía ya la esquina de la casa, desde donde lucía. Como casi todas las de la aldea, tenía un solo piso. Nunca me había parado a examinar aquellas paredes desmochadas, aquellos tejados bajos, aquellas disformes vigas de madera carcomida. Vista la pared a la luz siniestra de la bombilla, parecía como una barrera de miseria, interceptando el camino, el viento, el olor de la tierra.

[114] "o en la canasta", por errata.

Las callejuelas por las que anduve estaban desiertas. Olía a pescado y se escuchaba el rumor del mar. Desemboqué en la playa, a lo largo de la cual se alineaban frente al mar y durante unos trescientos metros más casas de un único piso. La acera de cemento sin alisar corría paralela a una reguera de guijos, siempre llena de agua sucia. En el dique, donde amarraban las barcas, estaban encendidas las farolas.

Había un grupo de mujeres sentadas en sillas bajas a las anchas puertas de las casas. Algunas barcas pequeñas permanecían sobre la playa. La costa formaba una cala de rocas muy altas, desde las que arrancaba el dique. Unos chiquillos que me habían seguido, me adelantaron a la carrera. Al rato, vi salir de la taberna a Juan. [115] Salté a la acera al llegar cerca de él. La mano de Juan era áspera y muy fuerte.

—¿Cómo va esa salud, don Javier? A ver la barca, ¿no?

—Dando un paseo más bien. ¿Y los tuyos, Juan?

—El chico, regular, con las fiebres. Cosa del vientre, que le empieza llegando estos meses. Pero que no se le curan.

—Vaya, lo siento. Sin salir a la mar, claro.

—Usted verá. Con este tiempo, poco se sale.

—Oye —recordé de pronto—. Yo te debo a ti dinero.

—Deje usted —dio un paso atrás—. Ya arreglaremos cuentas.

—Pero, hombre, si no hay que arreglar cuentas. Yo te debo lo de estas semanas y ya está. ¿Cuánto es?

—No corre prisa, don Javier.

—Dime, dime. Pero si es que se me ha olvidado. Te debo desde que llegamos. Ahora no llevo dinero encima, pero mañana te lo mando.

---

[115] Existe una cierta complacencia del autor en su propio nombre. Juan había sido un personaje singular en *Nuevas amistades,* un hombre que había roto con la clase social que no le correspondía. En "Los archivos secretos", por otra parte, puede leerse este curioso texto: "Y llegado el momento preciso, pero muy anterior a 2028, a un novelista sí llamado Juan, como fue programado que se llamarían todos los novelistas de esa generación" (*Cuentos completos,* p. 442).

—Son —la voz de Juan se adelgazó— [116] trescientas pesetas. [117]

—Bueno, hombre, y ¿qué dices? ¿Cómo van las cosas?

—Mal.

Uno al lado del otro, caminamos unos pasos por la acera. Algunas mujeres saludaban y unos pescadores se quitaron la gorra. Los chiquillos corrían por la arena o trepaban
a las charcas, [118] en silencio, mirándonos a Juan y a mí. [119]

—Las cosas se arreglarán.

—Llevamos muchos días sin salir. Y la radio ha dicho
que hasta mediados de la otra semana tenemos temporal.

—Pues el mar no parece muy revuelto.

—Aquí no. Pero salga un par de millas y empezará el
baile. Además, es inútil, porque no hay pesca. ¿Quiere usted echarle un vistazo a la "Dorita"?

—No hace falta.

En una ojeada percibí el largo local de la taberna, el
humo, las bombillas, los hombres sentados, los que se apoyaban en el mostrador.

—¿Quiere usted un vaso de vino con una sardina?

—No, gracias, Juan. No tengo ganas de tomar nada.
Hace tiempo que no se baja por aquí a comer sardinas.
A ver si el tiempo mejora.

—Hace unos días lo comentábamos, que los señores no
bajan ya a comer sardinas asadas.

Los chiquillos corrieron, dando gritos, detrás de un automóvil con matrícula alemana.

[116] Espléndida sinestesia que permite suponer el tono de Juan y su
necesidad.

[117] La cantidad, insignificante para el promotor de "Velas Blancas", podía equivaler al sueldo de una semana para Juan.

[118] Este vocablo difícilmente admite aquí la significación de "hoyo
con cierta cantidad de agua o lodo" que proponen los diccionarios,
a no ser los charcos que se forman entre las rocas, a las que los niños
podrían trepar. Corominas apunta la posibilidad "balsa", que lo sería, en todo caso, de agua, no para navegar sobre ella. Podría tratarse
de una errata por *barcas,* aunque no descarto la posibilidad *sarcia*:
carga, fardaje.

[119] Otro caso de catáfora, pues el enclítico *nos* adelantaba el núcleo múltiple —Juan, mí— del complemento directo.

—¿Del camping?

—Sí, señor. Extranjeros del camping. Vienen a comprar vino y a hacer fotografías. ¿Y qué se dice por la colonia, don Javier, de la muerte de esa chica? La policía ha estado aquí para preguntar, pero, claro, nadie sabía nada.

—Ellos tampoco saben nada, pero no creo que tarden mucho en aclarar el asunto.

—Ellos tienen medios. Aquí nada sabíamos. Parece que fue ahogada, ¿no?

—¿Ahogada? No, no tenía aspecto de ahogada.

Juan encendió el cigarrillo que le había dado. Una mujer gritó un nombre a dos muchachos que enrollaban un cable sobre la arena. Juan me acompañó hasta la salida del pueblo.

—Sí, en las huertas se trabaja más. Pero no todos tienen huerta y no a todos les gusta la tierra. Ya sabe usted que éste es un pueblo así. Aquí debíamos tener Hermandad del Campo y Cofradía de Pescadores.

—Sé que trabajáis mucho.

—Sí, señor, eso sí. Trabajar, trabajamos.

—Bueno, hombre, pues hasta otro día. Te mandaré con Rafael esas pesetas. Y que se mejore el chico.

—Muchas gracias, don Javier. ¿Quiere que le acompañe con un farol?

—No hace falta. Tengo el coche cerca. Y, además, conozco el camino. Adiós, Juan.

—Hasta cuando quiera, don Javier.

Subí de prisa, como si huyese de las callejas y los hombres y las mujeres silenciosos. Al final de la pendiente me detuve, recuperé aliento y me quité la chaqueta de ante. [120] El viento soplaba flojo, a ráfagas cortas y calientes. Antes de poner en marcha el motor, fumé un cigarrillo en la penumbra del cuadro luminoso.

Por la primera calle paseaba un grupo de criadas. Una de ellas, inclinándose frente a la ventanilla, me dijo que estaba en casa de Amadeo. Desde el jardín, les oí hablar.

---

[120] Otro detalle de tipo económico, innecesario desde cualquier punto de vista diferente.

En la veranda, Andrés, con un vaso entre las manos, escuchaba a don Antonio. Ernestina vino corriendo cuando entré. Elena, sentada en uno de los escalones, mantenía las piernas muy juntas.

—Javier, he tenido la idea genial de organizar una gran fiesta, como la de hace dos años, ¿te acuerdas?

—Sí, me acuerdo. Algo espantoso. Pero ¿por qué?

—Porque no puede estarse quieta —dijo Asunción.

—Porque os vais a convertir en momias de tanto aburrimiento.

Marta me dio un vaso para que yo mismo me preparase el whisky.

—¿Qué hay de nuevo? —dije.

—Ven con Claudette y conmigo, que somos organizadoras. La radio acaba de decir que la próxima semana tendremos sol. Nos vamos a superar. Llenaremos de focos todos los jardines, pondremos un tapiz de flores...

—¿No hay —dije— en toda la colonia alguien que te haga olvidar a José Manuel?

Claudette reía. Marta había variado la disposición de los muebles en el living; el diván de cuero rojo estaba orientado hacia el vestíbulo. Saludé a doña Pura y me dejé arrastrar por Ernestina al porche.

—Pasado mañana, lunes, tienen que estar todas las invitaciones en el correo.

—Mira, déjame que me siente —puse el vaso en la mesa, bajo la lámpara de pergamino.

—Antes de diez o quince días será imposible celebrarla —dijo Claudette.

—Javier, querrás tomar algo. Hemos improvisado una cena fría.

—Gracias, Marta —desde allí veía las piernas de Elena—. Por ahora, sólo un par de canapés de caviar. [121]

Quizá (por los zapatos de tacón alto) habría estado en el pueblo.

—Pon atención y no me interrumpas. O, si no, cuento

---

[121] El detalle de clase social alta no está sólo en el hecho de tomar caviar, sino también en su soporte.

con todo detalle nuestra juerga de anoche —Ernestina sacó las manos de la cintura de sus pantalones, ajustados a media pierna—. Claudette, tú y yo formamos el comité organizador.

—Pero déjale que descanse. ¿Dónde has estado?

—Dando un paseo por las huertas, Claudette. Llegué hasta la aldea.

Amadeo acababa de colocar un disco. Las tres habitaciones del piso bajo, comunicadas por puertas correderas, y la veranda, se llenaron de música.

<h2 style="text-align:center">9</h2>

Al apoyarse sobre un codo, resbaló la sábana, dejándome más de medio cuerpo descubierto. El vidrio de la ventana, dividido en cuatro por unas delgadas varillas de madera, continuaba cubierto por las gotas de agua. Aquella lluvia fina, pertinaz y mansa, oscurecía la tarde desde dos horas antes. En la penumbra blanqueaban las piernas de Elena. El cigarrillo, que había fumado después, era un corto cilindro de ceniza en el cenicero de baquelita. [122] Un penetrante olor a sudor, a tabaco, a madera mojada, se mezclaba al perfume de Elena y al aroma de su cuerpo. Cuando retiré el brazo, que había extendido, las yemas de mis dedos rozaron sus rodillas.

—Me he dormido.

—Sí —dijo ella también en un susurro—. ¿Te encuentras bien?

—Hum.

—Sigue lloviendo —su rostro se me hizo visible por el movimiento de su cuello—. Yo estoy muy a gusto.

—Vas a coger frío.

—No, no hace frío.

Tanteé sobre la mesilla, hasta encontrar el paquete de cigarrillos. Me incorporé para darle lumbre a Elena, con la

---

[122] "bakelita", resina sintética muy utilizada en la fabricación de objetos diversos, hoy menos común.

cerilla en las manos formando cuenco, y le besé los labios
de través, en una comisura. Al dejarme caer, oí su pequeña
risa satisfecha. Estuvimos un largo tiempo en silencio, con
el ruido de la lluvia en la ventana.

—Ponte algo o pescarás un buen catarro.

—No seas pesado. Estoy bien así.

El armario, de una madera clara recién barnizada, llenaba más de la mitad de la habitación. Junto al armario, la
puerta del cuarto de la ducha estaba entreabierta a los verdes baldosines, que cubrían la pared sin un brillo. [123]

—Ven.

Se incorporó en el sillón, abrió los brazos y, sin llegar a
ponerse de pie, llegó hasta mí. Dejé los labios contra su
cuello, apretadas las manos a su espalda. Elena movía imperceptiblemente las piernas y canturreaba. Percibí la alegre disposición de sus buenos momentos.

De improviso, se arrodilló en la cama.

—¿En qué piensas?

Su movimiento me hizo parpadear. Elena, con las manos
apoyadas en el colchón, dejaba su rostro muy cerca de mis
labios.

—En nada. No pensaba en nada.

—Podías haber dicho que pensabas en mí.

—No hay necesidad de pensar en ti. Te tengo y es mejor. [124]

Hizo oscilar el colchón. Al levantar la cabeza, tropecé
con su barbilla; le puse una mano en la nuca, mientras
nos besábamos. Volví la cabeza a la almohada. Ella continuó arrodillada, escrutándome con una sonrisa burlona,
casi enternecida.

—Siempre se piensa en algo, cuando se pone la cara que
tú tenías.

[123] Resulta curioso comprobar cómo los objetos de superficies pu-
limentadas —como la bayoneta del guardia que estaba a la puerta
del cuartelillo están desprovistos de brillo.

[124] Esta expresión responde a una ideología: sólo se piensa en
aquello que no se tiene. Por ello Javier parece haber disociado su
cuerpo y su pensamiento. Casi siempre estará pensando en algo ajeno
y lejano.

—No has podido verme la cara.

—No necesito verla para saber qué gesto tienes.

—Y ¿qué gesto era?

Con una lentitud estudiada, como en un juego, dobló los brazos, tendiéndose a mi lado.

—Uno que se te pone con frecuencia estos últimos días. De hombre que está ausente —pasó un brazo por mi pecho—. Llegas de extraños paseos, te sientas, te quedas con un vaso en la mano y una sonrisa de máscara. Si no fuese porque me disgusta que estés preocupado, me encantaría verte así. Nunca has estado entre la gente más en las nubes.

—No tengo ninguna preocupación. Debe de ser el tiempo, que me adormila, como hace un rato. Que me embota.

—Será el tiempo. [125]

Me puse de costado, rozándonos las mejillas.

—¿Jugaste el tenis esta mañana?

—Sí. ¿Qué hiciste tú con los niños en la playa?

—No sé. Buscamos conchas, trepamos por las rocas, construimos un castillo. Estaban contentos. Luego nos regañó Asunción, por habernos ido después de misa [126] sin cambiarnos de ropa. Realmente, volvieron como para meterles en el baño, con zapatos y todo.

—Yo, después del tenis, recurrí a toda mi sabiduría social para poder estar ahora contigo.

—Elena, jugando con piezas humanas y dando mate. Como Amadeo, que siempre gana.

—¿Quieres fumar?

—No; si aún no he terminado éste. [127]

Permaneció tendida, con una pierna fuera de la cama que doblaba y extendía despacio. En la habitación decreció la luz. Olía fuerte el aire quieto y comencé a sudar. En

[125] El tiempo atmosférico es un pretexto fundamental en toda la novela. Todo está regido por la climatología y, en último término, la crisis de Javier es para algunos críticos una simbólica tormenta de verano.

[126] Sobre el tema religioso se pasa —ya se apuntó antes— de puntillas.

[127] El tabaco no sólo es recurrente, sino un elemento obsesivo de los personajes.

cambio, su piel estaba fresca. Cuando volvió la cabeza, sentí sus pestañas en mi frente.

—¿Quieres tomar algo? —murmuré—. ¿Una taza de café o un bocadillo?

—No, déjalo —se sentó en la cama—. Prefiero no verle la cara a esa horrible mujer.

—Puedo salir yo —abrí los ojos.

—No.

Con la cabeza doblada sobre un hombro, contemplé la espalda de Elena, corta y llena.[128] Me levanté para ponerme a su lado, frente a la ventana. Los baldosines rojos de la terraza, que era el techo del cobertizo donde guardaba el coche, escurrían el agua hacia el sumidero. Más allá de los primeros árboles, los campos, llanos y de distintos colores, se empapaban de la llovizna. Se alcanzaba a ver una curva de la carretera. Al crepúsculo, solían surgir, para desaparecer inmediatamente, los faros de algún vehículo.

—Nunca hemos pasado una noche aquí.

—Sí, es verdad —volvió la cabeza—. Hace mucho tiempo que no hemos pasado una noche juntos.

—Verás —comencé a decir—. Me ha impresionado lo de esa chica. No impresionado exactamente, sino otra cosa. Que me he puesto a pensar en lo que veo. Esto no me sucedía antes.

—No te entiendo —dijo.

—Antes veía a las personas y no pensaba en ellas. A cierta clase de personas. Maleteros, camareros, criados, pescadores. Gente de ésa. No sé por qué ahora pienso con frecuencia en ellos. Me parece que están vivos —ella dio un paso atrás y se sentó en el borde de la cama; supuse que, con las manos cruzadas sobre los muslos, esperaba que hablase—. Te lo digo, porque tenía que decírselo a alguien.

Su sonrisa sonó brevemente.[129]

---

[128] El ripio es consciente y sirve para distender la monotonía de la conversación.

[129] Suele considerarse a la sonrisa como un gesto, un movimiento de los risorios desprovisto de todo sonido. Hortelano propone aquí un punto intermedio entre la sonrisa y la risa.

—Oh, qué tonto eres. ¿Ahora vas a sentir la necesidad de disculparte conmigo?

—Es que ahora, que me he puesto a contártelo, se me aclara lo que en estos últimos días me daba vueltas en la cabeza.

—Evidentemente estabas raro.

—La cara de esa chica me hizo recordar los tiempos de la guerra. Al principio, lo tomé como una novela policíaca. O como una película. Las investigaciones, el forense, el juez, la policía. [130] Pero hubo un momento en que dejé de pensar en ello de esa manera. No sabemos nada de esa muchacha; ni su nombre, ni su familia, ni dónde vivía, ni lo que deseaba ni por qué ha muerto, ni siquiera su edad. No sé si me explico.

—Anda, sí, continúa.

—Era como descubrir otra raza de personas —sentado en la cama, pasé un brazo por los hombros de Elena— en las que nunca se piensa, que son casi como objetos. El tipo que te lleva la maleta, el tipo que te limpia los zapatos, el tipo que te vende el paquete de tabaco. No son amigos míos, ni clientes, ni nada. Pero he empezado a mirarles y a preguntarme dónde está la culpa. [131]

—¿Qué culpa?

—La culpa de que hasta ahora no haya pensado que ellos son hombres.

—Pero, Javier, todo esto es infantil. Nadie ignora que esa gente es igual que nosotros. Pero viven de distinta manera.

—¡Eso es lo que yo trato de averiguar! ¿Por qué viven de distinta manera? Hace un rato, creo que era lo que pensaba. Nosotros estamos aquí, nos hemos buscado una buena disculpa para pasar la tarde juntos, cenaremos juntos, mañana continuaremos juntos. Todo ello supone muchas cosas. Tener muchas cosas. ¿Por qué las tengo yo? ¿Qué

---

[130] Así se plantea también la novela el lector durante las primeras páginas, de modo que el proceso de Javier conlleva la modificación de las presunciones del lector.

[131] Recuérdese lo que se dijo en la Introducción, 2.2.

ha sucedido para que yo no esté de limpiabotas en cualquier bar de por ahí?

Rió tenuemente, al tiempo que se aplastaba contra mi pecho y me besaba el cuello, los lóbulos de las orejas. Permanecí quieto, manteniendo entre mis manos una de las suyas.

—Porque tú has nacido en una buena familia y, además, eres... Déjame que termine. Y además eres inteligente, muy inteligente, y muy trabajador. Y honrado. Y sabes lo que quieres. ¿De acuerdo? —su boca reptaba hacia mis labios—. Dime si no es así. Si no es así, no te quiero. Dímelo.

La hice caer empujándola por los hombros. Ella se burlaba de mí con una feliz ansiedad. Luego dejó de hablar y, al final, quedamos unos minutos inmóviles, enlazados en una incómoda postura.

—Debe de ser tarde —dijo.

Se levantó de un salto. Mientras Elena se duchaba, quedó abierta la puerta. Yo me estiré, con las piernas abiertas, ocupando toda la cama. En la ventana persistía un coágulo de claridad.

Ella y yo nunca nos habíamos ocultado nada, ni aun la más tonta sensación o el más enrevesado pensamiento. Pero quizá, por vez primera desde que estábamos juntos, yo me había explicado torpemente y ella estaba, aun sin saberlo, decepcionada. Por la puerta, contra la madera clara del armario, salía la luz eléctrica. Regresó con la piel olorosa y fría.

—Son las ocho y media —se inclinó y rozamos un beso.

—Me gustaría que se te rompiese tu maldito reloj.

—A mí también, cariño, pero son las ocho y media.

Se vestía metódicamente, con los precisos y regulares gestos de siempre. En la penumbra, se encontraban nuestras miradas y ella suspendía por unos segundos su movimiento para sonreírme. Elena me mandó cantar más bajo en la ducha. Cuando volví al dormitorio, había encendido la bombilla del techo y la lámpara de la mesilla de noche; se maquillaba, sentada en la butaca. Cerré las contraventanas.

—Bajarás tú primero, ¿verdad? —encendió un cigarrillo—. ¿Hasta cuándo estaremos sin venir? Echo de menos
nuestro apartamento de Madrid. Esto parece un meublé. [132]

—Siempre te ha gustado la habitación.

—Menos a la hora de enfrentarse con esa mujeruca.

Elena se quedó en el rellano de la escalera. Anduve por
el estrecho pasillo de baldosas rojas, recién colocadas, que
terminaba en la puerta de la cocina. La mujer, de espaldas,
se inclinaba sobre el fogón.

—Nos vamos ya, Antonia.

—Ah, muy bien, señorito. ¿Quieren tomar algo los señoritos antes de marcharse? El comedor está arreglado.

—Gracias. Nos vamos ya.

Cogió los billetes, sin mirarlos, con una sonrisa fija en
la piel distendida de los pómulos.

—Está descorrido el cerrojo. Yo les avisaré.

—Hasta otro día —cerré la puerta detrás de mí.

Elena y yo recorrimos el pasillo, cogidos de la mano.
Bordeamos el corral; tras las telas metálicas de las coneje-
ras hubo un rebullir. Abrí la puerta del cobertizo y Elena
entró, corriendo, guareciéndose de la lluvia. El motor, que
estaba frío, tardó en ponerse en marcha. Con los faros apagados y en primera, atravesé el patio hasta la esquina de
la casa. Elena escondía el rostro en el cuello subido de la
gabardina. Antonia movió los brazos, indicándome camino
libre. Se me caló el motor al cruzar la cuneta; las ruedas
delanteras quedaron sobre el firme.

—Podrían haber construido un paso aquí, ya que es su
oficio.

—No viene nadie —dijo Elena.

Con el morro del automóvil enfilado al centro de la carretera, aceleré. Los limpiaparabrisas funcionaron con un
chasquido inicial y los haces de luz iluminaron la lluvia.

—Todo en orden —suspiró.

—Nunca sucede nada.

—Sí, pero me encuentro más tranquila cuando hemos
acabado de salir.

---

[132] Galicismo por apartamento amueblado.

A más de setenta, zumbaba el aire en mi ventanilla, que llevaba unos centímetros abierta. Veía las manos de Elena a la escasa luz del cuadro de mando, la fosforescente punta del cigarrillo, su falda, que dejaba al descubierto sus rodillas redondas, grandes. Comprobé la hora. Elena, que había intentado arrancarle algo más que ruidos a la radio, desconectó. Cruzamos pocos automóviles en dirección contraria. Después del puente, la carretera bajaba ya. A lo lejos, entre la lluvia que era más escasa, aparecieron las luces de la colonia.

—Para —dijo, de pronto, Elena.

Frené lentamente a un lado de la carretera.

—¿El último cigarrillo?

—También eso. Pero ¿sabes dónde estamos?

—Sí, ¿por qué?

—No, no lo sabes. Hace siete años, veníamos tú y yo de Francia...

—¡Ya!

—Era una tarde de mucho sol y mucho frío. Nos paramos aquí a ver el mar. Estuvimos por los pinos, nos sentamos en la cuneta. Y pensamos hacer una ciudad ahí. Una ciudad nuestra.

—Tú elegiste el sitio. Aquella noche nos dormimos muy tarde, haciendo planes.

—¿Comprendes ahora por qué eres distinto? Porque eres capaz de construir una ciudad en un trozo de tierra, que a mí me gusta. Y ganar una montaña de dinero en ello. Por eso eres distinto y porque nadie sabe que tú y yo lo pensamos juntos y que lo hiciste —su mano tropezó en el volante— para los dos. Creo que tienes derecho a sentirte diferente y a no preocuparte por ciertas cosas.

—Pero yo... —ella me calló con un beso.

Aplastó el cigarrillo, riendo.

—Deja de pensar en esa chica. No me gusta que pienses en otras mujeres, sobre todo si están muertas.

Pisé el embrague y el automóvil comenzó a rodar cuesta abajo. La inercia, a los pocos metros, puso en marcha el motor.

10

—Desde luego, Ernestina tiene razón —dijo Amadeo.
—Pues claro. La lista de invitados tenemos que redactarla todos o, mejor dicho, entre todos. Lo que yo decía...

Entonces, oímos los gritos de Joaquín. Desde un rato antes, los niños saltaban del jardín de Marta al de Claudette, irrumpiendo de vez en cuando por entre nuestras tumbonas. Incluso Andrés y Emilio les habían amenazado. Pero, súbitamente, antes de que Claudette hubiese terminado la frase, Joaquín comenzó a gritar como en un sollozo continuo que nos sobresaltó.

—Pero esos críos...
—¡Joaquín!, ¿qué sucede? —llamó Elena.

Amadeo, Andrés y yo corrimos hacia la cerca de piedra. Ni en el césped, ni en los primeros árboles del jardín de Marta, vimos a nadie.

—¡Joaquín! —grité, casi asustado.

Ernestina pasó la cerca antes que los demás. Cuando acabé de rodear el chalet, encontré a Ernestina y a Marta que reían del niño. Estaba atado a un árbol, sin debatirse, sin gritar ya, pero con unas redondas lágrimas en las mejillas. En seguida percibí su sufrimiento [133] y me abalancé a quitarle la soga. No era fácil, por lo que Andrés corrió en busca de unas tijeras o un cuchillo. La cuerda, que le subía por los hombros como unos tirantes, en numerosas vueltas le ceñía el cuerpo y las piernas. Traté de aflojarla tirando de ella; el niño gimió de dolor. *Poker* apareció, con unos débiles ladridos.

—Quita —ordené a Ernestina.

De entre los numerosos nudos, empecé por aquellos que se clavaban en los tobillos. Había sido sujeto de arriba abajo. Mientras el esparto me raspaba los dedos, miré unos

---

[133] Desde la aparición del cadáver, Javier ve con otro interés, por lo que puede considerarse que ahora *observa,* de ahí que capte el dolor de los demás, como le ha ocurrido contemplando a seres de clases sociales inferiores, en el pueblo.

momentos al grupo. Elena, pálida, dejaba caer las manos
a lo largo del cuerpo.

—Apartaos —dije a las mujeres, que querían besarle y
acariciarle la cara—. Le hacéis daño, si le tocáis. Y tú no
llores, hijo. En cuestión de un segundo, estás libre.

—¿Quién lo ha hecho? —preguntó Emilio.

—Siempre lo he dicho. Estos niños cada día están más
salvajes.

—Calla.

—Tiene razón Dora —insistió Emilio—. Andan en libertad, sin horarios y sin obligaciones. Como golfos del
puerto. [134]

—Pero ¿y los otros? —dijo Ernestina.

—Vamos, aguanta un poco, valiente —me miró, los ojos
nublados por las lágrimas, que le desfiguraban las comisuras de la boca—. Ya casi está.

—El tío Javier te va a liberar de los indios —ni siquiera
sonrió a Claudette.

—Sin institutrices, sin nadie que los vigile…

—Javier —dijo Elena—, ¿no puedes ir más de prisa?

—A ver si Andrés…

Desenrollé las últimas vueltas. Tenía la carne enrojecida
en los antebrazos, en las corvas de las piernas y en los
muslos. En los bíceps de los brazos, donde la cuerda más
se había hundido, se abrían unos surcos. Quise desabotonarle la camisa para examinar su pecho, pero apenas tuve
tiempo de agarrarle por las axilas, cuando se le doblaron
las rodillas.

—No, no se ha desmayado —le mantuve en brazos—.
Dejadme pasar.

Me senté con Joaquín en un butacón del living de Marta.
Andrés le acarició y se quedó mirándole. Se asía fuerte-
mente a mí, con los ojos cerrados. Poco a poco y con movimientos de cabeza, contestó a las preguntas.

—No ha sido nada. Es más el susto que el daño.

—Esto no puede quedar así.

---

[134] La comparación no deja de presentar signos de localismo opor-
tunamente aprovechados por Hortelano.

—Vamos, Emilio, ¿qué quieres hacer? —dijo Claudette.

Andrés le friccionó las piernas primero, los brazos y el pecho, con agua de colonia. Al secársele las lágrimas, le quedaron a Joaquín unos trazos negros en los carrillos.

—Marta, ¿quieres traer coñac?

—¿No le irás a dar coñac al niño? —dijo Dora.

—Sí, se lo voy a dar. Poco, por favor.

—Sí —dijo Marta.

—Pero es terrible. Ahora mismo tenemos que proporcionarles un buen escarmiento.

—Vamos a ver —Amadeo, en cuclillas, le cogió el mentón—, ¿por qué te hicieron prisionero los indios?

—Indios, indios... Inmediatamente, hay que encontrarles inmediatamente.

—Dime, Joaquín, ¿por qué?

—Elena, no ha sido nada, tranquilízate. Ya has oído a Javier. El niño se ha asustado y eso es todo.

—Seguro que han sido José y Enrique —Emilio se acercó al butacón.

—¿Quiénes te han atado?

—Sería jugando, sin intención —dijo Claudette.

—Oh, ¿por qué no le dejas ahora tranquilo?

—Quiero saber quién lo ha hecho. ¡No me da la gana de que nuestros hijos sean una canalla! ¿Me entiendes?

Callaron todos. Emilio, sin mirarme, me enfrentaba; noté un pequeño temblor en sus manos, que estregaba sin pausa. Joaquín me abrazó más fuerte, al tiempo que yo trataba de controlar el tono de mi voz.

—Oye, Emilio, haz lo que quieras. Organiza la batida, si te apetece. Y, después de cazarlos, les torturas o te los [135] comes crudos. Pero ahora, ¡deja tranquilo al niño!

Andrés le hizo beber un sorbo de coñac. Amadeo continuaba en cuclillas, con la vista baja, como contenido. Vi a Claudette, que avanzaba desde el fondo de la habitación.

—He dicho Enrique y José, porque son los mayores. Mi hijo y el tuyo. ¡Mi hijo también!

---

[135] Frente al "les" complemento directo —leísta— de "torturas", este "los" correcto, resulta una excepción.

—¿Y qué? Te regalo a mi hijo para que lo [136] descuartices.

—Javier, no vengas con chulerías. Quiero encontrar a los niños para que vean lo que han hecho. Para castigarles en el mismo...

—Emilio —susurró Amadeo.

—...lugar y en caliente. Y así dejarán de ser la chusma, [137] que...

—¡Emilio, vete a la puñetera mierda! [138]

De inmediato, la voz de Claudette, diciendo algo que no entendí, sonó como un cristal que se rompe. Amadeo se puso en pie.

—¡Javier! —gritó Dora—. Pero ¿qué es eso?

Al mirar a Dora, se calló. Asunción lloraba y Ernestina y Amadeo intentaban poner calma. Joaquín continuaba asido a mí, como desesperado o rabioso. Rodeaban a Emilio, que persistía en sus amenazas.

—Por favor, las criadas... —advirtió Elena.

Cuando dejaron de hablar todos al tiempo, se oyeron más estridentes los sollozos de Asunción.

—Déjale en pie —dijo Andrés—. A ver cómo te sostienes. ¿Duele?

—No.

—Bien, me gusta que mi hijo sea valiente. ¿Estaba bueno el coñac?

Me aproximé a Asunción, que levantó los ojos entre sus manos y su pañuelo de encaje. En los brazos desnudos se le erizaba la piel en puntitos rojizos.

—Perdona, me he acalorado.

—Javier, ¿por qué os ponéis así?

—Los nervios. Perdona —uno de los tirantes del vestido se le había escurrido; la carne floja de su espalda, de sus clavículas, me entristeció—. No he querido ofenderte a ti.

[136] También este "lo" en función de complemento directo resulta excepcional. Aunque a continuación se proponga un caso similar, de inmediato se vuelve a "les" en el próximo parlamento de Emilio.
[137] "Gentuza, muchedumbre, gentualla, gentío, truhanería", J. Villarín, *Diccionario de argot,* Madrid, Ed. Nova, 1979.
[138] El lenguaje, entre adultos, es, como se apuntó, disfemístico.

—Ya lo sé —gimoteó Asunción.

—Vamos, vamos —dijo Marta.

—¿Para qué quieres organizar más fiestas, Ernestina?
—dijo Amadeo con una voz aguda.

Ernestina rió. Claudette, que se colocaba un pañuelo
negro en la cabeza, propuso que diésemos un paseo. Descubrí que Joaquín me tenía cogida una mano y le levanté en
mis brazos.

—No, no, que ande por sí mismo. Este niño se va a convertir en el cojito mimoso —dijo Andrés.

—¿Listos? —en la puerta, Claudette se detuvo—. Ve a
dar un beso a tus padres.

Elena le estrechó en un largo abrazo y, cuando volvió a
cogerse de mi mano, tenía los ojos empañados.

—Bueno, chico, basta de lágrimas. Estás bien y ahora
nos largamos los tres a pasear.

—A la playa —dijo Claudette.

Anduvimos despacio por la calle. La tarde estaba llena
de una luz gris, filtrada por las nubes, que permanecían
quietas y altas, en una igual superficie. El momentáneo sol
de la mañana había secado las piedras.

Claudette cantaba una canción italiana. Al pasar frente
a mi casa, Leoncio, que caminaba por el sendero central,
dio una corta carrera hacia la puerta.

—Vicente ha venido a verle. Está en la cocina.

—Ahora no puedo. Que vuelva mañana u otro día.
O que te diga a ti lo que quiere.

—Quiere hablar con usted.

—Pues que vuelva.

—Si tienes... —comenzó a decir Claudette.

—Si es un pesado, que ni siquiera conozco. Tú dile que
vuelva mañana por la mañana.

—Trabaja en el colmado.

—¿Qué quieres que haga yo? No voy a dejar todo por
oír lo que me vaya a contar ése —Leoncio retiró la mano
de la jamba—. Que vuelva.

—Está bien.

—Tampoco creo que tenga abierta la tienda todo el día.

—Sí, la tiene. Pero está bien.

Seguimos en silencio por el sendero. Claudette se retrasó a encender un cigarrillo. Joaquín volvió la cabeza y ella comenzó a correr y nos adelantó, incitándonos a seguirla. A Joaquín le ahogaba el aliento cuando llegamos a la playa. Claudette le derribó en la arena; ambos lucharon, mientras yo me senté a contemplar el mar, que lanzaba unas pequeñas olas muy espumosas.

—¿Quieres fumar?

—No, deja que descanse —Claudette se sentó frente a mí, con las piernas cruzadas—. Parece que ya está contento.

Cerca de la orilla, Joaquín construía una red de canales.

—Gracias a tus cuidados de madre adoptiva.

—Búrlate, pero el pobre crío debió de pasar un mal rato atado al árbol, sin poder librarse —yo hacía montículos de arena; al rato, me aconsejó—: No te quemes la sangre por lo de Emilio.

—No pensaba —levanté la cabeza— en Emilio.

Cogió un cigarrillo del paquete. Con el cuerpo hacia delante para alcanzar la llama de la cerilla, el pelo fuera del pañuelo y sobre el lado izquierdo de la frente, la rejuvenecía. Cambiamos una sonrisa. El aire inmóvil presagiaba tormenta.

Claudette silbaba en sordina. Ya habían desaparecido aquellos flujos de sangre que se acumulaban en el rostro. En las piernas me quedaba un hormigueo. Las ideas continuaban confusas en mi cabeza como sordos manotazos. [139] Claudette me contemplaba, los labios redondos por el silbido, la mano derecha con el cigarrillo a la altura de la sien.

—Oye, te debo parecer un loco.

La risa le salió fácil, tranquilizadora.

—No —retiró la mirada—. Me extraña tu nerviosismo, simplemente. Nunca te había visto como esta tarde. Y te he oído discutir muchas veces.

---

[139] Todas las comparaciones de G. Hortelano son brillantes; muchas de ellas con un tinte surrealista, como ésta, en la que acomoda una sinestesia.

—¿Qué me pasaba esta tarde?

—Ansiedad. Cuando te has acercado a Asunción, cuando mirabas a Elena, cuando abrazabas a Joaquín como si fuesen a quitártelo.

—Pero si era él quien se abrazaba a mí.

—Además, Dora te irrita. Disculpa que me entrometa, pero he descubierto que te irrita Dora.

—No van las cosas bien.

—Lo siento.

—Hace mucho tiempo que las cosas se torcieron. Me gustaría que alguna vez se pusiese de mi lado, aunque yo estuviese cargado de injusticia o de tontería.

—Supongo que eso lo harás pasar pronto.

—¿Yo? ¿Sólo yo?

—Sí, tú.

—Ella también forma parte de la sociedad.

—Pero ella es la más débil. Y tú eres el hombre más fuerte que he conocido.

—Claudette, ignoraba mis aptitudes de forzudo de barraca.

—No bromees. Te hablo en serio, aunque es algo que me produce mucho miedo.

—Supongo que me consideras fuerte porque trabajo mucho, porque manejo negocios y porque los negocios me salen bien.

—También por eso. Pero, sobre todo, porque sabes tratar a las personas. La gente te admira.

—¿La gente?

—Sí. Amadeo, por ejemplo, que es más listo que tú; o Andrés, que es más bueno. O Santiago, que es más hábil. Y Joaquín, que sólo se siente totalmente seguro cuando está contigo. No sé explicártelo, pero transmites confianza. Dora, posiblemente, esperará que se la devuelvas.

—Mira —puse una mano en una de sus rodillas—, eres tú quien resulta excepcional. Sí, sí, tú.

—¿Por qué dices eso?

—Por la romántica idea que tienes de mí y calculo que de todas las demás personas que quieres. Puede que yo ten-

ga voluntad. Una voluntad cerril, que me sirve para em-
bestir o para aguantarme. Que es más difícil.

—No me interesa analizar tu fortaleza. La tienes y, en
cierta medida, muchas personas dependen de ti. De tu humor, de tus cambios de carácter, de lo que decidas tú en
definitiva.

—También hablo yo en serio, Claudette, y a mí también
me produce como vergüenza hablar así. Pero no decido
mucho. Hace poco que voy descubriendo que en los últimos
años sólo he decidido sobre acciones, créditos y empresas
filiales. El mundo es grande, con muchísima gente. Que me
ven de una forma muy distinta a la tuya.

—Bien, si te encuentras fatigado, será conveniente que
no abras las cartas, ni hables de negocios con Amadeo, ni
pienses en las cosas que tienes que hacer o mandar hacer.
Espero que se pase este tiempo de perros y sea verano de
verdad y todos estemos contentos y nos queramos mucho,
que es lo bueno y lo divertido. Como dice Andrés. Mañana
mismo organizo una escapada al pueblo. O a Barcelona. La
colonia, con nubes y viento, no es más que una madriguera.

—De acuerdo. Pero sin Emilio.

—Pobre Emilio. Comprende que está sorprendido aún
de haber tenido tantos hijos. Se carga de responsabilidad.

Había anochecido. Claudette llamó a Joaquín, que se
acercó arrastrando los pies por la arena. Le limpió las manos y le preguntó si tenía frío.

—No.

—¿Te ataron por lo del tesoro?

—Sí, quieren saber dónde tengo el tesoro.

—Y ¿dónde lo tienes, si no es secreto? —preguntó Claudette.

—Es secreto.

—¿También para mí?

—Bueno —dudó—, también para vosotros. Se dijo que
yo me encargaría de guardarlo. El tesoro es mío.

—Si es sólo tuyo, haces bien en no decirlo —le aconsejé.

—Es sólo mío. Y no quiero decírselo a ellos. Aunque me
vuelvan a atar o aunque me den tormento.

—¿Tormento?

—No, no te darán tormento —dije—. Les hablaré y estableceremos las bases de la guerra. [140] ¿No tienes a nadie en tu banda?

—Asun y Martita no querían que me atasen, porque a lo mejor quieren ser de mi banda. Pero no me fío.

—Porque son mujeres, naturalmente.

—¿Cómo?

—Tía Claudette quiere decir que haces bien en no fiarte, hasta que te demuestren que de verdad están a tu lado.

—Tía Claudette —se puso en pie— no quiere decir eso. Pero comprende que se encuentra en minoría.

—A ti —me tiró del cuello de la camisa— tampoco puedo decírtelo, ¿sabes?

—Bah, no te inquietes. Comprendo perfectamente que no se descubre a un mayor el escondrijo del tesoro. Los mayores acaban por estropear todos los tesoros. Espero que el tuyo esté en lugar seguro.

En la oscuridad, al tiempo que Claudette sacudía su falda, le sentí sonreír.

—Sí, es muy difícil de adivinar.

Le subí en brazos. Cuando llegamos a la colonia, se había dormido. Ni al hacerse cargo de él la doncella se despertó. [141] Joaquín tenía una sosegada expresión en la cama, de cansancio satisfecho.

Estaban en el jardín de Marta. Santiago, que había regresado del pueblo unos minutos antes, salió a recibirnos.

—Ya me han contado la riña con Emilio.

—Anda, cotilla, dame un beso —Claudette le apretó las mejillas con las dos manos.

Amadeo, Emilio, don Antonio y Andrés jugaban una partida de mus. Marta me trajo un whisky.

—No te preocupes —tranquilicé a Elena—. Se ha quedado dormido.

—Emilio —dijo Asunción en voz baja— congregó a los chicos y les estuvo regañando.

---

[140] La guerra es un juego, y, como todo juego, exige una reglamentación. Puede haber, desde luego, ironía.

[141] "la doncella, se despertó", parece más correcto.

—Oye, Asun, créeme que tuve remordimientos. Por ti.
Me dio una palmada en el hombro, sonriendo.

Ellas hablaban de sus partos, de sus criadas, de sus
neveras. A mi espalda, les oía a ellos las fórmulas del juego. Marta distribuía los aperitivos, daba órdenes a las criadas. Ernestina y Santiago discutían la organización de la
fiesta. Encendí un cigarrillo, con el consuelo de que, después de todo, hacía buena noche, que en Madrid estarían
agobiados de calor, de bochorno espeso y maloliente. Al
despedirme, Emilio ni me miró.

—Apenas cenaré, Dora.

—Ah, oye, ha regresado ya Rufi.

—Hasta mañana a todos, otra vez.

Rufi me preparó un sandwich y un vaso de leche, que
llevó al dormitorio. Quizá había adelgazado. Se sorprendió
de que le preguntase por las fiestas.

—¿Y de novio?

—¡Huy! —sonrió—. Pero si casi no hay hombres en ese
pueblo. Mis primos y pocos más. Además, que a mí me
gustan los de mi tierra.

—Hace bien. Aún es muy joven, Rufi.

Los ojos, pardos y almendrados, tenían una luz burlona.
Dejó de sujetar la puerta y salió de la alcoba, con un contoneo.

Después de la ducha, entré en las habitaciones de Enrique y Dorita. Cené en la cama, con el proyecto de leer
la novela que tenía empezada. Me gustaba recordar a Claudette, mirando en la pintura rugosa del techo las sombras
inmóviles. Su rostro recortado por el negro pañuelo brillante. Me dormí, casi sin pensar, con la lámpara encendida.


11


Las nubes se difuminaban. No muy lejos, en el mar,
lucía una ancha zona de sol. Noté que había en la arena
más conchas de las acostumbradas cuando me agaché a
recoger guijos para lanzar a rebote contra el agua. Me que-

dó el brazo derecho dolorido. Recogí los periódicos y continué andando hacia el norte.

La playa se estrechaba donde comenzaban las rocas. Me acomodé allí para leer las noticias. Intermitentemente, se movían unas cálidas ráfagas de aire que olían a mar. Cuando levanté los ojos, los rayos de sol habían desaparecido. Pensé en bañarme desnudo, pero antes me acerqué a la orilla descalzo; el agua llegaba fría y sucia.

Desanduve el camino sobre el ensanchamiento de la playa, que era cada vez más llana. Aquella soledad, aquellos ruidos naturales y sabidos, se prolongaban por los pinos y las rocas del sendero que conducía a la colonia. Como la luz era buena para hacer alguna foto, mandé a Enrique, que estaba jugando en el jardín de Marta, a buscar la máquina.

Hice dos o tres fotografías por ocupar el tiempo, ya que el fotómetro no me indicó una luminosidad adecuada en todo el recorrido de las calles. En el jardín de don Antonio cortaban el césped con una segadora nueva. La voz de doña Pura ordenaba algo; tras los cristales del ventanal de la rotonda se movió una doncella con un trapo en turbante. Regresé a casa y me tendí en la veranda, después de haberme preparado un bitter. [142] María y Leoncio discutían. Rufi cortaba flores en el jardín ayudada por Dorita y por Leles. Los pantalones, de colores muy fuertes, de las niñas desaparecían bajo sus anchas camisolas. Dora habría tenido a la pequeña encerrada en el cuarto de baño, durante por lo menos una hora, para conseguir aquel peinado tan relamido.

Me acerqué a la piscina. Junto al sumidero del fondo, el cemento se había levantado y el desagüe de hierro estaba fuera de sitio. Tierras, hojas, ramas pequeñas y pequeños charcos de agua negra, convertían la piscina en un estercolero. Llamé a Leoncio, pero vino Rufi a decirme que se había ido a la aldea. Bajé por la escalerilla a comprobar

---

[142] El *DRAE* acepta "bíter". Es uno de los términos incorporados a la edición de 1984. "Fotómetro", "segadora nueva" y "bitter" son tres detalles más de clase social en este párrafo.

por mí mismo los destrozos. Olía a hojas podridas y a agua estancada. Las voces de las niñas me indicaron que se encontraban cerca, probablemente sentadas entre los árboles de la parte trasera del chalet.

Rufi mantenía cerrados los ventanales de las habitaciones de abajo con las persianas echadas. Le oí cantar en el piso superior y me volví a la veranda. Resolví el crucigrama de uno de los diarios, antes de salir a dar un paseo. Reconté los hoteles de alquiler vacíos y aquellos otros cerrados por ausencia de sus dueños. Aunque llegaría más gente a la colonia, no obstante aquél sería el verano en que menos familias habían venido. Frente al chalet de los Hofsen, la camioneta, que había llegado por la mañana, estaba vacía de colchones y cajas de embalaje. Por las calles solitarias, la luz disminuía bajo las nubes, cada vez más apretadas. Me detuve en el sendero de la entrada a examinar la grava. Asun, la mayor de Emilio, me pidió permiso para que Enrique y Dorita se quedasen a comer en casa de Marta. Al rato, Rufi me comunicó que la mesa estaba servida.

Durante la comida, leí las cartas y el boletín de la Bolsa. [143] Según el parte meteorológico de la radio, [144] la inestabilidad atmosférica de la costa comenzaba a disminuir; en un par de días se esperaba la vuelta al buen tiempo. Algunas cartas hablaban de las altas temperaturas de Madrid. Rufi desconectó, cuando estaban en los himnos, [145] y me preguntó si servía el café en la veranda.

—Sí, gracias. Y llame a casa de la señorita Marta, para que venga el señorito Joaquín.

Proyectaba dar una vuelta en la moto de Ernestina, pero se habían llevado con ellos a Joaquín al pueblo. Rufi, des-

---

[143] Javier, como exponente de clase, no se conforma con leer varios diarios, algo insólito, como comprueban los índices de lectura de prensa. Más adelante se verá que lee también los diarios de la tarde.

[144] Existe algún televisor en la colonia, como veremos más adelante, pero no en el chalet de Javier.

[145] El himno nacional, con el que concluía cada una de las emisiones del "parte" o diario hablado. El acto de Rufi no deja de tener una doble lectura.

pués de servir el café y el coñac, se entretuvo con los almohadones de los morris. Al entrar en la casa, me sonrió
distraída; en seguida, la oí cantar. [146] Con los ojos cerrados,
dispuesto a moverme de un momento a otro, me dejé ir
al sueño. La mujer que bailaba a mi alrededor tenía las
facciones de Ernestina, pero una evidencia clarísima me
hacía saber que era Angus. Desperté lentamente. Llovíz-
naba. De pronto, recordé que ninguno de ellos había quedado en la colonia y que faltaba mucho tiempo para que
regresasen del pueblo o de Barcelona. Me duché, me cambié de ropa, encendí las luces del dormitorio y del cuarto de
baño, estuve de un lado para otro. A veces, me quedaba
parado con algo en la mano —un calcetín, el frasco del
masaje, el tubo de pasta dentífrica— o sentado en el borde
de la bañera. No pensaba en nada o sólo en el tiempo que
transcurría. Y, por eso, me extrañó que aún fuese de día
cuando bajé al living.

Los periódicos, que acababa de traer Rafael, no decían
nada más interesante que los que había leído por la mañana. Se me ocurrió la idea de escribir una relación de los
hechos sucedidos a partir de la aparición de la chica muerta en la playa. [147] Supuse que, si lograba aislar los fundamentales, averiguaría algo. Pero me distraje con el recuerdo
de Julio, el policía —que tendría ya hecho posiblemente
aquel trabajo—, de Raimundo, de los labios de la muchacha, tan vigorosos, tan desprovistos de maquillaje, cua-
drados y secos, como tallados. Dibujé en el bloc unas bocas
entreabiertas, otras cerradas, rostros sólo con largas melenas y labios.

Rufi vino a preguntarme si quería merendar algo. Cuando me trajo el jugo de tomate, le pregunté a mi vez si había
regresado ya Leoncio.

—No, señor. Si va a salir, póngase los chanclos. Está
todo lleno de barro.

---

[146] "la oía cantar", sin duda por errata.
[147] De esta forma la novela cobra un sentido, aunque no un des-
tinatario final. No existe un "vuesa merced" a quien se dirigiría
como otro Lázaro de Tormes.

—No sé si voy a salir.

—¿Quiere que abra los ventanales?

De fuera llegó un persistente aroma a tierra húmeda. Rufi se quedó por el vestíbulo. Quizá habría visto mis dibujos y rompí la hoja de papel. Acabé sentándome en uno de los viejos morris, con el brazo izquierdo apoyado en el alféizar del ventanal. Las ramas del álamo negro, que crujían desigualmente, oscurecían aquel trozo del jardín y de la veranda. Cuando temí quedarme dormido otra vez, entré a colocar un disco. Acababa de hacerlo entrar en el pivote del plato al sonar el primer timbrazo del teléfono. Advertí a Rufi que, si era don Antonio, dijese que no estaba en casa.

—Es la señorita Elena —me entregó el auricular.

—Elena, ¿sucede algo?

—¿Cómo estás? Te llamo desde el pueblo.

Su voz llegaba nítida, con una dolorosa sensación de proximidad.

—Sí, estoy bien. ¿Y vosotros?

—Ah, estupendamente. Ahora mismo he terminado de tiendas. ¿Se te pasó la jaqueca de esta mañana?

—Sí, sí. Más bien creo que fue pereza. Estoy casi arrepentido de no haber ido con vosotros. Esto está de un aburrido que mata.

—¿Has trabajado?

—Un poco.

—Marta y Dora, que muchos besos.

—Ya.

—¿Cómo se encuentran los niños? ¿Te han dado mucha guerra?

—Casi no les he visto. ¿Y Joaquín?

—Amadeo y Andrés no han vuelto de Barcelona. Si a las diez no están aquí, nos volvemos nosotros. Emilio —bajó la voz y pensé que sonreía— sigue muy ofendido contigo. Él y Dora llevan todo el día hablando de lo de ayer.

—Que se vayan a hacer puñetas.

—Oye, no te aburras mucho. ¿No ha sucedido nada por ahí?

—Esta mañana llegaron los bártulos de los Hofsen. ¿Llueve?

—Ha llovido algo después de la comida. Hemos hecho un almuerzo sensacional. Nos hemos reído muchísimo, ya te contaré. Ernestina recibió una carta de Luisa. Que viene.

—¿Quién?

—Luisa. Luisa Castromocho. [148] ¿No te acuerdas de ella, hijo?

—Sí, claro. ¿Y Joaquín?

—Bien. Que no te aburras mucho.

—No me aburro. Es que estoy un poco solo. Necesitaría...

—Sí, sí —rió—, te comprendo muy bien. Hasta la noche, Javier.

—No puedes hablar, ¿verdad?

—Eso es.

—Bueno, un beso. Oye, ¿vais a tardar mucho?

—Esperamos a esos pesados hasta las diez. [149] Si no llegan antes, nos volvemos nosotros. ¿Quieres que te llevemos algo?

—No sé... Tabaco o alguna revista.

—Bueno, bueno —detrás de su risa, hablaban alto—. Hasta luego.

—Adiós, Elena.

Permanecí un rato con la mano derecha sobre el auricular, después de haberlo colocado en la horquilla. Me senté en los escalones de la veranda, con los antebrazos apoyados en las rodillas y las manos unidas. Recordé una tarde de

---

[148] Sobre el asunto de los nombres de los personajes, que ya se abordó en la introducción, G. Hortelano ha dicho: "Me preocupa sobremanera el nominalismo de los personajes, no los bautizo por las buenas, sino todo lo contrario, me lo pienso, le doy vueltas (...) Ese querer dar nombres jocosos, alegóricos, que posean una perspectiva humorística, es una fórmula que quizás recoja de Boris Vian". L. Nolens, cit., p. 11.

[149] "—Esperemos a esos pesados hasta las diez". Aunque cabe aceptar el presente con valor de futuro, la estructura primera parecía mejor. En ambos casos se advierte, por otra parte, una aliteración vocálica —e, a— y, sobre todo, consonántica —s—, que favorece el sentido de cuchicheo telefónico de la expresión de Elena.

cuando la guerra en que había estado también así, con los dedos entrelazados, muy quieto, entonces casi a punto de sollozar. Luego subí al tren y, cuando llegué a Burgos, ya habían enterrado a papá.

Rufi hablaba con María [150] de habitación a habitación. En el aire quieto, la tarde se acababa con restos de luz por encima de los árboles, en la plana igualdad de las nubes. En los chalets no había aún ninguna luz eléctrica. El silencio estaba punteado [151] de pequeños choques, de rumores indistintos, de una especie de vacío lejano, que sonase como un eco del silencio. [152] Los olores eran más fuertes. Sentí frío en los tobillos. Rafael, de un momento a otro, bajaría el conmutador en el cuadro general y las farolas se iluminarían. Cuando me acordé de mi cantimplora de campaña, entré a buscarla.

Revolví en el cuarto de las maletas. Rufi cantaba por el pasillo.

—Oiga, ¿sabe dónde está la cantimplora vieja? Una que tiene forma de petaca, para llevar en un bolsillo.

—No sé qué cantimplora dice usted...

—Una que está abollada. Pequeña, de latón...

—Ah, sí. Espere, que ya sé dónde está.

Rufi abrió el armario empotrado, buscó entre los artefactos de la pesca submarina, entre los sombreros de paja, los patines de ruedas, las raquetas de tenis y las de pingpong, las pelotas de colores, el colchón neumático, los cinturones de corcho, y se volvió, sonriente, con la cantimplora en una mano. [153]

—Aguarde usted que se la limpie. Bueno estará este chisme, con todo el tiempo que lleva ahí guardado.

---

[150] "Rufi con María", sin duda por errata.

[151] Otra espléndida sinestesia en la que se han unido elementos propios del sentido de la vista con otros del oído.

[152] Todo este conjunto oracional produce una bellísima imagen que termina configurándose en paradoja con el oxímoron que incluye la comparación "que sonase como un eco del silencio".

[153] No deja de tener interés el hecho de que la cantimplora haya abandonado su lugar entre las reliquias y aparezca entre un abigarrado conjunto de *enseres de juego*.

Mientras Rufi fregaba la cantimplora en la cocina, bajé a la cueva por una botella de coñac francés, [154] de la que llené la cantimplora. Sólo se leía una de las palabras grabadas a punta de navaja en la base: Regimiento.

En las caperuzas blancas de las farolas, los tubos fluorescentes daban una luz tamizada, azulosa. Me puse el sombrero impermeable, me abroché la cazadora de ante y tomé el camino de la carretera. Al llegar a los pinos, me detuve. El coñac sabía bien. Contra la última línea visible de la montaña, permanecían unas nubes muy rojas, de crepúsculo de un día soleado. Las hojas del pinar estaban mojadas, resbaladizas. Por unos momentos, experimenté la ilusión de haberme perdido. [155]

Me senté en una roca, que asomaba un lomo musgoso de entre la tierra roja del pinar. Pronto dejó de estar fría bajo mi mano la superficie lisa de la cantimplora, donde los desniveles de las abolladuras producían al tacto una suave voluptuosidad.

Era posible que a Andrés le viniese su afición a beber de las semanas que pasó en el frente. O, quizá, de los primeros años de la postguerra, cuando toda la vida —esta puerca y maravillosa vida, según decía por aquel entonces— le parecía poca. Antes de conocer a Elena, en aquellos imprecisos días del trabajo duro y las novias ocasionales en los frecuentes viajes que hacíamos. Como dicen los marinos, con una mujer en cada ciudad.

El olor de la savia se me mezcló en la garganta al sabor cálido del coñac. El disco se había quedado puesto.

Luego, mucho después, los meses se diferenciaban y había semanas, incluso días, cuyo recuerdo resultaba más claro que el de los días y las semanas de aquel mismo año.

---

[154] Aunque no sería difícil encontrar alguna buena marca de coñac de la zona del Penedés, tan próxima, no debe olvidarse la francofilia de G. Hortelano, ni que —se dijo antes— podría vivirse bien en Madrid y Barcelona siempre que se pasaran ocho meses del año en París. En los 50-60 todo lo importado se suponía de superior calidad a lo fabricado en "este país".

[155] Sería, desde luego, una recuperación de la infancia, ya tan lejana.

El placer consistía en usar la memoria en conjunto, sin solicitarle precisiones, sin tratar de saber si fue en 1949 o en 1954 cuando Elena y yo comenzamos a ir a los bares de la Cuesta de las Perdices. O a aquel merendero de la carretera de Francia. O al *meublé* disfrazado de la carretera de Andalucía, desde cuya ventana del piso superior veíamos la pista del baile dominguero de marmotas [156]y horteras. [157]

Un agudo y momentáneo dolor de vientre me dio unos escalofríos; caminé unos pasos. Apoyado en uno de. los troncos, con los ojos cerrados y las manos en los bolsillos del pantalón, seguí con mis recuerdos. Un ráfaga de viento se me llevó el sombrero. Resbalé y casi caí al buscarlo en la oscuridad. El sombrero de Gaspar, se cantaba entonces. Me divirtió la idea de encontrar, buscando el sombrero, uno de los tesoros de Joaquín. Me limpié mal que bien las manos de resina, restregándolas en un puñado de hojas puntiagudas y húmedas.

Me sorprendió haberme alejado tanto de la colonia. De ser de día, podría haber visto desde allí la costa, el camping, el faro, la aldea, los techos de los chalets, los campos y las huertas. Una masa de tinieblas, con remotas y cambiantes claridades, me cerraba el camino. Poco antes de llegar a la carretera, distinguí a lo lejos los faros de tres automóviles. Continué, como tanteando el camino, y bostecé.

## 12

Ernestina, con un suelto albornoz verde sin mangas, que no le llegaba abajo del vientre, sobre su bañador ama-

---

[156] El *DRAE* de 1970 aún no incorporaba esta voz, que en la edición de 1984 aparece por fin con el sentido que G. Hortelano le infiere: "criada, mujer dedicada al servicio doméstico".

[157] Voz que no asume el *DRAE* en su última edición. El *Diccionario de argot* de V. León define "hortera" como "persona de clase modesta que pretende aparentar más de lo que realmente es, especialmente con su forma de vestir pseudoelegante", sentido con que se utiliza aquí. También en el *Diccionario Manual* como "persona o cosa vulgar y de mal gusto".

rillo [158] de dos piezas, salió de la casa perseguida por los niños. Llevaba unas sandalias de tiras doradas. Les grité que me esperasen, pero no me oyeron y se alejaron por la calle, con la algarabía de sus carreras y sus risas. Por una esquina apareció Enrique en la bicicleta, con José en el sillín trasero.

—Tened cuidado.

—No te preocupes —dijo José.

La bicicleta desapareció por detrás de los árboles. Iba a sentarme de nuevo, cuando Dora me llamó desde la veranda.

—Sí, ya he desayunado.

—¿Vas a ir a la playa?

Se había puesto una bata hasta los pies, blanca, con un ancho cinturón terminado en flecos.

—Sí, creo que sí. ¿Y tú?

—¿Yo? —bajó un escalón y se quedó quieta, con las manos en los bolsillos de la bata—. No tendré tiempo. Está la casa imposible. ¿Qué es hoy?

—Miércoles.

—Se me había olvidado encargarle a Rafael...

—Oye —dije—, ¿por qué no cogemos tú y yo el coche y nos largamos a una cala escondida?

—¿Cómo? —me miró, con las cejas levantadas—. Pero ¿no me has oído que tengo la casa hecha una pena?

—Era sólo una idea. Como hace sol y ha vuelto a ser verano...

—¿Qué quieres decir?

—No, nada.

Terminé de subir los escalones, hasta la tumbona.

—Anda, cámbiate y vete a la playa. Allí te distraerás con todos.

Estuvimos en silencio. Luego, Dora entró en el vestíbulo.

[158] El amarillo es el color predominante, hasta ahora, en el vestuario femenino, lo cual produce cierta extrañeza si se tiene en cuenta que este color está asociado a una superstición entre la gente de teatro y G. Hortelano se había movido en ese ambiente durante bastante tiempo.

—Sí, señora —oí a Rufi—. Ya había pensado en dejar el despacho para lo último.

La decisión se me formó instantáneamente. Encontré a Dora al final de la escalera.

—Tengo ganas de salir por ahí a airearme, de conducir un rato. Además, Raimundo me tendrá ya unos anzuelos que le encargué el otro día.

—¿Unos anzuelos?

—Sí, unos anzuelos. ¿Qué te pasa que tienes que repetir todas mis palabras, como si no entendieses?

—Nada —dijo en un susurro—. Es que había pensado...

—¿Qué murmuras?

—Nada. ¡Que nada, ¿oyes?!

Me sostuvo la mirada con una frenética inmovilidad. Procuré, al coger su brazo, no hacer fuerza. Dora se dejó llevar hasta la puerta de nuestro dormitorio, donde se desasió violentamente para entrar delante de mí. Cerré la puerta. Repentinamente sentí que todo sería inútil, porque, en cierta medida, yo era culpable.

—Quería salir por ahí a dar una vuelta. Nada más.

—Pues vete. ¿Quién te impide marcharte? ¡Vete y no hagas más historias! —permanecimos unos segundos en silencio—. Yo sólo te he preguntado por qué querías irte y adónde ibas. Porque esperaba, entérate de una vez, que Emilio y tú os reconciliaseis esta mañana y se acabase esta situación que tú has provocado. Pero lárgate. Eres muy dueño y señor de...

Me senté en una de las butacas, al tiempo que interrumpía a Dora.

—No se trata de eso. Podías haber dicho claramente que Emilio y yo, según tus cálculos, íbamos a reconciliarnos esta mañana.

—¡Claro que lo esperaba!

—No grites, Dora. Procuremos hablar con calma.

—No grito. Y, si grito, es que ya no aguanto más. Estoy cansada de que me avergüences, como anteayer en casa de Marta, delante de todo el mundo. Por eso confiaba en que hoy te disculparías con Emilio, que hoy mismo acabarías con esta vergüenza.

—¿Qué vergüenza?

—Decir esas palabrotas, portarte con esa mala educación con el pobre Emilio, que, además, desea educar a los niños como es debido, ¿no te parece vergonzoso? ¿Ni siquiera te parece vergonzoso? Pues, para mí lo es. Yo no estoy acostumbrada a que las personas de mi familia [159] se porten así; yo no he vivido nunca en ambientes donde se oyen insultos como los que tú le soltaste a Emilio. Y por segunda vez en pocos días. Lo menos que podías hacer es terminar de una vez con esta situación. Pero no. Lo que se te ocurre es marcharte por ahí, con ese amigote tendero, con esa gentuza que está haciéndote cambiar.

Sin levantar la cabeza, pregunté:

—¿En qué he cambiado?

Dora se paseaba por el espacio libre entre una de las camas, mi butaca y el ventanal.

—Y también, que alguna vez tendrás que recibir a ese pobre hombre, amigo de Leoncio.

—¿Quién?

—Ha venido tres o cuatro veces. Y aquí tenemos que estar a bien con ellos, porque les necesitamos. El día menos pensado nos quedamos sin servicio. Y entonces verás lo que es bueno.

—No comprendo a qué viene hablarme de ese hombre ahora. Te estaba preguntando en qué te basabas para afirmar que he cambiado. ¿En qué?

—Ah, Javier, déjame en paz. ¿Yo qué sé? El hecho es que has cambiado, que te peleas con las personas formales, que... no eres como yo quisiera que fueses. ¿Entendido?

Sentí que mi sonrisa le alteraba los nervios, pero no dejé de sonreír hasta que volvió la cabeza, al reanudar sus paseos.

—Sí, entendido. Y dile a Emilio de mi parte que se vaya una y mil veces a la puñetera mierda. ¿Te enteras? ¡A la mierda!

[159] Con estas palabras, Dora da a entender que procede de una familia con mayor cultura que Javier.

—¡Javier! —gritó—. Pero... —se detuvo y separó los brazos del cuerpo.

—Y no me sermonees por mi vocabulario. Hablo como quiero.

—No, a mí, no. Delante de mí no vuelvas a hablar de esa manera. Eso te lo aseguro. Podrás pisotear todo lo que se te antoje, pero no consiento que me pierdas el respeto que ambos nos debemos. El lazo muy sagrado que nos une. En esta casa nunca permitiré que se ofendan las buenas costumbres, como si fuésemos canalla [160] sin educar. Por nuestros hijos, principalmente.

Quise hacer un nuevo intento, pero cuando, puesto en pie, iba a colocarle las manos sobre los hombros, retrocedió un paso y cruzó los brazos sobre el estómago.

—Oye, Dora, tendría que empezar desde... [161]

—Tendrías que empezar por hablar decentemente.

Vuelto de espaldas, encendí un cigarrillo. El sol entraba hasta más de media habitación; más allá del verde de los árboles había un cielo muy azul, [162] con una rotunda luz de verano. Las camas estaban aún deshechas. Oí en el silencio, entre el piar de los pájaros, como un lejano rumor de la mañana. En el cuarto de baño goteaba un grifo.

—¿Qué esperas?

—Eres mi esposo, me guste o no. Y me has traído aquí. Espero a que me digas que puedo marcharme. Tengo mucho que hacer.

—Ah, ya. Una nueva táctica.

Continuaba igual, con las piernas separadas, los brazos cruzados, adelantada la mandíbula, pero ahora de sus ojos muy abiertos le caían unas redondas lágrimas sobre las mejillas crispadas.

—Dora.

---

[160] Aunque en los diálogos de grupo es difícil adscribir una frase a un personaje concreto, el mismo término había sido puesto —al parecer— en boca de Emilio. La ideología de unos y otros es, pues, muy similar, cuando no idéntica.

[161] "tendrías que empezar desde...", probablemente por errata.

[162] "rotunda luz de árboles, había un cielo muy azul", sin duda por errata.

—No necesito consuelos.

—¿Qué necesitas entonces? —aguardé su respuesta, pero se limitó a tragar las lágrimas, a recomponer sus facciones, con unos visibles esfuerzos por recobrar la impasibilidad.—Está bien, vete cuando quieras.

Inmediatamente se abalanzó a la puerta y salió, sin un portazo, sin un gesto de violencia. Me apoyé en el respaldo de la butaca. Después fui a cerrar el grifo de la bañera. Olía a jabón, a las sales de Dora, a su perfume; [163] las toallas, mojadas y arrugadas, estaban en las barras, en el suelo, en el bidet. [164] Frente al espejo, me pasé una mano, mecánicamente, por las mejillas. Oí que me llamaba Claudette. Me asomé al ventanal, pero ella debía de estar en la veranda.

—Ahora bajo —avisé.

En el vestíbulo encontré a Claudette, a Santiago y a Amadeo.

—¿Qué tal estás?

—Bien. ¿Y vosotros? Pasad, anda. Aunque esto se encuentra en plena limpieza, ya encontraremos un rincón. ¿Queréis tomar algo?

—Nos vamos a la playa —dijo Santiago.

Los tres estaban en traje de baño. Claudette llevaba unos *shorts* [165] blancos.

—Dora... —comencé a decir.

—Sí, ya la hemos visto.

—¿Tienes los últimos boletines? —preguntó Amadeo.

—Bueno, os esperamos allí. No tardéis. —dijo Claudette.

Les acompañé hasta el jardín. Santiago cogió la bolsa de lona de Claudette. Volví con Amadeo a buscar en el despacho los boletines de la Bolsa.

—Llévatelos. No me hacen falta.

—No, no. Lo que quiero es que charlemos un rato. Ponte el bañador y vamos.

---

[163] Aunque predominan las imágenes del sentido de la vista, aparecen con cierta frecuencia las del olfato.

[164] La expresión aceptada es *bidé*. El uso de tal pieza de baño no se generalizó hasta el *boom* turístico de los sesenta.

[165] "shorts", es anglicismo por pantalones cortos, que recoge el *Diccionario Manual*.

—Había pensado en darme una vuelta por el pueblo. Raimundo me tiene unos encargos.

—Entonces me los llevo y a la noche hablamos. Volverás a cenar, ¿no?

—Espero que sí.

—Adiós, Dora —gritó Amadeo por el hueco de la escalera—. Iré estudiando los datos.

—Pero ¿es importante?

—No, hombre, no. La cosa puede esperar.

Le acompañé hasta la calle.

—¿Y Marta?

—Se quedó con la niña, que tiene una mañana especial.

—¿Qué le sucede?

—Se ha caído unas cuantas veces, hasta que ha conseguido llevar una rodilla en carne viva. La gran tragedia. Hasta luego.

—Adiós.

Me palpé los bolsillos del pantalón antes de abrir el garaje. Recordé que había una vieja chaqueta y un suéter en la maleta del coche. Rufi me detuvo en una curva de un sendero.

—Esta mañana muy temprano vino a preguntar por usted el señorito Joaquín. Le esperó, pero Manolita se le llevó para el desayuno.

—Gracias. Hasta luego.

—¿Lleva usted gasolina? En casa no hay.

—Ah, tiene razón. Ya pediré. No olvide recordárselo a Rafael.

—Descuide, señor. Si tengo ya las latas preparadas en la cocina.

—Adiós, Rufi.

—Adiós, señor.

A Rufi, con el pelo recogido, le quedaba la nuca al descubierto. La puerta del jardín de Elena estaba abierta; frené el coche, frente al macizo que examinaba Andrés.

—Estoy nuevo —dijo—. Hace un rato le explicaba a Elena lo bien que me siento madrugar con este tiempo. No hay resaca que resista estos olores, este silencio. Te confieso que me quedaré aquí hasta enero. ¿Tú te vas?

Juan García Hortelano mostrando algunas ediciones extranjeras de *Tormenta de verano*. Formentor (Mallorca) en 1962.

Juan García Hortelano en la *Habana*, 1966.

—Al pueblo. Oye, ¿dónde está Joaquín?

—Hace un rato, por ahí.

Bajé del automóvil y di la vuelta a la casa. Al fondo, rojeaba la tapia de ladrillos; los senderos se perdían antes de llegar a ella, en un pequeño prado con arbustos. Anduve unos metros sin localizar la voz de Joaquín. Cuando le vi, sentado a horcajadas en una rama de la higuera a la que yo daba la espalda, me sobresalté. Acabé de volverme, ordenándole que bajase de allí.

—No grites, que se enterará papá.

—Pero ¿por qué te subes a los árboles?

—Estaba vigilando —descendió tranquilamente.

—¿Vigilando ¿qué? Desde la higuera no ves más que una de las fachadas de la casa.

—Bueno, estaba pensando.

—Empieza a elegir otros sitios para meditar o te romperás la crisma —revolví sus pelos con la mano—. ¿Qué querías esta mañana?

—Cuando volvimos anoche olvidé preguntarte si estás enfadado conmigo.

—Generalmente estoy enfadado contigo. Pero ahora no recuerdo ningún motivo concreto.

—Digo yo que, a lo mejor, estás enfadado conmigo porque no te dije el escondrijo del tesoro. Anteayer, cuando fuimos con Claudette a la playa.

—Ahí, sí. No, no estoy enfadado. Es un asunto particular, que haces muy bien en no propalar [166] por ahí.

—¿Tienes prisa?

—Un poco.

—Ven.

Me llevó hasta la tapia, detrás de unos matorrales, donde había colocado tres desvencijados sillones de mimbre, unas piedras en forma de mesa, una larga pértiga y unos cajones medio rotos de botes de leche condensada.

—Siéntate. Con cuidado, porque se rompen las patas.

---

[166] El término "propalar", poco común, contrasta vivamente con el vulgar "crisma", reciente. Javier intenta aproximar su léxico a los conocimientos del niño, aunque no lo consigue plenamente.

Se acomodó en uno de los cajones.

—Si lo que te preocupa es no haberme dicho...

—Verás —me interrumpió—. Se trata de un tesoro muy importante. Tengo que guardarlo bien. Pero si me sucede algo...

—¿Cómo que te sucede algo?

—No tenemos la vida comprada. [167]

—¿Quién te enseña esas cosas?

—Quiero decir que me puedo poner enfermo o una cosa así.

—Entendido. Y por eso, vas y me dices dónde está el tesoro.

—No, no, no. No puedo decírtelo. Pero lo tengo escrito y metido en un sobre. El sobre está debajo del tercer cajón de mi armario. Entérate bien —asentí con la cabeza—. Entras en mi cuarto, abres el armario, sacas el tercer cajón empezando por arriba, y en la tabla está el sobre. Pero sólo si me pasa algo.

—¿Y confías en mí?

—No te entiendo.

—Que tú me dices dónde está el sobre con el plano de la situación del tesoro...

—No es un plano.

—...y eso, prácticamente, es darme la clave del misterio.

—No lo sacarás antes, ¿verdad?

—Claro que no. Sabes que nunca traiciono un secreto.

—Por eso me he confiado a ti —se puso en pie, me levanté y nos estrechamos las manos—. Prometido.

—Prometido. Y ahora me voy. ¿No bajas a la playa?

—Luego, con papá.

—Adiós.

—Que no se lo digas tampoco a nadie. Lo del cajón.

—Naturalmente.

Andrés continuaba con las flores.

—No queda gasolina —respondió—. Pero podemos mandar a...

---

[167] Ahora es el niño quien imita el lenguaje adulto, en justa correspondencia.

—Deja, deja. Ahora, cuando salga, se la pido a don Antonio. Seguro que él tiene. Hasta la noche.

Murmuró algo, al tiempo que yo entraba la marcha atrás. En la casa se abrió una ventana, cuyos vidrios brillaron al sol. [168]

—Me alegro de tu buena resaca.

—Ah —sonrió—, gracias.

Dejé el automóvil en la calle. Don Antonio, que se levantó de un sillón metálico, atravesaba el césped con el periódico en la mano izquierda y la derecha extendida hacia mí.

—Buenos días. Cuánto bueno, Javier.

—Es sólo un momento. No se moleste usted. Vengo a pedirle unos litros de gasolina. Nos hemos quedado sin ella y hasta que Rafael...

—Encantado, amigo. Ahora mismo la traen. Pero siéntese un momento. Tiene prisa, claro. ¿Y una taza de café?

—No, de ninguna manera. ¿Cómo está doña Pura?

—Vino a buscarla Asunción para ir a la playa.

—¿Usted no baja?

—Más tarde daré una vuelta. ¡Eusebio! ¿Ha leído los diarios?

—No. ¿Qué sucede?

—Lo del Japón. [169] Espero que el gobierno dominará la situación. Verá, hace un momento, pensaba que las cosas no van tan mal como parece a primera vista. Pero siéntese —nos sentamos y volvió la cabeza hacia el cobertizo—: ¡¡Eusebio!!

—No se moleste. Yo puedo ir a buscarle.

—Mire, ya viene. Yo pensaba que, aunque en apariencia las cosas vayan mal es estos últimos días, la realidad es otra —Eusebio, con una camisa caqui, avanzaba precipitadamente—. Todos ellos pelean. En Asia y en América.

---

[168] El brillo, que se echaba en falta, puede ser augurio de un buen día en todos los sentidos.

[169] El neutro "lo" impide una referencia histórica exacta. Puede aludir al tifón que asoló las costas japonesas en 1954, o a la ola de protestas populares tras el acuerdo de seguridad mutua con Estados Unidos en 1960.

Bueno, pues eso es lo malo. Sería peligroso si estuviesen unidos, pero no lo están —Eusebio, a un metro de distancia del sillón de don Antonio, se rascaba el abundante vello de sus brazos—. Están descontentos, rabiosos. Ah, oye, trae una lata de gasolina para don Javier. Y sácala con la goma, nada de volcar el bidón sobre el embudo. ¿Has comprendido?

—Sí, señor.

—Pues, anda. ¿Tendrá usted bastante con diez litros?

—Con cinco es suficiente. Muchas gracias.

—¿No cree usted que tengo razón?

—Lo cierto es que no le he comprendido bien. Usted se refiere a la situación internacional exclusivamente.

—Sí, sí, exclusivamente. Por fortuna, aquí no tenemos esos problemas. Yo lo que digo es que todos esos revoltosos, esos revolucionarios mal vestidos, [170] también se pelean entre sí. O, por lo menos, no van de acuerdo.

—Creo que tiene usted razón.

—Ahí está el quid, amigo mío. Mientras ellos... Por ejemplo, mire —se retrepó en el sillón y habló más de prisa—, yo tengo la experiencia de quince años al frente de una fábrica.

—Ya, ya.

—Y usted tiene experiencias muy semejantes a las mías. Pues habrá usted observado que, si ellos están amigos, si no hay riñas, el trabajo decrece. A mayor ambiente de amistad, menor rendimiento. En cambio —Eusebio volvía, ligeramente inclinado del lado derecho, donde al final de su mano brillaba la lata—, si unos y otros se enzarzan, trabajan más. Mi mujer —sonrió—, y ya sabe usted que las mujeres entienden mucho de esto, aunque delante de ellas no se puede reconocer. Bueno, pues mi mujer dice que, cuando las criadas se hablan la una a la otra de usted, el trabajo sale bien —descruzó las piernas repentinamente—. ¿Qué pasa?

—La gasolina —dijo Eusebio.

---

[170] Este dato —aunque insuficiente— podría confirmar lo dicho en nota anterior y la fecha de 1960.

—Parece que andas como un gato. Ponla en el coche de don Javier.

—Tendré que... —dije, al tiempo que me levantaba y sacaba las llaves.

—Ah, bien, querido amigo. No quiero retrasarlo. Le acompaño.

Detrás de nosotros, al ritmo de nuestros pasos, crujía la grava.

—Don Antonio, no se moleste, que hoy cae con fuerza el sol. Ya mandaré que le devuelvan...

—Por favor, por favor... Lo que debe hacer es venir con más frecuencia. Hace tiempo que no charlamos, eh. Y sabe usted que me gusta que cambiemos impresiones.

—Sí, claro. Muchas gracias otra vez.

Eusebio cogió el bidón, que había dejado en el suelo. Don Antonio permaneció en la valla, mientras yo destapaba el depósito. Se desprendía un vaho ondulante, como el del humo de un cigarrillo en un rayo de sol. Las botas de Eusebio, grandes, deformadas, tenían pegotes de tierra aún no seca. Don Antonio se dirigía hacia los sillones, a la sombra de los árboles. Mientras enroscaba el tapón, dudé si debía darle una propina a Eusebio.

—Gracias.

—No hay que darlas, don Javier —subió al bordillo de la acera.

—Hasta otro día.

No había mirado sus manos, mientras vertía la gasolina, por no azorarle. Los ojos de Eusebio estaban dirigidos por sobre mi hombro, con una artificiosa expresión en todas sus facciones. No obstante, alcanzó con seguridad el picaporte de la portezuela.

—Buen viaje, señor.

A los diez o doce kilómetros, frené para abrir las ventanillas. La luz marcaba unos netos perfiles, contrastaba con las sólidas sombras de los cerros, de los árboles, de las rocas.

Por determinados trozos se alcanzaba a ver casi el movimiento del mar. En la estación de servicio acabaron de llenarme el depósito. Al entrar en el pueblo, aminoré la velocidad. Delante de mí marchaba una larga columna de soldados, de tres en fondo; en dirección contraria pasaron unos camiones, pequeños autocares con turistas, un automóvil con remolque, antes de que lograse adelantar a los soldados. [171] Las calles del pueblo, sobre todo las más céntricas, estaban llenas de gente, así como las terrazas de los bares. Me sorprendió descubrir a las mujeres, sus vestidos de colores violentos, sus pieles bronceadas, sus rostros desconocidos. Crucé la plaza sin detenerme.

La verja del jardín estaba cerrada y tiré del cordón de la campanilla. Al instante, descubrí el botón del timbre. Unos segundos después, una muchacha cruzó el minúsculo jardín. Se secaba las manos en el delantal; aún sin abrir, se retocó el pelo en las sienes.

—No está.

—Pero ¿volverá pronto?

—Fue a bañarse y dijo que vendría a comer, que no se quedaría a comer en la playa. Pero nunca se sabe.

—Me esperaba.

—Pase usted.

—Gracias.

La penumbra me cegó. La chica abrió una puerta al fondo del estrecho pasillo, a cuya mitad nacía una escalera de madera sin pintar.

—Siéntese.

—¿Cómo hace el trayecto a la playa?

—¿Qué?

—Que cómo va y viene de la playa, quiero decir.

—Ah, en la vespa. [172] Siéntese.

Bajo la ventana había un diván de cuero verde. El sillón

---

[171] En todos los capítulos aparece alguna alusión a la guerra. En este caso, la columna de soldados contrasta con los autocares de turistas, que van "en dirección contraria", como si los soldados volvieran de poner en orden el territorio para que los forasteros puedan disfrutar de él. Las palabras anteriores de don Antonio "aquí no tenemos esos problemas" (p. 188), son elocuentes.

[172] Nueva metonimia del tipo marca comercial por objeto. Aunque se vio antes respecto a otra moto —Lambretta—, esto no ha ocurrido con el *coche,* al que se ha denominado siempre *automóvil.*

se encontraba en la pared frontera, cerca del televisor. [173]
La mesa y las seis sillas eran de estilo colonial, en consonancia con algunos de los grabados de las paredes, con el tapete de plástico, también verde, con los muñecos, el botijo, las novelas encuadernadas en piel y el reloj, que ocupaban la doble estantería. Me senté en el diván. La persiana estaba a medio enrollar.

La habitación daba a la parte trasera del chalet. Aquel patio de suelo de cemento, con una matas de adelfas, con una alta tapia blanca, con un par de sillones extensibles, me pareció un lugar conocido. De la tapia sobresalía un tejadillo en el cual había unas manchas de grasa. Indudablemente, resultaba más soportable que el jardín delantero, con su raquítica acacia y sus siniestros hierbajos entre los tiestos semihundidos en la tierra.

Hojeé una revista mientras, de vez en cuando, oía algún ruido. La chica, en un extremo del patio, retiraba unas ropas puestas a secar en una cuerda; al empinarse, le quedaron al descubierto el principio de los muslos.

Fumé dos cigarrillos seguidos. Lejos, ladraba un perro. La sombra de la tapia había cubierto ya todo el patio. En una especie de hornacina, a la altura de la mesa que formaba cuerpo con el mueble de los estantes, estaba el aparato de radio. Miré el reloj y conecté. La emisora regional enlazó para la transmisión de las noticias del mediodía.

En el Japón habían aumentado los manifestantes, [174] al tiempo que en Corea del Sur el Presidente norteamericano [175] había sido objeto de un recibimiento apoteósico. Don Antonio escucharía también, desde su penumbroso comedor, donde los muebles no eran coloniales. En la reproducción del grabado francés, el padre abría los brazos en un gesto, con toda probabilidad, muy igual al del Presidente, las puntas de la casaca erguidas al brusco impulso

---

[173] *Vid.* nota 144. Angus se permite un lujo poco común en aquel entonces.
[174] *Vid.* notas 169 y 170.
[175] Eisenhower visitó Seúl en junio de 1960. Esto permite datar con exactitud el tiempo de la novela y la redacción final de la misma en ese verano.

de la carrera hacia el aya, que anunciaba, bajo los cortinajes, algo insólito. Me levanté a leer la leyenda. *Monsieur, c'est un fils.* El comentario de política internacional concluía con unas frases amenazadoras. Los otros grabados eran unas malas acuarelas de temas infantiles en un estilo falsamente ingenuo. Donde acababa la hilera de libros, una chincheta sujetaba una estampa de la Virgen. Oí el parte meteorológico, sentado en el sillón. Luego pensé en marcharme. Por la emisora regional de nuevo, la locutora salmodiaba una larga lista de elogios comerciales.

Apreté una tecla del receptor y la habitación quedó en un silencio repentino, tras el chasquido del mecanismo. Abrí la puerta.

—Oiga.

La chica salió de una habitación que daba al pasillo, masticando precipitadamente, con un patente esfuerzo por tragar.

—Ya no puede tardar. Digo yo.

—¿No sabe a qué playa ha ido?

—Ay, no, señor. Unos días va hacia un lado y otros días hacia otro. Con la moto, por donde le da. ¿Se va?

—Sí, pero dígale que volveré a la tarde.

—¿De parte de quién?

La muchacha correteó hasta la puerta. Fuera, el aire ardía.

—De un amigo. Ella me esperaba.

—Bueno. Entonces, ¿que viene usted luego? [176]

—Sí, eso es.

Puse el coche en movimiento hasta el final de la calle, un campo de zarzas con trincheras, [177] como cimientos de una casa, donde pude maniobrar para variar la dirección. Se había vuelto a cerrar la puerta. Sentí cuánto deseaba la presencia de Angus.

[176] La elisión, tan frecuente en conversaciones telefónicas, resulta aquí más llamativa.

[177] F. García Sarriá advierte que la aparición de este "campo de zarzas con trincheras" es anormal, ya que el uso lingüístico requeriría aquí la palabra zanjas (...) se evoca así —dirá el crítico—, la línea del frente con la tierra de nadie (el descampado), las alambradas (las zarzas) y, finalmente, las trincheras. Art. cit., p. 229.

## 13

Desde la terraza veía la playa. El camarero, después de retirar la taza y el platillo, limpió el mantel con una servilleta.

—Otro café, por favor.

—En seguida, señor.

Uno de ellos continuaba tumbado a la sombra de la furgoneta. El otro venía hacia el restaurante con las dos chicas, que se habían puesto unas chaquetillas cortas sobre los bañadores. Entrecerré los ojos. La playa, en forma de media luna, tenía una irregular cenefa de espuma.

—¿Quiere más soda?

—No, gracias. Prepare la nota.

La chica de los tacones altos se cogió del brazo de él. La otra caminaba más de prisa. Al subir los escalones de la terraza, la de los tacones me miró. La otra tenía unas cortas piernas, bien hechas.

—La cuenta, señor.

Pidieron café y una botella de coca-cola.

—Mejor luego —dijo una de ellas—. Hasta que se la llevemos se va a poner caldorra.

—Sí, luego —dijo el muchacho.

El camarero, después de servirles, recogió el billete que yo había dejado parcialmente sujeto bajo el plato.

—Pues lo estamos pasando muy bien, ¿verdad? —dijo la chica de los tacones.

El sueño me llegaba con aquel bienestar, que suavizaba la impaciencia de las últimas horas. Todo lo que había pensado dejó de tener importancia. Las muchachas mantenían una conversación con largas pausas. Cuando abrí los ojos, la playa parecía mayor, con la línea del agua, las piedras, la arena desierta. Tenía un gusto caluroso en la boca, a café espeso. El camarero se movía entre las mesas, ocupado en ajustar los sujetadores en los manteles. Los otros me miraron al ponerme en pie.

—Yo no resisto. Dentro de cinco minutos me meto en el agua.

—Tú, bonita, te esperas tus dos horas y media como está mandado.

—Ay, hijo, para un día que tenemos libre...

Entre las losas de la terraza crecía hierba. El camarero sujetó la puerta de cristales del bar, que, guarecido por las persianas, olía a comida. En las lejanas montañas, la sombra abundante fortalecía el azul hiriente del cielo. Las manos me sudaban. Me retrepé en el asiento y apreté el acelerador. Poco después, crucé un pueblo. El claxon sonaba estruendosamente en las curvas de la travesía. A la salida del pueblo, un alto edificio blanco con terrazas entoldadas me hizo recordar que Amadeo me esperaba a la noche para hablar del sanatorio de lujo. En una altura sobre la carretera, tras las desmochadas tapias de adobes, verdeaban los cipreses del cementerio. Más lejos, estaba detenido un jeep de la Guardia Civil. La carretera subía, alejándose de la costa; los árboles y los campos ondulados ocultaron el mar. Conducía con una sola mano, inclinado al máximo contra la portezuela. En los guardabarros chocaban las piedrecillas desprendidas del macadam. [178] Cuando alcancé las primeras casas, disminuí la velocidad. Aunque por aquella parte del pueblo no había entrado nunca, presumí que debía de haber una calle que me condujese a la de Angus.

Unos niños jugaban en los desmontes y las trincheras del descampado. Después de haber subido los cristales de las ventanillas, percibí que la puerta de madera estaba entornada. Empujé la verja. Angus había abierto del todo y se esquinaba para dejarme paso.

—¿Por qué no me esperaste? —me puso una mano en el antebrazo—. Nada más irte tú, llegué yo. A los diez minutos de irte.

—Pensé que quizá no volvieses hasta la hora de la cena.

En la repentina oscuridad, me abrazó, con una risa nerviosa. Nos besamos durante unos segundos, los cuerpos apretados.

---

[178] Más frecuentemente, macadán, pavimento de piedra machacada,

—Estamos solos. Menos mal que tuviste la delicadeza de avisar que volverías.

—Salí a buscarte. Pero, claro, no te encontré. Y tuve que comer solo.

—Oh, qué tontos somos. Entra —el cenicero, sobre el verde tapete de plástico, rebosaba de colillas—. Con las ganas que tenía de verte, me dio una rabia saber que habías estado aquí.

—Aquí mismo. En esta habitación.

—Siéntate en el sofá. ¿Quieres coñac?

—No, preferiría algo fresco.

Angus llevaba unos ceñidos pantalones y una blusa blanca, sin mangas, que dejaba desnudos sus hombros.

—¿Una coca con hielo y limón? [179]

—Sí, gracias. Me gusta mucho tu casa.

—¿Te gusta de verdad? Es una cuevecita para el verano. Algún día la tendré llena de todas las cosas que quiero. Espera un momento. Luego tienes que verla entera.

—De acuerdo.

Me levanté a mirar los grabados. La sombra del patio, en el que estaba la moto, oscurecía la habitación. Angus volvió con una bandeja.

—Deja que te ayude —entre los dos movimos la mesa—. ¿Tú no bebes?

Apuré más de medio vaso de un solo trago. Sentada de medio lado, con una pierna doblada sobre el diván, me sonreía.

—Tenía muchas ganas de verte. Me muero del berrinche, si no regresas.

—Pero he vuelto.

---

[179] "—¿Una coca, con hielo y limón?" No deja de tener interés cómo la metonimia "coca-cola" (por botella de coca-cola que tomaron unos jóvenes anteriormente) ha dado paso a la construcción familiar "coca". La primera planta embotelladora de este refresco en España —COBEGA—, empezó a fabricarlo en Barcelona durante 1953, aunque la propaganda y un ligero consumo se había iniciado mucho antes. De ahí que en 1960 el nombre del producto haya sufrido semejante apócope.

—Al siglo de haberlo prometido. Trae —cogió el vaso y lo dejó en la mesa—. Te esperaba desde el lunes.

—¿Dije que vendría el lunes?

—No, prometiste que vendrías e mediados de semana.

—Hoy es jueves. He cumplido mi promesa.

—Bueno, pues me gustaría que no la hubieses cumplido y haberte visto el lunes —dejó caer la cabeza en mi pecho—. No hagas eso. [180]

—Yo también me encontraba impaciente.

—Me gusta como mientes.

—Créeme.

—Yo no debía ni hablar a los tíos como tú.

—Pero —reí— ¿por qué?

—Porque tú eres de esos que saben de mujeres más que les han enseñado. ¿Te enteras? Siempre haces lo que hay que hacer para que una pobre chica como yo se chifle.

—Estás guapa, pobre chica.

—No me digas que estoy guapa. Estoy horrible, con el color de chorizo que se me ha puesto esta mañana. La maldita lluvia se llevó mi bronceado. Tú sí que estás guapo. Y un poco más delgado.

Le besé la nuca y la frente. El olor de su carne me puso contento.

—¿Más delgado?

—Cuéntame todo lo que has hecho desde la última noche que nos vimos.

—Que fue la primera.

—¿Cómo?

—Que la última noche que estuvimos juntos, fue también la noche en que nos conocimos.

Se arrodilló casi en el diván, con las manos juntas sobre los muslos. Los labios, sin pintura, estaban húmedos.

—Tienes razón. ¿Por qué te quiero yo a ti, si no te conozco aún?

—¿Me quieres? —pincé su labio inferior con los de-

---

[180] "No hagas caso", parece más correcta.

dos—. Eres una de esas pobres chicas que siempre dice la frase oportuna para que uno se chale por ella. [181]

—No te rías de mí.

Se tendió sobre mis piernas. La carne del cuello, abundante y tensa, se le quedó quieta, como agua. [182]

—Me gustas, Angus. Tu blusa, tus maravillosos brazos, tu pelo corto de chico malo.

—¿A que no te acordabas del color de mi pelo?

—Me acordaba muy bien de tu pelo negro y corto.

—¿Y de mis ojos?

—De tus ojos también. De tus verdes ojos redondos.

—Me importa un pimiento tener los ojos pardos, ¿sabes? Sé que gustan y eso es lo que me interesa. Dime de una vez qué has hecho todos estos días en tu paraíso de millonario.

—¡Paraíso de millonario! Pero, Angus, si Velas Blancas es un poblacho en construcción… Gracias —apuré el vaso, que Angus me acercó—. No te muevas. Puedo sacar el paquete y las cerillas sin que te muevas. ¿Lo ves? Pues no he hecho nada de particular en mi paraíso. Me he aburrido bastante, no he dado ni una sola brazada, a ratos he trabajado y, en general, he estado muy solo.

—¿Te deja solo tu mujer? Oh, perdona. Ya sé que no se deben hacer preguntas así. No me hagas caso, ¿quieres? [183]

—Enciende —levantó la cabeza unos centímetros, hasta alcanzar con el cigarrillo la llama—. Mi mujer y yo no nos hacemos mucha compañía normalmente.

—¿Tenéis chicos?

—Dos.

—¿Mayores?

—El chico tendrá unos nueve años. [184] Y la niña, seis.

---

[181] Es un hábil remedo de lo dicho por Angus unas líneas más arriba.

[182] Curioso proceso de cosificación hilvanado con una comparación muy afortunada *carne→agua.*

[183] Recuérdese lo dicho en nota 270.

[184] Resulta extraña esta indeterminación, como si Javier no supiera cuál es la edad exacta de su hijo. Téngase en cuenta, por otra parte,

—¿Se parece la niña a ti?

—No. No sé, vamos. ¿Por qué?

—Me da vergüenza hacer tantas preguntas. Y es que estos días me las hacía a mí misma. Que cuántos hijos tendrías, que cómo sería tu mujer, qué harías con la lluvia y el mal tiempo encerrado. Pero ahora tengo la impresión de que te parezco más zorra de lo que soy.

—Oye, aguántate esos complejos, ¿quieres? Es tonto que pienses en mí como en el gran señor. Como en un tipo de película, con yates y una esposa lánguida y rubia. Si piensas esa tontería, no juego. La vida es más complicada que en el cine. [185] Yo soy un hombre como otro cualquiera. O, al menos, trato de serlo.

Sentí sus uñas en la nuca, al tiempo que sus labios y sus dientes en un beso agresivo, por sorpresa. Permanecimos así un largo tiempo; ella volvió a dejarse caer, con una sonrisa ahogada, en su desencajada expresión.

—Deja —puso una mano sobre mi cara—. No me mires.

—Angus, guapa, creo que tú y yo nos vamos a entender.

En la habitación disminuía la luz; del patio llegó un olor fresco [186] y un lejano rumor de voces o de canciones. Doblé el cuello sobre el respaldo. En el cielo, el azul era más pálido. Las adelfas rojeaban el verde de la planta.

—Se está bien en tu casa, Angus.

—¿Quieres ver las otras habitaciones?

—¿Y la chica?

—No vuelve hasta mañana.

—Me alegro. ¿Qué tal tu fin de semana? Por cierto, ¿te encuentras ya bien?

—Sí, tonto. Fuimos a Castellón, comimos en Benicasim, volvimos a la hora del cine. El lunes por la mañana estuve de compras. La película resultó un latazo. Ah, oye, me encontré con los Lansing en un hotel de Castellón. Aun-

---

que ha mantenido más conversaciones con Joaquín —el hijo de Elena— que con sus propios hijos. Claro que cabe la posibilidad, por la que me inclino, de que Javier sea el padre de Joaquín.

[185] Sin embargo, el cine no está ausente en la novela.

[186] Otra sensación olfativa en una construcción sinestésica.

que eran las cuatro de la tarde, él ya estaba borracho.
Charlamos de vosotros y me dijeron que, a lo mejor, se
acercaban a veros. Son muy simpáticos. Regresaban a Andalucía.

—¿Y tu clase de inglés?

—Bah, me tiene sin cuidado. Ya soy vieja para los estudios.

—Pero lo hablas bien. ¿Quién es tu profesor?

—Un chico del pueblo. Se prepara para ser de esos de
las Aduanas. En Madrid voy a una academia. No es muy
caro y enseña bien. Conmigo tiene que tener paciencia.

—¿Y le gustas?

—Es un crío.

—No te he preguntado la edad.

—Por lo menos, no lo ha demostrado. La mayoría de las
tardes ni damos clase.

—Oye, ¿él también es casado?

—Sí.

—¿Es mayor que yo?

—Mucho mayor.

—¿Te trata bien?

—Claro.

—Me alegro. No es celoso, supongo.

—Le he acostumbrado a que se aguante los celos. Puede comprar muchas cosas, pero sabe que otras no. Y si no
le gusta, que se busque una nueva.

—Pero él te quiere.

—Está agarrado por la costumbre. Además, que yo me
porto formalmente. Nos conocemos hace tiempo. ¿Tienes
celos de él? —reímos juntos—. Voy a llenarte el vaso y a
ver qué hay para la cena. Porque te quedas a cenar.

—Espera un poco.

—Pero ¿te quedas a cenar?

—Sí.

—Cenamos pronto, si quieres. A las ocho.

—¿Por qué tan temprano?

—Para que te dé tiempo a volver a tu casa.

—Además de idiomas, ¿das clases de diplomacia?

—El coche puedes dejarlo en un garaje. [187] Y tomar una habitación en el hotel, para despistar.

—O sea, que se da por supuesto que me quedo hasta...

—No, no digas hasta cuándo —tuvo un violento cambio de entonación—. Quiero hablarte.

—¿De qué?

—Ya, ya hablaremos.

—Dímelo ahora.

—¿Ahora? —se desprendió de mi abrazo, riendo—. ¿Cómo quieres que hablemos en serio, si no dejas de sobarme?

Yo también me puse en pie. Angus había encendido la lámpara. Salimos al pasillo, cogidos de las manos. En la cocina me explicó hasta el último milagroso rincón de su nevera y de su lavadora. En la parte delantera, con ventanas al jardín, había dos habitaciones, una enfrente de otra. Estuvimos poco tiempo en el comedor y menos en el dormitorio. Los muebles estaban recubiertos de un hiriente barniz marrón. Sobre la cama brillaba una colcha azul.

—Ven. Arriba tengo mis dominios. Un poco vacíos, pero míos sólo.

La distribución del piso superior era distinta. Bajo la ventana de la fachada trasera, dos sillones y una mesa pequeña ocupaban el recodo del pasillo.

—¿Desde aquí meditas, contemplando el paisaje?

—Eres tú muy listo.

—No, en serio. Te sientas aquí algunas noches a pensar en tus cosas. Es bonito todo esto. El pueblo, los tejados, las calles ésas. Con los faroles encendidos estará mejor.

—Mucho mejor.

—Y el río. Nunca había visto el río por esta parte.

La puerta siguiente daba al dormitorio de Angus. Bajó el conmutador de la luz; apoyada en el quicio, mientras yo recorría la habitación, disfrutaba de mi asombro.

—Es lo mejor de la casa.

—Hombre, claro —dijo—. ¿De verdad te gusta?

—No esperaba que tuvieses muebles modernos. Ni unas

---

[187] "garage", a buen seguro directamente tomado del francés.

cortinas color naranja. Ni esta puerta de madera sin des-
bastar.

Dejé resbalar mis manos desde los hombros de Angus
hasta sus caderas.

—Ahora, tú...

—Bonita —le busqué la boca.

—... te vas a encerrar el automóvil y yo preparo la cena.

Nos miramos con fijeza de una extraña manera, inédita,
antes de besarnos largamente, con paciencia o, al menos,
con una paciente lentitud.

Angus me dio la llave de la puerta exterior.

—¿Quieres que te traiga algo? ¿Alguna botella, alguna
lata?

—No hace falta nada. Que no tardes.

En el centro del pueblo lucían ya los faroles, cuando
rodeé la plaza. Antes del cuartel, encontré un garaje. [188] El
hombre que estaba de servicio no supo indicarme dónde
hallaría flores. Regresé a la cafetería a beber una ginebra.
La muchacha me comunicó una dirección, en la que quizá
me vendiesen un ramo. Por las aceras de la plaza paseaban
chicas cogidas del brazo, muchachos en grupos, turistas,
junto a las repletas terrazas de los bares; alrededor del
kiosco central corrían los chiquillos. Al otro lado del escaparate de la tienda de Raimundo conversaban varios
hombres.

Tuve que atravesar un oscuro corralón lleno de móviles
sombras, para llegar a la casa que me había indicado la
camarera. Entré en el zaguán, iluminado por una bombilla
recubierta de mosquitos aplastados. Me recibió una mujer
cuarentona, vestida de negro.

—No sé si le van a gustar al señor las pocas que quedan.
Hasta mañana no llegarán más.

Conseguí un ramo no muy recargado, principalmente de
claveles. Hube de esperar a que un niño trajese el cambio
del billete de mil. [189] Paseando por el patio, que circunda-

---

[188] "garage".

[189] Otro dato significativo de la capacidad económica de Javier.
A pesar de que la mujer ha vendido casi todo, no tiene cambio de

ban pardas fachadas y tejas amarillas, me arrepentí de mi
idea, temeroso del trayecto a pie hasta casa de Angus con
aquel cucurucho de flores.

Había innumerables estrellas de una luz dura, que em-
blanquecían el cielo despejado. Por las callejas de pavimento desigual se escuchaban voces, ladridos, salían de las
casas acres olores. En una taberna sonaban ruidosamente
las fichas del dominó contra el mármol de las mesas.

Dejé el ramo en la cónsola [190] de la entrada; la bombilla
de la cocina doblaba un rectángulo de luz sobre el suelo
y la pared.

—¿He tardado mucho?

Su vestido de falda muy corta le dejaba al descubierto
las rodillas y el borde de encaje de la enagua almidonada;
además de los zapatos de breves tiras rojas, se había puesto
también medias.

—Muchísimo.

Sobre el escote resaltaban los abalorios de pasta del collar, haciendo juego con las bolas colorinescas de los pendientes. Besé superficialmente sus labios muy pintados y
ella alzó las manos, en una de las cuales tenía un abrelatas.

—Lo siento.

—Me figuro que te habrán entretenido en Teléfonos.

—Te equivocas. Me he entretenido en asuntos particu-
lares.

—Advierto que soy muy mala cocinera.

—Me lo imaginaba. Las mujeres guapas cocináis pési-
mamente. ¿Me podría duchar?

—Ya sabes dónde están los servicios arriba. Creo que te
he preparado todo.

Cuando salí de la ducha con una toalla envuelta a la
cintura, coloqué las flores sobre la cama. Llamé desde el
hueco de la escalera y Angus subió en seguida. Nada más
entrar, se quedó quieta.

—De verdad que pensé que habías ido a telefonear
—dijo en un susurro.

---

un billete de mil pesetas, que para ella podría equivaler al sueldo de
un mes.
[190] Consola, mesa para apoyar en la pared.

—Perdona que te haya hecho subir, pero no sé dónde había un cacharro. Y, sin agua, esas flores no duran...
—me interrumpí, al verla sentada muy al filo de la cama, con las flores sobre la falda y en los ojos unas lágrimas que no llegaban a cuajar—. Pero, Angus...

Me puse en cuclillas a sus pies.

—Gracias —metió sus dedos en mi pelo.

—¿Te han entristecido?

—No, no —al tiempo movía la cabeza—. No es por ti, ni por mí.

Abrazado a sus piernas, besaba sus rodillas.

—Trae. Yo mismo las colocaré.

—En el comedor hay un florero.

Cuando subí de nuevo, estaba junto a las cortinas, que había descorrido, en la penumbra. Vi mis ropas recogidas. Entonces me percaté de que sólo llevaba encima la toalla. Acaricié la tela escurridiza del vestido de Angus, que se volvió, doblando un brazo por mi nuca.

—¿Pasó ya?

—Ha sido un recuerdo.

—No quiero que tengas malos recuerdos.

—Cuidado, no tropieces.

La cama cedió, sin crujidos. Angus, con las piernas estiradas y valiéndose de los pies, se sacó los zapatos.

—No me resigno a esta oscuridad. No te veo, muñeca, cariño.

Comencé a desabotonarle el vestido, pero se levantó. Como ocultándose, con el cuerpo encogido, se desnudó rápidamente. Por la ventana, vislumbré un cielo de noche clara y calurosa.

—Y tengo la cena a medio hacer.

—¿Es muy importante la cena?

Saltó sobre la cama y nos abrazamos.

—Nada importante.

Advertí que había cerrado la puerta. Me pareció sentir como un soplo de brisa en la penumbra. Angus empezaba a ser una nueva mujer. O, mejor dicho, la mujer que necesariamente había pensado que era.

Cuando nuestras bocas se separaron, me buscó la mirada ansiosamente.

—Anda, anda, que me estás poniendo loca.

## 14

El tic-tac acelerado, sin pausas, me guió desde la escalera. Entré en la cocina. Allí, el ruido del motor de la nevera parecía un estruendo. Después de beber agua, estuve unos momentos indeciso, vacío de toda voluntad. Sudaba, a pesar de encontrarme desnudo, embotado por la fatiga y el sueño que no lograba coger desde una hora antes. Volví a abrir el grifo a toda su potencia y puse la cabeza debajo del chorro golpeante. Por la escalera, perdí una de las pantuflas de Angus. En el dormitorio había una pequeña claridad. Me tendí en la cama cara al techo, con el máximo de cuidado.

Las cortinas de color naranja formaban dos oscuras columnas. Angus tenía vuelta la cabeza al lado contrario al mío, [191] rozándome su cadera. Avancé una mano, hasta ella. Durante unos minutos, creí que iba a dormirme. Puede que llegase a estar dormido. Pero repentinamente me encontré mojado de sudor, con una hormigueante desazón por las piernas. Calculaba, inmóvil, la serie de pequeños movimientos precisos para encender un cigarrillo, con los ojos virados al hueco de la ventana. Me descubrí tratando de averiguar si en verano amanecía más pronto o más tarde que en invierno. Doblé las piernas; los inconcretos perfiles de mis rodillas, como dos vértices, se alzaban en medio de la oscuridad frontera. De un momento a otro, alcanzaría el borde de la cama.

—¿Estás despierto?

Me puse de costado. Angus continuaba en la misma posición, e incluso tardó en volver la cabeza, después de haber murmurado su pregunta.

—Sí.

[191] "al lado contrario mío", que ha de considerarse errata.

Se distendieron sus mejillas y el hueco de su boca en una sonrisa.

—¿Y tú?

—También.

—¿No puedes coger el sueño?

—A ratos.

—Procura contar ovejas saltando una valla —emitió una breve risa ronca—. Yo ya he hecho saltar diez rebaños.

—De pequeña, mi madre me decía que rezase Avemarías. [192]

—¿Y te da resultado?

—No. Cuando tengo un insomnio fuerte, no. Te he oído hace un rato. ¿Fuiste a ducharte?

—Estuve bebiendo agua.

—Olías a mojado.

—Me mojé la cabeza.

—¿Te encuentras bien?

—Sí.

—Yo sudo mucho. Es la noche de más calor de este verano.

—Tu nevera suena como una relojería entera.

—Yo ya me he acostumbrado.

—No, si no la oigo desde aquí. ¿Quieres fumar?

Los ojos de Angus eran dos pequeños brillos. [193] Cambié de postura, obligado por la pesadez que me aguijoneaba las piernas. Angus acercó sus manos hasta mi pecho, cuando apagaba el cigarrillo, a medio consumir. Entonces, con una insólita clarividencia, recordé que no le había enviado a Juan, conforme le había prometido el último sábado, las trescientas pesetas de su jornal. Aquel olvido me hizo perder la sensación de la piel de Angus, de su aroma, de la penumbra, del sudor lento y continuo de nuestros cuerpos.

—Tú la viste cuando la encontraron, ¿verdad?

---

[192] Es de destacar la religiosidad popular de Angus, en cuya casa hay una estampa de la Virgen, como se hace saber al final del capítulo 12 (p. 192).

[193] Vid. notas 123 y 168.

Sentí que me abandonaba una ola de somnolencia.

—Perdona, Angus, no te he oído.

Angus carraspeó, antes de hablar.

—Te preguntaba si habías visto a esa chica que apareció muerta el martes de la semana pasada.

—Sí, la vi. Pero ¿por qué te acuerdas ahora de eso?

—Estaba pensando.

—¿En esa pobre muchacha?

—Sí.

Súbitamente estuvo en mis brazos sorprendidos, aplastándose toda ella contra mí. Llegué a pensar que era lujuria, hasta que percibí sus temblores discontinuos.

—¿Qué te sucede, Angus? —sus dientes arañaban mi cuello—. Estoy contigo, pequeña. Debes sosegarte.

—Ya lo sé.

—¿Tienes miedo?

—Tú, que la viste, dime una cosa. ¿Es cierto que no estaba desfigurada? Porque tú la viste.

—¿Te refieres a si estaba herida, con golpes o con sangre?

—A eso me refiero.

—No lo estaba. Tenía una expresión quieta, como dormida. La vi en la misma playa, tendida en la arena.

—¿La viste entera? Quiero decir, todo el cuerpo —asentí—. ¿Y estaba desnuda?

—Lo estaba.

—¿Tampoco tenía señales de golpes en el cuerpo?

—No, tampoco.

Paulatinamente dejó de temblar. Entrecruzamos las piernas, en silencio. Me sentía absolutamente despierto, con un extraño sosiego. Angus separó su rostro; con las muñecas juntas, acomodó sus manos a la forma de mi mandíbula inferior; las yemas de sus dedos se movían levemente en las comisuras de mis párpados.

—Javier, ¿no me mientes? ¿No me dices esto porque te hayan obligado a decirlo así?

—Un momento, Angus —la voz se me descontroló en un agudo chillido—, ¿a qué viene creer eso? ¿Quién me va a obligar a mentirte?

—No me hagas caso. [194]

—Sí, sí te hago caso —arrastré su cuerpo hacia arriba, apoyando la espalda en la almohada; Angus quedó como guarecida en mi pecho—. Te conozco poco, Angus, pero sé que algo te atormenta. ¿Es miedo?

—No sólo miedo.

—Pero también miedo. Vamos a ver, ¿por qué supones que puede pasarte a ti una cosa semejante?

—A cualquiera de nosotras le puede pasar. A cualquier zorra como yo, un día le dan un golpe y la dejan seca. Eso ya se sabe.

—¿Quién te ha dicho a ti que esa chica que apareció en la playa murió de un golpe? Te repito que no tenía ninguna señal de violencia.

—Pues la envenenarían. ¡Yo qué sé!

—Calma, Angus. Hablemos del asunto con calma. Imagina que esa chica murió de una manera violenta. ¿Qué tiene que ver para que te suceda lo mismo? —retiró la mano [195] de mis mejillas—. Os encontráis en distinta situación. Entiéndeme, que no es el mismo caso. Tú temes encontrar un tipo bestia que te ataque. Lo de esa chica es distinto. No sabemos cómo ha muerto, ni siquiera quién era. ¿Por qué tienes que identificarte con ella? Anda, maja, tranquilízate. Te ha puesto nerviosa este calor. Y la falta de sueño.

Procuraba mantenerse inmóvil, pero lloraba convulsivamente, con una creciente y angustiosa pena. Quise levantarle la cabeza, empujándole la barbilla, pero me rechazó.

—Sí tengo por qué identificarme con ella. Sí tengo. Lloro aunque sólo sea por eso, ¿sabes? Porque ella también era una puta, como yo.

—¿Qué dices, Angus?

—Eso, una desgraciada. Como yo. Igual que yo.

---

[194] *Vid.* nota 180 y llamada 183. Es una fórmula que indica la poca estima de Angus por sus propias opiniones e ideas.

[195] "las manos", que parece más apropiado, ya que anteriormente el narrador ha reflejado: "acomodó sus manos a la forma de mi mandíbula" (p. 129).

Dio media vuelta, casi de un salto, abandonada a sus incontenibles lágrimas, con el rostro contra la sábana. Retiré mi mano de sus hombros y esperé. Abría las piernas, como si las clavase en el colchón para sujetar los estremecimientos de sus sollozos.

El cielo blanquecino tenía el aspecto de un campo nevado o cubierto de niebla.

—¿Tú la conocías, Angus?

Había dejado de oír sollozos, que casi no sacudían ya sus hombros. Vista de cerca su carne, allí donde el bañador había impedido el bronceado, tenía una blandura suelta. La espalda, apenas hendida, se aglomeraba en los límites de las axilas. Angus sacó las manos de entre los muslos y estiró los brazos por encima de la cabeza. Me incliné a besar sus dedos; dejó la palma contra mis labios. No muy lejos, pasaba un camión.

—¿La conocías?

Se apoyó en un codo. Mientras, con un extremo de la sábana le limpiaba el sudor y las lágrimas; se dejaba hacer, ausente.

—Creo que debías de darte una ducha.

—Sí —murmuró.

—Una buena ducha de agua bien fría. Y yo preparo café. Bebimos mucha ginebra, después de la cena. Una ducha, una taza de café y un cigarrillo, ¿eh, Angus?

—Sí.

Creí que se levantaría, pero se dejó estar junto a mí, hombro con hombro. Yo fumaba y la sentía despierta. Absurdo que la chica de la boca cuadrada fuese amiga de Angus. Inútilmente me esforzaba en reproducir sus rasgos, la forma de sus piernas o de sus pechos. Quizá, ni siquiera había visto sus pestañas cuando estuve inclinado sobre ella, embebido en su muerte.

Con la punta de los dedos, acaricié el rostro de Angus.

—¿Era amiga tuya?

Encogió las piernas al darme la espalda. La besé con lentitud, repitiendo la pregunta.

—Déjame.

Durante unos segundos, continué aún sobre ella. Después, me levanté. La luz eléctrica del cuarto de baño me obligó a taparme los ojos. Bajo la ducha, comencé a sentirme mejor. En una pequeña mesa, pintada de blanco, se amontonaban las cajas, los tubos y los tarros de los cosméticos de Angus. Me friccioné el cuello y las sienes con una colonia demasiado olorosa que me tonificó.

Angus estaba boca arriba, con los ojos abiertos. Me tumbé a su lado y procuré dormir. La claridad de la ventana crecía. En el silencio de la noche, si se concentraba la escucha, sonaban varios ruidos.

Progresivamente llegaba el sueño. Un descendente camino hacia una fuente.[196] Sucediese lo que sucediese, al día siguiente debería dejar arreglado lo de Juan. Los dedos de mi mano izquierda llegaron a las baldosas. Me secaba la boca el sabor de la nicotina.

—Perdóname.

—¿Qué hay que perdonar?

Al cambiar bruscamente de postura, tropezamos.

—Este mal rato. Ya me conocerás. Soy muy burra.[197]

—Bien, si no quieres hablar...

—¿Tienes sueño?

—¿Y tú?

—No, yo no. He pasado muy malos días. Lo peor era tener que callar. Me dijeron que me callase. Cuando vi su foto en el periódico, me puse muy nerviosa. Fui a la Guardia Civil y allí estaba uno de la policía. Le conté que conocía a Margot.[198] Me hizo muchas preguntas. Nada más llegar, ya estaba arrepentida de haber ido.

—¿Qué día fuiste?

---

[196] La fuente simbólica es la que está a la izquierda en la casa de Hades, a su lado hay un ciprés. "Es el Leteo, que adormece en el sueño de la muerte". J. Chavalier, A. Gheerbrant, *Diccionario de los símbolos*, Barcelona, Herder, 1988².

[197] Otro manifiesto más —proceso de animalización— de la poca autoestima de Angus.

[198] Es la primera vez que se proporciona el nombre de la chica aparecida en la playa, aunque sea por su alias.

—El día que te conocí a ti, el viernes. Toda la tarde me tuvo encerrada aquel hombre, contándole cosas de las que ni me acordaba. Luego salí a emborracharme, a ver si me caía borracha de una vez y dejaba de pensar. Y, encima, con el período, [199] acuérdate. Me impresionó mucho que vosotros vivieseis en la colonia. Quería preguntarte cosas, pero no me atreví. El policía me había amenazado con echarme del pueblo si contaba algo. Yo le juré que no, que no le diría a nadie que conocía a Margot. Además, dijo que era necesario, para descubrirlo todo, que yo no hablase. Pero yo estaba arrepentida, porque ya me tenían fichada aquí y porque no pueden caer más que disgustos de tratar con la policía. Total, que estaba como tonta. Y, encima, el período. [200]

—¿No han vuelto a interrogarte?

—Le dije todo lo que sabía. Que conocía a Margot poco, de los bares de Madrid.

—¿Vivía en Madrid?

—Desde hace cinco o seis años. Ella había vivido casi siempre en Francia. [201]

—¿Por qué no te dirigiste hasta el viernes a la policía?

—¡Yo qué sé! Hasta el día antes, o sea hasta el jueves, no vino la foto en el periódico. Pensé en esperar a que llegase el sábado mi querido, [202] a ver qué me aconsejaba él. También en irme a Madrid a buscar a la tía de Margot. En cuarenta mil cosas. Aún no comprendo por qué me metí en el lío. Ellos no hubieran sabido nunca que yo era amiga suya. Que tampoco éramos amigas. Congeniábamos, eso sí. Pero amigas, no. Me dio rabia, ¿sabes? Mira, sospeché que habían hecho algo con la foto para que no se viesen las heridas.

—Angus, sólo conmigo no has cumplido la promesa que hiciste al policía, ¿verdad?

[199] "con el periódico", ¿por errata?

[200] "con el periódico", *vid.* nota 199. Dos veces la misma errata, en lugares tan próximos, parece obra de la censura.

[201] Una vez más Francia. Esto explica el alias.

[202] Recuérdese nota 100.

—Primero pensé que tú me podías decir lo que hubieses visto en la colonia y lo que hubieses oído por allí. Luego decidí no preguntarte nada. Y, ya ves, hace rato no he sabido aguantarme. Ha sido una tontería.

Con un brazo le rodeé la cintura y la sujeté por las muñecas con la otra mano. La obligué a que me mirase y hablé despacio, midiendo las palabras.

—Comprendo muy bien, pero te arrepientes de haber tenido confianza en mí. En ningún caso voy a ir por ahí con el cuento. Fíate de mí hasta donde te dé la gana, Angus.

—Javier, yo creo que te quiero. Tampoco hace falta mucho tiempo para querer a una persona. O, por lo menos, para empezar a quererla. Sé que eres un hombre distinto, que yo no te voy a interesar por mucho tiempo. Pero también sé que eres bueno. Eso se nota en seguida y a mí no se me escapa. ¿Me ayudarás a volver a tener tranquilidad?

—Sí, Angus, chiquilla.

—Me hace raro [203] tener confianza en ti, si pienso en lo que tú eres, en el poco tiempo que hemos estado juntos. Y en mi vida. Estos días, cuando me encontraba tan jorobada, me acordaba de cosas de cuando era pequeña.

—Angus, ¿por qué crees que yo soy bueno?

—Eso se nota.

—¿Por mi manera de tratarte?

—Sí, también por eso. Y porque el otro día me curaste la borrachera. Se ve que te preocupas por la gente.

—No, Angus.

—Javier, ya sé que no se le puede decir a un hombre que es bueno. Me lo tengo prohibido. Porque los hombres os enfadáis y queréis demostrarle a una que sois malos.

—No, no es eso.

—Sí, es eso. Pero no te considero tonto, sino al contrario, muy listo. Y que te las sabes todas con las mujeres.

—¿Porque me fijo en que te pones medias por mí, en pleno verano?

---

[203] Expresión más propia del catalán, que ha de suponerse contagio en Angus.

—No me tomes el pelo.

—Mira, ya está amaneciendo.

—¿Quieres una taza de café?

—Así se está bien. Muy juntos. Angus, la chica esa, Margot, ¿cómo era?

—Una chica corriente. Como yo. Ella no tenía a ninguno fijo, porque no le gustaban los líos.

—¿Iba por los bares de la Gran Vía?

—Sí, claro. Yo la conocía de eso. Algunas tardes, a primera hora, nos poníamos juntas en una mesa a contarnos cosas. Nunca te pedía dinero, ni te hacía ninguna marranada. A veces, no te parecía que fuese una puta. El francés lo hablaba tan bien como el español. Y nunca decía tacos. Yo la [204] aconsejaba que se colocase de secretaria. Eso sí, le gustaba beber.

—¿Qué años tenía?

—Unos veintitantos, digo yo que tendría. Veintiocho o veintinueve.

—Angus, a mí me ha impresionado la muerte de esa chica.

—No se llamaba Margot, ¿sabes? Una vez la oí que se llamaba Maruja. [205]

—Desde que apareció en la playa, pienso mucho.

—¿De verdad?

—Sí. Es tan extraño que la conocieses, que me cuentes cosas de su vida... Durante estos días, imaginaba que ella habría tenido una vida diferente a la que normalmente se lleva. Siempre imaginamos que la gente es distinta.

—¿Ves como eres bueno?

—Los amigos dicen que me encuentran raro y yo lo niego. Pero la verdad, Angus, es que me encuentro raro como nunca. Que le doy vueltas a ideas que nunca me habían preocupado, que veo de distinta forma a las personas que conozco de toda mi vida.

---

[204] Cuando Angus habla de Madrid empieza a practicar, como ahora, el laísmo.

[205] El hipocorístico proporciona al fin el nombre de la chica que apareció muerta en la playa: María.

—¿Estás triste?

—¿Triste? No, triste, no. A veces, tengo como rabia.

—Sí, es bueno que estemos tú y yo aquí juntos. El uno contra el otro.

—Angus, te estás excitando.

—Déjame. Y ¿qué quieres que haga si me pongo así? Me gustaría ser una mujer normal.

—Angus, boba mía, de ninguna manera.

—Me enfurezco cuando veo que soy tan caliente. Sí, no te rías —saltó contra mi cuerpo—. Y, además, eres tú.

Penetraba una clara luminosidad. El aire, quieto y caluroso, olía fuerte. Después, abrazado por Angus, con una de mis manos sobre el esparadrapo que ella llevaba cerca de la ingle, sentí el cuerpo dolorido y ligero. Dentro de unos minutos habría sol en la ventana. [206]

## 15

En el parapeto de la azotea de Amadeo, los últimos rayos de sol iluminaban las macetas. Mi reloj marcaba las nueve menos unos minutos. Desde la calle, oí reír a los niños. La puerta estaba abierta al vestíbulo vacío. Al entrar en el living, choqué una rodilla contra un sillón. Abrí las puertas correderas y les oí revolverse, momentáneamente sobresaltados.

—¿No os han dicho mil veces —accioné el conmutador— que no se debe ver la televisión [207] a oscuras?

—Oh, tío Javier —dijo Leles—, nos has estropeado en lo mejor.

—Pues ya sabéis que...

Enrique se había levantado. Después de encender una lámpara de pie, apagó la luz indirecta del techo.

---

[206] Metonimia del tipo causa a efecto: Llegarían los rayos del sol a la ventana.

[207] Recuérdense notas 144 y 173. La emisora de Madrid funcionaba desde 1956, la de Barcelona, desde 1959. Se está en casa de Marta y Amadeo.

—Bien —continué—. Por lo menos, una bombilla, aunque sea pequeña. Si no, terminaréis ciegos por...

—Calla —dijo Martita.

Me senté en el diván y encendí un cigarrillo. Cuando el sheriff, desde su caballo, batió a disparos al cuatrero, los niños aplaudieron . Sentados en el suelo, con las piernas cruzadas y los cuellos estirados, me olvidaron. Me incliné, con los brazos apoyados en las piernas, hacia Joaquín.

—¿Cómo va tu tesoro?

—Bien.

—¿Habéis estado en la playa?

—Sí.

—¿Te has divertido?

—Chist.

—Papá —dijo Dorita.

—Con los mayores —dijo José— es muy difícil ver la televisión en paz.

—Si queréis que me vaya...

—No te vayas —dijo Asun—. Pero estate callado.

Era inminente la pelea en el *saloon*. Las imágenes se movían rayadas. Cerré los ojos. La música cesó y, en el silencio, se oyeron las respiraciones de los niños. La ceniza del cigarrillo cayó sobre el diván rojo de Marta. Pasé una mano precipitadamente por el cuero, poniéndome en pie.

—Dale fuerte.

—Duro, duro, duro.

—Fíjate, Asun, qué gancho tiene.

—¡Ahí, que le matas!

—¡Qué tío!

Cerré silenciosamente las puertas. En el jardín era noche cerrada. Me arrodillé, junto a una de las bocas de riego, en la grava del sendero. El agua, que salía fría, llegó a mojarme la camisa. Angus se hallaría ahora tumbada en su cama. O en la cocina, con el continuo tic-tac [208] de la nevera.

---

[208] "tictac". Es muy frecuente, como se advirtió, que Javier piense en lo que pueda ocurrir en otro lugar, como si existiera una disociación mente/cuerpo.

Al fondo de la calle, una de las farolas estaba apagada. Se movió una corta brisa, cuando entré en el jardín de Claudette. Santiago, que estaba sentado en la veranda, no me vio llegar hasta que empecé a subir los escalones.

—¡Hombre!, la vuelta del hijo pródigo —se levantó unos centímetros del sillón de mimbre—. ¿Qué te ha decidido a regresar al hogar?

—Hola.

—Anda, siéntate un rato. Las mujeres andan por las pistas de tenis y Claudette y Emilio fueron a ver a los Hofsen.

—¿Dora está también donde el tenis?

—Jugaron hasta hace un rato. Siéntate y no te preocupes por Dora, que no te ha recordado ni una sola vez. ¿Hasta qué parte de la región has llegado?

Me hundí en el sillón. Por el ventanal salía una tenue claridad, que dejaba en penumbra la esquina de la veranda.

—No corre el aire aquí tampoco, ¿eh?

—¿Qué quieres beber?

—Nada por ahora. ¿Cuándo han llegado los Hofsen?

—Esta mañana. Amadeo, Marta y yo estuvimos a verles a la hora del café. Dora comió aquí. En la playa sólo se puede parar después de las siete. Tu hijo Enrique se dobló una muñeca. Andrés sigue con la siesta, que empezó alrededor de las cuatro. Yo —Santiago reía—, como puede observarse, estaba deseando cogerte por mi cuenta para que me digas que existe el mundo fuera de aquí.

—Existe.

—Un mundo maravilloso en el que no está don Antonio. Con los brazos cruzados, embutía las manos en las cortas mangas de su camisa verde.

—¿Os ha soltado el rollo?

—Sobre política internacional. Por cierto, que contigo está encantado. Dice que has comprendido perfectamente los sucesos de Cuba, China, del Congo y del resto del mundo sublevado.

—Pero si sólo habló él. Ayer no tenía gasolina y me acerqué a pedirle. Menos mal que fue poco tiempo, pero no me dejó ni respirar durante su discurso.

—Bajó a la playa y hasta los niños querían meterse a diez millas para no oírle. Es el gran plomo mayor de la colonia.

—Y Emilio ¿sigue enfadado?

—También comieron aquí él y Asun —el cuero negro de las sandalias de Santiago brillaba—. Comida pedagógica, con discusión. De una parte, Dora y Emilio, de la otra, Claudette, Asunción y yo, callados, aprendiendo métodos educativos. Que a la pobre Asun no le hacen maldita la falta, claro está.

—Claudette es magnífica, de acuerdo con ella en todo.

—Afortunadamente, Emilio tuvo la rara delicadeza de no mencionarte en todo el almuerzo.

—Luego, sigue enfadado.

—Tirante. Andrés y yo nos pasamos la mañana con nuestros injertos. Daba gloria no oír a nadie, no ver a nadie y trabajar en algo tan útil y tan bello. Este otoño pienso pedir al alcalde una plaza de jardinero en el parque de la Ciudadela. [209]

—¿Y Elena?

—Me dijo que Andrés está con su siesta desde las cuatro. Hace un rato andaba jugando al tenis. Dora —la sonrisa de Santiago sonó burlona— espera que te disculpes con Emilio.

—Dora siempre espera que haga lo que menos me apetece.

—Ah, oye, escapa de Ernestina. Ha logrado que se tome en serio lo de la fiesta y te mete en la organización en cuanto te descuides. Ya te pedirá la cuota.

—Se me ha vuelto a olvidar pagarle a Juan.

—¿Cómo?

—Nada, perdona. Que le debo a Juan un dinero. Y me acuerdo así, de repente, cuando no hay remedio.

Santiago montó una pierna sobre el brazo del sillón.

—¿Quieres soltar, antes de que vengan las mujeres, la versión no oficial de tus correrías?

—Pero ¿qué crees que he hecho? ¿Imaginas que tengo

---

[209] Santiago vive, pues, habitualmente, en Barcelona.

una amante en Barcelona o en cualquier pueblo de la costa?

—O un nuevo negocio.

—De contrabando, indudablemente.

—De contrabando —rió Santiago.

—Oye, no. Mira, todo es muy sencillo. Me encontré anoche con Fermín. Tú no conoces a Fermín, me parece, más que de oídas. Ya sabes, ese ingeniero que está en lo de la electrificación. Nos pusimos a charlar después de la cena, a beber unas copas. Para diciembre vuelve a Madrid. Tiene proyectos, supongo que necesita dinero. Lo de siempre.

—Pero todo eso, ¿dónde?

—Ah, en el pueblo.

—¿Hacía también calor?

—Sí, mucho calor.

En la penumbra rojeó la punta del cigarrillo de Santiago. Más allá de la línea azulosa de los faroles, contra las formas indeterminadas de los árboles y de los tejados, brillaban unas estrellas. La noche tenía como un ruido de agua o de viento.

—Hace tiempo que no se sale al mar.

—Sí —dije.

—Por cierto que Elena...

Amadeo salió de la casa y comenzó a reír al verme.

—Pero es que no se puede faltar ni un solo día.

—Calla, que te conozco. Explica inmediatamente lo que has hecho desde ayer. Te advierto que Dora está que trina contigo.

—¿Quieres beber? —preguntó Santiago.

—Yo, no. Me he dado la mejor ducha de toda mi vida.

Amadeo se sentó en uno de los sillones, lo aproximó al mío y me palmeó un muslo—. Venga, desembucha.

—Me encontré en el pueblo con Fermín.

—¿Con Fermín?

—Sí, con Fermín.

—¿Y qué hacía Fermín por el pueblo?

—Con algo de sus obras.

—¿Qué obras?

—La electrificación. Parece que la ducha no te ha despejado mucho. Me encontré con Fermín, cenamos juntos, nos tomamos unos whiskys, charlamos. Estaba tan cansado que me quedé en el hotel.

—¿Y esta mañana?

—Me levanté tarde. Raimundo fue a buscarme y estuve viendo aparejos en su tienda. Y el folleto de un fuera borda de dieciséis caballos.

—Tengo yo ganas —dijo Santiago— de salir al mar.

—Oye, ¿qué me ibas a decir de Elena cuando ha llegado éste?

—No sé, no recuerdo.

—Elena me dijo que Andrés estaba durmiendo. Andrés y éste se han pasado la mañana con...

—Sí, ya me ha dicho Santiago.

—... los injertos. Ernestina estuvo también en el pueblo. Se marchó después de comer, en la moto.

—¿A qué fue Ernestina al pueblo?

—Supongo que a cosas de su maldita fiesta. Huye de ella. Ya ha calculado que tocamos a cinco mil por barba.

—Que serán seis o siete mil —dijo Santiago.

—¿Trabajaste en lo del sanatorio?

—Hasta en la siesta. Marta dormía como un tronco y yo sentadito en mi cama, empapado en sudor, ganándome el pan. El mío, el tuyo y el de nuestros hijos —Amadeo se dejó caer contra el respaldo, con la nuca sobre sus manos cruzadas—. No es negocio.

—Si estorbo...

—Tú estate ahí —dije.

—No es negocio ahora. Hace un par de años, yo hubiese sido el primero en aconsejarlo. Pero ahora, no. O hasta dentro de unos meses, que se vea cómo cambian las cosas. [210] Ya te pasaré mis cálculos.

—De acuerdo —me puse en pie—. Voy a saludar a las mujeres.

---

[210] Los cambios que se están produciendo se deben al Plan de Estabilización iniciado en julio de 1959, al que habían seguido una serie de medidas fiscales, y la entrada de España en la Organización Europea de Cooperación Económica (20 de julio de 1959).

—¿Aún no has vito a Dora?

Santiago se levantó también, al tiempo que Amadeo descruzaba las manos y estiraba los brazos.

—En la pérgola se estará mejor.

—Si no hay mosquitos.

—Tengo necesidad del whisky ese que nos has ofrecido.

—No hay mosquitos, porque se pulveriza con D. D. T. [211]

—Por la noche, con el calor, tiene que haber mosquitos.

—Comprobarás que lo discute todo— Santiago me cogió de un brazo al bajar los escalones de la veranda.

Amadeo nos seguía por el sendero junto a la fachada.

—Me gustaría encontrar al que dijo que el clima de este lugar era uniforme.

—Tú hiciste la ciudad. Los demás —Amadeo llegó junto a mí— nos dejamos engañar y te compramos los chalets.

—Es delicioso ver cómo negociáis en comandita, a base de explotar al prójimo.

—Santiago el prójimo.

Las bombillas, ocultas en los macizos de boj, iluminaban la pérgola débilmente. Alrededor de las mesas estaban sentadas Elena, Dora, Marta. Don Antonio le contaba algo a Ernestina, que reía convulsivamente. Elena llevaba un vestido azul con tirantes blancos.

—Mira por dónde aparecen —dijo Marta.

—Buenas noches a todos —saludé.

—Hombre —dijo Elena—, ¿dónde le habéis pescado?

—Nada —Santiago puso una mano sobre la espalda de Elena—. Se ha disculpado perfectamente.

—Hola —Dora me acercó la mejilla—. No pude llamarte anoche. A última hora era ya tarde y...

· —No estaba preocupada —me interrumpió—. ¿Viste a los niños?

—Hace un rato estaban en tu casa —Marta, con un vaso en las manos, me sonreía— delante de la televisión.

---

[211] Dicloro-difenil-tricloroetano, poderoso insecticida que se empezó a utilizar en la agricultura en 1944. Actualmente está prohibido en numerosos países.

—Esta tarde —dijo Amadeo— ha traído Rafael la película de Montserrat.

—¿Qué película?

—Buenas noches, don Antonio...

—Espero que haya ido bien ese viaje, Javier.

—Sí, mujer, la película que hicimos [212] cuando la excursión a Montserrat...

—Ah, no caía. Oye, pero si debe ser una preciosidad.

—Javier, tengo que hablar contigo.

—Ya sé de qué.

—Amigo mío —don Antonio pasó entre el sillón metálico y la mesita de ruedas—, Ernestina le sacará a usted hasta los posos de su crecida cuenta corriente.

—Ya que estáis sedientos, haré yo los honores de la casa en nombre de Claudette.

—Marta, eres un encanto [213] —dijo Santiago—. Yo te ayudo.

Ernestina me apartó a una esquina de la pérgola. Le encendí el cigarrillo. Con un gesto, asentí a Marta, que había levantado una botella de whisky.

—Te crucé en la carretera. Bueno, mejor dicho, me adelantaste.

—¿Esta tarde?

—Venía yo en la Lambretta y tú me adelantaste. Te di gritos, te seguí a ochenta, pero debías de ir a cien. No he dicho nada aquí.

Cuando le pasé un brazo por los hombros, Ernestina se metió una mano en los cabellos.

—¿Por qué no has dicho nada?

—Ay, hijo, yo qué sé si querías que no se supiese de dónde venías.

—Ernestina, cariño, carezco de secretos.

—Sois todos una pandilla de carcamales. Y tú, un desagradecido. Bueno, la fiesta va a ser una maravilla. Santiago se encarga de la instalación de las luces.

---

[212] Nuevo detalle socio-económico.

[213] Los piropos entre los miembros del clan son continuos, una muestra más de su exquisitez cultural.

Marta me entregó el vaso. Vi llegar a Asunción por el sendero que conducía a la calle.

—Hola, Javier. He logrado repartir a los niños. Ya estarán cenando.

—Eres un sol, Asun [214] —dijo Marta.

—Asun —le besé en ambas mejillas—, estás guapa esta noche.

—¿Cuándo has vuelto?

—Hace un rato. Anoche me encontré a un amigo en el pueblo. A Fermín —miré a Dora, que se había levantado—. Y se me hizo tarde para todo.

—¿A Fermín? Nosotros hemos tenido un día espléndido de playa.

—Sí, eso me han dicho.

—Oye, ven aquí —me llamó Marta.

Levanté uno de los sillones metálicos, que coloqué entre los de Marta y Elena. A Elena le brillaban las piernas cruzadas, con la falda por encima de la rodilla.

—¿Qué quieres cotillear?

—Aprendí en el mismo Valencia —dijo Amadeo.

—Durante la guerra —dijo Santiago.

—No, no fue durante la guerra.

—Bueno, ¿qué queréis cotillear?

—Sólo pretendemos tenerte entre nosotras —Marta chocó su sillón contra el mío—. Y que nos chismorrees tú cosas.

—En la guerra yo no estuve en Valencia.

—Pero, Amadeo, ¿a qué viene negar que formaste parte del gobierno rojo? [215] ¿Que eras un mandamás?

—Tú, tengo un armario lleno de medallas.

—Este Santiago —dijo don Antonio.

—¿Y Andrés?

—No me hables de Andrés, hijo —Elena se recostó en

---

[214] *Vid.* nota anterior. Aquí los piropos son entre personas del mismo sexo.

[215] A finales del 36, en efecto, Azaña huía hacia Francia, pasando por Barcelona, y el gobierno de Largo Caballero se trasladaba a Valencia.

mi sillón—. Ha debido de tomarse un kilo de pastillas para dormir.

—No me gustan esas bromas —dijo Dora.

—Medallas de los rojos, te aseguro yo.

—¿Es que bebió anoche?

—Nada —dijo Marta.

—Pero lo que se dice nada. Que le ha dado por dormir. Hace un rato logré que se metiese en la ducha. No creo que tarde.

Los labios de Elena tenían un color cargado que los adelgazaba. Nos miramos unos segundos fijamente, como si deseásemos besarnos.

—Bueno, no discutáis —dijo Asunción—. El hecho es que Amadeo sabe hacer muy bien la paella.

—Que lo demuestre. Venga, haz esta noche una.

—Ernestina, no seas loca. Con este calor...

—No niegues, Javier, que estás en solitario.

—¿Cómo? Perdona.

—Que estás en solitario este verano. Que no quieres nada con nosotros.

—Pero, Marta...

—Espera, Santiago —Marta se levantó—. Hay que llamar a la doncella para que traiga más hielo.

Cuando Elena, después de haber encendido el cigarrillo, dejó la mano izquierda sobre la falda, se la cogí furtivamente.

—Estás loco.

—Me gusta tu vestido nuevo.

—Y tú estás loco.

—No me acordaba de tu cara —ella me retuvo la mano unos segundos—, era impresionante no recordar tu cara. Y, al verte, me he dado cuenta.

—¿De que estaba guapa?

—No sólo de eso.

—¿De que me quieres?

—Tampoco.

—Me doy por vencida. Explícame tu sensación rara.

—No puedo explicártela. Como si te necesitase.

Los otros reían ruidosamente. Amadeo me rozó al coger

uno de los sillones. La doncella manipulaba en la mesita
de ruedas. Volví a mirar a Elena, que mantenía su sonrisa.

—Entonces —yo le dije—, no apuesto, si no es con dos
balas en el tambor. [216]

—Amadeo —gritó Asunción—, no cuentes esas historias.

Elena entrecerró los ojos.

—Javier, este verano es bueno. Estoy contenta, porque
me quieres más que nunca.

—Elena, ¿has pensado que alguna vez...?

—¿Puede saberse qué hacéis en la oscuridad? —Ernestina se sentó en la tierra, con las piernas cruzadas, la cabeza
apoyada en una pata de mi sillón—. Amadeo va a hacernos
una paella y, después, nos va a proyectar la película de
Montserrat.

—Amadeo es una alhaja.

—¿Quién me da un pitillo?

Elena y yo le ofrecimos a Ernestina a la vez.

—¿Quieres un whisky?

Le servía a Elena, cuando anunció don Antonio que
se marchaba.

—Sí, Asunción, sí. No conoce usted a Pura.

—Pero ¿por qué no viene ella?

—Oh, ella, ella...

—Ernestina.

—¿Qué?

—Vete a buscar a doña Pura.

Emilio y Claudette entraron en la pérgola, cogidos del
brazo.

—De ninguna manera. No te molestes, hija. La verdad es
que también quiero oír las noticias de la B. B. C. [217]

---

[216] Aunque se aborde en varios aspectos el tema de la guerra, aquí
parece una alusión a la ruleta rusa.

[217] Hasta la instalación de la democracia en España los diarios
hablados en castellano de la BBC eran considerados como la voz de
la oposición al régimen, gozando de una notable audiencia. Resulta
llamativo que un personaje tan reaccionario como se muestra don
Antonio, los escuche.

—Las puede usted escuchar desde aquí —dijo Santiago.

—Buenas noches —saludó Emilio.

—Me encanta que estéis todos —dijo Claudette—. ¡Hasta Javier! Es estupendo.

—Amadeo nos va a hacer una paella.

—Que aprendió a guisar en las Brigadas Internacionales. [218]

—Pobre Amadeo, con lo buena persona que es... [219]

Elena se levantó y se dirigió hacia Asunción y Marta, pero antes se detuvo unos instantes con Emilio, en el centro de la pérgola. A Elena los zapatos de tiras le marcaban las venas de los pies.

—¿Qué hay, Claudette?

Amadeo y Santiago acompañaban a don Antonio por el sendero.

—Cansadísima. ¿Y tú?

—Bien. Estuve en el pueblo.

—Oye, Úrsula Hofsen me preguntó por ti. No dejes de ir a verles.

—Claro. ¿Y Karl?

—Más delgado, aunque parezca mentira. Berna no les prueba.

—Pero si a Claudette no le importa. ¡Claudette!

—Dime, Ernestina.

Ernestina apoyó las manos en los brazos del sillón de Claudette.

—¿A que no te importa que organicemos una paellada

---

[218] Si Amadeo había formado parte del Estado Mayor de Largo Caballero en Valencia, esta alusión está llena de sentido.

[219] La exclamación no deja de tener interés. Se empieza a considerar ya que los rojos pueden ser buenas personas. De ahí a la amnistía quedan aún unos pasos. Pero ya en julio de 1959, Dionisio Ridruejo había manifestado la necesidad de una amnistía general a *Les Temps Modernes,* en base a estos puntos: A) Prescripción total de los delitos de guerra, políticos o por causa política. B) Liquidación de la actual legislación represiva y anulación de todas las condenas políticas anteriores. C) Determinación precisa de las responsabilidades exigibles a los colaboradores de la dictadura por abusos de poder y por enriquecimiento indebido", *Casi unas memorias,* Barcelona, Planeta, 1976, p. 367.

aquí, esta noche? Luego, Amadeo nos pone la película
de la...

—¡Claro que no! Pero tendrás que sustituirme, porque
estoy molida.

Claudette encendió un cigarrillo. Elena se sujetaba, los
brazos echados hacia atrás, con las manos sobre una mesa;
los pechos le ponían tenso el vestido. Por encima de las
ramas, el cielo estaba limpio, oscuro. Angus, tendida en la
cama, con la ventana abierta, no podría dormirse.

—¿Lo pasaste bien?

—Ah, sí, sí.

—¿Qué hay de nuevo por el pueblo? ¿No se dice nada
de lo de la chica esa?

—Quizá sepan ya quién es.

Claudette continuaba con la mirada en un punto inde-
terminado de la grava.

—¿Por qué?

—No sé. Lo imagino. La policía trabaja de prisa.

—Me he dado una paliza absurda a nadar. ¿Me prepa-
ras —se retrepó en el sillón— un bitter?

—Naturalmente que sí.

Elena me observaba cuando levanté los ojos. Le entregué
el vaso a Claudette; di unos pasos por el jardín, hacia la
baja tapia de piedra, que formaba una línea irregular entre
los árboles. En la casa se oía música.

—Yo le dije —dijo Marta—, pero, hija, tú no tienes ni
idea, [220] pero lo que se dice ni idea.

—Se ha vestido toda su vida en una modista del Puente
de Vallecas.

—Eres terrible, Elena —dijo Dora—. Javier, querrás
cambiarte, ¿no?

—Sí, ahora volvemos, eh —anuncié.

—Que no se admiten deserciones —dijo Claudette.

—¿Y la partida de mus?

—Dentro de diez minutos estamos aquí. Dora quiere ver
a los niños y yo he de cambiarme. Hasta ahora.

---

[220] "tu no tienes ni idea,", por errata.

La doncella arrastraba una de las mesas a una zona más iluminada. Claudette, que acababa de levantarse, corrió hacia Santiago, que traía una ponchera. Dora se colgó de mi brazo hasta que salimos a la calle.

—¿Estás cansado?

—Sí.

—Hace mucho calor.

Los pantalones rojos de Dora contrastaban con sus sandalias de tiras doradas. Al doblar la esquina, vimos la luna, grande y amarilla, tras la montaña. En nuestro jardín, una luz blanca agitaba las sombras.

Dora se dirigió por el pasillo de la cocina. Antes de entrar en el dormitorio, entreabrí la puerta del cuarto de Dorita. Se encendió la luz de la escalera y oí la voz de Rufi.

Me estuve quieto bajo el agua fría de la ducha. Quizá Angus se hubiese dormido ya. Sentí a Dora moverse por la habitación.

—Me alegro que venga Luisa. Por Ernestina. La pobre se tiene que aburrir aquí, sin nadie de su edad, sin un muchacho.

Dora, en bragas y sostén, [221] se calzaba los zapatos, sentada frente a su coqueta. Me detuve en la puerta del cuarto de baño.

—¿Tú crees que Ernestina se aburre?

—Luisa y ella se llevan muy bien. Podrán ir algún día a bailar. El verano pasado —Dora de espaldas a mí buscaba un vestido en el armario— venían a verlas unos chicos. ¿Te acuerdas?

—Sí.

Acabé de meter en los bolsillos del pantalón las cerillas, el paquete de tabaco y un pañuelo.

—Ah, oye, no me esperes. Tengo muchas cosas que hacer aún. Amadeo quería que jugaseis una partida antes de

---

[221] Aunque con mucha frecuencia se citan prendas femeninas, es la primera vez que aparece la ropa interior, si no tenemos en cuenta las medias de Angus. Sobre este asunto, véase L. Nolens, cit., pp. 11-12.

la cena. Y yo voy a dictarle una lista a Rufi de lo que mañana ha de traer Rafael. ¿Quieres tú algo?

—No, gracias.

Inclinada ante el espejo, se pintaba los labios.

—Bueno, pues hasta ahora.

En la calle tuve la certidumbre de que Elena había tratado de decirme algo con su última mirada. Apreté el paso. Silbaba en sordina al llegar al jardín. La luna se había empequeñecido y rebasaba el límite de las laderas. Avancé por los senderos que rodeaban la casa. En la parte trasera había una ventana iluminada.

—Elena —susurré.

De inmediato, me salió una risa corta, ahogada. Estaba bajo la higuera, cerca del rincón de Joaquín, esperando que ella apareciese. Después de dar cuerda al reloj, me lo puse otra vez en la muñeca.

Llegaría y nos abrazaríamos. Mis manos sentirían en su espalda desnuda la dureza de la carne y la caliente suavidad de su piel tostada. Luego, con el sabor reciente de su boca, la miraría y me encontraría mejor. Vería aquel mismo reflejo de las luces en el jardín de Santiago y oiría aquel indistinto murmullo de las voces. Nos estremecería un escalofrío de felicidad en aquella isla de sombras y silencio.

Regresé a la calle, sudando.

## 16

—Leles —gritó Elena—, deja de patear la arena, que nos vas a dejar ciegos.

La niña, con la pequeña tela a franjas blancas y azules rodeada a la cintura, me miró desconcertada.

—Tiene razón la tía Elena —al tenderme, le acaricié un pie.

Leles prosiguió su carrera hacia la orilla.

—Te vas a achicharrar.

—Y tú.

—¿Quieres aceite?

—Quiero que te tumbes a mi lado.

No había una sola nube en el azul, [222] que dañaba la vista. Enterré el cigarrillo en la arena y crucé un antebrazo sobre los párpados. Elena rozó con la toalla mis piernas. En los ojos me saltaban finas películas de puntos coloreados.

—Ajajá. Se está bien aquí.

—Hum —retiré el brazo y volví la cabeza, sin abrir los ojos.

—Estoy deseando meterme en el agua. Claudette dice que está fresca.

—¿Sigue Claudette nadando?

—Sí.

La uña de Elena se movió sobre mi nariz, como si me quitase unos granos de arena. Inmediatamente sentí la caricia de sus dedos. Tenía una pequeña sonrisa muy cerca de mis ojos, en sus labios secos y entreabiertos.

—Anoche lo pasé mal, sin conseguirte un solo momento para mí.

—Javier, eres un cielo. [223]

Incliné la cabeza, hasta el máximo de la longitud de mi cuello, y vi invertidos los pinos, quietos y verdes.

—Te encantaba mirarme y mirarme por entre todos, sabiendo lo mal que lo pasaba.

—Eres el cielo mayor que puede tener una mujer. Tan taciturno, porque no podíamos estar un momento a solas. Me haces tener diecisiete años.

—Bromea lo que quieras, pero te necesito.

—Tío Javier, tío Javier.

Me apoyé en los codos.

—¿Qué pasa?

—Enrique no nos deja su pala —dijo Asun.

—Enrique, deja también la pala a las niñas.

---

[222] Sólo en el lenguaje literario se usa *azul* como sustantivo. En este caso Hortelano ha construido una metáfora por elipsis del término *cielo*, la mejor forma, desde luego, para introducir la explicativa de relativo sin llevar a error de interpretación.

[223] *Vid*. nota 213.

Enrique dio unos pasos hacia nosotros.

—Son unas manazas.

—Pero ellas...

—Y, además, que hubiesen traído las suyas.

—Ahora las van a bajar —dijo Dorita.

A lo lejos, la cabeza y los brazos de Claudette eran una mancha blanca.

—¿Dónde está Joaquín?

—Estoy aquí, mamá —Joaquín abría un hoyo a unos metros de nosotros—. ¿Vais a construir un castillo o no? Porque si no, yo no hago la reguera.

—¡Que sí! —Enrique se detuvo ante Joaquín—. Si no lo dirijo yo, no sale ni la reguera. Más ancha, oye.

Me tumbé otra vez, de costado. El estómago de Elena se levantaba rítmicamente. Observaba su piel, la línea de sus caderas, el pequeño hueco de su ombligo. Avancé una mano para acariciar su brazo. Cuando Elena giró la cabeza, me vi reflejado en los verdes cristales de sus gafas. Los niños reían ahora. Oí de nuevo el ruido del mar y aspiré una ráfaga de aire salino.

—¿Qué te sucede con Dora?

—Nada especial. Quiere que me disculpe con Emilio.

—Es tonta tu mujer. [224]

—Haz todo lo posible porque nos veamos hoy.

—A la tarde vamos al pueblo.

—¿Quiénes?

—Marta, Santiago, Claudette, quizá Dora. Al cine. ¿Por qué no te unes?

—No, no. Me deprimiría. ¿A qué hora salís?

—Pronto. Queremos hacer unas compras antes.

—¿Y cuándo volveréis?

—¡Papá, la tía Claudette se ha ahogado!

Elena se sentó de un solo movimiento.

—¿Qué tonterías dices, Enrique?

—No es una tontería, tía Elena. Mira a ver si la ves. Deberíamos salir con la piragua a buscarla, porque seguro que se ha ahogado.

---

[224] Esto no estorba lo dicho en nota 213.

—Enrique...

—Sí, papá.

Elena, con las manos a la espalda, se ajustó el sostén de su dos piezas; [225] estiró la toalla antes de tenderse.

—Tiene una imaginación siniestra tu hijo.

—Regresaréis a la hora de la cena, ¿no?

—Espero que sí, pero no lo sé. Si te quedas toda la tarde solo, te arrepentirás luego.

—Ya veré... Tengo que ir a la aldea a pagarle unas cosas a Juan. Me daré un paseo, leeré un rato. También debo ver el trabajo de Amadeo sobre el sanatorio.

—¿Qué tal eso?

—Dice que no conviene.

Encendí un cigarrillo. En la depilada axila de Elena se mantenían unas diminutas gotas de sudor.

—Creo que volveremos a cenar. Por lo menos, te prometo que haré todo lo posible. Andrés no vendrá.

—Andrés.

—¿Qué ocurre con Andrés?

—Nada, nada —reí quedamente—. Supongo que serán celos.

—Javier, por favor...

—Después de la cena, quizá podamos dar una vuelta por la carretera.

—Sí, hombre, haré lo posible y lo imposible.

—Te quiero, si lo haces.

Su mano permaneció unos instantes entre la arena y mi espalda.

—Y si no lo hago, también me quieres.

—También.

Me senté con las piernas cruzadas. Joaquín colaboraba en la edificación del castillo. Enrique buscaba algo en las primeras rocas, a nuestra derecha.

—No has visto mi nuevo conjunto de algodón estampado.

Palpó la tela, que asomaba por la bolsa de lona.

---

[225] "el sostén de dos piezas;", por errata. Sólo en una ocasión (cap. 7, p. 134) se utilizó el término *bikini*.

—¿Cómo es?

—Unos pantalones que no llegan al tobillo y un blusón recto.

—¡¿Un blusón recto?!

—Oh, no. No tengas esas ideas, Javier.

Al tumbarme, besé uno de sus hombros.

—Podrías ser madre diez veces en diez años y continuarías con tus caderas de muchacha.

—Más vale que no.

—Me das la impresión de una novia elegante. Como eran las novias elegantes que imaginaba yo en Salamanca, por el año treinta y siete. [226]

—Tú sí que pareces un novio. Sólo te falta una erupción en la cara para ser un novio perfecto. Tienes celos, tienes silencios, me persigues... Sólo los granos. Te quiero mucho.

Rufi avanzaba incómodamente por la arena con sus zapatos de paño.

—Buenos días, señores.

—Hola, Rufi —dijo Elena.

Los niños corrieron a cogerle la cesta de nylon, en la que traía las palas y los cubos. A Rufi le azuleaban unas venas en las corvas de las piernas, cada vez que le quedaban instantáneamente desnudas por el revoleo de su falda negra.

—¿Quieren algo los señores?

—Gracias.

—La señorita Marta, que ahora baja.

—Que no se preocupe, que los niños se portan bien.

—Hasta luego.

—Adiós, Rufi —busqué el paquete de cigarrillos por la arena—. ¿Quieres?

—No. ¿De verdad que no sucede nada especial con Dora? Lo digo, porque fumas demasiado y eso significa mala temporada.

—Nada especial. Incluso esta mañana se ha reído con un chiste que le conté a Karl.

—Entonces, ¿en qué consiste?

---

[226] Nueva alusión a la guerra civil.

—¿El qué?

—Que fumes demasiado.

—Me encuentro raro. A fuerza de reptírmelo, he acabado por estarlo.

—Esta noche nos damos un paseo los dos. Y vete preparando a esa bruja [227] de la casilla, por si logramos escaparnos una tarde.

—Mañana es domingo.

—Sí, mañana es domingo.

—Pienso —dije— como si me hubiese quedado resaca de todos estos días de lluvia. Me hace falta salir a pescar, jugar al mus, contestar la correspondencia, alborotar con los niños. Si no, terminaré enamorándome de ti.

—Cuidado con ello. ¿Sigues pensando en la chica muerta?

Levanté los brazos y moví las manos. El aire vibraba, cargado de una luz excesiva.

—Parece desorbitadamente bueno eso de la casilla. También podría inventarse una complicada historia para largarnos por la costa un par de días.

—Tú me dirás cómo.

—Por ejemplo, alegas que...

Los chillidos de los niños nos hicieron sentarnos. Claudette nadaba a ritmo igual y rápido, su gorro de goma abriendo el agua. Cuando estuvo cerca, los niños entraron en el mar. Claudette saltó y comenzó a correr, perseguida por ellos.

—Está de maravilla —dijo, al cruzar frente a nosotros.

Por el sendero bajaba Marta, con un pantalón malva y una blusa negra, sin mangas. Elena se quitó las gafas; guardó el frasco de aceite en una bolsa transparente antes de juntarse a la persecución de los niños. Cuando Marta llegó, estaban todos en un grupo, con las risas entrecortadas por los alientos alterados. Marta se sacó la blusa por la cabeza y se quitó los pantalones, después de descalzarse. Claudette cogió con los labios el cigarrillo que yo le había

---

[227] En página 159 la había llamado "mujeruca". La apreciación subjetiva se hace peyorativa con la distancia.

encendido. Debajo del gorro, Elena colocaba sus cabellos. Fui andando hasta que el agua me cubrió los tobillos.

La mañana tenía una inmensidad azul, verde, gris en las rocas, en la inacabable línea de la costa. Unas gaviotas planeaban mar adentro. Me sujeté la cintura del calzón y me pasé las manos por el rostro. Me picaban los hombros, quemados de sol. Al levantar la vista, vi a Joaquín, sentado en la arena mojada, con las manos barrosas a la altura del pecho y una concienzuda expresión.

—Hola —pareció despertar y sonrió—. ¿Qué me mirabas?

—Nada. Que tienes los brazos con tanto músculo como el Supermán. [228]

## 17

Dejé caer la cerilla, que ardió unos segundos más en la arena. Las pequeñas olas encrespadas habían dejado de blanquear la orilla. El sabor del tabaco se me mezcló a la sal, que me agriaba el paladar y me dejaba sin saliva. [229] Juan saltó de la barca y, antes de llegar a mí, Amadeo apagó las lámparas. Dejé de ver a los niños sobre cubierta y la inmóvil silueta de Asunción junto a la quilla. Las voces se hicieron más fuertes. Amadeo reía, sudoroso.

—Bueno, ya está.

—Sube con el chico a cenar. Y recuérdale a Rafael o a Leoncio que te den el dinero.

—Sí, don Javier —dijo Juan.

—Que os bajen en la furgoneta a la aldea.

—Sí, señor.

Con Juan a mi lado, caminé despacio hacia la "Marta". Asunción trataba de llevarse a los niños. El chico esperaba, con las manos en los bolsillos de la chaqueta de hule.

—Mañana, después de la misa, os subís— dijo Amadeo.

---

[228] *Vid.* nota 25. Javier utiliza el artículo para aproximar su lenguaje al del niño.

[229] Las imágenes gustativas son menos frecuentes que las olfativas.

—¿Los dos?

—Sí, lo mismo que entre cuatro la hemos varado, la podemos echar mañana.

—Enrique, José, inmediatamente a casa —Asunción rodeó la barca, con la repleta bolsa colgada de un brazo—. Tenéis que dar ejemplo a los pequeños.

Los niños corrieron hacia los árboles. El chico retrocedió unos pasos, para dejar espacio libre a Asunción.

—¿Quieres que te ayude a arrear a toda esa harka? [230]

—Gracias, Amadeo. Ya me entiendo con ellos.

—Cógele a la señora el bulto [231] —dijo Juan al chico—. Así es, don Amadeo, que mañana venimos.

—Gracias —dijo Asunción—. No tardéis vosotros. Andrés y Emilio deben estar deseando veros llegar para que les libréis de don Antonio.

—Puede que hayan vuelto ya del pueblo Santiago y las mujeres.

—Sí, Amadeo.

Detrás de Asunción, José y Martita arrastraban el cabo de halar. Juan y el chico, cargado con la bolsa, caminaban hacia el sendero. Asunción corrió tras los niños.

—¿Te vas a bañar?

Amadeo miró el reloj de pulsera en la borda y asintió con la cabeza.

—¡Adiós! —gritaron desde los pinos.

A Juan y al chico ya no se les veía. Cuando Amadeo entró en el mar, me senté en la arena. La barca olía a brea. Amadeo caminaba, con el agua por la cintura, los brazos abiertos en cruz. La oscuridad cerraba el horizonte a una distancia muy corta. Levanté la cabeza en busca de la luna.

Los pantalones me apretaban en las rodillas. Estaba horadado el cielo de estrellas brillantes. Sobre mí, la Vía Láctea semejaba un largo jirón de gasa o una columna de

---

[230] Harca, tropa de rebeldes marroquíes, y, por extensión, de este grupo de niños alborotados.

[231] Otro claro ejemplo de catáfora. No creo que la frase tenga más de una lectura. En todo caso, sería una señal de la simpleza de Juan y de su llaneza lingüística.

humo blanco, diluido. Enterré el cigarrillo en la arena.
A aquella hora, Angus acabaría de cenar en cualquier restaurante de la costa o iría en el automóvil de su tipo, [232]
en silencio, con la cabeza ladeada. Cerré los ojos y vi claramente el rostro de Angus, sus manos cruzadas sobre el
vientre, los labios gruesos. Probablemente ya habrían regresado del pueblo. A unos metros de allí había aparecido
el cuerpo desnudo de la chica, que se llamaba Margot,
empapado [233] de la lluvia que aquel día había caído intermitentemente. Asunción le comunicaría que Amadeo y yo
estábamos en la playa. Dentro de un par de horas, Angus
se tendería en la cama de un hotel y se dejaría hacer, ex-
citada al final. Inmóvil luego, pensaría en mí, en su amiga
muerta o en ella misma. Quizá Elena me aguardaba impaciente.

Al oír el chapoteo, abrí los ojos. El cielo me pareció
más iluminado. Antes de verle, percibí la respiración de
Amadeo.

—¿Qué, pensando?

—No hace calor —dije—. Se respira. ¿Qué tal tu baño?

—Magnífico —Amadeo, con las manos en las caderas,
tenía perdida la mirada en los pinos—. ¿Nos vamos a
cenar?

—Cuando quieras.

Colocó las manos en la borda, se alzó a pulso, apoyó
el estómago y se dejó rodar a cubierta. La calva le brillaba.

—Tengo hambre —dijo—. El aire del mar me pone
un hambre de lobo.

—Yo lo que tengo es la boca llena de sal.

—Me comería un cabrito entero.

En la arena había huellas de pisadas, de los surcos de los
varales sobre los que descansaba la barca, de las sogas.
Amadeo se vestía, de pie junto al mástil.

—Me estaba acordando de la chica esa que encontraron
muerta el otro día.

---

[232] *Vid.* notas 100 y 202.
[233] No parece el término más adecuado —aunque proporcione la
idea que se busca— por estar desnudo el cadáver.

—Hace tiempo que no hablan los periódicos de ello —dijo Amadeo.

—No habrá nada nuevo sobre el asunto.

Acabé por abrocharme la sandalia, apoyado en la borda de la barca.

—¿Listo?

—¿Recuerdas si, cuando llegaste a la playa, el cuerpo de la chica estaba mojado?

—No, ya le dije al policía que no estaba mojado —Amadeo guardó el calzón de baño enrollado en el bolsillo trasero del pantalón.

—Para mí, que el cadáver no llegó por el agua.

—No quiero decir eso, entiende. Aquel día llovió y, lógicamente, la muchacha debió mojarse.

—Tampoco sabemos desde qué hora estaba allí.

—Sí, tampoco. Pero yo creo que fue por la mañana. Es decir, que estuvo muchas horas expuesta a la lluvia.

—¿Por qué por la mañana?

—Pienso que debió de ser fácil dejar a la chica al amanecer. Nadie pasó por la playa aquel día, hasta que los niños bajaron por la tarde a jugar.

—Emilio les ha prohibido las correrías. Siempre que quieran ir a algún sitio, les ha de acompañar una persona mayor. Los críos están contentísimos, porque así tienen diariamente la aventura de escaparse.

—Emilio es un cretino. [234]

Amadeo rió. Caminábamos con las cabezas gachas, atentos a las desigualdades y las piedras del sendero. Al remontar la pendiente, nos detuvimos. Por la cima de la montaña salía la luna.

—Mañana va a hacer mucho calor —dijo Amadeo.

Unos metros más adelante comenzaron a verse las luces de la colonia. Desde el jardín de Emilio, nos llamó don Antonio. Mientras Amadeo se dirigía por el sendero hacia los dos bultos sentados en los sillones, yo permanecí con una mano sobre la puerta, en el límite de la luz del farol.

---

[234] Tampoco esta apreciación estorba lo dicho en nota 213. Ambos personajes permanecen encontrados.

—¿Cómo ha ido esa travesía? —dijo Emilio.

—Sólo hemos costeado desde la aldea hasta aquí. ¿Se encuentra bien, don Antonio?

—Muy bien, Amadeo. ¿Qué, Javier, no entra un momento?

—Voy a ducharme —me precipité a contestar—. Hasta luego.

En el porche se encendió la luz.

—Adiós —dijo Amadeo.

La sombra de Asunción, inclinada sobre una mesa, llenó las paredes.

—Luego nos veremos.

—De acuerdo, don Antonio.

Emilio permanecía quieto en el sillón. Me puse a silbar antes de dar media vuelta. Las hojas de los árboles, a uno y otro lado de la calle, partían la luz en un encaje de sombras. Al doblar la esquina encontré a Andrés, que, montado en una bicicleta, charlaba con Asun y con José.

—Estuve hace un rato con don Antonio en casa de Emilio —cambió de pie en el suelo—. Hasta que subieron los chicos.

—Oye —continuó Asun—. ¿Mañana nos vais a dejar salir al mar con vosotros? Papá ha dicho que sí.

—Ya veremos.

—Las niñas —dijo José— son un estorbo para navegar.

Enrique les llamó desde el otro extremo de la calle.

—Vamos —dijo Asun.

—Sí, ahora voy con vosotros. Pues dormí hasta cerca de las siete —Andrés se [235] buscó el mechero en los bolsillos de su camisola roja—. Me dediqué más de una hora al lujo hidráulico. Todo el cuarto de baño para mí. Porque resulta que después de la comida, Elena se había largado al pueblo. Y tu mujer también.

—¿No lo sabías?

—Probablemente, sí. Es una delicia disponer del cuarto

---

[235] Otro caso de catáfora, menos frecuente, sin embargo, que los anteriores.

de baño para uno solo. Yo necesito tiempo y mucho espacio, para mis resacas.

—Y no has bebido una gota esta tarde.

—Ni una gota —Andrés, con el otro pie en la calzada, sujetó la bicicleta con las piernas—. Hasta me ha divertido don Antonio. El otro día me enteré de un secreto. Doña Pura fue prestamista en sus años mozos. ¿No te parece genial?

—Me gustaría saber quién se ha inventado una historia semejante.

—Prestamista. Usurera, vamos. No se lo habías notado, ¿verdad? Elena dice que sí. Que siempre le había notado el aire usurero a la foca de doña Pura. [236] Este verano reconozcamos que está deliciosa. Casi no huele. Tomaremos luego café juntos, ¿no?

—Sí, claro.

Andrés subió los pies a los pedales. Sentados en el bordillo de la acera, Dorita y Joaquín se entretenían con una revista que sujetaban entre los dos. Levantaron las cabezas un segundo, al oírme pasar.

—¿Qué hay? —dije.

Joaquín saludó con la mano libre. Andrés recorría la calle, haciendo eses con la bicicleta. En dirección contraria caminaba Rafael.

—¿Llevaste a Juan y al chico a la aldea?

—Sí, señor.

Al entrar en el jardín, pensé de nuevo que Santiago y las mujeres regresarían tarde y fatigados. Estaban encendidas todas las luces de la planta baja. Me detuve un momento en la veranda a terminar el cigarrillo. A mi espalda sonaban los conocidos ruidos de la casa.

Me duché y me cambié de ropa. Por el ventanal del dormitorio entraban los aromas del jardín. Por si Elena y yo conseguíamos más tarde dar un paseo por las afueras, cogí una cazadora de ante.

---

[236] El proceso de animalización de doña Pura se produce porque ésta no pertenece realmente al grupo, por edad ni por mentalidad ni por clase social de procedencia, como vemos.

Apagué las luces del despacho y del living. En el pasillo me encontré con Leoncio.

—¿Pagaste a Juan?

—Sí.

—A ver si mañana, en un rato libre, te ocupas del sumidero de la piscina.

—Ya he avisado a los albañiles. Que vengan ellos.

Rufi trataba de hacer comer un *sandwich* [237] a Dorita. María, que manipulaba en la cocina eléctrica, se volvió al entrar yo.

—Estos chicos están muertos de sueño y de cansancio y no quieren cenar.

—Di que no, papá —Enrique bebió un sorbo—. Yo he comido jamón.

—Dorita es una niña muy buena y va a terminar esto, ¿verdad? —le animó Rufi.

Dorita masticaba lentamente, apoyada en el fregadero, con una mano dentro, sobre el agua. A Rufi, que estaba en cuclillas, la falda negra le quedaba un par de dedos encima de las rodillas.

—Cuando el señor quiera, puede cenar.

—Gracias, María. Esperaré a la señora.

—La señora dijo que vendría ya cenada.

Di un corto paseo por los caminos traseros del jardín. Dorita dormitaba en los brazos de Rufi; Enrique aún no había terminado su vaso de leche.

—A la cama —ordenó María—. Más vale que estéis en la cama, que no mordisqueando comida por aquí.

Enrique se puso en pie.

—Hasta mañana, hijo, que descanses —besé también a Dorita, que abrió los ojos—. Que sueñes con los ángeles, hija.

—Hasta mañana, si Dios quiere. Adiós, María.

Salí detrás de Rufi y los niños. Me senté a la mesa en el comedor, después de haber conectado la radio. Leían un largo discurso sobre la situación agrícola. Mientras, encendí un cigarrillo.

---

[237] "sandwich". Es anglicismo que recoge el *Diccionario Manual*.

Rufi llegó con la sopera humeante.

—Luego tomaré sólo algo de carne.

—Sí, señor. ¿Quiere usted un bisté?

—Sin patatas, eh, Rufi.

Cuando acabé la sopa, terminé de fumar el cigarrillo. El locutor leía cifras, en un tono vibrante. [238]

—Rufi, ¿quiere usted bajar esa radio? [239]

Rufi descansó la bandeja sobre la mesita, para disminuir el volumen del receptor.

—¿Está bien el filete, señor?

—Sí, sí, gracias. ¿Sale usted esta noche?

—Cuando vuelva la señora, daré una vuelta con las amigas.

—¿Y Rafael? ¿Continúa Rafael con esa chica?

—Sí, señor —Rufi sonrió—. De vez en cuando regañan, pero siguen.

—Ella está en casa de la señorita Elena, ¿verdad?

Rufi clavó el vientre en el borde de la mesa.

—Sí, señor. Se llama Manolita.

—La conozco, claro. Y usted, Rufi, ¿no se aburre aquí?

—¿Aburrirme?

—Sí, quiero decir, sin novio.

—No, no, señor, no me aburro. Con las amigas lo paso divertido. De otra manera, pero hablamos mucho.

—¿De qué hablan ustedes? ¿De los novios, de Madrid?

—También, sí, señor. Estos días, de lo de esa pobre mujer. Dicen que era una extranjera.

—¿Dicen eso?

Rufi cambió el servicio y colocó el frutero de plata al alcance de mi mano.

—Por aquí vienen unos chicos que trabajan en el camping. Ellos lo han dicho. ¿No va usted a cenar más?

—No, gracias. ¿Y qué más cuentan?

[238] Las cifras se han de considerar como propaganda del espectacular auge de la agricultura a finales de los cincuenta, con los planes de regadío (Plan Badajoz, Plan Jaén, etc.), la creación de 20 pueblos a través del Instituto Nacional de Colonización, etc.

[239] A Javier no le interesa la situación agraria del país, y le molesta el énfasis del locutor.

—Que se envenenó por cuestión de su matrimonio.

—Pero ¿es que ella estuvo en el camping?

—No lo sé. Su marido vive en Inglaterra, y no le hacía caso. Entonces ella se vino a España y él tenía que venir también. Pero no vino y le escribió una carta, diciéndole que se iba a divorciar. Entonces, ella se envenenó. Un chico del camping, que es amigo de don Julio, el policía, dice que él se lo ha oído así. Pero lo que yo digo es que resulta raro que se quedase desnuda para matarse. Aunque vaya a usted a saber. Las extranjeras son muy chirulas. [240]

—¿Usted cree que es verdad eso?

—Yo creo que la policía no sabe el intríngulis, porque si no ya lo habrían dicho en los periódicos. Siempre que descubren algo, lo dicen en seguida, a bombo y platillo. Y "El Caso" [241] de esta semana no trae nada. Dicen que era guapísima, muy rubia. Usted la vio, ¿verdad, señor?

Me sequé los dedos en la servilleta.

—Sí, Rufi. Y efectivamente era muy guapa. Pero no era rubia.

—Ve usted, la gente siempre exagera. Ha cenado poco.

—Gracias, Rufi. No tengo más apetito. Y estaba como dormida. Tenía una boca muy bonita, cuadrada. No, no creo que se envenenase.

—Pobrecilla —Rufi, después de un largo silencio, parpadeó—. ¿Le sirvo el café ya?

—Sí.

Busqué la botella de coñac y, antes de sentarme, comprobé que el locutor continuaba leyendo el discurso. Me senté en un sillón a tomar el café. Al instante oímos abrirse la puerta del vestíbulo.

Dora, cargada de paquetes de los que Rufi se hizo cargo, vino a mi encuentro.

—Cansadísima. ¿Y tú? ¿Se han acostado los niños?

---

[240] Flautilla que se usa en el País Vasco y otros lugares. Convertido el vocablo en adjetivo asume el sentido figurado de flauta dísona y, por ende, antojadiza, imprevisible.

[241] Semanario que se ocupa exclusivamente de sucesos. Ha pasado por tres etapas: de 1952 a 1987, de 1987 a 1989, y de junio de 1989 en adelante.

—Sí, hace un rato. Fuimos a la aldea por la barca de Amadeo. ¿Qué hay por el pueblo? Anda, toma un café.

—Tomaré café, pero de pie, si no te importa.

—¿Has cenado?

—Estuvimos en la cafetería, después del cine. Santiago se ha portado formidable. No ha dejado ni un solo momento de contar historias divertidas. Marta, Elena, Claudette, Ernestina y yo, sin parar de reír.

—¿Os gustó la película?

Desconecté la radio y cogí el platillo y la taza que me tendía Dora.

—Me voy a acostar. Sí, no estaba mal. Italiana.[242] La verdad es que no la he comprendido muy bien. Cada vez hacen un cine más tonto y más enrevesado. ¿Vas a salir? Elena me encargó te dijese que estarían en su casa.

—Iré con ellos un rato —rocé los labios en una comisura de la boca de Dora—. Que duermas bien.

—Hasta mañana, si Dios quiere.[243]

Me llevé la botella a la veranda, encendí la lámpara y me hundí en uno de los morris. Dora hablaba con María y con Rufi. Luego, María llamaba a Leoncio. Como sudaba, me quité la cazadora. Más allá de las penumbrosas copas de los árboles había un trozo de cielo muy negro, sin estrellas.

—Adiós otra vez —dijo Dora desde el ventanal del living.

—Hasta mañana.

La casa quedó en silencio. Acabé la copa. Cuando Rufi atravesó el jardín, llamé por teléfono a Rafael para encargarle que buscara al día siguiente los últimos números de "El Caso". Después, telefoneé a Elena.

—Un momento, señor.

---

[242] Varios críticos sostienen, precisamente, la influencia del cine italiano en la novelística del realismo objetivo, entre ellos H. Esteban Soler, en su artículo "Narradores españoles del medio siglo", *Miscellanea di Studi Ispanici (1971-73)*, Università di Pisa, 24, pp. 217-370. También Sanz Villanueva, en su obra citada, t. I, pp. 99-104.

[243] Esta fórmula estereotipada no invalida lo que se dijo antes sobre el tema de Dios y la religión.

—Si está ocupada la señora, no la moleste.

—No, no. Dice que ahora mismo viene.

—Gracias.

Elena tardó en acudir.

—Perdóname, Javier. Este diablo de Joaquín tiene una noche inaguantable.

—Ya sé que lo habéis pasado bien por el pueblo.

—Sí —bajó el tono de la voz—. Me he acordado de ti.

—Haz lo posible para que tú y yo nos escapemos un rato, Elena —traté de lograr una pequeña risa irónica.

—Pero vienes ahora, ¿no?

—Sí.

—Amadeo, Andrés y Santiago están en la terraza. Mira, en este momento entra Claudette.

—Oye, resiste, por muy cansada que estés, hasta el final. No ocurre nada, pero he de estar contigo a solas.

—De acuerdo, Javier.

El aire olía a mar, a flores, a tierra. [244] Por las calles iluminadas hacía sonar mis pasos, que se hicieron más rápidos al subir la pendiente.

No había nadie en el hall y volví a salir. Subí por la escalera exterior, desde cuya mitad el campo de tenis ofrecía una soledad espectral, blanqueado por la luz de la luna.

En una de las esquinas de la azotea estaba encendida una lámpara. Amadeo servía un whisky a Claudette.

—¿Y los demás?

—Están abajo, ayudando a Elena, porque las chicas han salido.

Me acerqué a la tumbona de Andrés, quien, con los ojos cerrados, sostenía un vaso con ambas manos sobre el estómago.

—¿Cenaste?

—No, ni cenaré nunca más.

—Sigue bebiendo y, dentro de una hora, tendré que

---

[244] La enumeración caótica de elementos de tipo olfativo hace pensar en la aún reciente novela de Patrick Süskind, *El perfume,* Barcelona, Seix Barral, 1985.

cargar contigo para llevarte a la cama. ¿Está también Marta?

—Me da lo mismo que cargues o no conmigo. ¡Vaya un país éste! Encima de obligarte a cenar, no te dejan beber tranquilamente. ¡Viva la libertad!

—Marta se acostó —dijo Amadeo.

Me tendí en una de las tumbonas. Claudette retiró unos centímetros la lámpara y quedamos en penumbra. Después, me sirvió un whisky.

—¿Queréis algo más? —preguntó Claudette.

—Que le quites a Andrés la botella —dijo Amadeo.

—¡No!

—Yo respeto la libertad de los demás, Andrés —Claudette se inclinó sobre él—; te quiero mucho para quitarte la botella.

—Ahora que empiezo a encontrarme bien...

Santiago apareció en el rellano de la escalera, con dos tumbonas sostenidas sobre la cabeza. Amadeo se precipitó a ayudarle. Detrás subían Elena, con el tocadiscos, y Ernestina.

—Bueno, ya no me muevo más —dijo Amadeo, sentándose en un sillón de lona.

Ernestina, que estaba en pijama, preguntó:

—¿Por qué gritabas, Andrés?

—No gritaba. Defendía mis derechos.

Elena me sonrió, dándome una palmada en el cogote, al pasar junto a mí. Santiago instaló el tocadiscos y Ernestina se sentó junto a la tumbona de Andrés, en el suelo, con las piernas cruzadas.

—¿No te ibas a acostar? —dijo Claudette.

—Sí.

—Pero ¿por qué tan temprano?

Ernestina levantó la cabeza para contestarme.

—Mañana llega Luisa. Y me tengo que levantar a las siete.

—No te levantarás —dijo Elena.

—Ay, hija, sí pienso madrugar. [245]

---

[245] "—Ay, hija, si pienso madrugar,", probablemente errata.

Apoyada en el pretil de la terraza, el largo perfil de Claudette era una línea neta que rompían los bultos de sus pechos bajo el suéter. De cuando en cuando se oía el choque
del hielo contra el vidrio de los vasos. Con las piernas
cruzadas, Elena movía el pie izquierdo en el aire al ritmo
lento del blue. [246] Amadeo suspiró.

—Se está bien aquí —dijo Ernestina.

—Lo que pasa es que nos encontramos fatigados.

Hacia el sur quedaban estáticos unos vellones de nubes,
clarísimos. Bebí un largo trago de whisky y encendí un
cigarrillo. Elena me miraba.

—¿Era buena la película? —dijo Amadeo.

—Muy entretenida [247] —Elena dejó de mirarme—. Resulta bonito esto. Y conocido. ¿Qué es?

Ernestina giró la cabeza en dirección al tocadiscos.

—Cualquier estupidez sentimental de las que emocio-
nan a...

—Calla, Santiago —Ernestina escuchó unos segundos,
hasta que comenzó a sonar suavemente el clarinete sobre el
piano.— *Poor Butterfly*.

Las manos me olían a tabaco. Dejé de apoyar la barbilla
en los dedos y cogí el vaso, que había dejado sobre las lo-
setas de la terraza. El pijama de Ernestina era una mancha
blanca. Claudette se movió, medio sentada en el pretil.

—Te estás durmiendo —dijo Amadeo.

—No —Santiago se retrepó en el sillón.

—Javier, ¿qué fue de aquel tipo que tu padre tenía de
contable? Un viejo sucio como doña Pura y servil como un
perro. Cuando las cartillas de racionamiento del tabaco, [248]
le regalé la mía. Repugnante.

---

[246] Anglicismo. El *Diccionario General Ilustrado de la Lengua
Española* define *blues* como género poético-musical del folklore negro americano, de tema personal y generalmente melancólico", Barcelona, Biblograf, 1987.

[247] La misma película que Dora no comprendió bien, le resulta
"muy entretenida a Elena", un rasgo más de su cultura.

[248] Una nueva alusión a la guerra. Las cartillas de racionamiento
obligaban a formar aquellas colas que —según el propio autor—
tanto gustaban a los niños de la guerra porque suponían salir a la

—Murió.

—¿Murió?

—Hace un par de años o tres.

—Coño, me alegro.

—¡Andrés!

—Elena, amor mío, me alegro de que se muriese, porque era un ejemplar de antiguo servidor de la casa. Con toda la mierda de la casa sobre sus hombros, cubiertos de caspa, y todos los enjuagues de la contabilidad sobre su conciencia. Me alegro.

—¿Por qué te has acordado de él ahora?

—Porque estaba viendo figuras humanas en las nubes. ¿No te acuerdas, Javier? —bruscamente, Andrés quedó sentado en el borde de la tumbona—. Era un tipo sarnoso [249] que siempre descubría figuras humanas en los mapas, en las flores, en los veteados de la madera. Me alegro mucho de ser un inútil, como piensa Elena que soy. Esta noche me alegro mucho de no haberme pasado los últimos veinte años conviviendo con contables consejeros y demás bazofia. Podéis creerme.

—Andrés, si tienes ganas de soltar *boutades*, [250] dilas, pero no me atribuyas pensamientos que no tengo —Elena se inclinó hacia adelante—. Nunca te he considerado un inútil porque no te gusten los negocios.

—Odio los llamados negocios.

—Eres un hombre muy bueno, Andrés —dijo Ernestina.

—Hija, eso es lo que soy. Desde pequeño, he sido buenísimo. Me dolía ir de putas cuando Javier me llevaba...

—Oye, tú, que yo...

—... y me dolía la ausencia de seriedad comercial. Este invierno voy a fundar una universidad de seriedad comercial. He sido tan bueno y me gusta tanto ser bueno que,

---

calle, encontrarse con los amigos, jugar. *Vid.* R. M. Pereda, ob. cit., p. 15.

[249] La sarna fue una enfermedad bastante común durante la guerra. Recuérdese al protagonista-niño de "Carne de chocolate".

[250] "boutades", galicismo por exabruptos.

a pesar de mis borracheras, todo el mundo me quiere. ¿No es cierto que me queréis?

—Te queremos mucho —dijo Amadeo.

—Y, sobre todo, las mujeres. Lo empecé a notar el día que terminamos con la guerra aquella. Al principio, de tanto soportar mi sensibilidad, pensé que era marica. Luego dije, ¡qué leñe!, si tengo sensibilidad, ¿para qué la voy a ocultar? Y le participé a mi madre, que en la paz de la gloria estará, que no pensaba mover un dedo para aumentar la fortuna de la familia. Mi madre hizo el número de la viuda con hijo único. Después, la pobre puso todas sus esperanzas en Elena. Pero Elena y yo nos queremos. Afortunadamente, existe Javier. Javier, eres el sostén de la familia. Sin ti, la familia vería decrecer anualmente sus rentas. Eres un sostén [251] estupendo, que impides que tengamos las tetas caídas.

Ernestina se rió agudamente sobre la carcajada ronca de Amadeo.

—Es verdad todo lo que dices, Andrés.

—Elena, me encanta que me des la razón. Y que hayas comprendido lo importante que es la bondad para la vida corriente. Me encanta que quieras a Javier, [252] que quieras a nuestro hijo, que quieras a mis amigos. No pretendo ponerme sentimental, Elena, pero hubo ocasiones, al principio de nuestro matrimonio, en que temí que no ibas a querer a nadie.

—Eres formidable, tú —dijo Claudette.

—Oye, marido, ¿por qué eso?

—Te veía tan guapa, tan bien hecha, con esa buena piel que Dios te ha dado, [253] que parecías incapaz de cariño. Mi puñetera sensibilidad me lo hacía suponer constantemente. Hasta que un día resultó que tú también eras buena, Elena. Y ya no me importó que fueses guapa.

[251] El dilogismo favorece la creación del chiste. Existe, de todas formas, una lectura subliminal, si tenemos en cuenta la relación Javier-Elena.

[252] El alcohol dota a Andrés de una clarividencia cuyo alcance está lejos de sospechar.

[253] Vid. nota 243.

—¿Cuántos whiskys te has bebido?

—Ocho, Amadeo. A partir de la docena, os explico siempre mi vida. Se está muy bien aquí, con vosotros y la música esa y... todo. Pero pienso que está sucediendo algo alrededor nuestro, que no sabemos qué es. Vosotros parece que ni siquiera sepáis que sucede algo.

—¿Qué sucede? —dijo Santiago.

—Te digo que no lo sé —Andrés encendió un cigarrillo—. Suceden cosas. Que te diga Javier lo que sucede. Él quizá lo sepa.

—¿Porque leo los periódicos?

—Tú no lees los periódicos; es don Antonio el único que sabe lo que dicen. Pero todos estamos de acuerdo en que los periódicos no dicen nunca lo que sucede.

Me aproximé al pretil, cerca de Claudette. Elena colocó una mano sobre la frente de Andrés.

—Por ejemplo —dije—, la chica esa. La policía sigue investigando, pero nosotros no sabemos nada.

—No te pongas fúnebre, Javier. Anda, Andrés, continúa —dijo Ernestina.

—Estás sudando. ¿Te subo unas toallas mojadas?

—No te molestes, Elena —Andrés se dejó resbalar, hasta apoyar la cabeza en la lona—. Me refresca más tu mano que todas las toallas del mundo. Creo que estoy tan contento porque el mundo me parece una mierda solemne y complicada. Y yo me las entiendo muy bien a la orilla de la mierda. Santiago, cuando te ocupa el cuarto de baño, ¿no odias a Claudette?

—Pretende asesinarme.

—No la odies, Santiago.

Amadeo se puso en pie, apretando las rodillas a Ernestina.

—Vamos a bailar, anda.

Elena, inclinada sobre Andrés, le besaba en los labios, al tiempo que acariciaba sus hombros.

—Creo que me voy a acostar —dije.

—Estás fatigado, ¿no?

Amadeo y Ernestina bailaban. Miré a Claudette, que me sonreía.

—Bueno, hasta mañana a todos.

—Javierón, no te vayas. Prometo no recordar más cuando me metías a empujones en las casas de putas.

—De verdad que estoy fatigado —Santiago dejó caer un trozo de hielo en su vaso vacío; Andrés y Elena seguían abrazados, ella sentada en sus piernas—. Que lo paséis bien.

Bajé rápidamente los escalones, hasta los primeros árboles. Arriba, las risas, las voces ininteligibles y mezcladas, la música, sonaban en oleadas discontinuas. Me apoyé en un tronco, con todas mis energías contra la corteza rugosa. De pronto, no pude más y comencé a correr.

Cuando llegué a la playa, me detuve junto a la barca de Amadeo. Las manos me temblaban. Paulatinamente, me fui incorporando a la soledad de la playa. Las olas llegaban, pequeñas y espumosas, desde la lejanía parcelada por la luz de la luna. Después de mucho tiempo, regresé. Lentamente, alejándome lo más posible del chalet de Andrés.


18


Abrí los ojos y vi luz en el cuarto de baño. Los grifos debían de estar totalmente abiertos. Me volví sobre el otro costado, tratando de continuar el sueño. En la persiana del ventanal se estriaban los rayos del sol. Al rato, Dora rodeó mi cama, hacia el armario; se puso unos pantalones y una blusa amplia, de color naranja.

Me pesaban los párpados y tenía la piel húmeda de sudor. Retiré la sábana con un pie, abrazado a la almohada. Dora canturreaba en un murmullo. En el jardín alguien gritó, al tiempo que una motocicleta pasaba por la calle. Entreabrí los ojos. Dora, de pie, separaba dos hojas de la persiana. La moto se alejaba.

—Javier.

Acabó de descorrer las cortinas.

—Javier, Javier.

La mano de Dora movió mi hombro.

—¿Qué?

—Son las diez y media, Javier.

—¿Las diez y media ya? —me tendí sobre la espalda, los brazos atrás—. Buenos días.

—Don José María está enfermo.

—Vaya por Dios. Supongo que no tendrá nada grave.

—Avisaron por Rafael que estaba enfermo y que no podrá venir esta mañana.

—¿Qué tal día hace?

—Te advierto que a las doce hay que salir para el pueblo. Calor, mucho calor. Le diré a Rufi que te suba el desayuno.

—Y los periódicos.

Cuando Dora salió, me senté en la cama y encendí un cigarrillo. La habitación olía mal, a aire estancado. Regresé del cuarto de baño a la cama con un acceso de tos. Luego, recordé a Elena.

—Señor...

Rufi llamaba. El cigarrillo era sólo ceniza; aplasté la punta y me tapé [254] con la sábana.

—Adelante.

—Buenos días. ¿Ha descansado bien el señor?

—Bien. Gracias, Rufi. Abra esa ventana, por favor. Y deje levantada la persiana. Tiene usted buen aspecto esta mañana.

—He dormido como un lirón.

La bandeja quedó sujeta entre mi estómago y las piernas, que había doblado. Rufi me entregó los periódicos, antes de abrir el ventanal.

—¿Se divirtió anoche?

—Sí, señor. Don José María está enfermo y no va a venir.

—Ah, sí.

Rufi recogía las ropas de Dora, que había sobre los respaldos de las butacas, del sillón, por el suelo. Entró y salió varias veces del cuarto de baño. Cuando puso mis chinelas de cuero debajo de la cama, su frente rozó la sábana; dejé de leer. El pelo de Rufi tenía un brillo acei-

---

[254] "tape", por errata.

toso. Al ponerse derecha, se encontraron nuestras miradas.

—¿Quiere algo? —sonrió.

—Gracias. Espero que no tenga hoy mucho trabajo.

Se volvió en el centro del vano del ventanal, con un fondo azul y verde del cielo y de las ramas de los árboles.

—¿Cómo?

—Quiero decir que hoy es domingo [255] y debe de terminar pronto.

—Así lo intentaré, señor. Esta tarde voy a la aldea. Rafael nos lleva en la furgoneta. Las otras chicas quieren ir al camping, pero Rafael y yo preferimos la aldea. Como Rafael es el que conduce —Rufi rió—, pues iremos por donde él quiera. Perdone, no le dejo leer.

—No se preocupe. Si espera un momento, puede bajarse la bandeja.

Bebí lentamente lo que quedaba de café. Rufi, con las manos cruzadas sobre el vientre, miraba por el ventanal, con una minúscula sonrisa.

—¿No quiere más?

—Nada más.

Me cansé pronto de los periódicos. Las manos detrás de la nuca y el reciente sabor del cigarrillo en el paladar, fui reconstruyendo despaciosamente el cuerpo de Angus. Me dejé resbalar hasta quedar tendido. La luz, filtrada por mis párpados, danzaba en una vertiginosa sucesión de manchas de colores. Después, entraron Enrique y Dorita a darme un beso. La casa, el jardín, la calle estaban llenos de pequeños ruidos, de voces, que parecían muy cercanos.

Desde la cama, llamé a casa de Elena.

—No, no soy Andrés. Pero ¿cómo crees posible que Andrés esté levantado a estas horas?

—Ah, Santiago.

—Andrés estará visible dentro de una hora. Acaba de entrar en la ducha. ¿Quieres que le diga algo?

---

[255] Los datos temporales no son abundantes, aunque vamos conociendo, con ciertos intervalos, el decurso de los días. En casa de Angus era jueves, y se habían conocido el viernes de la semana anterior.

—No, nada. Llamaba por llamar. Estoy aún en la cama. ¿Os acostasteis muy tarde anoche?

—No muy tarde. En el momento en que Elena dijo que no proporcionaba una gota más de whisky. ¿Recuerdas lo genial que estuvo Andrés? Bueno, pues luego se superó. Salimos a dar una vuelta y se paraba delante de cada chalet a hacer la historia de los dueños, en forma de sermón. Algo sensacional. Ah, antes que se me olvide. Escápate, porque don José María no viene esta mañana y las mujeres ya están organizando el viaje al pueblo. Amadeo se ha bajado a la playa. Dentro de media hora lanzamos la "Marta" al agua.

—De acuerdo. Oye, ¿está Elena por ahí?

—Con Ernestina y Luisa, que acaba de llegar.

—Nada entonces.

—Espera y la llamo.

—No, no, no. Dile simplemente que me telefonee ella, cuando pueda.

—Ya sabes, dentro de media hora en la playa. Y guarda el secreto.

—Hasta ahora.

Hojeé nuevamente los periódicos. Leí los sucesos y me levanté a buscar un bolígrafo para hacer el crucigrama. En el jardín, Leoncio examinaba un macizo de flores. José pasó corriendo por la calle sin escuchar a Dora, que le llamó desde la veranda. Más allá de los tejados, las terrazas, los árboles, contra el azul igual del cielo, la montaña estaba partida en dos por la sombra. Las copas de los pinos, inmóviles, parecían dar más luz a la mañana. Sentado en la cama, comencé a resolver las palabras cruzadas. De vez en vez me atascaba y me quedaba pensativo, como si tratase de recordar algo muy importante o estuviese a punto de descubrirlo.

Oía las voces de ellas, avanzando por el pasillo. Dora abrió la puerta y dejó paso a Ernestina y a Luisa.

—Vengo a visitarte, porque se pronostica que te quedas en la cama hasta la noche.

—Luisa, estás guapísima. Déjame que te vea —levanté una mano hacia ella, que me estrechó, al tiempo que se inclinaba y me besaba en las mejillas—. Sensacionalmente guapa. Hola, Ernestina.

—Tú sí que estás bien. El día que encuentre un maduro como tú, me ahorco.

—Os dejo con el vago éste —dijo Dora—. Pero no entretenerle, que a las doce salimos.

—Son las once y cuarto, Dora. Sentaos —Dora cerró la puerta— donde podáis.

—Me encantan las alcobas matrimoniales —dijo Ernestina.

Luisa se sentó al borde de la cama, cruzó las piernas y se retocó el pelo.

—Estás más delgada.

—Eres un encanto.

—Representas cinco o seis años más, lo cual te viene bien, porque debes de tener muy pocos —las hombreras del vestido a cuadros caían flojas sobre sus huesudas clavículas—. ¿Cuántos años tienes, Luisa?

—Veintidós ya. ¿Y tú?

—El día que naciste estaba yo metido en una trinchera, con el barro hasta las orejas. [256]

—Luisa nació en agosto y, por consiguiente, no podía haber barro en tus malditas trincheras esas, de las que siempre estáis hablando —Ernestina se volvió con uno de los cepillos de Dora en una mano—. No podía imaginar que hubiese aún mangos con tanta plata repujada. [257]

—Luisa, ¿cuándo fue la última vez que nos vimos?

—La última vez que nos vimos fue en la boda del hijo de Joaquín Maroto, en mayo. Desde entonces no me he enamorado ni una sola vez —Luisa apretaba el mecanismo del bolígrafo y la punta entraba y salía con unos rítmicos chasquidos—. [258] También he pasado una temporada infernal en Zarauz, aunque corta, gracias a la carta de Andrés invitándome a la fiesta del jueves.

---

[256] Por tanto, 1938.
[257] Otro detalle más de lujo en la casa del protagonista.
[258] La actividad de Luisa no deja de tener un carácter simbólico de tipo erótico, que concuerda con sus palabras.

—¿El próximo jueves es la fiesta? [259]

—Sí, señor —Ernestina me pasó el cepillo por la cabeza—. Eso es lo que tú te preocupas por la fiesta. Te advierto, Luisa, que está...

—Me han dado muchos recuerdos para vosotros y que les...

—... inaguantable.

—... mandéis a los críos a Zarauz, porque si no, mueren. Tu madre está pochola como ella sola, [260] sin reuma ni garambainas. [261] Bueno, cuenta tú. Sigues enamorado de Dora, claro.

—Sigue —Ernestina se sentó a mi lado, con las piernas estiradas.

—¿Continúas ganando dinero?

—Últimamente no hay quien lo gane.

—Mi viejo afirma que se va a declarar en quiebra. ¿Por qué dice ésta que estás inaguantable?

—Porque lo está. No se preocupa de nada.

—No me preocupo de tu fiesta.

—O sea, follón de negocios —Luisa agarrotó una mano a uno de mis tobillos—. Yo me encargo de rejuvenecer el ambiente. Oye, creo que habéis tenido un crimen y todo esta temporada.

—Un crimen precioso. Como de película.

—No se sabe si ha sido un crimen. No se sabe nada. Pero, desde luego, de precioso tiene el asunto lo que yo de obispo.

Antes de que yo llegase a descolgar el teléfono, que había comenzado a sonar, lo hizo Ernestina.

—Diga.

—Quizá sea Elena.

—Estamos con él... Pues en la cama, hija... Que si quieres algo de Andrés.

—Nada. Ya le veré luego.

---

[259] *Vid.* nota 255.
[260] Otro ripio intencionado como el que se comentó en nota 68.
[261] Tonterías, pamplinas.

—Que dice que nada, que ya le verá... Sí... Nosotros a seguir el *tour* [262] de visiteo... Hasta ahora.

Luisa se apoyaba en el alféizar del ventanal.

—Nos vamos para que te levantes.

—¿Quieres decirme, Ernestina, cómo resistes aquí, sin un soltero?

—¡Cosas! —Ernestina palmeó sobre el colchón al levantarse—. Tú, arriba.

Luisa avanzó unos pasos y se detuvo, con las manos en las caderas y las piernas separadas.

—Debe de ser que estamos hartas de hombres, ¿comprendes? Lo que te pasa a ti con los negocios.

—Me alegro de que hayas venido, Luisa. Y perdóname este recibimiento.

—Hasta luego, Javier.

—Adiós, bonito —Ernestina lanzó el cepillo sobre la cama de Dora.

Busqué el bolígrafo entre los pliegues de las sábanas, amontoné los periódicos en el suelo y encendí un cigarrillo, antes de marcar las cifras en el disco del teléfono. Casi inmediatamente Elena contestó.

—Soy yo. Acaban de marcharse Ernestina y Luisa. ¿Estás sola?

—Sí. ¿Qué querías?

—Charlar contigo.

—No creo que tengas muchas cosas de que charlar.

—Elena, ¿qué te ocurre?

—Nada —percibí su esfuerzo para cambiar el tono de la voz—. En resumen, ¿qué querías cuando me has llamado antes?

—Resulta fácil de adivinar, ¿no? Quiero verte y hablar contigo, ya que anoche...

—Es mejor que no me hables de lo de anoche.

—Fui yo quien no se lo pasó muy bien. Precisamente quiero verte, para hablar de lo de anoche.

—¿Qué de anoche?

---

[262] "tour", galicismo, que recoge el *Diccionario Manual,* por vuelta, paseo.

Cambié el auricular de oreja, a la vez que hablé más bajo.

—Preveo que va a resultar difícil entenderse por teléfono. Dejémoslo para cuando estemos solos. ¿Qué harás antes de comer?

—Es posible que nos quedemos a comer en el pueblo.

—¿Nos escapamos después del almuerzo?

—Imposible.

—¿Por qué?

—Por Luisa.

—Pero ¿qué tiene que ver Luisa?

—Javier, Luisa ha llegado a casa esta mañana y Andrés supongo que...

—Mira...

—¡Déjame hablar!

—Está bien. Habla.

—Andrés querrá que salgamos por ahí, a alguna playa. Tú vente, de todas formas.

—No pensaba ir. Es más, no voy a ir al pueblo a pasar toda la tarde contemplándote como a una extraña, sin cinco minutos de independencia. ¡No, no voy a ir! No me da la gana de que suceda lo de anoche. Cuando quieras tú, me avisas.

—Anoche, escúchame de una vez, Javier, estuve resistiendo por ti, sólo por ti. Aunque me doblaba el sueño, me quedé, porque habíamos proyectado estar un rato a solas. Y fuiste tú quien te largaste de repente, como un rayo. No me digas ahora...

—¿Por qué me largué yo anoche? ¡¿Por qué?!

—Eso es lo que quisiera saber.

—Pues me largué porque no resistía más aquella conversación estúpida, que no me interesaba nada. Viéndote, encima, representar el hermoso papel de mujer de tu marido. ¿Lo entiendes ahora?

—¿Qué querías que hiciese?

—Por lo menos, haber sabido que estaba yo allí. Esperando.

—Estás bobo, Javier.

—No, bobo no. Harto.

—Hijo, no sé de qué puedes estarlo.

—De ti, de mí, de la vida que llevamos, encerrados como ratas. Esto es una ratonera [263] al aire libre. Y tú, Elena, no haces nada para superar las dificultades.

—Basta, Javier. Ya está bien de tonterías. Eres injusto y lo sabes. Y si estás harto de mí, te buscas otra.

Dejé el cenicero sobre la mesilla de noche, al levantarme de cara a la puerta, esperando a que mis labios ordenasen las palabras. En el auricular, sobre el silencio, había un zumbido igual y constante.

—No quiero que digas esas cosas.

Elena se precipitó a contestar:

—Déjame en paz. Eres tú el culpable de que hable así. Yo estaba tan tranquila esta mañana...

—¿No decías que te disgustó lo de anoche?

—¡Sí, claro que me disgustó! Pero estaba tranquila, porque creía que te explicarías, porque no me podía esperar esta andanada de mal humor y de... Bueno, hasta luego.

—Espera.

—¿Qué?

—Yo no voy a ir al pueblo y...

—Ya lo has dicho antes.

—Por favor, Elena, no me gusta la gente cuando estoy contigo.

—Todo eso lo sé desde hace muchos años. Y más cosas, que creí que tú sabías también. Pero estás aburrido o nervioso o disgustado por lo que sea, y lo pagas conmigo. ¡Tampoco a mí me gusta pasar horas enteras de comedia! Pero ¿has olvidado que estoy casada?

—Si alguna vez, como anoche, tengo la suerte de estar a punto de olvidarlo, ya te encargas tú de recordármelo.

—Eres injusto, injusto y malintencionado.

—Tú sí que lo eres. Que piensas que pago contigo los disgustos que pueda tener por ahí.

—Claro que sí, Javier. Si no, ¿qué motivos puedes tener para esto?

---

[263] Anteriormente se consideró como madriguera, e incluso como cárcel.

Me quedé silencioso, con la garganta reseca, las rodillas contra el larguero de la cama, a la escucha del silencio y el zumbido. Transcurrió tiempo, hasta que Elena volvió a hablar.

—Anda, Javier... Hasta luego.

Inmediatamente que oí el chasquido del corte de comunicación, tiré el auricular sobre la cama. En el jardín, los niños gritaban. Recogí el auricular y lo dejé caer sobre la horquilla.

Acababa de enchufar la máquina de afeitar, cuando sonó el timbre del teléfono. Al tirar del cordón, arrastré desde la repisa al suelo y al lavabo la jabonera, el vaso con el cepillo de dientes, unos rizadores de Dora, la talquera.

—Diga...

Rufi había cambiado la clavija en el momento de descolgar yo y, durante unos segundos, no oí nada.

—Diga, diga...

—Oye, Javier, soy Santiago, otra vez.

—¿Qué sucede?

—Venga, hombre, que te cazan. Yo ya me he escapado de Asunción, pero la pobre Claudette ha caído. Sé que Emilio me anda buscando.

—Bueno, ahora voy.

—Amadeo debe de estar a punto de poner el motor en marcha. Pero ¿es posible que sigas aún en la casa? Vaya mañana de domingo que te estás tirando, eh, amigo. Date prisa.

Por la piel, húmeda de sudor, la máquina no resbalaba; renuncié a afeitarme algunas zonas del cuello. Dora me llamó desde el jardín y salí de la ducha. Tardé en encontrar una toalla; al fin dejó de gritar mi nombre, cuando me asomé al ventanal.

—Javier, ¿sabes qué hora es?

El automóvil estaba cerca de la entrada. En la calle, Emilio y Asunción, rodeados de los niños, se dirigían hacia nuestra casa. Unos metros detrás de ellos, conversaban los Hofsen con Marta.

—Sí, ya voy.

Leoncio continuaba absorto en las flores. La moto de Ernestina, con Claudette en el asiento trasero, apareció a golpes sincronizados de claxon. Entre los árboles se movía la mancha naranja [264] del blusón de Dora hacia la calle.

Me puse una camsia y un pantalón. Rufi subía los escalones de dos en dos. Crucé el hall, [265] oyendo la algarabía en el jardín.

—Javier.

Esperé en el umbral del vestíbulo a que Dora se acercase.

—Pero ¿no te has vestido? No llegaremos.

—No pienso ir al pueblo, Dora.

—¿Y te vas a quedar sin misa?

—No tengo ganas de misas. [266]

Enrique y José trepaban a la veranda. Recorrí el pasillo, atravesé la cocina y salí a la parte de atrás del jardín.

—Buenos días, señor.

María arrollaba una manga de riego.

—Buenos días.

Intenté abrir la puerta de tela metálica hacia dentro, hasta que recordé que abría en sentido opuesto, y la empujé con el pie.

Pronto se me llenaron las sandalias del polvo del camino. Anduve de prisa, sin rumbo consciente. De pronto, Joaquín llegó hasta mí, ahogado por su propia respiración.

—¿De dónde sales?

—Estaba escondido en el jardín de tu casa.

—¿Es que te buscan para atarte a un árbol?

—No. ¿Puedo ir contigo?

Arranqué una vara seca de un matorral. Joaquín caminaba a mi lado, inspirando el aire a intervalos regulares.

—Me había escondido para no ir con ellas. [267]

---

[264] Después de los primeros compases de la novela en que predominaba el amarillo (*vid*. nota 158), el blanco y el naranja han sido los colores más frecuentes en las prendas de vestir.

[265] Anglicismo por vestíbulo o recibidor.

[266] El plural confirma lo advertido sobre el tema religioso.

[267] Joaquín ejerce entre los niños el papel de Javier entre los adultos, por eso sus intenciones coinciden, como sus pasos.

A la salida del bosquecillo de abetos apareció el mar, brillante de luz, solidificado en una inmensa mancha de color variable.

—Mira, la "Marta". ¿Quieres que les gritemos? Seguro que nos esperan.

El petardeo del motor sonaba disminuido por la distancia. Angus se despertaba en la cama de un hotel. Hasta Rufi sabía en qué ocupar la tarde del domingo. La barca avanzaba fácilmente, sin cabeceos. Respiré hondo la delgadez del aire, su olor penetrante y caluroso.

—Van hacia Palma —dijo Joaquín.

—No.

Joaquín me miró, con aquella especie de asombro asustado y risueño que yo tan bien conocía.

—¿No?

Le pasé un brazo por los hombros.

—Palma está —levanté la mano— hacia allí. [268]

—¿De verdad?

—Sí.

Joaquín desfrunció el entrecejo y sonrió sin reservas.

—Oye, ¿nos vamos al pinar?

—Vamos a bañarnos. Hace mucho calor.


19


Luisa, en el centro del círculo de hamacas y sillas de lona, clavaba la barbilla en el pecho, atenta a sus manos, que manipulaban en el mechero.

—¿Has estado hasta ahora durmiendo la siesta? —preguntó Claudette.

Apoyé las manos en los tubos niquelados de una de las sillas y encontré la mirada de Luisa, que acababa de levantar la cabeza.

—¿Qué hay, dormilón?


[268] Lo inconcreto de la dirección señalada impide la exacta ubicación de "Velas Blancas", que habría podido verificarse con la referencia de Palma de Mallorca.

—Me levanté hace tres horas. En traje de baño estás mejor, Luisa.

—Y desde las cinco, ¿qué has hecho? Siéntate aquí, a mi lado —Claudette golpeó en la lona, al tiempo que cerraba su libro—. Tenemos un tiempo de maravilla.

—Di unas vueltas por la casa, ordené unos papeles... ¿Qué lees? —toqué las piernas de Claudette al coger el libro—. Ya veo que te has bañado, Luisa.

—Es un encanto vuestro Mediterráneo. Llevo todo el día aquí —Luisa se puso en pie sin apoyar las manos en la arena—. Y me voy a dar el último baño por hoy. ¿Venís vosotros?

—Yo ahora iré.

Me estiré en la tumbona, con las manos en los bolsillos del pantalón.

—Sí, evidentemente hace buen tiempo —cerré los ojos—. Ayer el parte meteorológico pronosticaba buen tiempo para toda esta semana. Por el anticiclón de las Azores.

—Muy interesante. Y, sobre todo, muy tranquilizador.

Abrí los ojos y vi a Asunción que cambiaba la ropa a una de las niñas, bajo el toldo, a unos diez metros de nosotros. Claudette continuaba riendo, cuando volví la cabeza hacia ella.

—No te entiendo.

—Ya lo veo. Quiero decir que, tal como andan las cosas en la colonia, resulta tranquilizador que alguien hable del tiempo.

—¿Cómo andan las cosas en la colonia?

—Lo sabes tan bien como yo —cruzó las piernas—. Dora no te habla a ti, Marta no habla a Amadeo, Joaquín huye de su madre desde la mañana, Emilio grita a todo el que se le acerca y Santiago parece que se haya quedado mudo. La pacífica felicidad se llama a eso. Únicamente estáis tratables Ernestina, Luisa y tú, que, por lo menos, aprovechas los escasos ratos en que se te ve para hablar de un anticiclón.

—Y tú.

—¿Cómo?

—Que tú también —cambié de postura— estás tratable. ¿Qué le sucede a Santiago?

—Que se aburre. Que ayer pasó la clásica tarde espantosa de domingo. [269]

—Que te necesita.

—Estás muy penetrante.

—¿Por qué?

—Hay cierto tipo de expresiones que nunca te había oído emplear. Es emocionante eso de que Santiago me necesita. Casi creo que tú necesitas a alguien.

—Os necesito a todos vosotros. Hace poco pensaba que no me explico cómo no has arrancado a Santiago de este país. [270] Cómo tú, que has vivido la mayor parte de tu vida en Francia, [271] puedes resistir aquí.

—Oh, oh, pero ¿qué es ello, Javier? Siempre has defendido la vida española como la mejor. Explícame qué te ocurre.

Levanté las manos en un gesto ambiguo.

—Posiblemente, que estoy fatigado.

Claudette se descalzó, lanzando las sandalias al aire. En la orilla, las niñas sujetaban a Enrique y trataban de enterrarle. Desde el toldo, José gritó que le esperasen. Unos metros más allá, Elena nadaba de espaldas, con una especie de voluptuosidad en el arco que trazaban sus brazos. El sol, bajo, llenaba la superficie del agua de reflejos de distintas tonalidades. Volví a dejarme hundir en la hamaca. Claudette, que había acabado de colocarse un gorro de goma amarilla, [272] parecía, con los cabellos ocultos, un muchacho.

—Es cierto que me resulta inexplicable que puedas aguantar este ambiente. Con los años, me estoy haciendo un revolucionario.

—Con los años, nos estamos volviendo todos neurasténicos.

[269] *Vid.* nota 255 y llamada 259.
[270] Recuérdese lo dicho en notas 83 y 154.
[271] *Vid.* notas 85 y 154.
[272] *Vid.* notas 158 y 264.

Claudette corrió hacia la línea de espuma; cuando el agua le llegó a las rodillas, se zambulló de cabeza. Los niños, sentados en un sosegado corro, permanecían silenciosos. Me cambié de asiento, cara al mar.

—¡Hola, Javier!

—¡Hola, Asunción! ¿No te bañas?

Asunción, sosteniéndose en los codos, separó la cabeza y el pecho de la arena.

—Quiero aprovechar el último sol. ¿Y Dora?

—Por casa quedó.

Claudette se alejaba a un ritmo uniforme. A través de las pestañas observé a Elena mientras salía del agua, se detenía unos instantes con los niños, se aproximaba, la cabeza baja y balanceando el cuerpo, en línea recta hacia mí, brillante su piel bronceada de gotas.

—¿Qué hay?

—¿Quieres encenderme un cigarrillo?

Extendió una toalla de color sobre la hamaca de mi izquierda. El humo de la primera bocanada le ocultó la frente.

—Te has dado un buen baño.

—No te había visto hasta ahora.

—Bajé sólo hace unos minutos.

Con las piernas extendidas, montó un talón en el empeine del otro pie.

—¿Encontraste a Joaquín?

—No.

Los casi horizontales rayos del sol me dañaban el entrecejo. Elena fumaba, inquieta la mirada en una y otra dirección. Se formaron unos tensos músculos en sus muslos carnosos.

—¿Qué hiciste ayer por la tarde?

—Dormir y pasear. Me di una buena caminata. Cuando regresasteis del pueblo, estaba ya acostado. Esta mañana fui con Amadeo a llevar la barca a la aldea.

—Esta mañana estuve en la playa desde las doce.

—Ahora mismo, viéndote salir del mar, se me ha ocurrido que tengo la vida pendiente de ti esta temporada.

—No lo parece —sonrió.

Doblé la cintura, alargué el brazo y le acaricié la curva del mentón. La mirada y la sonrisa de Elena de quedaron quietas sobre mí.

—¿Estás ya tranquilo?

Permanecimos aún unos segundos con las miradas unidas, pero sin sonreír. Reitré la mano. Asunción leía un periódico.

—No, no lo estoy.

En sus labios, sin maquillaje, la luz del crepúsculo marcaba unas grietas. Rectifiqué la pernera del pantalón y volví a sentarme, con los antebrazos apoyados en las rodillas.

—¿Qué me miras?

—Me gustaría besarte y besarte, sin tiempo. Tenerte bien apretada. Y olvidarme de todo.

—¿De todo? —encogió las piernas—. ¿Por qué te portaste tan horriblemente ayer, por teléfono?

—No sé —mentí.

—¿Por qué no quisiste acompañarnos a misa?

—Tampoco lo sé.

—No sabes nada.

—No, no sé nada. Llevo muchas horas, muchos días, solo. Y cada vez sé menos lo que sucede.

—Lo que te sucede, querrás decir. Porque no sucede nada, Javier. Todo sigue igual.

—Quizá.

—Ayer te portaste horriblemente, y anteanoche, peor.

—Dejemos eso, Elena. No quiero enzarzarme otra vez. ¿Cuándo podremos ir a la casilla?

Se inclinó para enterrar la punta del cigarrillo en la arena. Tenía ya normalizada la expresión, casi indiferente o desdeñosa.

—Espero que en esta semana. Mañana no, desde luego. Ni pasado. Ni el jueves, porque con los preparativos de la fiesta... —se calló, al ponerme yo en pie.

—Hasta luego.

Anduve dos o tres pasos, hasta que ella habló:

—¿Por qué todo esto, Javier?

—Voy a casa —balbucí—. He olvidado...

—¿Por qué? —en el silencio sonó la voz de Claudette e, inmediatamente, la de Asunción—. ¿Qué culpa tengo yo de que Dora te haga la vida más imposible que nunca?

Con las manos cruzadas y separadas las piernas, sonreía. De improviso, tuve conciencia de mi propio gesto. Di media vuelta y anduve rápidamente, levantando unas pequeñas nubes de polvo.

Sus voces y sus risas llegaban hasta el sendero deformadas por la distancia. De un momento a otro, la sombra cubriría el mar.

Andrés, Santiago, Amadeo y Emilio, que jugaban una partida de mus en el jardín de este último, no me vieron pasar calle adelante, en dirección a Joaquín.

—¿Qué haces por aquí?

—Estuve viendo a los albañiles en la piscina. ¿Cuándo la vais a llenar?

—¿Dónde has pasado todo el santo día?

—Por ahí. ¿Puedo ir contigo?

—Mira, vete inmediatamente a la playa y deja de intranquilizar a tu madre —Joaquín se apoyó en el tronco de un árbol—. ¿Me oyes?

—Sí.

—Pues anda a la playa.

—Entonces, ¿no puedo ir contigo?

—¿Para qué?

—Para ir.

—No.

Joaquín se quedó, metiendo piedras a puntapiés en el alcorque. Rafael, en cuclillas, desmontaba una de las ruedas de la furgoneta.

Leoncio bajó los escalones de la veranda.

—Está aquí Vicente.

—Dile que venga y charlaremos.

Me senté en uno de los sillones de mimbre. Rufi barría las losas de una esquina del chalet.

—Rufi, ¿quieres traer unas botellas de cerveza? Y la ginebra.

—Ahora mismo, señor.

Vicente, convoyado [273] por Leoncio, se detuvo en el límite del paseo de grava.

—Buenas tardes— me levanté—. ¿Cómo está?

—Buenas tardes, don Javier. Usted perdone que le moleste.

—Venga a sentarse aquí.

Leoncio regresó a la casa. Antes de pisarla, Vicente miró la hierba; llegó casi de puntillas. De uno de los bolsillos de la chaqueta mil rayas sacó un paquete de tabaco americano, recién abierto. Acabábamos de encender los cigarrillos, cuando Rufi dejó la bandeja sobre la mesa.

—¿Le gusta la cerveza?

—Sí, señor, mucho —Vicente, sentado en el borde del sillón, alargó la mano al vaso desbordante de espuma—. Muchas gracias.

—Yo le conocía a usted, pero no relacionaba el nombre.

—Claro —sonrió—. Es lo que pasa. En la aldea nos hemos visto varias veces. Me presentó Juan, ¿recuerda usted?

—Naturalmente —bebí un sorbo de ginebra.

Vicente cambió el cigarrillo de mano y bajó la cabeza, al tiempo que subía ligeramente el vaso, hasta humedecerse los labios.

—Está muy rica —dijo.

—Ya me había avisado Leoncio de su anterior visita.

—Sí, señor, ya le diría Leoncio. No es cosa de más prisa. Yo sé lo ocupado que está usted siempre. Es lo que digo muchas veces, que don Javier ni en las vacaciones deja de trabajar. Cuando la mujer me va a buscar a la tienda y me anima a que ya lo deje, es lo que yo le digo, que ni don Javier, que es un señor, deja de trabajar en las vacaciones.

—Usted tiene una tienda en la aldea, ¿no?

—Sí, señor. De ultramarinos, alpargatería, droguería y artículos de limpieza.

—Y ¿cómo van los negocios?

---

[273] Aunque el término está aceptado, denota la educación francófila de Hortelano una vez más.

Vicente dejó de observar la superficie de la cerveza y movió los hombros.

—Malamente. El invierno ha sido muy perro, sí, señor. Y el verano no está siendo mejor. Más de la mitad de lo que vendo, lo fío.

—¿Usted es de aquí?

—Yo soy de Almería. Pero he vivido muchos años por la Rioja. [274]

—Bien, Vicente, pues usted dirá.

—Tampoco quiero entretenerle, señor don Javier. Usted querrá ver a esos señores y yo...

—¿Qué señores?

Empujé el cenicero al borde de la mesa. Vicente movió el brazo izquierdo, con el cigarrillo vertical, como una antorcha, hasta dejar caer la larga ceniza. Después volvió a mojar los labios en la cerveza.

—A esos señores de la policía.

—¿Ha venido el inspector?

—Sí, señor, don Julio y otro más joven que no sé su nombre. Poco hace que andaban por aquí —Vicente movió la cabeza en dirección al boj de la entrada— y saludaron a su señora.

—Vendrán por lo de la chica muerta.

—Sí, señor, por eso vendrán.

—Pero yo no tengo por qué verles. ¿Por qué cree usted que yo...?

Vicente, con la punta del cigarrillo entre el índice y el pulgar, alcanzó el cenicero. La correa de cuero negro, varios centímetros más abajo del borde del pantalón, oprimió su vientre abultado.

—Por la aldea se comenta que usted está en el misterio del asunto, porque a usted le ha consultado la policía qué hay que hacer. Algunos de los más mozos tienen miedo de que les achaquen algo. Usted, señor don Javier, ya sabe

[274] El tema de la emigración también es recurrente en G. Hortelano, porque supuso una solución momentánea al paro en la postguerra.

que de los pobres siempre se sospecha. [275] Y ellos que, además, son muy bárbaros, salvajes, para qué vamos a ocultarlo entre nosotros...

—Pero yo no sé nada —reí brevemente—. Y a mí la policía no me dice tampoco nada. No obstante, creo que no hay que temer ninguna detención si es que ninguno de ellos conocía a la muerta.

—No, señor, ninguno la conocía —Vicente se apresuró a añadir—. Vamos, eso es lo que dicen. Para mí, si usted me permite, se trata de un arreglo de cuentas. En esta tierra ya sabemos lo que son los extranjeros. Buenos para dejar pesetas y mejores para dejar líos. Usted, que la vio, señor don Javier, y que es un hombre de cultura —la luz fluorescente de la veranda parceló en sombras la mesa y el césped—, ya se habrá hecho su composición de lugar. ¿Qué voy a decirle yo? Bueno, pues ellos tienen miedo, porque más de uno y de dos han tenido que ver con las extranjeras. Usted comprende, señor don Javier, son jóvenes, ellas les incitan como perras en celo, les dan regalitos, les pagan sus cosas... Algunos rondan por el camping... Hay noches que aquello parece un prostíbulo, y ellos de chulos. Con perdón.

—Bueno, Vicente, siempre han existido estas cosas, más o menos ocultas. Supongo que nadie de la aldea estará complicado. Si la policía me pregunta, así se lo diré.

—Muchas gracias. Ya sabía yo que usted defendería al pobre. Sí, señor, ya lo sabía.

—¿Alguna cosa más?

Vicente bebió un sorbo de cerveza, se separó momentáneamente del asiento y sacó un sobre de uno de los bolsillos de la chaqueta. Joaquín entró por el sendero central; cuando vio a Rufi, corrió hacia ella.

—Si usted tiene un ratito de tiempo libre...

—Sí, dígame —dejé de observar a Joaquín.

—La cosita es la siguiente. Usted sabe que tengo una tienda en la aldea. Puede preguntar a quien quiera y le

---

[275] El pensamiento de Vicente delata una situación propia de un régimen totalitario.

dirán lo bien surtida que se encuentra. No es una tienda de pueblo, corriente y pobretona. Yo, mire usted, me he preocupado siempre de que el trabajo rindiese y, para que rinda, hay que trabajar bien. Es lo que digo, si no trabajo bien, prefiero no trabajar. Pues yo, por ejemplo —Rufi y Joaquín doblaron la esquina—, no traigo ya lejía en botella. No, señor. Traigo la lejía en tubos de plástico de ése, concentrada. Eso, para que usted vea que me preocupo de estar a la moda de lo que aparece en el mercado. Y un día me puse a pensar que en la colonia no hay tiendas. Sí, sí, ya sé que...

—En la colonia no puede haber tiendas.

—... que en la colonia no dejan ustedes que haya tiendas. Ya lo sé, señor don Javier. Y hacen bien. Ustedes tienen medios para vivir sin tiendas y sin cines y sin ayuntamientos y hacen pero que muy bien. Pero yo un día me puse a pensar y me di cuenta de que las cosas, con perdón, podían ser cambiadas, salvo su mejor parecer. Para que usted vea claramente— al retroceder unos centímetros en el sillón, apoyó el vaso en el vientre—, Rafael va todos los días al pueblo con la furgoneta y hace las compras. Si hubiese un almacén, por ejemplo en la caseta, un almacén abierto, se entiende, Rafael alguna que otra vez no tendría que hacer el viaje. Se iba al almacén, cogía lo preciso y asunto acabado. Ustedes se ahorraban el transporte y, encima, podían ganarse una comisión.

—¿Cómo?

—Yo no rebajaría los precios, pero sí puedo dar una comisión a ustedes, si es que ustedes me dejan tener un almacén en la caseta. En este papel se explica por escrito —Vicente colocó el sobre junto al cenicero y la botella de cerveza—. Si usted se molesta en leerlo, verá que yo...

—Vicente, comprendo su idea. Usted, que pretende ser el único proveedor de la colonia, ofrece sus condiciones. ¿No es eso?

—Eso es. En exclusiva.

—Yo no decido solo en los asuntos de la colonia, existe un Consejo de Administración. Es norma que no haya tiendas ni ninguna clase de establecimientos al público en la colonia. Yo no puedo prometerle más que una cosa. Se estudiará su proposición. [276]

—Muchas gracias, don Javier.

—No soy el único que tiene que decidir.

—Pero —dejó el vaso en la mesa y entremezcló una especie de risa a sus palabras— usted es el principal.

—Uno más, Vicente. En cuanto se decida algo, se lo comunicaré.

Al ponerse Vicente en pie, sentí a mi espalda un movimiento que me hizo volver la cabeza. Joaquín y Leoncio bajaban los escalones de la veranda.

—Muchísimas gracias por todo, señor don Javier. Y saludos a su esposa. A seguir bien.

—De nada, hombre.

En el vaso de Vicente quedaban unos dedos de cerveza, un resto amarillo moteado de inmóviles burbujas. Joaquín, tumbado de costado, arrancaba briznas de hierba calmosamente. Leoncio cerró la puerta del jardín.

—¿Has bajado a la playa?

—Me aburre estar con ellas.

—¿Te aburre?

—Sólo saben hacer castillos o enterrarte vivo o jugar a piratas.

En el cielo blanquecino las estrellas comenzaban a ser visibles. Acabé el cigarrillo y el vaso de ginebra.

—¿Te vas? —dijo Joaquín.

—Tengo que trabajar.

Cogí el sobre de Vicente con la misma mano que llevaba la botella. Dora, que se había puesto un pantalón negro y una blusa granate, muy ajustada, hablaba con Rufi en el vestíbulo.

—Por favor, que no me molesten, Rufi.

—¿Cuándo quiere cenar el señor?

—Yo ya he cenado, Javier.

—Ah, bien.

---

[276] Recuérdese lo que se dijo en la introducción sobre este asunto.

Dejé el sobre de Vicente encima de la mesa del despacho, encendí la lámpara de la mesa y me acomodé en el diván. Las hojas de los árboles brillaban a la luz de la luna. Aspiré el aire, que olía a tierra. La ginebra me adormeció, cambió mis pensamientos, me dio un sueño extraño y tranquilizador.

—¡Javier! —gritó Andrés.

—Deja a Javier, hombre. Si está trabajando, déjalo.

—Pero le gustará pasear por la carretera.

Cuando continuaron por la calle me incorporé, reseca la boca, mal despierto aún, pero con una insólita lucidez como una llama fría [277] en la frente. Joaquín, sentado en un sillón del hall, recortaba las fotos de una revista.

—¿No te acostarás nunca?

Dejó las tijeras junto al teléfono.

—Ahora.

—Son ya las doce.

—Voy a que Rufi me dé un vaso de leche. Los polis [278] ya se han ido. Estuvieron en la playa y, después, se pusieron a hablar con el tío Amadeo. Pero de nada importante, ¿sabes?

—¿Te dedicas ahora a perseguir a la policía?

El aire quieto del jardín acabó por normalizarse. Súbitamente, aquella triste laxitud se me cambió por una necesidad de movimiento. Era tonto y absurdo esperar que los demás experimentasen mis estados de decaimiento o de nostalgia.

Caminé apresuradamente calle arriba. Las farolas hacían más verde el follaje de los árboles, de las plantas y el boj. Corrí durante un trecho. Luego les oí [279] a ellos, que paseaban en la oscuriddad de la carretera. También la voz de Elena.

---

[277] Una nueva comparación con un oxímoron que produce una espléndida imagen.

[278] Policías, en lenguaje familiar, que aún no incorpora el *DRAE*; sí el *Diccionario de argot* de V. León.

[279] Nueva catáfora.

20

La muchacha subió un escalón, apoyó la mano en la barandilla y gritó que yo estaba allí.

—¿Está segura que se ha despertado ya?

Angus bajaba los escalones de dos en dos, abriéndosele su bata de color verde, brocada. Después de cerrar la puerta de la habitación del fondo del pasillo, nos besamos. Cuando separamos los labios y mientras permanecían ligadas nuestras sonrisas, percibí la música de la radio.

—Eres un teatralero.[280] No te esperaba hasta el jueves.

—¿He hecho mal en venir hoy?

—Bien sabes que no has hecho mal.

—Hubiese querido venir ayer mismo.

—Anda, déjame —se desprendió de mi abrazo y desconectó la radio—. Me alegra tanto que estés aquí, que me parece mentira.

—Angus, sería bueno que nos largásemos el día entero por ahí, por la costa. A cambiar de ambiente.

Con los ojos húmedos, se esforzaba en mantener una sonrisa alegre. Volví a besar sus labios, inquietos y anhelantes.

—Anda, anda, vámonos —me retiró la mano de sus pechos y se cruzó la bata—. Espera. Son sólo diez minutos.

Regresó vestida con unos pantalones blancos y una camisa de rayas amarillas[281] y negras, sujeta a las caderas; balanceaba un cesto de mimbre.

—Dispuesta.

—¿Llevas traje de baño?

—Y toallas.

—Oye, Angus, pensaba que no es muy discreto el que yo me presente así, de improviso. Que deje el coche a la puerta de tu casa y...

---

[280] Este término no está recogido en diccionarios. Proporciona un matiz de simpática familiaridad al vocablo del que se deriva: teatral. Recuérdese lo dicho en el prólogo sobre G. Hortelano y el teatro.

[281] *Vid.* notas 158 y 264, y llamada 272.

—Señorita— la chica se apoyó en el quicio de la puerta de la cocina—, han traído el recibo de la luz.

—¿Y lo has pagado?

—¿Cómo iba a pagarlo, si no tengo dinero? Ha dicho que volvería dentro de un rato.

—Si quieres...

—Claro que no —Angus subió unos escalones—. El fastidio es que tendrás que esperar.

—No te preocupes por mí.

La muchacha, contra el quicio, me observaba con una fingida indiferencia distraída. Abrí la puerta del jardín. Por la calle, una mujer conducía cinco cerdos que levantaban una nube de polvo. Dentro sonaron las voces de Angus y de la chica, que buscaban las gafas de sol.

—Perdóname, oye. Siempre, en el momento más oportuno, se le ocurren esas cosas.

—Bah, no tiene importancia —abrí desde mi asiento la portezuela; Angus, antes de entrar, colocó el cesto y el rollo de las toallas y el bañador en el asiento trasero—. De prisa, a estar tú y yo solos.

Dejó de bajar el cristal de la ventanilla, para poner su mano sobre mis dedos doblados al volante. En la carretera apoyó la cabeza en mi hombro, con los ojos cerrados. El sol, que estaba ya alto, daba a la mañana un color igual, arrebatado por la luz y el calor.

—Hay que buscar un sitio donde yo te espere. No está bien que deje el coche a la puerta de tu casa.

—Ah, es verdad —continuó inmóvil sobre mí—. ¿Por quién de los dos?

—Por ti, naturalmente.

—De acuerdo, Nos citaremos en algún bar, si te empeñas —Angus suspiró—. Pero ahora no me hables de eso, porque suena a que te vas a marchar ya. Y, además, para que lo sepas, a mí me importa un comino que se enteren de lo nuestro. Que se entere quien sea.

A ambos lados de la carretera, los naranjos formaban corredores de sombra. Después de un trozo llano mejoró el pavimento de la cuesta abajo. A la izquierda dejamos el cementerio, en lo alto del terraplén que sostenía el pueblo sobre la carretera. El mar lejano era un conglomerado de brillos, una desleída mancha en sus últimos límites.

—Eso quiere decir que has tenido bronca.

Angus entreabrió los ojos.

—¿Qué?

—Eso de que te importa un comino que sepan lo nuestro. Que has tenido bronca este fin de semana.

—Nunca tengo bronca con él.

—¿Entonces?

—Que estoy muy jorobada.

—Sí, te comprendo.

—Me gusta hacer de vez en cuando lo que me sale.

—Por eso mismo me encuentro ahora contigo.

—¿También estás fastidiado?

—Por muchas cosas, pero, principalmente, por mí mismo.

—Te quiero mucho.

—Esta madrugada me he tirado de la cama y casi me he metido en el coche en pijama. Para venir a contarte lo jorobado que estoy.

—Cuéntamelo todo, sin dejarte nada.

Angus separó la cabeza de mi hombro. En el brazo que apoyaba en la ventanilla, el sol doraba su vello. Tuvimos que detenernos en una de las travesías por un embotellamiento, provocado por un camión al salir de la gasolinera.

—No me gustan estos pueblos de por aquí —dijo Angus—. Siempre están mirándola a una. ¿Tienes idea de dónde vamos?

—Falta ya poco. Si el sitio no te gusta o te recuerda algo desagradable, buscamos otro.

—Anda, ya puedes seguir. Ahora tendremos que ir despacio.

—¿Te gusta la velocidad?

—Me encanta.

El viento metía por las ventanillas ráfagas de olores fuertes. Angus cantaba una canción tras otra. Únicamente se interrumpió para encenderme un cigarrillo. Durante unos kilómetros y a pesar de sus cantos, olvidé que estaba allí, atento al tráfico de la carretera, que había aumentado, y a no pasarme de la desviación hacia la playa. En las paredes de las casas aisladas había anuncios de hoteles, de campings, de restaurantes, con la indicación de las distancias. Enfrente veía ya los primeros perfiles de la sierra, destacados en el azul del cielo.

—Estoy deseando meterme en el agua. Tú también sudas. Llevo un traje de baño nuevo, ¿sabes? Quería estrenarlo contigo. Es blanco, de esos modernos, con la espalda al aire. Bueno, tú no entiendes.

—¿Te he dicho que estás guapa?

—No me has dicho nada.

—Creo que es por aquí.

—Espera —Angus asomó la cabeza por la ventanilla—. Cruza, no viene nadie detrás. Ojalá no haya mucha gente.

En la terraza al sol estaban vueltas las sillas sobre las mesas. Una cuerda de gallardetes blancos y azules se tendía desde una de las columnas de la pérgola del tejado del restaurante. Al final del camino de tierra comenzamos a rodar por una larga extensión de guijarros. Cerca de la arena, frené; Angus corrió hacia la orilla.

Me desnudé en el automóvil. En la playa había seis o siete personas, una furgoneta y una moto *scooter*. [282] Otros habían establecido el campamento en unas pequeñas dunas, a mitad del camino entre el restaurante y la orilla. Extendí una toallas a la sombra del coche y saqué el cesto de Angus, el paquete de tabaco y las cerillas.

—¡Voy a buscar unas botellas!

Angus regresó.

—Que voy al restaurante a buscar unas botellas.

En las dunas, una muchacha tomaba el sol, con las piernas abiertas y un pañuelo sobre el rostro. El camarero tardó en buscarme un abridor para las botellas. En la terraza, los gallardetes caían inmóviles.

Angus, ya en bañador y sentada, se abrazaba a una de sus piernas. Después de beber unos tragos, fuimos cogidos de la mano hasta el agua.

—Tiene un aspecto excelente.

---

[282] "scooter". Es anglicismo por motocicleta ligera.

—Parece que quieres comerte el mar —dijo Angus.

En el agua fría tonificaba nadar, manteniendo las piernas en la superficie cálida. Apenas si llegaban enteras las pequeñas olas, cuyas crestas blancas cerraban la salida de la bahía. Angus se quedó cerca de la orilla, tendida en el agua. A un ritmo pausado llegué hasta una de las puntas de tierra y rocas que delimitaban el semicírculo de la playa.. Fatigado, me dejé mecer por el suave oleaje, con la cabeza llena de luces cambiantes, de violentos colores. Sentía bajo la piel, distendidos por el calor, los músculos. Regresé de espaldas, a *crawl* [283] o a braza.

—Estoy viejo ya.

Me dejé caer en la arena pedregosa, a la sombra, muy cerca de Angus, que extendía sus piernas al sol. Se había puesto un sombrero picudo de paja verde brillante.

—¿Quieres crema? —denegué con la cabeza—. No estás viejo. Es que llevas en el agua cerca de una hora.

Con el mentón sobre las manos, veía muy próximo un muslo de Angus, el borde de su bañador y el esparadrapo junto a la ingle.

—¿No mejora tu rozadura?

—Sí, va mejor.

—Como sigues con el esparadrapo...

—¿Hace feo?

—En ti no hace nada feo.

Las voces y las risas de los otros tenían una sonoridad transparente. [284] La curva franja de arena semejaba continuar hasta el blanco indistinto del horizonte, por el mar, cada vez más quieto.

—Qué calor —dije.

—Pero se está muy bien. ¿En qué piensas?

—En nada. En ti.

—Se está muy bien —Angus echó los brazos atrás, las manos en la arena—. Dicen que el policía estuvo ayer por la colonia.

---

[83] "crawl". Es anglicismo. Se ha aceptado la forma "crol".

[284] Otra magnífica sinestesia que combina elementos del sentido del oído con otros de la vista.

—Sí, ayer por la tarde. Hicieron algunas preguntas, como de rutina; merodearon por allí, pero yo no hablé con ellos.

—¿No sabes nada nuevo, entonces?

—Nada. ¿Te han vuelto a molestar?

—No, no —en lo alto pasó el ruido de un motor de avión; la piel de Angus tenía una aspereza morena—.[285] Estoy más tranquila, ¿sabes? Pienso en Margot de una manera más tranquila.

Puse los labios en los dedos de Angus. Su cuerpo olía bien, como agrio o salado. Angus canturreaba en un murmullo. Sentí que me dormía.

—Oiga, oiga —llamó Angus.

Al dar media vuelta, quedé tumbado sobre la espalda, cegado por aquel golpe de luz. El muchacho, con la chaqueta blanca, los pantalones negros y su corbata de smoking,[286] se acercaba a torpes pasos por la arena.

—Te he despertado.

—Bah... Estaba ya al sol.

—¿Qué te parece si comemos aquí mismo? Buenos días.

—Buenos días, señores —dejó caer la bandeja de latón a lo largo de la pierna.

—Me parece bien.

—¿Nos podrá usted traer algo de comida?

—Claro que sí, señora.

—¿Qué tienen?

—Voy a chapuzarme un momento. Lo que tú pidas está bien, Angus.

—Tenemos fiambres y carne asada fría. Latas de mejillones, almejas... Lubina también hay.

Dentro del agua me continuaba el embotamiento. Me alejé sólo unos metros. En la playa vacía, las sombras de la furgoneta y del automóvil habían variado. Los otros estaban tumbados en las dunas. Temí que aquel sol acabase por levantar la pintura del automóvil. Hice unas fle-

---

[285] En este caso la sinestesia se forma con elementos del tacto y la vista.

[286] Anglicismo. La forma aceptada es *esmoquin*.

xiones en la orilla, mientras el agua se evaporaba rápidamente de mi piel y de la tela del calzón.

El camarero y Angus cambiaban las toallas a la sombra. Cuando llegué junto a ellos, disponían el almuerzo. El cigarrillo que Angus mantenía en la comisura de la boca, le trazaba una oblicua línea de humo frente al rostro; con los ojos entrecerrados y las mejillas contraídas, abría las latas de conservas. El camarero se alejó. Descorché la botella de vino y llené los dos vasos de plástico.

—Es estupendo comer así.

Besé flojamente los labios de Angus. Antes de que me retirase, ella colocó una mano en mi nuca y apretó su boca contra la mía. Le rodeé los hombros con un brazo.

—Estamos sudando a chorros.

—Vamos a comer, tonto.

—Pero si nadie nos ve.

—Javier, estás salido. A comer se ha dicho. Si algo no te gusta, tú tienes la culpa por irte a bañar a la hora de encargar la comida —nos besamos en las mejillas—. ¿Está frío el vino?

—Bastante. Y es bueno. Bébelo de prisa, antes de que se ponga hecho un caldo.

—Me encanta comer así. Él, siempre que salimos de playa, se empeña en comer en los restaurantes. Y hay que vestirse. Lo peor son las sobremesas. A veces, me he tomado hasta seis cafés.

—¿Cómo se llama él?

—¿Para qué quieres saberlo?

—Por curiosidad.

—Espera, yo te pondré *foie-gras*. [287] Prueba los mejillones, que están riquísimos. Es un hombre como otro cualquiera.

—¿Has hablado con él de Margot?

—Casi nunca hablamos de nada. Él conocía a Margot de verla alguna vez por los bares de la Gran Vía. Yo se la presenté y, luego, me dijo que no era su tipo. Pero es que

---

[287] "foie-gras". Es galicismo, que recoge el *Diccionario Manual*.

él dice esas cosas porque cree que debe decirlas. Que es como su obligación, ¿comprendes?

—Sí.

—Para que yo no me sienta de menos. Hace seis años, cuando empezamos, yo me calculé que iba a durar poco. Entonces yo creía en muchas cosas que, más tarde, ves que no existen. En un tipo especial que me hiciese una mujer decente. O, a veces, en un tipo especial que me hiciese más mujer de la vida, pero de alto copete, ¿comprendes?, de salón. Me quedé con él, nos acostumbramos el uno al otro, ya nos conocemos... En fin, se porta bien y no me escatima el dinero. Pero ya nos lo tenemos todo dicho. Y, además, conforme es más viejo, se lleva mejor con su mujer y con sus chicos. Yo le sigo gustando, porque soy discreta. Si se quedara viudo no se iba a casar conmigo, claro está, pero tampoco me dejará nunca.

—Siento que no hayas encontrado todavía tu tipo especial —llené los vasos.

—Ya no lo busco. Las cosas son distintas a como las piensas, ¿verdad? Los tipos especiales ya me los conozco. Son como tú, por ejemplo.

—Oye, ¿eso es un piropo o un insulto?

—Eso es que me gustas.

—Come un poco.

—No hago más que hablar. Está muy bueno el vino.

—Se está poniendo caliente.

—Igualito que yo —rió Angus—. Cuando estabas durmiendo, te miraba y me acordaba de nuestra noche. Fíjate que hace sólo cinco días que pasamos nuestra primera noche juntos. [288]

—¿Cinco días? Hoy es martes.

—Claro. Y fue el viernes de la semana pasada. Bueno, la noche del jueves. Siempre que te veo, me extraño del poco tiempo que nos conocemos.

—Porque nos vemos muy poco.

—Pues tú tienes que remediarlo —Angus bebió un largo

---

[288] Nueva referencia temporal que permite conocer el decurso del tiempo interior de la novela.

trago; yo encendí un cigarrillo—. Menudo sueño tenías. ¿Es que no duermes?

—Sí, duermo mucho —dije.

—Cuanto más se duerme, más se quiere. ¿No hablaste con la policía?

—No, ya te he dicho que no. ¿Por qué?

—Por nada, porque pienso si sabrán algo. A veces me parece que nunca descubrirán lo de Margot. Anda, termínate la ternera, que está muy jugosa.

—No quiero más. Lo descubrirán. La policía siempre descubre esas cosas.

—El domingo decía eso él. [289] Le pregunté si creía que la policía descubre todo y me dijo lo mismo, que sí. Pero yo no sé. En las películas, desde luego. Ya veremos.

—¿A qué se dedica él?

—A negocios de construcción. [290] Hace casas y obras. Es listo y trabajador, no creas. Antes de conocernos, estuvo en sindicatos. Y llegó a ser un jefazo y todo. Él, en la guerra, por lo visto se portó muy bien. Yo he visto una foto suya de militar, con estrellas para dar y tomar. Pero hizo algo feo y le echaron de los sindicatos. Un negocio de camiones, ¿sabes? Pasó una mala época, según me ha contado, pero salió en seguida de apuros. Vale mucho, ya te digo, y conoce a mucha gente, a gente importante. Hay noches, en Madrid, que no podemos salir por ahí por eso, porque a lo mejor se encuentra con alguien yendo conmigo. Como conoce a tanta gente... Este invierno me compró el televisor, [291] para que no me aburriese en casa.

—Acércame tu vaso.

—¿Nos hemos bebido toda la botella? Va a sobrar comida.

—Ya la recogerá el camarero.

—La guardamos para la merienda. Estoy engordando.

---

[289] *Vid.* nota 100.

[290] No deja de ser intencionada la profesión que equipara a ambos amantes.

[291] Era inexplicable, de otra manera, este lujo de Angus, que ya se indicó.

Angus recogió los cubiertos, los restos de la comida, apiló las latas vacías, sacudió las toallas. Después, se quitó el sombrero. El silencio parecía crujir de calor. [292]

—Ahora no mires por debajo del coche, que voy a orinar.

—Prometido. Se nos ha olvidado decirle al camarero que trajese unos cafés.

En la pérgola, los gallardetes eran como triángulos incrustados en el cielo. Angus apareció por delante del automóvil, ajustándose la entrepierna del bañador.

—Me acerco yo en un momento.

—¿Con este calor? Ni pensarlo. Ya vendrá él —Angus se tumbó a mi lado y encendimos los cigarrillos—. Se está bien aquí.

—Se está maravillosamente.

Nuestras piernas y nuestros brazos en contacto me transmitían su calor, el olor de su cuerpo, una enervante laxitud.

—¿Tienes sueño, Angus?

—*Yes, my love.* [293]

—Yo también.

—Hemos bebido mucho.

Bajo el pecho, la arena estaba dura. La piel de Angus sudaba tenuemente. Todo el horizonte era un conjunto de luz enceguecedora, [294] en movimiento.

—¿Cómo van tus clases de inglés?

—Bah.

—Pero ¿sigues dándolas?

—He dejado unos días de estudiar. Para lo que me va a valer... Ya ves, para lo que le ha valido a Margot saber francés.

—Me dijiste que se llamaba Maruja, ¿no?

—Hum.

---

[292] Otro espléndido oxímoron.

[293] "—Yes, my love". Sí, mi amor. A mi modo de ver, la expresión en inglés parece más intrascendente, por menos comprometedora, cuanto es menos espontánea.

[294] Término no recogido en diccionarios. Es, evidentemente, una forma que imita la construcción morfo-semántica "cegadora".

La boca abierta de Angus, apoyada en mis labios, me entregaba su aliento. Olía a tierra la toalla, a crema aceitosa, a sudor. Cuando casi estaba dormido, Angus cambió de postura.

Desperté repentinamente. El sol me quemaba desde la cintura hasta los pies. Procurando no despertar a Angus, solté el freno del coche y lo rodé, hasta que la sombra cubrió las toallas. Cerca de la orilla nadaban unos niños; una mujer con una falda sobre el bañador reía en las dunas. La respiración de Angus raspaba en su garganta un pequeño ruido igual, como un gemido. Pasé un brazo sobre sus hombros. Más que sueños tenía divagaciones, entrecortadas por los sonidos. En los párpados experimentaba una sensación de calma, un color pálido y refrescante. Me puse a pensar el motivo de aquella felicidad. La mujer de la falda gritó algo, al tiempo que levantaba el brazo en un saludo, hacia las rocas. Angus gruñó y yo me tendí de costado. Por las rocas subían unas figuras, que no me molesté en contar. Gritaron también y sus voces empequeñecieron la distancia. Continuaba investigando la probable causa de mi bienestar, cuando, al girar la cabeza, descubrí los ojos abiertos de Angus, su sonrisa soñolienta.

—Uf, qué bien he dormido, cariño.

—Yo también.

Angus se tendió sobre mis hombros. Me acariciaba lentamente, mientras gorjeaba unos sonidos mimosos. De pronto, los niños corrieron desde la orilla a las dunas y Angus se detuvo. Se sentó, riéndose, para encender un cigarrillo. Una de las hombreras del traje de baño le resbaló hasta el brazo.

—Oye, Angus, ¿quién te dijo que la policía estuvo ayer en la colonia?

—Lo oí en la cafetería. ¿Por qué te acuerdas ahora de eso?

—No sé. Pensaba, quizá.

—En la cafetería. Por la noche, el chico de la barra lo contaba.

—Pero ¿no se habla del asunto en el pueblo?

Angus colocó la hombrera sobre su clavícula.

—Sí, claro.

—¿Qué tal —de un salto me puse en pie— si nos fuésemos de aquí?

—¿Dónde?

—A otro sitio. Habrá alguna playa más solitaria, digo yo.

Angus se puso a recoger todos los bártulos. De rodillas, reía, contenta y apresurada. Me pareció más joven; su cuerpo me produjo una profunda sensación de desamparo, como si fuese débil o poco desarrollado.

—Será mejor no vestirse.

—De acuerdo. Son ya las seis. Cómo se pasa el tiempo, ¿verdad?

Dentro del coche quemaba el aire. Al llegar al restaurante le pagué la cuenta al camarero. Los de las dunas nos miraban.

—Baja del todo el cristal, Angus. Ahora, a cien por hora, a ver si se enfría este horno —Angus juntó su cuerpo al mío—. De todas formas, ten cuidado no te enfríes.

—¿Enfriarme? Eran unos careros ésos, eh. Siempre te clavan en los restaurantes. Y más a las parejas, si se huelen el lío.

—¿Somos tú y yo un lío, Angus?

—Claro, ¿qué somos si no? Te guste o no te guste. Bueno, también podemos ser novios, si tú quieres. Me da risa pensar que somos novios. Hace siglos que no tengo novio. Margot decía que tenía novio en Francia. Ella era así, un poco fantasiosa. Le gustaba contar historias de Francia, decir a los tíos que era francesa. Y no lo era; lo que pasa es que sus padres se marcharon cuando la guerra.

—Angus, ¿qué años tenías tú, cuando empezó la guerra?

—Tres o cuatro. ¿Por qué?

—No, por nada. Es gracioso: tú tenías cuatro años y yo estaba metido en las trincheras con barro hasta los ojos. [295]

—¿De qué lado estuviste?

—¿Cómo?

---

[295] Una expresión similar unida al tema de la guerra, en capítulo 18, p. 253: "en una trinchera, con el barro hasta las orejas".

—Me parece que vas demasiado de prisa. Ya no hace calor aquí dentro.

—Ponte algo, si sientes frío. Con los nacionales, naturalmente.

—Yo lo pasé en Bilbao, pero no me acuerdo. Bueno, sí, me acuerdo de un día que me sacó mi padre y estaban las calles llenas de gente que cantaba. Había banderas. [296]

La carretera general se alejaba de la costa; desvié el automóvil por una local, de trazado sinuoso entre olivos y naranjos. Angus se apoyaba en la ventanilla. Sus piernas cruzadas tenían una suavidad blanda.

—Estás guapa sin pintar.

—Debo de estar hecha un adefesio —a lo lejos apareció el pueblo sobre un cerro que se adentraba en el mar—. ¿Te encuentras menos jorobado esta tarde?

—Me encuentro perfectamente, Angus. Gracias.

—Supongo que tendrás preocupaciones, disgustos y cosas así. Ven a verme, cuando te pongas de mala uva. Tú y yo nos entendemos bien.

—Sí, Angus. Más que disgustos, son tonterías. Ya sabes cómo es la gente. Hace poco tuve una discusión con un amigo y llevamos unos días sin hablarnos. Es un estúpido, cargado de hijos y de prejuicios. No me importa nada, pero ha envenenado el ambiente.

—¿Por qué sois amigos?

—Oh, pues... Vive en la colonia, nos conocemos desde hace años, tenemos amistades comunes...

—¿El ambiente con tu mujer?

En el pueblo, unido a tierra por un estrecho istmo de arena, parte de las murallas que lo rodeaban llegaban hasta los acantilados de la orilla. El castillo se destacaba sobre las casas ocres y blancas; en la cala reverberaba la luz del sol poniente. [297]

---

[296] La denominada "operación Bilbao" concluyó con el paso de la ría el 19 de junio y la ocupación de los Altos Hornos el 21. Es considerada como la primera victoria de Franco en la guerra civil.

[297] Según estos datos, podría tratarse de Peñíscola, en la provincia de Castellón, pero me inclino por Tossa de Mar, en Gerona, que también responde a estas características.

—¿Has estado aquí alguna vez, Angus?

—Sí —dejó de mirarme—. Una vez subí al castillo y me dio vértigo.

La carretera, por la parte baja del pueblo, doblaba paralela a la costa. Nos detuvimos en un kiosco de las afueras a comprar unas botellas. A la izquierda de la carretera había un campamento de *roulottes*,[298] con tiendas de campaña de color naranja. Se perdía de vista la línea recta de la playa.

—Está infame este pavimento.

—Quedémonos por aquí.

—Muy bien —aparqué el coche en la cuneta—. Parece que no hay mucha gente.

—No hay nadie —Angus me besó antes de apearnos—. Y cuéntame las cosas enteras, cuando empieces a contármelas, ¿me oyes?

—Pero...

—Enteras. O no me cuentes nada. Anda, vamos al agua.

En la arena, muy fina, de la playa estaban medio enterrados dos nidos de ametralladoras, unas casamatas de cemento sin techo, de forma pentagonal, abiertas por la parte de tierra y con unas alargadas troneras al mar. Me detuve un rato allí, hasta que me llamó Angus.

Comencé a nadar rápidamente. A la derecha quedaba el castillo con el sol de la tarde en sus piedras. Angus, con el agua por la cintura, reía sola. Nos abrazamos y nadamos juntos. Dentro del agua, el cuerpo de Angus tenía una dureza resbalante. Cuando salimos, el sol estaba ya bajo. Corrí por la playa, mientras Angus traía del coche las toallas. Nos sentamos con las espaldas apoyadas en una de las casamatas. El mar lanzaba unos intermitentes golpes de agua sin espuma.

—Con mi mujer nos sucede algo especial...

—Oye, que no quiero saber nada. No hagas caso[299] a lo que he dicho antes.

---

[298] "roulottes". Es galicismo muy común, que recoge el *Diccionario Manual*: "coche remolque usado como habitación".

[299] *Vid.* notas 180 y 194.

—Verás, Angus, creo que la mayor equivocación de mi vida ha sido mi matrimonio.

—Pues ya es bastante.

—Sí. Es decir, ella resultó distinta a lo que yo había creído. Hace ya muchos años de esto. Nunca me había sucedido engañarme tanto con una persona.

Angus estuvo mucho tiempo en silencio, acurrucada bajo mi brazo. De vez en cuando nos besábamos y sonreía. El atardecer quitaba nitidez a los perfiles del pueblo, los difuminaba como alejándolos; en el silencio yo también me sentía inmóvil, sosegado. No había ni asomos de brisa; unas nubes dispersas quedaban en la lejanía.

—¿En qué piensas? —dije.

—En nosotros. Si no hubiese sido por lo de Margot, no estaríamos ahora los dos aquí.

—¿Quién sabe?

—Tampoco yo te cuento todo— Angus se separó—. La vi dos días antes de que apareciese muerta.

—¿A Margot? —levantó la cabeza—. ¿Y hablaste con ella?

—Sí. Era domingo. Por la noche me fui a la *boîte,* [300] donde nos conocimos nosotros —la arena caía en un lento chorro del puño de Angus—. Estaba yo bailando con uno, cuando entraron ellos. Yo a la que vi fue a Margot. [301] Ella me vio en seguida también y nos saludamos con un gesto.

—Pero ¿con quién iba?

—Con unos chicos y unas chicas. Eran dos parejas, el muchacho de Margot y ella.

—Un momento, Angus —dejó caer la arena de sus manos—, ¿le has contado todo esto a la policía?

—Sí. A ti no sé por qué no. No lo sé, Javier. Quizá porque...

—Bien, no te preocupe eso, Angus.

—... Pienso que no soy nada en tu vida. Que lo nuestro se tiene que terminar. Perdóname todas estas tonterías.

---

[300] "boîte". Es galicismo, por sala de fiestas.
[301] Nuevo ejemplo de catáfora. El personal *la* adelanta el nombre propio siguiente.

Siento como si, de pronto, no supiese vivir, como si se me
hubiera olvidado vivir. Me encuentro muy idiota. Tú me
comprendes, ¿verdad?

—Te comprendo muy bien. O sea que iban seis. ¿Gente
joven?

—Tres parejas, eso es. ¿Dónde he puesto los cigarrillos?
Ah, gracias. Sí, jóvenes. De veinte a treinta años. Una de
las dos chicas era más pequeña, tendría unos diecinueve.
Se pusieron a bailar. Estaban ya bastante bebidos. Margot
sobre todo. Yo noté que quería hablar conmigo y nos hacíamos señas. Por otra parte, no me podía quitar de encima
aquel tipo. Otras veces me daba la impresión de que Margot se había olvidado de mí. Se lo estaba pasando en grande, haciendo el loco, besándose con su muchacho. Estaban
de juerga, vamos. Total que, por fin, fuimos las dos al
tocador y allí nos saludamos. Me contó que los había conocido en Madrid y que estaban haciendo un viaje por toda
la costa.

—¿Te dijo quiénes eran ellos?

—No; me dijo que tenían mucho dinero, que todo era
maravilloso. Ya ves, qué cosas. Iban a pasar a Francia.
A ella la buscaron en Madrid para pareja del que iba sin
chica, ¿comprendes? Las otras dos no eran zorras, eran
unas señoritas, pero Margot decía que habían congeniado
todos muy bien. Que ellas le preguntaban cosas del oficio,
que ellos eran muy espléndidos. Me confesó que, a veces,
hasta lo pasaba bien con su chico. Bueno, la verdad es que
casi hablé yo más que ella. No había llegado mi querido, ni
había avisado, ni nada, y yo estaba cabreada. Le estaba
explicando que me encontraba muy cabreada, que me daba
envidia. Ella no me dijo más que eso, lo bien que se lo
estaba pasando.

—¿Ellos eran españoles?

—Sí.

—¿Dónde vivían?

—No lo sé.

—Quiero decir, aquella noche.

—Iban en un par de coches. Supongo que en cualquier
sitio. No debían de quedarse mucho tiempo en el mismo

lugar. Yo venga a hablar de mí y sin enterarme de nada.
Pero ¿cómo me podía figurar? Luego pensé que habría
también un poco de fantasía en lo que me había contado.
¡Qué mierda de vida, Dios! —los ojos húmedos de Angus
brillaban en la penumbra—. Yo pensando que Margot era
una farolera y ella muriéndose. Me llegó a proponer que
fuese con ellos. Me lo propuso con la boca chica, más que
nada porque me vio decaída. Y yo pienso, si llego a irme,
¿qué me...?

—No pienses esas cosas —le interrumpí.

—Cuando estábamos en el lavabo, entró una de las chicas de su pandilla. Ellas dos se quedaron riendo.

—¿No te enteraste de nada más?

—Estaban borrachos, Margot que se caía y yo cogiéndomela también. Una mierda. Ni siquiera me fijé en las
matrículas de los coches, al salir. Sé que había muchos
coches fuera, pero ni miré una sola matrícula.

—¿Te preguntó eso la policía?

—Eso y cuarenta mil cosas más. Pero sólo sé lo que te he
contado a ti ahora. ¡Maldita imbécil, qué borracha que estaba!

Aún no era noche cerrada, pero había ya algunas estrellas en el cielo azul pálido. Angus tardó en responder a mis
besos. Tendida sobre la arena, le desnudé los pechos. Paulatinamente se endurecían sus rasgos; de pronto, rió.

—Pero aquí no, Javier.

—Mira, parece que las han hecho para nosotros.

Rodeé la casamata, seguido de Angus, que se sostenía el
bañador con ambas manos. Caímos rodando en la arena
finísima, que llenaba el interior hasta cerca de las troneras.

—Javier, amor mío, qué idea tan buena. Es divertidísi-
mo esto. Oye —una de mis manos subió por sus piernas
hasta el esparadrapo— ¿y desde aquí disparaban a los
barcos? [302]

---

[302] Cabe destacar cómo en tantas ocasiones, guerra y sexo van
estrechamente unidos, aunque no creo que sea únicamente por el
significado simbólico del acto sexual como "lucha", tan claro, por
ejemplo, en las serranas del Arcipreste de Hita. En las novelas de

Habrían metido allí tres viejas Hockins. [303] En las noches de luna, los tipos fumarían con los cigarrillos en los cuencos de las manos, charlarían de mujeres. Los dientes de Angus me mordisqueaban un antebrazo. A Andrés, que aún no conocía a Elena, yo le empujaba a los prostíbulos, como si fuese imprescindible, por si moría al día siguiente, que no se largase virgen.

Por la raya de la tronera, el mar, tenuemente iluminado, parecía quieto.

—Javier, he esperado todo el día esto, pero no me imaginaba que fuese tan bueno. Anda tú, burro.

Elena estaba en el colegio, mientras nosotros dos danzábamos de un lado para otro; en casa, rezaban más y se ganaba el dinero como nunca. Los de las Hockins dispararían por las noches, como locos. El comandante de regulares salía a ver cómo les machacábamos la Telefónica y gritaba. En Salamanca no tenían idea de los piojos. Los veían en los carteles de la propaganda sanitaria, pero debían de creer que el piojo verde era como un mosquito. Andrés cogió ladillas en la segunda o tercera ocasión y compramos juntos unos frascos de "aceite inglés". [304] Se untaba "aceite inglés" hasta los dientes. Elena estaba en el colegio en aquella época.

Nos quedamos exhaustos, apenas abrazados, a la escucha de las pequeñas olas en la arena.

—Te voy a querer y me vas a hacer daño.

—Pero, Angus.

—Si, sé que te voy a querer toda mi vida.

Yo no deseaba más que permanecer allí, con los ojos

---

Hortelano hay que considerar además elementos de tipo biográfico ya reseñados.

[303] Nueva metonimia del tipo fabricante (o marca) por objeto fabricado; en este caso, ametralladoras. Tal vez las inventadas por Benjamin Berkeley Hotchkiss, o, con mayor seguridad, las Hotekims, usadas por el ejército español.

[304] El "aceite inglés" era la marca comercial de un producto antiparasitario muy usado durante la postguerra. El eslogan publicitario que lo anunciaba en radio era el siguiente: "aceite inglés, parásito que toca, muerto es", según me comenta el Doctor Rodríguez Amaro.

entrecerrados, en la arena caliente, mientras Angus me besaba sin fuerzas.

—Me voy a bañar.

Vi por la tronera cómo entraba en el mar. Luego volvió desnuda y chorreando agua.

—Me visto en un momento. Deja, no te muevas. Yo traeré tu ropa.

Los pantalones de Angus blanquearon junto al coche, al otro lado de la carretera.

—Tengo toda la pereza del mundo metida dentro.

—¿Sabes qué hora es?

—No, no lo sé.

—Pues son las once.

—¿Tienes hambre?

—No. ¿Y tú?

—Tampoco.

—No bebas la cerveza, que está muy caliente.

—Tomaremos algo frío en el camino —encendí los faros—. Será mejor volver por donde hemos venido. Esta carretera está imposible.

—Pobre mío, ahora tienes que conducir. ¿Te he hecho feliz?

—Mucho, Angus.

Sobre las bombillas del pueblo quedaba en sombras el castillo. Angus dejó de cantar cuando llegamos a la carretera general; apoyada en mí, cerró los ojos. Me sentí la sal, la arena y la fatiga en el paladar. Olían los campos a azahar. En la penumbra se destacaban las franjas de la camisa de Angus.

Al llegar, la desperté.

—Pero ¿por qué me has dejado dormir? Yo que quería decirte tantas cosas. Entra y bebe algo.

—Si entro, no me voy.

—Mejor. Entra.

—Tengo que irme.

—¿Vendrás mañana?

—No sé si podré.

—Haz todo lo posible. Aunque sea un ratito.

—Haré todo lo posible. Si a las cuatro no he venido, es que...

—Yo te espero todo el día.

—No olvides tus cosas.

—No te preocupes, que no dejo huellas —Angus cerró lentamente la puerta del jardín—. Hasta mañana, novio.

Temí quedarme dormido, cerca ya de la colonia. Las paralelas tenaces de los faros me hipnotizaban. Por allí, en la costa rocosa, había largas manchas de espuma.

Estaba iluminado el campanario de la capilla. Dejé el coche en la calle y vi a Rufi, que se separaba del grupo de muchachas que rodeaban a Rafael.

—Buenas noches a todos —contesté—. ¿Qué hay, Rufi?

—Buenas noches, señor.

—¿Están acostados ya los niños?

—Sí. La señora está en casa de la señorita Asunción. Hace poco telefoneó la señorita Ernestina.

—¿Qué quería?

—Nada, saber si había vuelto usted. Están reunidos los señores en casa de la señorita Asunción.

—Bien, Rufi —bajé el conmutador de la luz del vestíbulo—. Súbame un vaso de leche, por favor.

Al salir de la ducha oí a Rufi golpear con los nudillos la puerta del dormitorio.

—Un momento —me vestí el pijama—. Adelante.

—La he subido fría y sin azúcar.

—Gracias.

—Señor, esta tarde estuvieron los policías en la aldea. Han detenido a cuatro muchachos.

Dejé de beber. Rufi, en la puerta, había cruzado los brazos.

—¿En la aldea?

—Sí, señor. A cuatro chicos jóvenes. Dicen que son pescadores.

Encendí un cigarrillo.

—Mañana haga el favor de llamarme temprano.

—¿A las diez?

—Sí, a las diez. ¿No ha habido ninguna otra novedad?

—No, señor. Los niños han estado todo el día en la playa.

—Hasta mañana, Rufi.

—Hasta mañana, señor. Que descanse.

Sentado a los pies de la cama, dejé la mano sobre el teléfono, mientras trataba de decidir y notaba en la saliva un pequeño sabor a la boca de Angus. Apagué la luz. Después, busqué el cenicero. Por el ventanal abierto, entre las cortinas a medio correr, vi la claridad de las farolas en las hojas de los árboles. Más tarde sentí algo extraño y pensé que Dora se estaba acostando.


21


—¿Cuándo ha dicho que volvería?

Ernestina pasó la gamuza por el vidrio del reflector. Di unos pasos más. La blusa, que se le había salido del pantalón, dejaba al descubierto un trozo de cintura, la prominencia de las vértebras bajo la piel tostada. Ernestina acabó de pasar el trapo por el vidrio, giró sobre sus nalgas [305] y sonrió. Desvié la mirada a los escalones de la veranda, por los que bajaba Luisa.

—Ya te he dicho un millón de veces que tiene que volver necesariamente.

—Hola —dijo Luisa.

—Estoy deseando que llegue la noche...

—Hola.

—... para probarlos —Ernestina asió mi mano para ponerse en pie—. ¿Sabes que Santiago me acaba de dar permiso para que tiren un trozo de la tapia?

—Santiago es maravilloso.

—Pero ¿qué estáis diciendo?

—Que Santiago no tiene inconveniente en que se tire un

---

[305] Esta expresión ha de considerarse sinécdoque del tipo "parte a todo". Ernestina puede girar sobre su cintura, incluso sobre sus caderas, pero no sobre sus nalgas, que forman parte de éstas. Con la sinécdoque se incorpora un elemento erótico suplementario.

trozo de la cerca, para que así queden los dos jardines unidos. Una especie de sendero —aclaró Luisa.

—¿Y Amadeo?

—No creo que Amadeo se vaya a oponer, habiendo dicho Santiago que sí.

—Amadeo dice que ahora sale, que vayamos nosotras midiendo.

—Bueno... Tú, Luisa, ¿sabes a qué hora vuelve Rafael?

—Oh, qué pesado estás, hijo mío, con tu dichoso Rafael.

—No creo que tarde mucho —dijo Luisa—. Ha ido a recoger cosas al tren de la mañana.

—Cosas para la fiesta —dijo Ernestina—. Ya que no ayudas, por lo menos no estorbes.

Las dos atravesaron el césped y se encaramaron a la linde de piedra. Salí a la calle. En el jardín de casa estaban los electricistas. Elena y Dora hablaban en la veranda. El sol resecaba la tierra. Por algunas ventanas abiertas se veían cuerpos en movimiento. Me detuve junto a la esquina del último jardín, desde donde veía el mar. Hasta allí llegaban algunas voces, ininteligibles, a través de aquel aire caliente y espeso. Lejos, una barca se acercaba a la aldea.

Regresé lentamente por la sombra. Sin darme cuenta comencé a subir la calle, hacia casa de Elena. De pronto oí que Andrés me llamaba y, al levantar la cabeza, descubrí a Joaquín sentado en el bordillo de la acera. Entré unos metros por el sendero. Andrés, en pijama, se apoyó en el alféizar de la ventana del piso superior.

—¿Qué haces por ahí a estas horas?

—Son las doce y pico.

—Entra que charlemos un rato.

—No puedo. Tengo que encontrar a Rafael.

—¿Qué tal atmósfera hay? ¿Han empezado ya los cotilleos?

—Están con los preparativos de la fiesta. Por lo visto, la fiesta es pasado mañana.

Andrés se irguió en el centro de la ventana.

—Caray, me vuelvo a la cama entonces.

—Hasta luego.

—Si encuentras por ahí a mi hijo, comunícale que desde hace tres días no lo veo. [306]

Volví a la calle y me senté en el bordillo. Joaquín me miró con una especie de sonrisa.

—¿Has oído a tu padre?

—Sí.

El asfalto, moteado de sombras y pequeños discos de luz, perdía su negrura en la cuneta, donde se convertía en tierra. Contemplé una hoja de acacia en la reguera, formada por dos filas de adoquines.

—Está bien construida esta ciudad.

—¿Qué? —dijo Joaquín.

—Nada. ¿Por qué no juegas por ahí con los demás?

—Todo el mundo quiere que siempre esté jugando.

—Tu padre desea verte.

—Ya lo he oído. Oye, me gustaría tirarme desde el trampolín. ¿Te acuerdas de lo bien que saltaba el año pasado?

—Sí, me acuerdo.

—A lo mejor se me ha olvidado, me entra el miedo y ya no me tiro.

—Ignoraba que tuvieses miedo —abandoné mi seriedad fingida—. Bueno, quería decir que es tonto que tengas miedo, porque a nadie se le olvida saltar del trampolín. Es igual que nadar. Resulta más o menos difícil aprender, pero si aprendes ya no lo olvidas nunca.

—Entonces, ¿vas a decir que llenen la piscina?

—De acuerdo.

Se puso en pie, apoyando una mano sobre mi hombro, cuando ya tenía casi vertical el cuerpo.

—Voy a buscar a *Poker*.

—Espera.

Joaquín bajó la cuesta a la carrera por el centro de la calle. Me encontré muy solo y muy ridículo sentado en el bordillo de la acera. Únicamente oía el hervor de la tierra al sol, el lejano rumor del mar. Dudé si volver a casa o continuar mi paseo y, aunque temía los saludos y las con-

---

[306] "no le veo". Es el único *le* (OD) corregido, a pesar de ser una de las opciones aprobadas por la Academia.

versaciones fatigosas, me hallé incapaz de esperar el regreso
de Rafael en una habitación. Antes de doblar la esquina
tuve el presentimiento de que encontraría a Elena en la
otra calle.

—Buenos días.

—Hola, Claudette. ¿Es cierto que Santiago ha autori-
zado a ese par de locas a que tiren un trozo de la cerca de
piedra?

—Oh —Claudette rió, al tiempo que se cambiaba de
mano su bolsa de lona—, está encantado con la fiesta. Santiago se aburre, compréndelo.

—No lo comprendo. De Santiago menos que de nadie.
Si vas a la playa, te acompaño un rato.

Las piernas de Claudette parecían tener más pecas aquella mañana.

—Pues es muy fácil. Se pasa todo el año renegando de
la vida de la ciudad, diciendo que sería feliz en el campo,
que trabajaría mejor —Claudette caminaba unos pasos delante de mí, con las manos a medio embutir en los bolsillos
de sus *shorts* blancos, la bolsa a la espalda—, y en cuanto
se encierra aquí, se incapacita para hacer algo. La fiesta
es su liberación, porque espera ver caras nuevas. Las mismas caras que le hartan durante el invierno en Barcelona.

—Eso se llama inquietud.

Claudette sonrió.

—Exactamente.

—Y entonces ¿es que van a organizar una por todo lo
alto?

—Cerca de cincuenta invitados, en principio.

—¿Dónde piensas meter a toda esa gente?

—Ya está todo organizado. Por otra parte, es sólo una
noche lo que van a pasar aquí, aunque luego alguien se
quede más tiempo.

El viento había peinado la playa la noche anterior. El
matorral de juncos estaba medio cubierto de arena. Claudette, descalza, se inclinaba para sacarse los pantalones,
cuando dejé de observar el mar.

—Hace calor —dije.

Nos estuvimos mirando, hasta que creí descubrir un temor sorprendido en sus ojos.

—Mucho calor.

—Sí, Claudette.

Se sacó la blusa por la cabeza. Sus manos se perdieron a la nuca, retocándose el pelo. La parte de sus pechos que no tapaba el sostén de su dos piezas, tenía una frágil redondez de muchacha. Al avanzar hacia mí, descubrí las pequeñas arrugas en las comisuras de sus párpados.

—Javier, cielo, qué mirada más hambrienta.

Mis mejillas ardieron, al tiempo que trataba de componer una sonrisa.

—Perdona.

—No tiene importancia —guiñó un ojo—. Hasta puede ser halagador.

Su mano quedó unos segundos sobre mi antebrazo. Antes de que me moviese, corría ya al agua. Me quité la camisa, me tumbé boca abajo y aplasté la cara contra el dorso de las manos. La arena olía caliente, pero distinta a la arena de la casamata. Angus tenía un bonito cuerpo de mujer, recio, algo diferente a los de las mujeres de mi mundo. En el reverbero de las aguas, aquel trozo de espuma, como solidificado, podría ser Claudette. Durante un largo tiempo, estuve decrecientemente decidido a zambullirme. Aunque nadase más rápida que yo, sabría alcanzarla. Cogí la camisa, que me eché sobre la cabeza y los hombros. El sudor me inmovilizaba. Creí que me dormiría. Angus me esperaba para aquella tarde, con un deseo impaciente. Las piernas de Claudette, una sonrisa de Elena, la espalda de Marta, formaban un acoso de instantáneas sensaciones visuales, clarísimas, dolorosas.

Encogí el cuerpo, al tiempo que el sol me volvía a quemar la espalda con una lenta contumacia. Antes de que me diese tiempo a mirar el reloj oí sus voces. Anduve mientras me ponía la camisa.

—Buenos días, don Javier.

—Ya sabía yo que estabas por aquí —dijo Joaquín.

—Tú lo sabes todo. Hola, Rafael. Ahora vete a dar un baño o vuélvete arriba.

—El señorito Joaquín me dijo que me buscaba usted.

—No tengo nada que hacer. Puedo quedarme con vosotros.

—Sí, te buscaba —Joaquín trató de cogerme una mano—. Mira, la tía Claudette está bañándose y se encontrará muy sola cuando salga. Espérala aquí.

—¿Es que no quieres que os acompañe?

Rafael, sonriendo, acarició la cabeza de Joaquín y me siguió. Al final del sendero, esperé que llegase a mi altura.

—Será mejor hablar por aquí.

—Como usted guste.

—Verás. El otro día estuvo Vicente, el de la tienda de la aldea, a verme. Puede que ya lo supieses.

—Sí, señor, ya lo sabía.

Rafael cruzó los brazos. Cuando me moví hacia el campo, se colocó a mi izquierda.

—Quería hablar de negocios.

—Me lo figuraba. Él pretende desde hace tiempo poner una tienda aquí.

—Algo por el estilo, sí. Pero, además, quería otra cosa —la luz de la mañana destacaba las piedras de las fachadas—. Que si la policía detenía a alguno de la aldea, yo intercediese.

Rafael se había parado al tiempo que yo. Miraba por encima de mi hombro, siempre con los brazos cruzados y el entrecejo fruncido, sin cambiar de expresión.

—Pero Vicente estuvo anteayer, ¿no?

—Toma —le tendí el cigarrillo, que tardó unos segundos en coger—. Eso es, el lunes. Enciende.

—No faltaba más, don Javier. Usted primero.

Rafael volvió a cruzar los brazos. Su mirada persistía en algún punto de mi espalda. Esperé a que comprendiese para continuar por el camino.

—Entonces, Vicente sabía ya que los iban a detener.

—Eso pienso yo —dije, aunque hasta aquel momento lo hubiese dudado—. Si veinticuatro horas antes él viene a...

—Si lo sabía, es que en la aldea estaban sobre aviso.

—Exactamente. Ahora dime qué pasó ayer por la noche.

Rafael dio una larga chupada al cigarrillo. Una constante impaciencia me hormigueaba en las piernas.

—Llegaron y cogieron a cuatro. Esta mañana lo estaban contando en la estación. Pregunté quiénes eran, pero los del pueblo no sabían los nombres. Que eran pescadores. Unos sospechaban y otros que no, que era una tontería sospechar de esos chicos. Pero nadie los conocía.

—¿Qué sospechaban? ¿Que ellos tenían que ver o qué?

—Que ellos habían matado a la norteamericana para quitarle los dólares.

—¿Decían eso en la estación?

—Usted no los conoce, al guardajurado, [307] a los viejos, al...

—¿Qué decía el guardajurado?

—Que sí, que la arrearon para dejarla sin conocimiento y que se les fue la mano. Pero no se puede hacer caso de esos vagos de la estación. Sólo hablan y hablan y acaban por creerse sus propios embustes.

—Mira, si voy a ir a la policía a interesarme por ellos...

—¿Va usted a ir a la policía?

—... tengo que estar enterado. Antes de meterme donde no me llaman.

—Sí, señor, le comprendo. Pues eso decían en el pueblo.

—Esta tarde te [308] coges la furgoneta y te [309] bajas a la aldea.

—Sí, señor.

—Vas directo a la tienda de Vicente y le compras algo, lo que sea. La cuestión es que hables con él. Una vez que te haya contado su versión, me apuntas los nombres de esos chicos y te metes en una tasca.

—Sí, señor.

---

[307] La expresión admitida es *guarda jurado,* aunque el proceso de parasíntesis está muy avanzado.

[308] Esta forma del pronombre personal de segunda persona representa la modalidad conocida como "dativo de interés, por el cual se expresa la participación sentimental que una persona gramatical toma en el cumplimiento de lo que se predica". M. Seco, *Manual de gramática española,* Madrid, Aguilar, 1968[8], p. 156.

[309] *Ibid., id.*

—En la tasca donde haya más gente.

—Será mejor para eso bajar hacia las siete o las ocho, un poco antes de que los hombres salgan a la mar.

—Bueno, está bien. Arréglatelas como puedas, pero entérate de lo que dicen unos y otros. Aunque sea una majadería como una casa.

—Sí, señor.

—Y, naturalmente, a nadie de la colonia le dices nada.

—Que sí, señor. Entendido, don Javier. ¿Cuándo va a preguntar usted al inspector?

—Eso es cuenta mía.

—Bueno, pues si usted no manda ninguna otra cosa...

—Hasta luego y gracias, Rafael.

Pisoteé la punta del cigarrillo. Más allá de los matorrales, las rocas recibían unas olas cansinas. La espuma, que apenas si alcanzaba el límite negro de las rocas, permanecía como inmovilizada por el sol, sin caer, empapando la piedra. Me detuve a la sombra de los primeros árboles. Iba a sentarme sobre las bayas secas que cubrían el suelo, cuando sentí que alguien se acercaba.

—Que digo, don Javier, que me he recordado que la señorita Marta me encargó que esta tarde...

—Tú, Rafael, haces lo que te he dicho —el muchacho asintió con unas súbitas oscilaciones de la cabeza—. Y no te preocupes de más.

—Sería mejor que usted hablase con la señorita.

—Yo hablaré.

—Pues muchas gracias. ¿No va usted a comer?

—Sí, ahora iré.

Después de secarme el sudor con el pañuelo me senté en la tierra, que olía a agrios olores mezclados. A unos metros, un pino solitario entre los matorrales dividía en dos la extensión del mar. Goterones de resina brillaban al sol en el tronco del árbol. Cerré los ojos. El zumbido de los insectos me dolía detrás de la frente.

Traté de no pensar en nada mientras andaba hacia la colonia. Cerca del sendero oía las voces de los niños y de las mujeres, que regresaban de la playa. Al llegar estaba empapado en sudor.

Me entretuve en la ducha, quieto bajo el agua demasiado tibia. Me vestí rápidamente un traje y me puse corbata, aunque la dejé sin apretar. En el comedor, donde ya estaba Dora, Dorita anunció que Enrique se quedaba en casa de Elena.

—¿Vas a salir? —dijo Dora con una ojeada a mi chaqueta, que había colgado al entrar de una silla, mientras se servía de la fuente que Rufi mantenía a la altura de sus manos.

—Sí, debo ir al pueblo. A media tarde supongo que volveré. Ah, por cierto…

—Yo no quiero fiambre —dijo Dorita.

—Comió aceitunas.

—¿Aceitunas? —chilló Dora.

—Sí, aceitunas —Rufi acabó de servirle las lonchas a la niña—. Y ahora no tiene hambre.

—Pero ¿quién te ha dado las aceitunas?

—Leles,

—Ay, Dios mío, hija, ¿no sabes que las aceitunas te hacen daño?

—Pero me gustan mucho.

—"… acabado nuestro Diario Hablado…"

—¿El señor va a tomar pescado?

—Sí, gracias, Rufi. Te decía, Dora, que…

—Ah, sí, perdona, Javier. Me decías…

—Esta tarde Rafael tiene que hacer unos encargos míos muy importantes. Por lo visto, Marta también necesitaba…

—Rufi, baje esa radio, por favor.

—… que Rafael le hiciese unos recados. Avisarás a Marta que lo mío es muy importante. No tengo tiempo ahora de telefonear.

—Sí, de acuerdo, pero la fiesta…

—Leles dice que van a venir mil personas.

—La fiesta, ya lo sé. Rafael no estará toda la tarde fuera.

—Me dijo Claudette que habías bajado a la playa.

—Estuve un rato, pero hacía mucho calor.

—Amadeo vino a buscarte.

—¿Qué quería? —traté de encontrar la mirada de Rufi.

—Ah, no sé. Estuvo un rato en la veranda con Elena.

Juan García Hortelano. Madrid, 1989.

Pero, mientras ya contabilizaba las pérdidas efectivas y nô

sospechaba ~~siquiera todo lo que todavía me quedaba por perder en las~~ *las futuras y*

~~Futuras~~, todavía no me resignaba a que fuese imposible lo que

hasta hacía muy poco tiempo había sido natural y cotidiano. Y así, *(1)*
*(dejando a medio vuelta bambicado y el cGogen)*
huyendo de la cama y sentándome en el alféizar de la ventana, ~~seria~~
*(y que~~~~* *in túia*
*bq pidiese* ) a la tarde siguiente no acudiría

( salvo que ella me ~~~~ ) a conversar en el mirador con Carolina
*a mi habitación)*
y que, nada más merender, escaparía *a* la calle en busca de lo que,
*seguro*
por mucho que a mí mismo me ~~~~ *escuchan*, era ~~~~ que no iba a encontrar
*(y dentro, sólo las líneas de texto)*
*me ~~~~~~ escapabi).*
Cuando, ya que nada me esperaba fuera, lo razonable habría sido

quedarme con ella, ~~~~ con el sabor del pan y el chocolate en la

Correcciones autógrafas de García Hortelano en el texto me-
canografiado de una novela en preparación titulada *La estructura del aire.*

Yo estaba tan ocupada, que casi no le pude atender. A media tarde regresarás, ¿no?

—Sí —la copa me tembló ya cerca de los labios—. Es suficiente. Gracias, Rufi.

—He oído decir que han detenido a cinco o seis personas de la aldea.

—Creo que son tres, señora.

—Supongo —acabé de tragar— que no será por nada importante.

Dora acababa de decir algo, a juzgar por su expresión.

—Perdona, Dora, no te he oído.

—Que esta tarde nos reunimos las señoras para...

Rufi, con el uniforme más ceñido que de costumbre, parecía decidida a conservar su ceremoniosa parsimonia hasta el final de la comida.


## 22


El hombre, con la servilleta al hombro, nos precedía casi de perfil por el largo y estrecho pasillo. Empujó la puerta, la sostuvo y accionó el conmutador de la luz. Angus se detuvo, con la cabeza vuelta hacia mí, en el momento en que el hombre nos dejó libre el paso.

—Sí, está bien —dije.

Una mancha de humedad aclaraba en una de las esquinas el verde oscuro de las paredes. Con la cabeza doblada y la boca de Angus contra la mía, entrecerré los ojos a la luz de la bombilla.

—Me gustaría saber por qué no ponen una pantalla.

Angus comenzó a colocar las sillas. Le ayudé a mover la mesa. Nada más sentarnos, el hombre golpeó en la puerta.

—Les he traído también unos calamares muy frescos y recién fritos.

—Me gustan a rabiar los calamares —dijo Angus.

—Si ustedes quieren alguna cosa —señaló con el pulgar por encima de su hombro derecho—, no tienen más que llamar.

—Gracias.

En cuanto hubo cerrado, me apresuré a la puerta. La carcajada de Angus me obligó a componer una sonrisa.

—Perdona, Javier, pero has estado para morirse, saltando a la puerta y sin encontrar el pestillo. Es graciosísimo.

—No hay pestillo —dije.

—Claro, claro, pues por eso.

Le rodeé los hombros con un brazo. Así pasó un largo rato, en el que olvidé por qué reía Angus. Luego, con su rostro contra mi cuello, sentí los últimos espasmos de la risa como unos latidos asincrónicos. [310]

—¿Quieres beber?

El vino tenía un gusto ácido a barro de tinaja. Nos besamos, hasta que Angus recordó los calamares.

—Están muy ricos, ¿verdad? En este pueblo tienen siempre pescado muy fresco. ¿De verdad nunca habías estado?

—Nunca. Alguna vez he pasado en coche, pero sin parar.

—Es muy grande. Hay una línea de tranvías y todo. Y mucha industria. Qué contenta estoy de estar contigo.

—Sí, yo también.

Angus me apretó las manos encima de la mesa.

—¿Es cierto?

—Sí.

En el cenicero se consumía mi cigarrillo. El redondo escote de Angus, al resbalarle su blusa negra por los hombros, se abría. Quizá Claudette hubiese ya olvidado mi rubor de la mañana. De pronto choqué la mirada de Angus. [311] Tenía entreabierta la boca, con un resto de sonrisa entre burlona e investigadora.

—¿Qué pasa?

—Nada, nada.

—Algo te pasa.

---

[310] "los últimos espasmos de la risa, como unos latidos asincrónicos". El término "asincrónico", que recoge el *Diccionario Manual* como "lo carente de sincronía", y otros diccionarios omiten, vendría a significar aquí "a destiempo", a intervalos irregulares.

[311] Resulta extraña esta construcción, pues el verbo chocar apenas tiene uso como transitivo, si no es en la expresión equivalente a darse la mano.

—Estoy... No sé. Estoy nervioso. Como una colegiala.

—¿Por qué tienes vergüenza —me acarició el pecho con una mano deliberadamente lenta— de estar nervioso?

—Ayer detuvieron a unos pescadores en la aldea.

Angus, al acercarse a mí, hizo crujir la silla sobre las baldosas enceradas. Percibí un débil olor a orín de gato.

—Pero ¿qué han hecho?

—No estoy seguro ni de cuántos son los detenidos. Pero quizá hayan tenido que ver algo con lo de Margot, porque en la aldea se esperaban una cosa así. Fue anoche.

—¿Tú crees que los han matado?

—¿Los?

—A Margot y a los que iban con ella.

Di algunos pasos por el corto espacio entre las sillas. Angus llenó los vasos. Con las manos en los bolsillos del pantalón, me puse a mirar las sinuosidades del color en el tablero de baquelita de la mesa.

—No sé nada, Angus. Estoy como atontado. Mira, tengo la impresión de que la gente es distinta a como siempre he creído que era. Yo realmente nunca había sentido estas cosas. Pero desde hace una temporada... Llevo anteojeras como una mula, que cada vez se me estrechan más y me dejan ver menos.

—Creo que sé lo que quieres decir. Es así una cosa rara, ¿verdad? Un ansia de meterte dentro de otro para ver qué está pensando.

—Pero a mí esto nunca me había sucedido.

—Tú has sabido siempre lo que querías de los otros.

—En la vida he pensado más de un minuto en la clase de gente que ahora me preocupa.

Angus sonrió apagadamente y bebió el vaso de un trago.

—Habrá que hacer algo —dijo.

—Estoy cansado de no ver más que con mis ojos, de pensar con arreglo a lo que aprendí hace muchos años. Y ahora no me vale, porque siento que es falso. Cada vez que empiezo: Yo, yo, yo, algo me remuerde y me avisa que no es por ahí. Entonces trato de pensar tal como lo harán esos chicos que han detenido o mi chófer o la criada o la guardia civil. Todo se me embrolla y acabo histérico.

Y, sobre todo, ¿por qué? ¿A mí qué me va o qué me viene?

—A todos nos va y nos viene. Ella era mi amiga y tú la viste muerta. Y, después, me conociste a mí.

—Pero lo cierto es que todo me tiene sin cuidado.

—No, no es verdad —dijo Angus, sin sonreír, las mejillas tensas, muy abiertos los ojos.

—Mira, cada vez que descubro algo, una especie de verdad, me aparece en seguida otra idea, otra nueva verdad. No sé ya por dónde me ando.

—Yo digo que habrá que hacer algo.

—Hacer. No sé. Me dan miedo las palabras, como si hasta ahora sólo hubiese vivido de palabras. Oye, Angus, tú...

Angus se levantó, rodeó la mesa y llegó hasta mis brazos con los suyos extendidos, que me estrecharon con fuerza. Las manos de Angus, crispadas a mi espalda, me serenaban. Las manchas de humedad en la pared, la bombilla desnuda, aquella luz de intensidad variable, la botella vacía, los pequeños platos de loza blanca con restos de calamares, ceniza y colillas, tenían una dura realidad coincidente con el progresivo bienestar del contacto con Angus. [312]

El hombre acudió por el pasillo secándose las manos en su delantal a rayas verdes y negras. Comprendió antes de que le hubiera acabado de explicar. Por el cristal esmerilado de la mitad superior de la puerta que daba al bar entraba una claridad violenta.

El hombre me entregó la llave y me explicó cuál era la puerta. Llamé a Angus. El pasillo del segundo piso estaba recubierto de una moqueta azul reciente; en la penumbra brillaban las cabezas doradas de los clavos que la sujetaban al suelo. La llave giró sin dificultades en la cerradura. Angus entornó la ventana y corrió los visillos. Yo me senté en el borde de la cama de metal blanco, sobre la colcha, con un cigarrillo que tiré al lavabo cuando Angus, a medio desnudar, se dejó caer contra mí.

---

[312] Los elementos de la enumeración caótica indican una pobre calidad de vida a la que Javier no está acostumbrado y que difícilmente Angus puede contrapesar.

Después me adormecí. Angus se había levantado a colocar nuestras ropas en la percha, clavada a la pared. Mi corazón latía regularmente.

Me despertó al moverse. Casi no había luz en la ventana. Parecía más grande la habitación. Durante un tiempo pensé la conveniencia y las dificultades de presentarme a la policía. Angus me besó, cuando fingí despertar.

—¿Te encuentras bien?

—Muy bien —contesté en un murmullo.

Los visillos caían inertes en el hueco que dejaban las dos hojas de la ventana. Sudábamos mansamente. Angus se lavó en el bidet. Me volví, aún con la toalla en las manos; la encontré insólitamente guapa, ya vestida.

—Angus, creo que sí haré algo. Por lo menos, informarme. Supongo que habrán tenido sus motivos para encerrarlos, pero probablemente ellos no hayan hecho nada. ¿No resulta tonto intranquilizarnos así por unos desconocidos? Cuando todo se aclare, les pondrán en la calle.

—Sí, Javier. Procura —al abrir la puerta, Angus disminuyó el tono de su voz— averiguar si saben ya cómo murió Margot.

Bajamos en silencio la escalera. En el bar, que estaba lleno, hice una seña al hombre. Salió del mostrador y le pagué en el pasillo. Nos acompañó por otro más corto a una puerta trasera que daba a un callejón solitario, en el que nos explicó por dónde podríamos llegar a la calle Mayor.

Con la noche continuaba el calor; las bombillas del alumbrado público en las fachadas de las casas hacían visible el vaho del bochorno. Angus canturreaba. Por una transversal, con los escaparates de algunas tiendas iluminadas, desembocamos no en la calle Mayor, sino a una plazoleta de losas con una fuente en el centro. En una amplia circunferencia, sobre la tierra apisonada que sustituía a las losas, bailaban varios corros de personas. [313] Había demasiada luz y demasiada gente. Angus se puso muy contenta de descubrir aquello.

---

[313] La sardana, por supuesto.

—Es la fiesta de San Hilario, [314] señora. Hasta el lunes duran los festejos.

—Gracias —dijo Angus al viejo que había contestado a su pregunta.

Nos abrimos paso hacia la primera fila. Sobre un tabladillo de madera, que descansaba más de su mitad en el pilón de la fuente, tocaban los de la cobla. [315]

—Escucha, es la tenora [316] —dijo Angus.

Bailaban con las manos unidas, los brazos casi siempre levantados, en movimiento todo el círculo a un ritmo estudiado y minucioso, al tiempo que trenzaban y destrenzaban los pies. Cerré los ojos. El aire, más fresco, esparcía unos raros aromas por la plaza, como a espliego o tomillo.

—Cómo me gustaría saber...

Angus, a unos pasos de mí, se aproximaba a los bailarines, instantáneamente inmóviles, con los brazos caídos. Una de las chicas llevaba unas alpargatas muy blancas, con unas anchas cintas enrolladas hasta la mitad de la pierna. La difusa nube de polvo llegaba al tablado de los músicos. Cuando terminaron, aplaudimos. En un bar de la plaza bebimos unas coca-colas. Regresamos por la calle Mayor, repleta de paseantes en las aceras y en la calzada, a cuyo final se levantaban los aparatos de la verbena. Olía a fritos, a gasolina, a sudor. Me eché la chaqueta al hombro y abracé la cintura de Angus. En uno de los puestos le compré un pañuelo de gasa negra para la cabeza. Comimos unos buñuelos grasientos y bebimos unas copas de aguardiente.

Era ya tarde cuando subimos al automóvil, que había dejado en una calle cercana. En la carretera, aceleré. Durante todo el camino fuimos oyendo música en la radio, que Angus había conectado.

Dejé a Angus cerca de la plaza, con la promesa de que volvería pronto. Detuve el coche antes de llegar a la colo-

[314] Podían hallarse, pues, en la localidad de San Hilario Sacalm, próxima a Sta. Coloma del Farnés, en Gerona.
[315] Orquesta especializada en sardanas.
[316] Uno de los instrumentos de la cobla.

nia. Fumé un cigarrillo despaciosamente. La noche estaba
muy estrellada. Rafael me aguardaría con el resultado de
sus averiguaciones en la aldea. Elena sabría por Dora que
yo había anunciado mi regreso a media tarde. Habrían
celebrado sus reuniones, habrían continuado los preparativos de la fiesta, estarían ahora de sobremesa, cansados, y
Andrés probablemente borracho. Hice entrar, sin ganas, la
palanca de las velocidades. Al poco rato aparecieron las
luces azuladas de Velas Blancas.

—Es Javier —dijo Marta.

Desde la oscuridad llegó corriendo Joaquín. Elena mantenía la falda por encima de sus rodillas.

—Buenas noches a todos —dije—. ¿Cómo siguen las
cosas?

## 23

Desde allí, con la barbilla apoyada en la borda, el mar
parecía una inmensa lámina de cobre puesta al sol, que
era preciso mirar con los ojos entrecerrados. Amadeo pasó
una pierna y después la otra por encima de las mías. El
sol le aclaraba el vello rubio. Se sentó a popa, junto a Santiago, que llevaba el timón.

—Así se distribuye mejor el peso.

—¿Estorbo? —pregunté.

—No, hombre, vas bien ahí.

—Lo que yo decía, don Antonio, es que el mercado no
nos puede, que son ya muchos años para que el mercado
vaya ahora a hacernos la puñeta —dijo Santiago.

—Hijo —don Antonio se aseguró las gafas negras y
movió la silla de lona en la que estaba sentado, sin soltar
su mano del cabo pendiente del mástil—, pero sí nos la
está haciendo.

—No el mercado.

—Sé lo que quieres decir. Pero no tienes razón. O, por
lo menos, no tienes toda la razón.

—Claudette, no te pongas junto al tubo de escape, que
te abrasarás la espalda.

Abrí los ojos. Claudette, que se había aproximado al grupo de popa, se embadurnaba la piel con una crema blanca y grasosa. Andrés, tendido a proa sobre las tablas, apoyaba la cabeza en las muñecas. El brazo de don Antonio formaba ángulo con el cable. Di media vuelta, cansado del mar y del sol. Me picaba la piel y procuré no pensar. Olía fuerte el viento a sal.

—¿Cómo puedes suponer que nos van a dejar en la estacada? Sólo quebrarán los tontos pobretones.

—Amadeo, voy a suponer que sea así— dijo Santiago.

—Realmente es que va a ser así —corroboró don Antonio.

—De acuerdo, ustedes lo dicen. Ahora bien, ¿por qué hablan entonces de sacar esa dichosa ley? [317]

—Santiago, cuando yo llegué a Madrid el año 39 no había visto ni poner un ladrillo sobre otro. Y eso que hice la guerra en Ingenieros. [318] Usted sabe que empecé con una inmobiliaria, que no he dejado, aunque hoy día no sea lo que más me interese. En aquellos tiempos tuvimos que aprender bien de qué se trataba. Para toda la vida. Y yo le aseguro a usted que lo comprendimos.

Los pantalones blancos le caían flojamente sobre las sandalias a don Antonio. A veces se abría el mar en una espuma brava. Sobre la conversación, el petardeo del motor agrandaba las distancias. El calzón amarillo de Andrés y sus piernas separadas permanecían inmóviles. Claudette caminó unos pasos, compensando los movimientos de la barca con el balanceo de sus caderas.

—De acuerdo, don Antonio. Si no quiero decir que no tiene usted razón. Pero ¿por qué tienen que dar una ley o lo que sea? ¿Para arruinarnos?

—Oye, ¿sabes qué te digo? —gritó Amadeo—. Que te compro tu parte en esa Sociedad vuestra. Te la compro y te dejas de bulos.

—La estamos aburriendo, Claudette.

—Oh, no, no. Me gusta oír hablar de negocios.

[317] El Plan Nacional de la Vivienda (1961-1976).
[318] Cuerpo de Ingenieros.

—Verás si a mí me arruina. ¿No comprendes que no puede ser? Que sí, que obligarán a alquilar, pero también se permitirá que se alquilen amuebladas o por dos años, con revisiones periódicas, o subirán las rentas, o yo qué coño sé.

—Amadeo.

—Perdona, maja. Tú, Santiago, ¿lo comprendes, sí o no?

—Lo comprendo, pero no encuentro motivo para hacer todo ese cambalache.

—Amigo mío —don Antonio subió la mano por el cable—, y ¿qué razón había para lo del plan? Ellos dicen que no podíamos seguir así. Ellos, los jóvenes. No lo discutamos. Quieren plan, pues plan. [319] Ellos han estudiado más de lo que yo pude hacerlo, ellos saben mucha economía por los libros, ellos, como vulgarmente se dice, se las saben todas. Pues que lo hagan. Afortunadamente —la voz de don Antonio se engoló—, podemos confiar en ellos, porque, eso sí, son honrados y no son tontos. ¿Qué hacen sin nosotros?

—No entiendo —dijo Amadeo—. Ahora soy yo el que no le entiende a usted.

—¿A que Javier sí me entiende? —me apoyé en los codos y miré a don Antonio, que se había quitado las gafas—. Pero, veamos, ¿cómo harán algo sin nosotros? Nosotros somos la corriente y ellos el cauce. [320] Podrán llevarnos por algún sitio no muy agradable, pero si buscan desviarnos por donde no queremos ir, se exponen a quedarse en seco. Sin corriente —don Antonio rió—. Y la corriente es lo que hace al río. ¿Verdad, Javier?

—Sí, don Antonio.

—Y con esto de las casas, igual. La gente, de vez en cuando, necesita de una medida semejante, de algo demagógico, porque la gente es muy bruta y muy cerril. A la gente hay que salvarla, aun contra su voluntad. ¿No hay tipos por ahí que se están quejando continuamente de la

[319] *Vid.* nota 317.
[320] "Nosotros somos la corriente, y ellos el cauce".

incultura, de lo de las escuelas y más cantinelas? [321] Pues
eso. ¡A obedecer a los que saben un poco más que ellos!
Y los que saben un poco más, a aprender de nosotros, que
llevamos la carga y el borrico. [322]

—¡Este don Antonio —Santiago dejó la barra bajo el
brazo de Amadeo— va para ministro!

—Que he leído, amigo mío, que he leído. A Menéndez
y Pelayo [323] no lo quito de la mesilla de noche.

—Ah, Amadeo —dijo Claudette—, he terminado ya la
novela.

—Oye, y ¿está mejor que *Bonjour tristesse*? [324]

—En cierto sentido, me ha gustado más.

—Pero ¿es tan verde o no?

—Ay, hijo, a mí eso me tiene sin cuidado.

—Ya le dejaré yo a usted alguna buena —don Antonio
se levantó de la silla sin soltar el cabo—. De las de antes
de la guerra. [325] Yo no las leo, le advierto. Yo sólo leo cosas
serias y alguna policíaca para desengrasar. [326] Fíjese, el otro
día me mandaron las obras de Ramiro de Maeztu, ya sabe
usted quién le digo.

—Alguien que era muy importante.

—Importantísimo. Le mataron los rojos. [327] Bueno, pues
también me mandaron unas policíacas, pero encuaderna-

---

[321] Aunque se podía haber evitado la rima *escuelas:cantinelas*
usando *cantilenas,* así se produce un ripio con intención más peyorativa.

[322] Frase hecha de sentido hiperbólico: tener que hacerlo todo
uno o algunos.

[323] Marcelino Menéndez y Pelayo. Por su copiosa obra la frase no
deja de ser irónica.

[324] Novela de François Sagan, que obtuvo el premio de la Crítica
en 1954. Fue llevada al cine.

[325] La expresión "de las de antes de la guerra" se hizo tópica; todo
lo previo al conflicto bélico se suponía de superior calidad.

[326] Don Antonio se contradice: va a proporcionar a Javier una
novela "buena", "de antes de la guerra", pero no lee ese tipo de
obras, sino "cosas serias y alguna policíaca".

[327] Todo este pasaje resulta irónico y puede considerarse precedente de *Gramática parda*. Ramiro de Maeztu, por ejemplo, de
quien no sabe nada el grupo, es importante "porque lo mataron los
rojos".

das en piel, como Obras Completas. Por fin se les ha ocurrido hacer las policíaccas en libro caro. [328]

—Luego te doy la de la Sagan. [329]

—Gracias, Claudette. ¿Echamos la caña? Y ese tío, que
no hace más que dormir.

—Déjale, hombre. No le despiertes.

Amadeo había virado en redondo; en un momento apare-
cería la aldea en la difusa línea de la costa. En los escasos
silencios, el motor sonaba con más matices, como si, a
veces, la hélice se atascase y otras se moviese en el vacío.
A proa, Claudette y Santiago habían despertado a Andrés,
que se restregaba los ojos y hablaba de su resaca y de su
hígado partido en trocitos. Don Antonio leía el periódico.
Amadeo, con el entrecejo fruncido, miraba indeterminada-
mente hacia adelante.

—¿Quieres? —me ofreció Claudette.

—No, gracias. Tengo la boca muy seca para fumar.

—Voy a preparar unas cocas. [330]

—Oye, tú, o cambias de rumbo o nos desembarcas en
Castellón.

—¿Usted quiere beber algo, don Antonio?

—Sí, hija, muchas gracias —dejó el periódico sobre las
rodillas—. Espero que tengáis ultimada la fiesta. Va a ser
un éxito.

Claudette saltó al sollado [331] y apoyó las manos sobre
cubierta.

—No sabe usted la cantidad de detalles que quedan.
Pero yo creo que sí, que va a ser un éxito.

—Y ahora, ¿qué?

—Ahora vas bien —dijo Andrés—. Claudette, guapa, a
mí con unas gotas de ginebra.

---

[328] Recuérdese lo que se dijo en la introducción sobre el interés
de G. Hortelano por este tipo de novelas.

[329] Puesto que se ha comparado con *Bonjour tristesse,* puede tratarse de *Un certain sourire* (1956), o *Dans moi, dans un an* (1957).
Cabe, con todo, la posibilidad de que fuese *Aimez-vous Brahms,* de
1959.

[330] *Vid.* nota 179.

[331] Una de las cubiertas inferiores.

El sol ponía neblinoso el cielo en lo alto. Bebí un trago. Al otro lado de la línea de la borda volaban unas gaviotas que, en la lejanía, parecían rozar el agua. Con los brazos sobre el pecho, me sentí despreocupado o, al menos, sin pensamientos, sin memoria.

—Pero ¿te has dormido?

Me levanté desorientado. La barca estaba quieta. En la playa se distinguían claramente las figuras de los niños, cuyas voces llegaban ininteligibles y empequeñecidas. Un sargo recién desprendido del anzuelo saltaba espasmódicamente sobre la madera. Al tiempo que retiraba la mirada del pez, descubrí a Claudette de puntillas sobre la borda.

—¿Que si te quedas aquí o vienes a la aldea?

—No, no, me quedo.

—Van ustedes a cansarse.

—Tengo que estar sin falta, don Antonio.

—¿Y tú, Javier? —dijo Andrés—. Comemos los cinco en la aldea, eh.

—No, yo no.

—¡Qué partida de mus!

—Hasta luego.

—Ha tenido usted una idea sensacional, Amadeo. Pescadito frito, vino y mus. Javier, diga que se ignora cuándo volveremos.

Andrés corrió hacia mí con las manos extendidas; salté antes de que me empujase. Cuando saqué la cabeza, oí sus risas y, un poco después, el petardeo del motor. Claudette, que me marcaba un ritmo igual, se detuvo.

—¿Te cansas?

—No —dije.

—Son cuatro o cinco minutos.

El sol me cerraba los ojos, me calentaba el cuerpo, me hacía de goma los músculos. La piel de Claudette, sin la crema aceitosa, debía de oler bien, tan lisa y tan húmeda.

—¿Cómo vas con Dora?

—Mal.

—Se nota.

—¿Porque hablo poco?

—Porque no te interesas por nada.

Ernestina y Luisa remaban en la barca de goma, que Enrique y José empujaban. Emilio gritaba, con el agua por la cintura. Se nos echaron encima y estuvimos luchando, siempre con las advertencias de Emilio sobre nosotros. Dora corrió desde los toldos. De repente, una ira violentísima me impulsó contra Emilio.

—Javier —dijo Claudette.

Dejé de oírles. Emilio, que también había callado, debió de comprender súbitamente, porque retrocedió hasta fuera del agua.

Corría ya, cuando un desnivel del fondo arenoso me hizo caer muy cerca de las piernas de Emilio y de sus ridículos calzones de baño, que le llegaban a la mitad de los muslos. Al ponerme en pie, todos me miraban. Entre los toldos y los colores violentos de sus trajes de baño, Asunción tenía la boca abierta y un enorme cubo de plástico en una mano. Aunque me dolía el tobillo, procuré no cojear.

—¿Te has hecho daño?

—No.

—¿No pensarás subir así, con ese calzón sólo?

—Pienso subir así, Dora —me ahogaba respirar—. Y sin que nadie me grite.

A mitad del sendero me detuve a frotarme el tobillo. Continué despacio hasta casa. El cemento de las aceras me quemaba las plantas de los pies.

En la ducha se agudizó el dolor. Rufi me comunicó que no vendrían a comer Dora ni los niños; cuando yo hube terminado de hacerlo, me acomodé en una hamaca del jardín, a la sombra.

—La señora pregunta que cómo se encuentra usted del tobillo.

—Dígale que no me duele.

Amodorrado y sudoroso, aquella persistente crispación me repercutía en la rodilla. Bebí un poco de coñac. Leoncio trabajaba en las regueras. Dentro de la casa refrescaba en la penumbra. Antes de decidirme a telefonear, permanecí un largo rato tumbado en la oscuridad del dormitorio. Nada más descolgar Elena, oí el ruido de conversaciones como fondo de su voz.

—Estés o no estés ocupada, podrás escaparte.

—Pensaba llamarte ahora.

—Son las cinco. ¿A las cinco y media?

—No podré estar mucho, sólo un momento. Espérame en el pinar.

—Está bien, a las seis.

—Sí, mejor.

La voz de Elena denotaba cansancio. Mientras me vestía, me puse a silbar. Me bebí un whisky con un dedo de soda. Rufi cortaba perejil cerca de la piscina, que continuaba vacía. Cuando salía hacia el pinar, un muchacho llamó al timbre de la entrada. Intervine una vez que el muchacho, después de preguntar por Dora, le entregó a Rufi una caja plana envuelta en papel de seda.

—¿De parte de quién vienes?

Mi presencia, que se le hizo visible al apartarse Rufi, le sobresaltó.

—De parte del señor Vicente. Me ha dicho que vaya dejando las cajas.

—Ah, bien. ¿Vives en la aldea?

El muchacho se hizo a un lado. Rufi continuaba con la caja bajo un brazo.

—Son bombones. El señor Vicente me mandó que diese el nombre de las señoras. Sí, vivo en la aldea. Es gratis, ¿sabe usted? No hay que pagar nada.

Rufi, sonriendo, cerró la puerta al tiempo que el muchacho enrojecía.

—Rufi, si preguntan por mí, que estoy dando un paseo por la carretera.

El muchacho se agachó para recoger las otras dos cajas, iguales a la destinada a Dora, que había dejado en la acera. Esperé a que hubiese cargado para tenderle el billete.

—No, señor. Son gratis.

—Ya, ya lo sé. Eso es para ti, para que vayas al cine.

—Pero... —las arrugas de la frente se le agolparon— a lo mejor... Bueno, gracias.

—O sea, que tú vives en la aldea —caminé calle arriba—. ¿Cuántos años tienes?

—Doce.

El muchacho me siguió por la calzada. En la esquina de la calle que llevaba a casa de Asunción me detuve.

—El segundo chalet a mano izquierda es otro de los que buscas.

—Pero yo no le he dicho...

—Hijo, es fácil saber dónde te han mandado. Doce años, ¿eh? ¿Conoces a los que se llevó la policía el otro día?

—Sí, señor. Uno es mi primo. José Flix se llama. Me llevaba en su barca, para que aprendiese el oficio.

—Y tú, ¿crees que han hecho algo?

—Nada, señor.

—¿Por qué? ¿Qué dicen tus padres?

—Mi madre dice que algo habrán hecho cuando los cogen. Y el señor cura dice que no los habrán cogido por hacer algo bueno. Pero José no ha hecho nada.

El muchacho, que había subido a la acera, tuvo un movimiento impaciente hacia la calle arbolada.

—Espero que pronto... Bueno, quiero decir que seguro que es inocente —el chico sonrió—. Adiós.

—Adiós, señor. Y muchísimas gracias por el duro. [332]

Le oí correr mientras me alejaba. En la subida del pinar volvió a dolerme el tobillo. Estaba sudoroso, ahogado y fatigadísimo al llegar a la fuente. Me senté en un tronco. El calor olía allí, en las luces y las sombras violentas que distribuían las ramas. Aguardé a fumar por retener el aroma de la resina, de la tierra seca cubierta de agujas.

A las seis y media me puse en pie. Se me dobló la pierna a los primeros pasos. Anduve de un lado para otro de la plazoleta para no dejar enfriar el tobillo, al tiempo que trataba de olvidar el ataque de cólera que me había provocado Emilio.

En aquella parte del pinar, en sombra ya, la caída del sol y los ruidos de la noche, que fuera aún tardaría en llegar, se sentían con antelación. Acabé otro cigarrillo. Luego me volví a sentar, los antebrazos en las rodillas. Proyecté esperar un cuarto de hora más; percibía el paso del tiempo

---

[332] El billete que acababa de darle como propina.

y de mi plazo, pero me encontraba a gusto quieto, olvidado de mí mismo, con la imaginación abandonada a sus saltos.

—Javier.

La voz de Elena me asustó por su proximidad. Nos abrazamos sin fuerza. El ahogo de la subida le fijaba la sonrisa.

—Tienes que perdonarme, Javier. Es espantoso lo que me ha costado salir. Y, encima, con la preocupación de que esperabas aquí. De verdad, te digo...

—Déjalo, Elena. Ni siquiera sé la hora que es.

Nos sentamos en el tronco, medio hundido en las hojas, y saqué el paquete de cigarrillos.

—Entonces ¿no estabas impaciente?

—No, no lo estaba. O, al menos, no en el sentido que tú creías —con la primera bocanada de humo, mis ideas adquirieron una extraña lucidez—. Empiezan a importarme muy poco este tipo de detalles, estas molestas consecuencias. Aunque un día...

Las manos de Elena buscaron las mías. En la luz incierta del atardecer, su rostro formaba una superficie plana.

—¿Un día?

—Pareces más joven.

—No, no —rió—. Responde a mi pregunta.

Giré el cigarrillo entre los dedos, esperé a que aflojase la presión de sus manos y me repetí a mí mismo que todo estaba muy claro.

—Que un día tú y yo vamos a terminar con esto nuestro.

De reojo, vi sus brazos carnosos y su pie izquierdo, que restregaba contra el suelo.

—¿Por qué?

—Porque cada vez estoy menos de acuerdo con estas cosas.

—Con las que llevas de acuerdo los últimos años, ¿no?

—No me grites, Elena.

—Te grito por tu mala intención, porque soy yo la que está harta de oírte que estás harto. ¿Harto de qué? ¿De mí? Dilo de una vez, pero claramente. Mira, estoy cansado de tu cuerpo, de tus besos y de tus caricias, porque los hombres...

—Elena, cállate.

—... de vez en cuando necesitamos cambiar. Pero dilo
sin tonterías, sin ambages. [333] ¡Sin quemarme la sangre!

—No de tu cuerpo, como dices.

—¿Pretendes dejarme?

—¿Quieres escuchar?

—No puedo escuchar caprichos estúpidos. Te aburres
este verano y empiezas a hacer historias con lo nuestro.
¿Qué es lo que te falta?

—Tú me faltas.

—Pero, Javier, durante tres días...

—No quiero que me faltes un momento.

—No seas...

—Quiero tener lo que es mío. Y tú eres mía. ¿Vas a
entenderlo así y a no embrollarme con tus temores de
vieja?

Apenas si me moví para sentirla a toda ella en un abrazo
desesperado. La besaba con rabia, sin dejar quietos mis
labios, tratando de decirle aquellas verdades calladas, porque hasta entonces también las había silenciado a mí mismo. Pero simultáneo a mi confianza en su comprensión
tuve el presagio de que era inútil aquel esfuerzo. Al sepa-
rarnos, quedamos anhelantes.

—Cariño, tengo que irme.

—Ahora no, Elena.

—Sí, cariño. Estarán buscándome. Todo está muy retrasado. Y recuerda que esta noche llegan los primeros invitados.

—Alguien que a ti no te interesa.

—Más lo siento yo que tú —comenzó a andar—. El domingo te prometo una tarde entera de felicidad.

Bajamos rápidamente. Cerca de la carretera nos volvimos a besar.

—Ahora no te quedes pensando que eres un incompren-
dido. Hasta luego, Javier, que es muy tarde. A la noche
nos vemos, amor mío.

---

[333] "embages", sin duda por error tipográfico.

Me quedé con el olor de ella bien dentro, sin otro olor y sin otro sabor en la boca, que me temblaba. Luego imaginé un diálogo sin gritos, sin absurdas recriminaciones, que, con toda justeza, nos conducía muy lejos. Me tendí en el suelo. Había estrellas entre las ramas de los pinos. Ya no sudaba. De vez en cuando, un rumor estremecía el pinar. Poco a poco me abandoné a aquella pasividad, a aquella tristeza, que me reconfortaban. De pronto, cuando tenía los ojos cerrados y sentía el dolor en la pierna, un resplandor me incorporó como de un trallazo.

Más allá de la carretera, una semicircunferencia luminosa había llenado el cielo. Todo el paisaje estaba transformado en una fantasmagórica apariencia. Llegué hasta el límite del pinar. Allí comprendí. Continué andando hacia la colonia, donde ellos ensayaban el alumbrado de su fiesta.

## 24

La suela del zapato me resbaló en el apoyapiés [334] y tuve que agarrarme a la barra. Después me miré en el espejo, me subí el nudo de la corbata y, al regresar Raimundo, dejé el vaso vacío junto a los platillos de las almendras y los cacahuetes.

—Acábate el whisky y pedimos otros.

Raimundo, que terminaba de abrocharse la bragueta, se subió el nudo de la corbata. El hielo ya se había derretido en mi vaso. Raimundo tenía unos largos pelos en el dorso de las manos. Encargué dos whiskys; tras el primer trago, me encontré mejor.

—Se me está sentando [335] el estómago.

—A mí —Raimundo, después del eructo, se puso la mano en la boca— lo que mejor me sienta es el whisky. Si no fuera tan caro...

---

[334] Vocablo que no recogen los diccionarios: tubo de metal en la zona inferior de un taburete.

[335] El término correcto sería "asentando". El hablante efectúa una ultracorrección por creer que el prefijo a- sería protético.

—Y que lo falsifican.

—¿Quién lo falsifica?

—No sé quién. ¿Te das cuenta de que nunca sabemos quién hace las cosas?

Raimundo meditó unos segundos mi pregunta antes de mover la cabeza. La calva le sudaba.

—Escuche, cuando me pongo a pensar en lo que usted dice, señor don Javier, me doy cuenta de que no somos nadie —bebió despacio, con los ojos entornados—. Jack Evers. Es bueno.

—Tengo yo unas botellas de Johnie Walker que... Oye, Raimundo, un día de éstos me cojo un par de botellas de Johnie Walker y nos las bebemos tú y yo.

—Usted pone el whisky y yo pongo el coñac. ¿Le gusta a usted el coñac?

—Me gusta mucho. Es una bendita bendición [336] de Dios.

—¿Cómo?

—Que el coñac es una bendición divina. Y no te preocupes por lo del Ministerio.

—No, si no me preocupo sabiendo que usted recomienda el asunto. Yo pongo una botella que me traje de Francia la semana santa. Fine Champagne Napoleón, de Courvoisier. [337] Ya ve usted, señor don Javier, lo que son las cosas.

—Sí. ¿Qué?

—Las cosas.

—¿Lo del Ministerio?

—No, señor. Lo de que yo me vaya a Francia en la semana santa.

—Ah, ya. Francia es una país muy corrompido.

—Si yo no estuviese soltero como lo estoy, pues tampoco me podría ir a Francia. Quiero decir que me voy a Francia porque me da la real gana. Y para traer coñac. ¿Le gusta a usted el coñac?

---

[336] Un nuevo caso de *derivatio,* que proporciona un sentido hiperbólico.

[337] *Vid.* nota 219.

—El coñac es una bendición de los cielos. [338] Gracias, Raimundo.

—Tome, se va usted a echar un pito a la salud del coñac. Un pito...

—Acabo de fumar.

—... que le voy a dar yo. Un Kent emboquillado.

—Muchas... Enciende tú, anda. Muchas gracias, Raimundo.

—A usted, don Javier —dejó el mechero del revés, en un difícil equilibrio—. [339] Pues mi opinión es que se vayan a la mierda. A una persona de la valía de usted, ¿qué le importa?

—Y siguen aquí. O sea, que tu amigo se ha largado a Barcelona y ellos siguen aquí. José Flix y los otros tres.

—Don Julio y yo tuvimos un asunto con dos hermanas. Venía con más frecuencia. Aquí mismo le convidé a unas copas y no soltó prenda. Baja hacia el sur porque dice que no hay pesca. Para mí que tiene un asunto en Alicante.

—Es que no hay pesca.

—Ahora, en cuanto llegue mi socio, nos vamos los tres a la tienda y ve usted unos sedales nuevos que he recibido. Y unos curricanes [340] de plomo y con espejitos, que me han traído de Portugal.

—¿Quién es ésa?

—¿Quién?

—Ésa.

—¿La que acaba de entrar?

—Sí.

Raimundo se volvió en el taburete. La cafetería olía a crema, a ozonopino [341] y a café con leche. Por las ventanas, el bochorno de la noche se ligaba al aire espeso del local, en el que algunos tubos de neón despedían una luz tem-

---

[338] Es auténtica tautología: repetición de la misma idea anterior, sin variantes, un índice claro de la acción del alcohol ingerido.

[339] Otra señal de lo expresado en nota anterior.

[340] "currianes", aparejos de pesca.

[341] Producto comercial, ambientador.

blona. La chica se sentó a una mesa ocupada por otras mujeres. [342]

—Está buena.

—Muy buena —busqué un plato donde aplastar el cigarrillo—. En este pueblo tenéis unas mujeres que están pero que muy ricas, Raimundo.

—Sí, señor. En el invierno es otra cosa.

Cuando el camarero, sonriente y confidencial, se detuvo frente a nosotros, nos callamos. Raimundo movió la cabeza hacia arriba, como si cornease; el otro se rió.

—¿Qué tapitas les voy a poner a los señores?

Llenó los vasos, retiró los platillos y puso otros con almendras, cacahuetes y canapés de anchoas.

—Sí, el invierno es siempre otra cosa. A mí, ya ves, me gusta que ahora sea verano. Aunque sudemos como cerdos.

Raimundo se pasó la mano por la calva, desde la nuca hasta las cejas.

—Es lo que yo digo, señor don Javier, que el verano es mejor, porque uno está más cachondo.

—Ésa tiene unas caderas de mármol.

—Por eso este pueblo en verano es tan bonito, ¿sabe usted? Luego, nos vamos a la tienda, ve usted los curricanes y nos damos una vuelta por el camping. De noche es una gloria. En el camping nos tomamos unas copas con unas alemanas que yo conozco, dos chicas de Heidelberg que estudian para secretarias industriales y que están apetecibles. De poco pecho, pero muy apetecibles. ¿Me decía usted algo?

—No.

—Llega usted a tiempo a su fiesta. Total, son las ocho o una hora así, y mi socio ya no puede tardar. ¡Tú, Ramírez, dinos al señor y a mí la hora que es!

—Las diez menos cuarto en punto, don Raimundo.

—Pues para que usted vea.

—Ya, ya veo.

Al disminuir la camarera el volumen de la radio, creció el ruido de las conversaciones. Los hombres levantaban

[342] *Vid.* nota 340.

más los brazos y, por lo tanto, se les veían más que a las
mujeres las rodajas del sudor de los sobacos en las camisas.
Me apreté la corbata, antes de bajarme del taburete al suelo, sucio de colillas, servilletas de papel y serrín.

—Ahora voy yo.

—Al fondo, a la derecha, después de bajar los escalones.

—Gracias.

—Y no se preocupe que yo le guardo el sitio.

Crucé algunas miradas, antes de llegar a la puerta. Al
final de los escalones de piedra rosa, había dos puertas
negras, con un rostro de hombre en una y unas melenas de
mujer en la otra. Me estuve un buen rato apoyado en la
loza blanca, rehusando oler el desinfectante. Me lavé las
manos y me examiné en el espejo las canas y las arrugas
de la frente. El jabón olía mal y la toalla estaba húmeda,
por lo que acabé por secarme en mi pañuelo. Hasta allí
alcanzaba el murmullo indistinto de la cafetería. Subí los
escalones, verifiqué los botones del pantalón, me apreté
el nudo de la corbata y, cuando llegué a la barra, el socio
de Raimundo se levantó de mi taburete. Raimundo hizo
las presentaciones. El muchacho quedó en pie, entre nosotros dos.

—¿Cómo dice usted que se llama?

—Agustín Riva.

—¿Riva?

—Sí, señor, para servirle.

—Pues nada, tome usted una copa.

—Siento el retraso. Jordi fue a avisarme al taller y he
tenido que ir a casa a ponerme un poco decente. O sea, que
ustedes tienen que disculpar.

—Pero si estábamos aquí muy bien, ¿verdad, Raimundo?

—Claro que sí. Te tengo dicho, Agustín, que don Javier
es un señor, un señor de verdad, pero campechano. ¿Te
lo tengo dicho?

Agustín movió la cabeza, sin sacar las manos de los bolsillos de sus pantalones vaqueros.

—¿Está usted también soltero?

—No, señor, yo me casé para la primavera.

—Y ya tiene a la mujer con un bombo [343] así.

Agustín, al sonreír, doblaba la cabeza sobre el hombro derecho.

—Oiga, ponga otro whisky.

—No, muchas gracias. A mí, lo de siempre, Ramírez.

—Corriendo, un fino La Ina para el señor. [344]

—¿Ustedes quieren los camiones para el pescado?

—No, señor —dijo Agustín—. Para portes.

—Me dan la nota con los datos, que yo me encargo de lo demás.

—Sí, señor. Ahora, con el verano, no habrá mucha gente en Madrid. Y, habiendo esperado cerca de veintitrés meses, se puede aguardar hasta septiembre, si a usted le parece bien.

—Tú no me vengas con remilgos y dale los datos a don Javier, que él ya sabrá lo que conviene.

—Yo lo decía por lo del veraneo.

—No le haga usted caso a este palomino atontado. [345] ¿Tienes papel?

Agustín se buscó el bolígrafo y pidió una cuartilla. Se puso a escribir lentamente sobre la barra, detrás de Raimundo, que acababa de encargar otros whiskys. La cafetería estaba cada vez más llena. De un momento a otro también puede que entrase Angus.

—La más simpática habla un poco de español.

—De acuerdo, Raimundo, un día me vengo con tiempo para lo de esas chicas tuyas.

—Vamos, yo lo digo por su fiesta, que si no, nos acercábamos ahora mismo. Las chicas están buenas y, sobre todo, que son jóvenes, usted me entiende. El verano es así, sí, señor —Raimundo transmitió por encima del hombro su advertencia a Agustín—. No se te olvide algo, que después don Javier no pueda hacer la recomendación. Yo en octubre pienso ir a Madrid. A mí Madrid me gusta para

---

[343] "Vientre de mujer preñada", V. León, *Diccionario de argot*.
[344] "La Ina, para el señor". *Vid.* nota 219.
[345] En el sentido cariñoso de pichón, quizá porque lleva poco tiempo casado.

eso, para tirarme quince o veinte días de juerga. Hasta las ocho o las nueve, negocios, y luego, juerguecita y bureo.

—Entonces, Raimundo, tú crees que no debo acercarme por el cuartelillo.

—Ni acercarse, porque lo que yo digo, a un financiero como usted, ¿qué le van esos tipos?

—Hombre, la gente de la aldea...

—¿Sabe usted lo que han hecho? ¿Y si la han matado ellos?

—¿Por qué iban a matarla?

—Usted, don Javier, entiende más que yo, pero mi consejo es que no le veo motivo.

—No, si motivo realmente no hay.

—Pues ya se lo decía yo. La semana próxima usted se viene una mañana, ve los artículos, comemos juntos y nos llevamos a las chicas a una playa. La más fea sabe un poco de español. ¿Usted habla el alemán?

—*Nein. Ich habe in Heidelberg verloren.* No, no. *Ich habe mein Herz in Heidelberg verloren. Ich habe ein Kameraden.* [346]

—Yo sólo sé decir cuatro frases en inglés. Con las francesas me entiendo, porque el catalán y el francés son primos hermanos, pero de alemán ni jota. Usted habla y yo hago —Raimundo se estuvo riendo, hasta que vio a Agustín nuevamente entre nuestros taburetes, con la hoja de papel en una mano—. ¿Lo has puesto todo?

—Léelo.

—¿Qué sé yo lo que hay que poner? Yo soy el socio capitalista. Tómate otra copa.

—No, que luego se me sube. Supongo que van todos los datos.

—Sí, hombre, usted no se preocupe —guardé la nota en la cartera—. Bueno, hasta el lunes o el martes. ¡Oiga!, ¿cuánto es esto?

—No se moleste, porque no le van a cobrar —dijo Agustín.

---

[346] Nada. Yo he perdido en Heidelberg. *No, no.* Yo he perdido mi corazón en Heidelberg. Yo tengo un amigo.

En la calle, junto al coche, las despedidas fueron largas. Agustín sonreía alternativamente a nuestras frases y a la risa congestionada de Raimundo. Salí del pueblo en segunda, eludiendo mirar las luces. Frente al cuartel aceleré, pero en la carretera general el miedo me hizo ir más despacio. El cambio de luces de un camión me sorprendió. La rueda derecha delantera rozó con un chirrido alarmante la tierra de la cuneta. Frené y fumé con calma un cigarrillo.

Unos kilómetros más adelante me detuve otra vez. En la claridad de la noche no se movía ni la más alta rama de los árboles. Encendí las luces de situación y me desnudé. La playa era una especie de cala, pedregosa, a la que llegaba el agua mansamente. Estuve a punto de entrar en el mar con el reloj en la muñeca. Cuando me zambullí, la cabeza me daba vueltas.

Siempre cerca de la orilla, me entretuve buceando. Las pequeñas olas me producían una cálida sensación por todo el cuerpo, como el aliento de Angus. Al salir me dejé caer en la arena; en seguida encontré una postura cómoda. Proyecté nadar otro rato, porque nuevamente me bailaba el whisky en los sesos, pero, de pronto, sin saber por qué, vi el rostro de la muchacha, su boca cuadrada, la luz que entraba aquel amanecer por las ventanas de la caseta. Me quedé embobado, muy quieto.

La ropa tenía arena. Sentí frío al vestirme, por lo que cerré las ventanillas del automóvil. Los límites y las formas, alumbrados por los faros, habían recuperado su consistencia. La garganta reseca de alcohol y sal me provocó sed. Aceleré, pero pensaba en que me alejaba de Angus. Pronto apareció la desacostumbrada iluminación de la colonia.

Los coches, aparcados en ambas aceras, llenaban las calles. Frente a casa había un microbús. [347] Un zumbido discontinuo por entre los árboles y los chalets, en las luces de la veranda y en los focos del jardín, propagaba el ner-

---

[347] "Frente a casa, había un microbús". El *DRAE* todavía no incorpora el término microbús, que sí introduce el *Diccionario Manual* como "autobús de escasa capacidad", etc.

vioso ritmo de la fiesta hasta el último rincón de la casa.
Nada más entrar en el dormitorio, vi el smoking [348] extendido sobre mi cama.

Después de cambiarme, estuve un rato apoyado en el
alféizar del ventanal. El núcleo de la fiesta se concentraba
en los chalets de Amadeo y Santiago. Destacaban los colores de los trajes de las mujeres y las camisas blancas de
los smokings. Como si hubiese viento, de vez en vez de-
crecían o aumentaban los sonidos, la música. Pensaba en
dónde habrían dejado a los niños, cuando sentí a alguien
detrás de mí.

—Perdóneme el señor. Vi la luz y subí por si le moles-
tábamos o necesitaba algo.

—Gracias, Rufi. Molestarme ¿quién?

—Estamos abajo, señor. Los chóferes y parte del servicio, que ha llegado con los invitados. Nos turnamos.

Rufi apoyó las rodillas en el borde de la cama.

—¿Se divierten?

—Mucho, señor.

—Está usted muy guapa con ese peinado, Rufi.

—¿Se ha dado cuenta el señor? Es una fiesta muy pre-
ciosa. Hay un cuadro flamenco y dos orquestas. Como en
un cabaret. Y muchísima gente. Yo, perdóneme el señor,
estoy así, contenta, porque he bebido cinco o seis copas
de vino.

Al llegar junto a ella, me detuve.

—Lo celebro, Rufi. Y beba hasta caerse.

—¡Huy, señor!

—Hasta caerse rodando. Se lo digo yo. Dentro de un
rato iré por la fiesta de ustedes y quiero que para entonces
esté usted ya borracha —Rufi rió—. ¿Entendido?

—Es usted la persona más buena del mundo.

Por las calles encontré algunas caras conocidas y cambié
algunos saludos. Tras las palmeras enanas del chalet de
Emilio sonaron unas palabras entrecortadas.

Santiago me recibió en la entrada del jardín. Tardé en

---

[348] *Vid.* nota 190.

hacerme con un whisky. La mano derecha me sudaba y me dolían las mandíbulas de sonreír, cuando logré el primer trago. Bailaban hasta en las pistas de tenis.

—Los flamencos están donde Claudette —dijo Amadeo.

—Dora te buscaba. ¿Sabes qué hora es?

—No he podido venir antes.

—Lo malo de la fiesta es que hay muchos tipos que...

—Es la una menos cuarto, Asunción.

—... se empapan de whisky.

—No, si ya sé la hora.

—Dice que es islandés. De Islandia, no de Irlanda, ¿comprendes?

—¿Te vas?

—Un momento, Asun. Voy a echar un vistazo por ahí.

Desde la penumbra, sentada en el césped, con su traje de noche subido medio muslo, Ernestina me chistó.

—¿Qué haces ahí?

—Es una mierda de fiesta.

Me puse en cuclillas. Tenía revuelta su melena pelirroja.

—Ciérrate ese escote.

—¿Conoces a Polo Orduña? Bueno, pues a los diez minutos, como se creía que ya estaba soplada, se ha puesto a meterme mano.

—¿Y lo ha conseguido?

—¿No se puede hacer una fiesta, aunque sea una mierda de *garden-party* [349] como ésta, sin que le quieran meter a una mano? Y a los diez minutos. La gente ha perdido las formas. Luisa lo está pasando loco. [350]

—Vente conmigo, ¿quieres?

—Estupendo, luego te recojo.

En el tablado, una gitana rubia ceniza levantaba una nube de polvo al final de sus frenéticas sevillanas. Mientras aplaudían, cambié el vaso vacío por otro lleno. Claudette levantó la cabeza, cuando me senté frente a su sillón de lona.

[349] "garden-party", anglicismo, "fiesta de jardín", supone redundancia.

[350] La expresión es poco usual en la actualidad.

—Un rincón de paz. ¿Qué sucede que hay más gente en tu casa que en la de Marta?

—Es como un río. Van y vienen.

—Estás guapa con ese vestido de paja azul. O de lo que sea. Aquí hay una isla de paz.

—Y una botella de whisky debajo de tu sillón. Hielo no tengo. ¿Has llegado ahora?

—Sí. ¿Tú qué haces?

Claudette levantó las manos por unos instantes; continuó trenzando la tira de celofán rojo al celofán blanco del paquete de cigarrillos, que había doblado concienzudamente. Todos se callaron; la muchacha, el guitarrista y el cantaor, por encima de las cabezas, empezaban en el tablado.

—¿Estuviste en el pueblo?

*Quisiera verte y no verte,*
*quisiera hablarte y no hablarte*

—Hasta hace un rato. Fui por lo de esos muchachos de la aldea.

*quisiera encontrarte a solas*
*y no quisiera encontrarte* [351]

—¿Qué muchachos?

—Esos que han detenido.

—¿Y qué han hecho esos chicos?

*La pena y la que no es pena*

—No lo sé.

*todo es pena para mí*

—¿Por qué fuiste entonces?

*ayer penaba por verte*

[351] Estos versos, con los dos recién citados, cierran la primera copla del cante por peteneras que se interpreta en el tablao.

—Tampoco lo sé. El inspector que lleva el caso no estaba.

*hoy peno porque te vi.* [352]

—Ésos son asuntos feos —las manos continuaban sus medidos movimientos, pero Claudette sonrió cuando encontré sus ojos—. No me gustan nada.

—Eres maravillosa.

—¿Porque era cierto lo de la botella bajo tu sillón?

—Por eso —mantuve el corcho entre los dientes— y por todo. Canta bien ese muchacho —me serví más de medio vaso—. Os está saliendo una fiesta encantadora.

—¿Qué esperabas? Los veloces son los que más se divierten en las fiestas. Lárgate a ser sociable y a hacer negocios.

—No tengo ganas de negocios.

*Tengo una pena, una pena*
*que casi puedo decir*
*que yo no tengo ya pena:*
*la pena me tiene a mí.* [353]

Sobre la falda había dejado las entretejidas tiras de celofán. Unas gotas de sudor le agrietaban el maquillaje en las sienes.

—Búscate una mujer.

—¿La mía?

—O a otra cualquiera. ¿Qué os pasa a los hombres?

—¿Y a ti?

—Va saltando de grupo en grupo, rompiéndose las suelas a bailar con guayabos.

—Claudette, estás celosa.

[352] Con este octosílabo concluye la segunda copla de la petenera, basada, como la anterior, en el juego de palabras propio de la poesía tradicional.
[353] Tercera copla de la petenera. Las tres estrofas reproducen con bastante fidelidad el estado de ánimo del protagonista.

—Luego, se encuentra cansado y me quiere más. Pero tiene menos fuerza para demostrármelo.

—Claudette, si hablas así me voy con Ernestina, que también está borracha.

—Tendrá también sus problemas, digo yo. Aunque preferiría que fuesen los míos. ¿Qué te pasa que no haces tu papelón de hombre ibérico? [354]

—Claudette, hija. ¿Cómo viniste a vivir a este país?

—Todos los países son iguales.

—Me gustaría ser tu amante, si no quisiese tanto a Santiago.

—Búscate una mujer. La tuya u otra. No vayas a estarte aquí, porque me haya dado depresiva. Un hombre de edad necesita algún lío que otro.

—Me preocupan esos chicos.

—Ellos se divierten.

—Ahora estarán bien encerrados allí, oliendo humedad.

—¿Qué chicos dices?

—¿Has visto a Elena?

—Pero ¿no has visto a Elena? ¡Está maravillosa, hombre!

Llegaron corriendo del otro jardín, por el paso abierto en la cerca de piedra. Fui hasta el corro, que rodeaba a Amadeo y a la bailaora que le seguía en sus piruetas. Luego me di cuenta que sobre el smoking Amadeo llevaba un vestido de mujer y un largo collar de perlas.

Regresé lentamente junto a Claudette, que formaba una nueva figura con el celofán.

—Ya están haciendo el marica, ¿no?

—En cuanto terminemos este vaso, nos vamos tú y yo a bailar.

—De acuerdo —Claudette cruzó las piernas y yo me arrellené en el sillón—. Pensándolo despacio, una fiesta la puede hacer feliz a una.

En el jardín de Marta, la orquesta alternaba las canciones italianas con ritmos antillanos. Terminé el vaso y me dormí.

---

[354] Galanteador, adamador, que no recogen los diccionarios.

Era de día, aunque aún no había salido el sol. Claudette,
muy pálida, tenía las piernas estiradas, con los pies en una
esquina de mi asiento. En el azul desvaído del cielo permanecían unos jirones de nubes. Se sentía un calor seco.

—Te dolerá todo el cuerpo ahora.

Me puse en pie y estiré los brazos en cruz, echando atrás
los hombros. Me miraba sonriente al inclinarme hacia su
rostro. Cerró los ojos y la besé en el entrecejo.

—¿No te vas a acostar aún?

—¿Un último trago?

—No podría.

En la pista de baile se movían al lento ritmo de la orquesta tres parejas. Ernestina apoyaba la cabeza en el cuello de Polo Orduña. Andrés y Santiago dirigían en proce-
sión a los seis o siete, la última Marta, que regaba con
ginebra los rosales. Cantaban a voz en grito y, oyéndoles
desde la calle, la madrugada me pareció más amplia y más
solitaria.


## 25


Por las rendijas entraba una claridad muy fuerte. Recordé haberme levantado a beber agua. La lengua me pe-
saba, doblada contra el paladar reseco; sentía los labios
despellejados y ardientes. Aun sin sueño, carecía de energías para moverme. Luego recordé las mejillas de Claudette unas horas antes, al amanecer.

—Hace un rato seguía durmiendo —dijo Rufi.

—Pues despiértele. Si ha quedado con Rafael, despiértele, [355] que se enfadará porque no le hemos llamado.

—Sí, señora.

La puerta se abrió lentamente. Durante unos instantes,
hasta que sentí crecer la luz a través de los párpados, no
supe qué hacía Rufi por el dormitorio.

—Señor, son más de las doce.

—Está bien.

[355] "despiérteles", por errata.

Tardé mucho en levantarme, en salir de la ducha, en vestirme. La fatiga me dejaba casi amnésico, temeroso de saber lo que en el minuto siguiente estaría obligado a pensar o a hacer. Dora entró a advertirme que la gente había preguntado por mí.

—No tengo ganas de ver a nadie. Ya saludé a todo el mundo en la fiesta.

—Javier, la gente...

—Dora, no tengo ganas de ver a nadie. Y si nos quedamos sin amigos, ¡mejor!

Dora cerró la puerta de golpe. Sonó el teléfono y lo descolgué precipitadamente.

—¿Qué te pasa? —dijo Andrés.

—Nada. ¿Por qué?

—Pareces lleno de dulzura. ¿Se ha organizado la bronca mañanera?

—Tú ¿cómo estás?

—¡Muerto! A las tantas de la mañana se empeñaron en regar el jardín con ginebra. Hasta que llegó Claudette y nos persiguió a escobazos por toda la colonia. ¿Te divertiste?

—Me aburrí como una ostra.

—Hombre, pues no estuvo mal. Bueno, nos pegó una carrera en pelo a lo tonto. A mí, que no estoy para nada, me puso borracho correr. ¿Te has vestido ya? Amadeo dice que vengas por aquí. Te llamo desde casa.

—No puedo ahora.

—Es que dice que tenéis que bajar a la playa, porque ha quedado con ése al que le vais a vender los bloques.

—Que venda él todo lo que quiera. Yo no puedo ir a la playa, ni a ningún sitio. Tengo que hacer.

—Espera —Andrés, alejado del teléfono, preguntaba algo en voz alta.

—Javier...

—Dime.

—Que vengas, que no puedes fastidiar la cosa.

—¡Que haga él lo que quiera, te he dicho! ¡O tú! ¿No eres tú de la Sociedad también? ¿Por qué tengo yo que sacar siempre las castañas del fuego?

—Oye, bueno, bueno. Déjalo, que ya está bien. Hasta luego.

Me dejó con la palabra en la boca, sosteniendo tontamente el auricular. Antes de que hubiese acabado de calzarme, sonó el timbre.

—Soy yo, Amadeo.

—Sí, ya sé. ¿Qué pasa?

—Dice éste que no vas a venir.

—No, no voy a ir.

—¿Recuerdas que quedamos en hablar con Jubachs, el de las Inmobiliarias?

—Sí, de acuerdo que hace tres o cuatro días se te hizo el culo agua pensando que el tipo ese iba a venir. Véndele como quieras todas las viviendas que te dé la gana. Yo tengo que hacer.

—Javier, seamos razonables. Jubachs no es tan importante como tú y él lo sabe. Le gustará jugar contigo a las grandes inversiones, con una copa y cinco o seis mujeres guapas en traje de baño a su alrededor. Quiere comprar esos bloques, que están empezando a eternizarse. Me consta.

—No voy a ir. ¿Por qué insistes?

—En interés de todos.

—Tú y Andrés podéis hacer el juego, con las cuatro o cinco tías buenas alrededor. Y diles que se inclinen para enseñarle bien las tetas. Si sube un millón, deja a las chicas que le besen.

—Javier.

—No, Amadeo, no voy a ir.

—Pero ¿qué tienes que hacer?

—Muchas cosas, antes que aguantarle el rollo a ese desgraciado.

—Nunca te he visto hacer una cosa semejante. Mira, si no quieres vender, no se vende y asunto concluido. Pero no está bien actuar así, a lo incomprensible. ¡No está bien!

—¡¿Qué artículo de los estatutos te autoriza a darme consejos?!

—Como quieras.

Me precipité a tirar el auricular contra la horquilla, antes de que él interrumpiese la conversación. Después de la camisa y la corbata busqué una chaqueta de verano planchada. Desde el ventanal vi a Dora con Luisa, en traje de baño; la luz endurecía su piel negra y tensa. Los niños corrían por un sendero. Les llamaron desde la calle. En el azul del cielo verdeaban los pinos de la montaña con una nitidez cegadora. Habían quedado solos los niños en el jardín, hasta que alguien —probablemente Asunción— les llevase a la playa. Luego saldría Leoncio a trabajar los macizos, mientras en la cocina María se pondría nerviosa con el almuerzo y Ruif empalmaría una canción con otra.

—¡Rafael!

Los niños levantaron las cabezas al tiempo que Rafael.

—Tío Javier, ¿vas a bajar pronto?

—Ahora mismo voy.

—Cuando usted quiera.

En el hall, Joaquín saltó a mis brazos.

—Hace mucho calor para cargar contigo. ¿Está la furgoneta?

Rafael asintió en silencio. Los niños nos siguieron a la calle.

—Si no os quitáis de delante, os atropello a todos —les amenazó Rafael.

Rieron y saltaron frente a la furgoneta, hasta que Rafael se puso serio. Sus voces se alejaban en el movimiento de la mañana soleada. En la primera curva apareció el mar.

—¿Te gustan los críos?

—Sí.

—Pues a ver si te casas pronto.

—Buf, aún hay tiempo.

El pinar, a la izquierda, tenía deseables espacios en sombra, para tenderse con una botella de algo frío al alcance de la mano.

—¿Hoy es sábado o domingo?

—Sábado. [356]

—¿Quieres fumar?

—Gracias.

---

[356] *Vid.* nota 171.

—¿Estuviste en el pueblo?

—Hasta las nueve y media.

—¿Había algo nuevo?

—No, nada.

—¿Vas a ir mañana?

—Además de recoger el correo, habrá que llevar a alguien a la última misa.

—Sí, es mejor. Por si oyes algo...

—Como usted mande.

Rafael ceñía la furgoneta a las curvas, cogía las cuestas a buena velocidad. Iba distraído; pensando que conducía mejor que yo, cuando me sobresaltó oírle hablar.

—¿Qué decías?

—Que no soy quién para aconsejarle a usted, pero...

—Di, hombre.

—Usted, don Javier —retiró los ojos del parabrisas con una fugacidad sonriente—, a lo mejor se confía demasiado en esas gentes. Quiero decir que a usted le van a contar cosas que no son verdad del todo.

—Que van a exagerar, ¿no?

—Sí, eso. Es difícil entenderse.

—¿Por qué lo crees difícil?

—No, si yo no les echo la culpa a ellos. Ni a usted, claro. Cada uno vive de una manera y, por eso, cada uno es de una manera. Luego hay que entenderse y, a veces, resulta imposible —las ruedas saltaron desde el empedrado a la arena, donde Rafael frenó, a la sombra de la primera casa de la playa—. Además, ¿quién soy yo para ponerle a usted sobre aviso?

—Tampoco veo qué interés puedan tener en engañarme.

—Son desconfiados, porque están muy hechos a los palos. Y que usted se mezcle en lo de sus hombres no les entra en la cabeza.

Juan avanzaba por la acera con los pantalones remangados hasta media pierna, seguido de un muchacho. Nos estrechamos las manos y continuamos hasta las mesas y las sillas, bajo el tenderete de paja.

—Si usted no quiere nada —dijo Rafael—, voy a unas compras.

—Sí, anda.

—Llévate al chico, si lo necesitas —dijo Juan.

—Ha mejorado tu hijo?

—Las fiebres ya no le sacuden. Pero no acaba de sanar. Muchas gracias por su interés.

El mar, por entre las barcas varadas, aparecía quieto, únicamente diferenciado por los rebrillos de la luz. Una larga cenefa de espuma sucia orlaba la playa, hasta el malecón donde se apiñaban las barcas grandes. El muchacho se había sentado en la arena, cerca de nosotros. El tabernero trajo una frasca [357] de vino blanco, un plato con pescado frito y el zumo de limón para mí. Juan tenía la piel seca, con una finísima película de sal en las arrugas muy marcadas de las mejillas.

—Así es que se ignora por qué se los han llevado.

—Por algo habrá sido, don Javier.

—¿Tú crees?

—Anteayer estuvieron aquí los señores —dijo, de pronto, el chico—. Por la tarde, vino también el señor Karl.

—Tiene razón. Comieron aquí.

Vicente recorría la calle apresuradamente. Saltó el bordillo.

—Buenos días, señor don Javier.

—Hola, Vicente. Siéntese a beber unos vasos de vino.

Juan, que se había levantado al llegar Vicente, se cambió de silla para dejarme en medio.

—¿Se enteró de algo?

—No, Vicente, aún no. He tenido mucho trabajo estos días —dos hombres saludaron y se quedaron quietos, con los brazos cruzados—. La otra tarde estuve en el pueblo, pero el inspector se había ido a la capital. Mañana mismo volveré. Veremos qué han podido hacer esos chicos, si han hecho algo.

—Algo habrán hecho, cuando se los ha llevado la Guardia Civil —dijo Juan.

—¿Tú qué sabes?

---

[357] "Vasija de vidrio", acepción que no contempla el DRAE, pero sí el Diccionario Manual.

—Pero ¿quiénes son?

—José Flix, Juan Caballs, Feliciano Tormillo y José Hervás. El mayor es Juan, que tiene veintitrés años.

—Bueno, pero ¿a qué se dedicaban? —Vicente mojaba la goma del papel de fumar con la punta de la lengua—. A la pesca, ¿no?

—Señor don Javier —dijo Vicente—, usted sabe que la vida es bastante mala en este pueblo. Ellos, en ocasiones, compran algunas cosas. [358]

—No es por eso —dijo Juan—. Se los han llevado por lo de la señora que apareció en la playa de Velas Blancas.

Nos rodeaban ya una docena de hombres, que escuchaban nuestra conversación inmóviles, con los ojos entrecerrados. Vicente sirvió vino en los tres vasos. El muchacho, que se había levantado de la arena, se unió a los hombres. El limón sabía pésimo.

—¿Registraron sus casas?

—Sí —contestó rápidamente Juan—. Aunque ellos no la hayan matado, habrían podido robar lo que llevase encima. Las extranjeras siempre llevan dólares o cosas de tanto valor.

—¿Quién ha dicho que era una extranjera?

El círculo se abrió para dejar paso a un hombre cuarentón, de pelo muy negro, que me tendió la mano.

—Miguel, el presidente de la Cofradía [359] —dijo Vicente.

—Mucho gusto, señor don Javier.

—Encantado. Siéntese con nosotros.

El muchacho acercó una silla y trajo otro vaso. Miguel miró a los que nos rodeaban. Me sonrió, tras haber bebido.

—Las mujeres son las que sufren —dijo Juan—. Ellas no se acostumbran a que los muchachos lleven esa vida. Piensan que las cosas son como antaño.

—Escucha, Juan —dijo uno del grupo—, ¿sabes de firme que los muchachos mataron a la señora?

---

[358] Clara alusión al contrabando, actividad que llegó a ser otro medio de subsistencia en muchas zonas del país durante la postguerra.

[359] Cofradía de pescadores.

—Y tú, ¡¿qué crees?! Eres muy listo y estamos esperando tu opinión.

—Oye —dijo Vicente—, Jaume [360] te lo dice porque no está bien acusar.

—Yo no he acusado.

—Anda, Juan, dile al señor que ellos la han matado.

—¿Quién coño te mete a ti en la conversación?

—Vais a callaros —dijo Miguel—. Verá usted, señor, las cosas están así como usted comprueba. Aquí pensamos que los muchachos o se han metido a comprar contrabando o han hecho alguna en el camping o están complicados en el lío de la extranjera.

—¿Quién ha dicho que era extranjera?

—¿Usted la vio?

—Sí.

—Usted vería que era extranjera. Una mujer alta, guapa, bien cuidada. Tenía la piel bien cuidada. Y los pechos duros. [361]

—Miguel —gritó uno—, que nos vas a poner cachondos.

Los hombres rieron, al tiempo que Miguel sonreía y esperaba que callasen.

—También lo dijo uno de la Guardia Civil. Inglesa o sueca. Vaya usted a saber. Vicente participó que usted, don Javier, se preocupaba por la suerte de los muchachos. Nosotros se lo agradecemos muy de corazón, porque ellos son buenos, aunque revuelven lo suyo, y nadie tienen para que los defienda. Si usted se cuida de que los traten bien, le

[360] Otra de las escasísimas concesiones al catalán, pues incluso cuando se han dado los nombres de los chicos recientemente, se han castellanizado, a pesar de que apellidos como Flix o Caballs denotan su origen. Ha de tenerse en cuenta, sin embargo, la situación lingüística del catalán en la época, reducido a dialecto, y mal visto desde el gobierno central.

[361] Esta serie de apreciaciones sobre el físico de Maruja dejan en mal lugar a la mujer media española de la época, pero no dejan de reseñar una realidad del momento. Sería después del *boom* turístico cuyo inicio puede considerarse en 1961, cuando la mujer media española empezaría a preocuparse más por su aspecto físico antes y —sobre todo— después del matrimonio.

tienen que hacer caso, porque usted es un señor que ha hecho mucho por estos lugares, con lo de la colonia y demás. Aquí, señor don Javier, se le aprecia.

—Ya se lo transmití yo al señor —dijo Vicente.

—Gracias a todos. Haré lo que pueda. Antes quería oír a ustedes, saber lo que ustedes piensan del asunto.

—Ya le digo —dijo Miguel.

—Si algo han hecho, tendrán que pagarlo.

—Cállate, Juan.

—A ellos les atraía el camping, ¿usted me comprende? Las mujeres gustan de ellos, con perdón —Vicente soltó una risita entrecortada—. Pero lo que tenemos hablado. Eso son cosas de la poca edad.

—De la edad y de la puñeta. [362] También les aficiona el tabaco rubio y las bebidas buenas, como el coñac, y ponerse pañuelos de seda al cuello. Y de salir al mar, ¿qué? Un día no habrá un solo hombre en toda esta aldea que sepa llevar la barra, ni echar un palangre.

—Juan, el señor ha venido a interesarse por los muchachos.

—Y yo se lo agradezco al señor, y él lo sabe.

—Sí, lo sé, Juan.

—Pero hace falta un escarmiento.

El sol ponía transparente el vino de la jarra. [363] Me levanté. Los hombres dieron unos pasos fuera del sombrajo.

—Si usted quiere ver su barca...

—Gracias, Juan.

—Pues quédese a comer —ofreció Vicente.

—No, he de volver a casa —comenzamos a andar hacia la furgoneta—. No olvido su asunto, Vicente. Cuando haya algo, le avisaré.

—Muchas gracias, señor don Javier. Que la Virgen le premie [364] todo lo que hace por nosotros, los pobres.

---

[362] *De la puñeta,* expresión "que indica desprecio o rechazo de la persona o cosa citada", *Diccionario Manual.*

[363] "frasca", *vid.* nota 357.

[364] El tema de la religión, aun popular, está más presente en la vida de los aldeanos.

Rafael, apoyado en el volante, contemplaba la hilera de los pescadores, que, como en los duelos, murmuraban una frase al estrecharme la mano.

—En unos diez minutos llegamos a la colonia. [365]

—Sí —dijo Rafael—. Son las tres y cuarto.

Al apearme, vi a Andrés, de espaldas sobre la hierba, con las rodillas abrazadas, riendo de Emilio. Ernestina, Marta y Amadeo, en traje de baño, estaban con los niños en la veranda.

—¡Puercos lujuriosos, hijos de mala madre!

—Emilio —Asunción le cogía del brazo—, cálmate.

Me miró, los ojos enrojecidos, un pródigo sudor por el cuello y el rostro.

—Tu mujer estaba también, entérate.

Continué en silencio.

—Te has perdido una buena.

—Los chicos descubrieron a algunos jovenzuelos de los que vinieron ayer, encaramados a un árbol y espiando el solarium. [366]

—Y tu mujer, entérate, también estaba allí en pelota viva, ¡en cueros!

Anduve hacia los escalones.

—Emilio, no me dramatices con mi mujer.

Simultáneos a sus gritos, oí los sollozos de Dora.

—Estaban en el árbol —seguía Amadeo— tan ricamente. Y estas bobas en la terraza, tan tranquilas.

—Pero ¿cómo podíamos figurarnos?

Entré en el despacho, seguido de Andrés y Amadeo, que se hallaban eufóricos por la operación que habían concertado con Jubachs. Dora suspendió sus lágrimas y sus recriminaciones, cuando llegó el momento de ir al almuerzo de

---

[365] Aunque la colonia "Velas Blancas" puede no haber existido más que en la mente del autor, la acumulación de datos geográficos, económicos, sociales —un camping— y, como en este caso, horarios, invita a considerarla como físicamente posible. A mi entender, G. Hortelano la ha situado en Cala de Sa Conça, entre S'Agaró y Playa de Aro, en la provincia de Gerona. Un folleto turístico de los sesenta advierte en ese lugar "Urbanización (en construcción)".

[366] Terraza para tomar el sol.

veinte personas en casa de Elena. Comí con Enrique. Antes del postre, mandé a Rufi que fuese a buscar a Joaquín. Nos encerramos en el living [367] a jugar —ellos dos contra mí— una partida de ajedrez. Yo pensaba que Angus esperaría a aquellas horas a su querido.

## 26

Había luces en el mar. Las barcas habían salido una hora antes, poco después de que yo hubiese llegado al camino de las rocas. Recordaba la carta de Angus, que Rafael me entregó al mediodía, cuando oí unos crujidos. En la oscuridad blanquearon los pantalones de Elena y, en un tono más apagado, la piel de sus brazos y de sus facciones.

—Perdona. ¿Llevas mucho tiempo esperando?

—Un rato. ¿Quieres dar un paseo?

—Vamos hasta la cala. Hace un tiempo sensacional, ¿verdad? —me besó en los labios—. Estaba a punto de escaparme cuando llegó Úrsula. Seguían discutiendo lo de ayer por la mañana.

—Pero ¿quiénes eran esos imbéciles del árbol?

—No se sabe. Huyeron al llegar los niños. ¿Estás contento?

—Quiero hablarte, Elena.

—Sí.

El camino bajaba entre las rocas y los pinos. Más allá de la línea de la playa, la noche tenía una débil claridad, sin estrellas, sin luna, uniformemente igual en toda la extensión del horizonte. El perfume de Elena me enervaba. Por unos instantes dudé, pero su atractivo me decidió a no soslayar mi propósito.

—Si quieres —dijo con una sonrisa— podemos bañarnos.

—Ya que no hemos podido ir a la casilla... Se te desharía el maquillaje y ese peinado tan perfecto.

---

[367] Es anglicismo por sala de estar.

—¿Te gusta? Claudette dice que me quita diez años de encima.

—Claudette es muy amable.

—¿Es que no me rejuvenecen estas patillas?

—Sí, estás muy guapa.

En la cala, sentados sobre la arena, volvimos a besarnos. Fumamos un cigarrillo en silencio. Me levanté porque creí oír unos pasos. Elena miraba hacia el mar, los labios ligeramente separados en una sonrisa olvidada.

—Atiende, quiero decirte una cosa importante.

—Ah, sí, perdona —se volvió hacia mí y apoyó los brazos en mis rodillas.

—Quisiera hablar de ello con tranquilidad, sin escenas. Desde hace veinticuatro horas, le soporto a Dora una escena cada diez minutos. Y es demasiado ya.

—Busca que te reconcilies con Emilio, que vayas a misa, que asistas a las comidas de gala en mi casa —rió—, que trabajes en tus papelotes. ¿Por qué no, una noche... [368] Yo creo que eso es lo que necesita.

—No la juzgues a ella por ti. El hecho es que odio las escenas. ¿De acuerdo?

—De acuerdo —parpadeó en un intento de sonrisa—. Empieza cuando quieras.

La arena era más fina que la de la playa de la colonia; si se encontraba alguna piedra, solía ser un canto plano, como una moneda. Me restregué las manos, sin saber empezar.

—Quiero que tú y yo nos vayamos.

—¿Dónde?

—No sé dónde. Además, me da igual un sitio que otro. Al extranjero. A Italia, por ejemplo. O a Mallorca. Es lo mismo. Lo importante es que tú y yo nos vayamos a vivir juntos. Para siempre.

Estuvo callada un largo tiempo y yo creía que había comprendido, sin más, por la sola entonación de mi voz.

---

[368] La incompleta alusión al acto sexual resulta de gran interés sociológico si tenemos en cuenta que parte de Elena.

Le besé un hombro, redondo como un membrillo y también un poco áspero. De pronto, preguntó:

—¿Por qué?

—No sé por qué. Por todo. Necesitaría mucho para explicártelo.

—Explícamelo.

—Por eso…, por todo.

Apoyó el cuello en las rodillas; su rostro tendía hacia arriba, como desentendido. Caminé hasta la orilla, donde las olas dejaban restos de algas. Allí pensé que el agua del mar estropeaba el cuero, que las sandalias se me estaban mojando, que Elena continuaría en la misma postura. Me volví. Elena, sin romper su gesto, sonrió.

—Resulta bonito que le digan a una estas cosas después de tantos y tantos años. Imaginaba que éramos una pareja de novios y que ahora tú te habías decidido, por fin, al matrimonio.

—Sí, es bonito. Tú y yo no teníamos dinero para casarnos… —me interrumpí, al ver venir hacia mí su boca entreabierta—. Oye, Elena, sin cursilerías. Esto que te digo es serio.

Bajó la mirada hacia una de mis manos, que sujetaba sus hombros. Bruscamente se echó atrás, al tiempo que dejaba de sonreír. Cerca del nacimiento del pelo, la piel se le plegó en unas largas arrugas, de sien a sien, que le estrechaban la frente.

—Tienes razón, ya estamos viejos para novios.

—Ojalá lo fuésemos.

—Bien, Javier, acaba de una vez con lo que sea.

—Otro día, déjalo.

—¿Cómo?

Carraspeé antes de repetir:

—Otro día.

La luz de la noche parecía extendida desde algún lugar invisible. Me apoyé en los codos. La sangre me golpeaba en el pecho y en los dedos de las manos. Sucediese lo que sucediese, una hora después a lo sumo, me bebería un largo whisky, bien repleto de hielo. Elena se apoyó en mí.

—Termina de decírmelo. Prefiero discutir a verte así.

—Ya lo has oído. Quiero marcharme contigo. Estoy convencido de que es difícil. De que hay muchos inconvenientes, quiero decir. Pero si queremos, todos esos obstáculos se pueden superar. Mira, yo sé ganar dinero en cualquier lugar del mundo. Te decía Italia porque, como tú sabes, allí tengo relaciones comerciales. O en Francia. Es lo mismo, todo esto ya lo discutiremos. Es una de las infinitas cosas en que tenemos que llegar a un acuerdo. Dinero hay de sobra. Llevaremos lo suficiente para continuar como hasta ahora.

—¿Tienes dificultades económicas?

—No, sabes que no.

—Temí que...

—De verdad que no es eso. Tenemos que irnos, porque es falsa toda esta vida nuestra, Elena, llena de mentiras que, incluso a veces, pueden ser cómodas, pero que a la larga se vuelven contra nosotros. No puedo continuar con la mala conciencia de nuestro lío. Y todo lo demás. La gente no es así, ¿sabes? El mundo se compone de personas diferentes.

—Ya lo sé.

—No lo sabes. Crees comprenderlo, pero en realidad lo ignoras, porque nunca has pensado en ello. Porque se piensa de los otros con ideas ya hechas. Mira, a mí eso me ocurría hasta hace poco. Hay gente que no tiene miedo.

—¿Seguro?

—O si lo tienen, se lo comen. Yo ahora no temo nada, Elena. Sólo continuar así hasta el fin de mis días —retiré la mano en que descansaba su mejilla, húmeda de sudor—. ¿Por qué no vamos a poder tú y yo vivir libres y felices?

—Dora, Andrés, tus dos hijos, el mío.

—¿Y qué? Tarde o temprano, esto tendrá que estallar. Tratemos de que estalle de la mejor forma posible.

Mientras yo encendía un cigarrillo, sus manos arreglaban el peinado y el cuello de la blusa.

—Pero no tiene que estallar.

—¡Sí! ¡Sabes perfectamente que sí! ¿Cómo quieres que te lo explique? Un día nos hartaremos de no poder estar juntos. O de que tú estés con tu marido. O nos descubrirán.

—Entonces, ¿quieres que nos vayamos?

—Sí.

—Que abandonemos nuestras familias y demos el escándalo.

—Me importa un bledo el escándalo. Además, estas cosas se olvidan con facilidad. Conoces infinidad de gente en Madrid que viven juntos sin ser matrimonio. El mismo Sirman. [369] Ella está casada con otro. Y, ya ves, él tiene un cargo importante.

—A los cuarenta y seis años tuyos y a los cuarenta míos...

—Treinta y siete, Elena.

—Es lo mismo, Javier.

—Sí, es lo mismo, porque la edad no tiene nada que ver con esto. Ya sabemos muy bien que es posible una vida en común.

—¿Hasta cuándo duraría?

—No seas injusta.

—Ten en cuenta que no es una aventura, que sería como un matrimonio.

—Tú para mí no eres una aventura.

—Sí, sí lo soy, Javier. Y aburrida, según descubro últimamente. Si no fuese una aventura, no te atreverías a proponerme una cosa semejante.

—¿Es que te ofende?

—Naturalmente.

—¿Por qué?

—Creo que está claro.

—No, no lo veo nada claro.

—Por mí, por mi honra. [370] ¿Con qué cara iba a mirar a la gente, después de haberme escapado contigo?

---

[369] Otro de los nombres intencionados —como se advirtió— en las obras de G. Hortelano. De *Sir* (señor) y *man* (hombre), ese personaje es "todo un señor".

[370] Recuérdese lo que se dijo en la Introducción sobre esta cuestión. Elena no pierde la honra porque esté amancebada con Javier, sino porque se enteran los demás.

Me pasé la mano por el rostro, con fuerza, pinzándome las mejillas y los labios. Me miraba expectante, con una media sonrisa de triunfo.

—No lo has entendido. Después no tendrías que mirar a nadie. A nadie conocido. Se trata de abandonar lo de siempre, de empezar de nuevo. Tú y yo. Desde punto muerto.

—No hace falta que me hables tan despacio, como mascándome las palabras.

—Elena...

—Sí, sí, sí. ¡Que estás harto de todo!

—Absolutamente harto. No lo sabes tú bien. Harto, cansado, fatigado, roto. Aburrido hasta la punta del último pelo. De oír las mismas tonterías, de intervenir en las mismas patrañas de tu marido, de Amadeo, de Emilio, hasta de Claudette, que sabe que es mentira todo esto y se lo aguanta. ¡Yo no me lo aguanto! Toda mi vida he conseguido lo que me apetecía y ahora no me voy a quedar sin lo que quiero. Lo de estos veinte años ha estado bien, de acuerdo. Hicimos la guerra, la ganamos y nos pusimos a cuadruplicar el dinero que tenían nuestras familias antes del 36. Pero basta ya. Cuadruplicando dinero, teniendo hijos, yendo a cenar y a fiestas, echándome queridas y aguantando idiotas para conseguir permisos de importación o contratos del ochenta por ciento, he perdido de vista otras cosas.

—Vivir en Francia con una querida, por ejemplo.

—Tú no eres mi querida, Elena, por favor.

—Sí, Javier. Pero, oye, ¡¿por qué estás harto?!

—Porque me da miedo que un día me pegue una angina de pecho, que me deje muerto en cualquier sitio. En una playa, como esa pobre puta, o en un sillón de cualquier maldito Consejo de Administración. Y me da miedo morirme con tanta mentira dentro y tantas ganas de vivir limpiamente. Cuando te digo todo esto, no me salgas con tu honra.

—Que no la tengo, ¿verdad?

—Esa que tú dices, no. No tienes más que la que sientas.

—No te entiendo.

—La que sepas que llevas dentro.

—¿Supones que a mí no me da vergüenza lo nuestro?

Súbitamente percibí que paseábamos de un extremo a otro de la cala. Me detuve, al tiempo que la asía entre mis brazos, con violencia.

—¡Suéltame!

—No. Lo vas a oír todo.

—¡¡Que me sueltes!!

Me empujó y corrió unos pasos hasta las rocas. Yo estuve quieto un largo tiempo, sin verla, abstraído. Me senté en el mismo sitio, absorto con las huellas en la arena. Cuando sentí que se acercaba, me hubiese gustado estrangularla, dejarla desnuda como Margot, hasta que la boca se le hubiese quedado cuadrada, helada y rígida, porque adiviné, en un relámpago, que me iba a hablar en aquel tono suave y conciliador con que empezó a decir:

—Nos portamos como niños.

—Déjalo, Elena. Vete a casa.

—Así no, Javier.

—¿Tú me quieres? —susurré.

—Mucho. Por eso que te quiero tanto, sé que todo esto es una cosa pasajera, como una enfermedad. Estás preocupado y te pones nervioso. Gritas a Emilio, a Dora, a los niños, a Amadeo. Huyes de repente, te encierras a estar solo. Incluso insultas a la gente, como acabas de hacer conmigo, al proponerme esa locura. Tú antes no eras así, Javier. Y esto te pasará porque, en el fondo, tú no eres así.

—Desde luego.

—¿Qué te sucede? ¿Qué buscas con esas gentes raras, [371] los pescadores, los del pueblo? ¿Quieres cambiar? A todo el mundo le apetece...

—El día que fui a buscar a Ernestina a la estación vi la mirada del tipo que nos abrió la puerta del coche. Llegamos al hotel a despertar a tu marido, que estaba borracho como un cerdo. [372] Y yo pensaba en la mirada de aquel hombre y en lo que era su vida.

---

[371] Elena está mucho más lejos de la realidad social que Javier. Las gentes del pueblo llano no son normales para ella.

[372] Otro proceso de animalización por comparación.

—¿Por eso quieres romper con todo? —se rió sinceramente, sujetándose en mí, casi como tratando de encenderme la lujuria—. Eres fenomenal, fantástico y maravilloso.
Tú abrirías portezuelas. No te enfades, tonto. Tú abrirías
portezuelas en Via Veneto y yo fregaría escaleras y oficinas. Javier, esos sueños se tienen a los veinte años.

—A esa edad yo estaba apaleando cabrones por las calles de Madrid, gentuza que, luego, me abre las puertas y
me mira.

—Pero ¿realmente me ves fregando escaleras?

—Pero realmente, ¿no has querido, ¡tú!, comprender?

Arrodillada en la arena, me besó una mejilla. Bajó la
voz, conforme me murmuraba sus palabras junto a los
ojos.

—He comprendido muy bien. Y te quiero más que a
nadie en este mundo, más que a mí misma, porque tú solo
me importas. Te lo seguiré demostrando toda mi vida. Hay
ratos malos y buenos, tú sabes. Ahora estamos en uno malo,
pero, como te quiero, no me preocupo.

—Elena —procuré una entonación neutra—, no será tarde quizá.

—Sí —me acarició los labios—, tardísimo. Me voy por
delante, pero tú no te retrases. Estamos invitados a cenar
con los Hofsen. Luego, bailaremos. Resistimos hasta tarde
tú y yo, eh.

Antes de que dejase la cala, corrí hacia ella.

—Gracias —dijo.

—Escucha. Sólo sí o no. ¿Nos vamos tú y yo? Sí o no,
simplemente.

Contrajo el rostro, como si un profundo dolor le arañase
los intestinos o le golpeasen las ingles con un hierro o viese
a su hijo pendiente del alero de un tejado. Descubrí que
retrasaba teatralmente su respuesta y supuse que diría no.
Cerró y abrió los ojos. Me sentí temblar las mejillas, flojas.

—Javier, te quiero mucho.

Cuando se alejaba, experimenté tal deseo de perseguirla
y machacarle el rostro a bofetadas, que me desnudé y me
metí en el mar. Estuve nadando hasta que los brazos me
dolieron. Salí, encendí un cigarrillo y me tendí en la arena

bajo la luna, que ya había salido, redonda y amarillenta. Angus me avisaba en su carta la ausencia de su viejo durante todo el fin de semana.

Resultaba sorprendente, daba risa y casi lágrimas, aquella imposibilidad de comprensión con la mujer que había venido acostándose con uno en los últimos años, la mujer que había recibido y entregado —únicamente en teoría, como ahora se me aparecía clarísimo— la auténtica vida de ese tiempo. Sorprendente aquella imposible sinceridad, tan patente por otra parte. El cuerpo me respondía bien, no se me desmandaba. Sólo en la cabeza subsistía aquel torbellino de ideas, de hondas sensaciones.

Cuando acabé de vestirme estaba casi contento. Silbaba una cancioncilla por el sendero, mientras se afirmaba mi decisión de abandonarles a todos ellos. Incluida Elena. Con mi mejor sonrisa y por mi más profunda necesidad. De vez en cuando, durante el camino, la cena, la sobremesa, las conversaciones, el baile, los contactos furtivos de nuestros cuerpos, recordaba, y la angustia, como una bola giratoria, me obstruía la garganta.


27


A media tarde— debía de ser media tarde— la apisonadora había dejado de funcionar. El goteo de uno de los grifos del cuarto de baño machacaba el silencio. En las persianas del ventanal había mucha luz. Me pasé una mano por las mejillas barbudas.

—¡Enrique! —gritó Rufi, probablemente desde la veranda.

Pensé en fumar un cigarrillo. Recordé una postura de Angus, doblado el cuerpo al borde de la cama en busca de las chinelas. Volví a quedarme dormido antes de haber alargado la mano hasta la mesilla de noche, donde estaba la bandeja y el vaso lleno de zumo de naranja.

Desperté muy lentamente, con sucesivas recaídas en un sopor fatigoso; en el rectángulo del ventanal lucían unas estrellas. No sólo habían retirado las cortinas, sino que también se habían llevado la bandeja. Sudaba, inmóvil, con un regusto amargo de bilis por las mandíbulas. Seguramente me hallaba tan enfermo como había dicho encontrarme por la mañana. Las estrellas brillaban pequeñas y numerosas. Después de encender un cigarrillo, me puse el termómetro. Reclinado en las almohadas, embrutecido por el calor, dejaba pasar el tiempo. Dora habló con alguien en el jardín. Rufi sacó los sillones de mimbre, los morris y los metálicos a la pérgola, lo que auguraba reunión. Al moverme, resbaló el termómetro por la axila. Con la luz de una cerilla comprobé que tenía treinta y siete grados y seis décimas. Joaquín llamó a Enrique desde la calle. Las ramas de los árboles filtraban de sombras el reflejo de las farolas en el alféizar de la ventana.

Esperaba que una brisa, aunque sólo fuese un soplo brevísimo, penetrase hasta la cama. Me levanté a beber agua en el lavabo. Al regresar descubrí en la mesilla de noche un vaso lleno y otro vacío, junto a una jarra con limonada.

La noche traía con una nitidez seca pequeños ruidos, ecos, susurros. Progresivamente se habían hecho visibles los muebles, los contornos de las paredes, la mancha oscura de la colcha en la cama de Dora. Me persistía el sabor amargo en el paladar. Si me levantaba a lavarme los dientes, acabaría afeitado en la pérgola, con una ginebra entre las manos.

—Voy, señora.

—Que sí —dijo Enrique.

—Que volverá, señora. El niño dice que estará antes de la cena.

Angus tenía cortas las piernas, bien hechas, la piel tirante y asombrosamente tersa. Con aquel esparadrapo junto a la ingle, que protegía su rozadura y denotaba el corto tiempo que nos conocíamos, puesto que siempre se lo había visto allí colocado. Comencé a calcular. En la Vespa de Ernestina, antes de modificarse el ruido del motor, el cambio de velocidades produjo un chirrido. Un mes o menos. El corto tiempo de una rozadura. Encendí otro cigarrillo y bebí un vaso de limonada, que me dejó un gusto metálico.

—Dora.

Las sombras y los reflejos llegaban al techo.

—¡Dora!

Creí oír el crujido de la grava del sendero.

—¿Vienen ya?

—No. Yo estaba probando la moto. Han ido a buscar a Asunción y están allí, tomando una copa.

—Oh, diles que no me dejen colgada, por favor.

—¿Cómo va Javier?

—Sigue durmiendo. Díselo de todas maneras, Ernestina. Que no se pongan a beber en casa de Emilio.

—Descuida.

A aquella hora les darían de cenar en el cuartel de la Guardia Civil, al tiempo que Angus, sentada a la barra de la cafetería del pueblo, se tomaría su segundo cuba-libre con sus pensamientos en mí. O en Margot, que había acabado de mala manera. O en su querido o en los muchachos encerrados en la celda o, sencillamente, en su infancia. Hacia el 36 Andrés acabó el bachillerato, tres años más tarde de lo normal. La guerra no le había hecho crecer como a los demás, ni tampoco la posguerra le había envejecido. A Elena la tenía sujeta. Como yo a Angus. Innominado querido-yo-Angus, yo-Andrés-Elena. [373] De no haberse producido la guerra, los negocios no habrían dado el salto. Se podía regresar al pasado o comprobar qué hubiese sido el presente sin la guerra, con sólo pararse a pensar cómo vivían mi madre y el resto de la familia. Enrique y Joaquín, en 1980 tendrían un yate para pasar seis meses al año en las islas griegas. [374] Las piernas de Angus terminaban, como la piel restallante de un tambor, en el esparadrapo.

Pensé que debía haber golpeado a Elena, que tenía la obligación de hacerle comprender, aun a golpes. De pronto oí sus voces en un conglomerado indistinto.

Me senté en la cama. El corazón me latía débil y apresuradamente a flor de piel. Me asustó pensar que, quizá,

[373] Los dos triángulos amorosos en que participa Javier. No son "innominados"; el término se utiliza para evitar la expresión tabú.
[374] Fecuérdese lo que se dijo al respecto en la introducción.

hubiese vuelto a dormir puesto que no les había oído llegar. En el cuarto de baño, a oscuras y después de haberme lavado los dientes, dejé la cabeza bajo un grifo del baño durante unos minutos.

Con la toalla entre las manos me quedé apoyado en el quicio de la puerta, junto al tocador de Dora. La luz brillaba en los tarros de plata, se deshacía en el espejo. Estaban hablando y riendo. Me senté en el redondo taburete de raso azul, muy cerca del ventanal. Transmitía calor el aire quieto. Unas lejanas hebras de nubes moteaban el cielo, hacia la aldea.

—Pero si hay más, Rufi.

—Lo malo del bicarbonato es la costumbre, porque luego ya no puedes prescindir.

—¿Qué cuchicheáis?

—Sí, señora; ahora mismo.

—Ay, hijo, nuestras cosas.

—¿Trapos?

—Yo conocía a uno... Bueno, tú, Santiago, también le conoces.

—¿Quién? Perdona, no te he oído.

—Martínez. El delegado gerente de Textiles Bresós.

—Ah, sí.

—Mañana, lo he leído en el periódico.

—¿Y se podrá ver desde aquí? [375]

—Llevaba siempre un frasco-petaca con bicarbonato en el bolsillo. Lo agitaba, se echaba un trago y seguía hablando. Ya no podía prescindir.

—¿Quieres no beber más?

—Vamos un rato a la playa.

—Hace una noche maravillosa.

—Sí, mañana, seguro. Hacia las veintidós quince, en dirección noroeste-sudeste. Lo traían los periódicos.

---

[375] "—Y ¿se podrá ver desde aquí?". El grupo está conversando sobre dos temas que la persona recién llegada ha de ir descubriendo poco a poco. Los temas se cruzan como las conversaciones, y casi hay que adivinar que uno de ellos es el paso de un cometa, o uno de los primeros satélites artificiales, como se verá, quizá el Discoverer XIII, o algún "Transit".

—Para los niños ha de ser magnífico. Pero ¿se verá?

—Dora, ¿no despertaremos a Javier con nuestra charla?

—Oh, no, no. Hace un momento seguía dormido. Tendrá más fiebre.

—¡Javier, vamos a la playa a bebernos una...!

—¿Quieres callar, Andrés?

—Pues, ya ve usted, las sales de fruta a mí me sientan mejor, porque no me mueven el vientre. Si he comido algo picante, en seguida me amaga una diarrea.

—¿Picante?

—Antonio, por favor, qué conversaciones.

—Pero si es verdad. Yo ceno callos, por ejemplo, y al día siguiente...

—¿Usted cena callos?

—Ya ves, hijo, a mi edad y aún ceno callos. Pero, eso sí, al día siguiente tengo el vientre movido. Las sales de fruta, no.

—Y, entonces, ella dijo que aquello no se lo perdonaba.

—Las mujeres siempre perdonan.

—Calla, Amadeo. Tú verás, le dije. Si no le perdonas, él se marcha y la cosa va a tener peor arreglo. Además, que ella no podía volver a casa de sus padres.

—Antes de la guerra, las sales de fruta producían más efecto.

—¿Y qué hizo?

—¿Qué iba a hacer? Estaba en una posición falsa.

—No seas pesado, ahora iremos. Y deja de beber.

Volví a colocar la cajita sobre el cristal de la coqueta. Una vez acostado, traté de no oírles. Me puse a imaginar, principalmente, un crucero por el Mediterráneo. De vez en cuando temía que subiera alguien a interesarse por mi salud. Era bueno navegar bajo el sol, con fuerte y fría brisa contra el pecho.

Más tarde, se marcharon. Yo continué despierto mucho tiempo. El silencio era casi absoluto. Antes de dormirme bebí dos vasos de limonada. Entre el chirriar de los grillos creí oírles regresar.

La mano de Dora se puso sobre mi frente sudorosa. En el ventanal persistían los reflejos de las farolas. Mascullé algo y di media vuelta. A la madrugada me desperté. Quieto entre las sábanas, vi amanecer. Dora respiraba fuerte en su sueño. El termómetro marcó treinta y seis grados y cuatro décimas. Me encontraba contento. Rememoraba sus conversaciones de la noche anterior y mis pensamientos como algo desprovisto de sentido y, sobre todo, muy lejano. La limonada, que había perdido la acidez, estaba tibia. Cantaban los pájaros. Rafael apagó los faroles de la colonia. Proyecté, para después del desayuno, un viaje al pueblo. Todo sería fácil.

—Papá.

Dorita, que estaba sentada en la cama de su madre, se acercó a besarme.

—¿Cómo estás, hija?

—Muy bien. Ahora vamos a bañarnos. Mamá ha cambiado los muebles. ¿Tú ya estás bueno?

—Sí.

Enrique entró corriendo detrás de Rufi. Los niños olían a colonia y se marcharon cuando entró Dora.

—Muy bien. Ahora me subirá Rufi el desayuno.

—Será mejor que no te levantes. Has pasado una noche muy inquieta.

—¿Qué tal ayer?

—Oh, fue muy agradable. Estoy cambiando la disposición del living, porque no se aprovecha la luz.

Rufi entró con la bandeja, que puso sobre la mesita de patas plegables.

—Le he subido el correo y los periódicos, señor.

—Gracias, Rufi.

Dora cerró el armario.

—No debías de tomar *plum-cake*. [376] Te hará mal.

—Tengo hambre.

—¿Conecto el teléfono aquí?

—No, Rufi. ¿Qué día hace?

—Mucho calor.

Leí los periódicos concienzudamente, mientras bebía el té frío. Había varias cartas, facturas, una nota de Vicente

---

[376] "plum-cake", anglicismo por bizcocho de frutos secos.

aclaratoria de su proposición, un voluminoso sobre de la oficina de Madrid con el consabido informe de Emilia. Detrás de las blancas cortinas del ventanal lucía la mañana en la mancha verde de los árboles. Alguna voz más fuerte o algún ruido me distraían momentáneamente.

—Van a venir a verte Elena y Claudette.

—¿Has terminado con tu living?

Dora se quedó frente a mí con una expresión de pasmo.

—No. Tardaremos lo menos tres días.

—Ah.

—¿Te encuentras mejor?

—Sí, muy bien. Ahora me levantaré.

Anotaba unas cifras, cuando Rufi me trajo la comida.

—La señora dice que si usted no la necesita, no sube. Que está muy cansada.

—Que no se preocupe.

Al bajarse a recoger mi batín del suelo, le quedaron al descubierto parte de las piernas. Una mecha de pelo le caía sobre la frente sudorosa. Arregló mis papeles e hizo la cama de Dora.

—¿Está bien el pescado?

—Perfecto. ¿Qué hay por ahí, Rufi?

—Nada de particular, señor. Se está llenando la piscina. María dijo que luego subiría a ver al señor.

—Que no se moleste. Estás guapa hoy, Rufi.

—Ay, pues con el día que llevamos... ¿Quiere usted alguna otra cosa?

—No, gracias. ¿Volvieron los niños?

—Aún no. La señorita Luisa se ha quedado a comer con la señora.

Rufi corrió las cortinas. Antes de dormirme, dejé el cigarrillo a medio consumir en el cenicero.

Creí que era ya de noche cuando me desperté, pero al levantarme estaba la tarde en todo su apogeo de calor. Puse el reloj en marcha, en la hora en que se me había parado. La ducha y la loción del afeitado me tonificaron.

La casa parecía vacía cuando bajé. El living, que estaba revuelto, olía a polvo. Sentado en el porche, bebí un jugo de tomate. Después me acerqué a la piscina.

Ernestina me alcanzó cerca de la carretera.

—Hombre, ya era hora de que se te viese. ¿No te has muerto? Anda, sube y vente conmigo al pueblo.

—¿Cómo voy a ir en esta pinta? —cabalgué el asiento trasero de la moto y puse una mano en el hombro de Ernestina—. Me dejas un par de kilómetros más adelante.

—De acuerdo. Andrés, Marta y Amadeo me están esperando. Agárrate bien que arreo, ¿eh? [377]

El viento de la velocidad me mejoró. Bajo la blusa verde, las hombreras del sostén se le clavaban en la carne de la espalda.

—Hueles a gloria.

—¿Qué? —volvió escasamente la cabeza.

—Que hueles bien. Y que conduces con más seguridad que el año pasado. Para antes del pinar.

Una vez que me hube apeado, detuvo el motor.

—Que me esperen. Me fumo un pitillo contigo —nos sentamos en la cuneta—. Entonces, ¿ya pasó tu cólico?

—Sí, cuéntame qué sucede por el mundo.

—No sucede nada. Están bacheando por ahí abajo. ¿Me das lumbre?

—Ah, perdona —tenía húmedos de saliva y rojos de pintura los labios—. ¿Sigues aburriéndote?

—Oye, fíjate, ayer tuve una conversación en serio con Santiago y con Amadeo. También estaban Luisa y Andrés, pero habían bebido mucho y sólo decían tonterías.

—¿Una conversación seria?

—Sí, sí. Yo estaba hecha mixtos, [378] sin saber por qué. Amadeo y Santiago pretendían que necesitaba casarme, que si Luisa y yo íbamos al médico nos diría que necesitamos casarnos. Me reventó mucho la cosa, porque los hombres siempre salís con eso. ¿Qué crees tú?

—A veces se pasan momentos malos.

—Ésa es mi idea —se puso de pie de un salto; en los

---

[377] Por primera vez este monosílabo aparece con signos de interrogación.

[378] Enormemente cansada. Esta expresión no se recoge en los diccionarios citados, aunque es de uso frecuente.

pantalones le quedaron marcadas las formas de las rodillas—. En octubre, cuando volvamos a Madrid, todo será
distinto. Pero ¿tú crees que me vendría bien casarme?

—Si te casas bien...

—¿Cómo?

—Que sí, mujer.

—Gracias, Javierón —me revolvió el cabello con una
mano—. No te doy un beso porque estamos solos.

—¿Temes que me eche encima de ti?

—Un convaleciente nunca se sabe cómo va a reaccionar.
A la noche nos vemos. Ciao. [379]

Dio unos acelerones antes de hacer entrar la velocidad.

—No hagas carreras con el coche a la vuelta.

—Descuida, padre.

Levantó la mano izquierda por encima del hombro. La
carretera estaba solitaria; me entretuve observando las desigualdades del asfalto, la tierra negra en los bordes de los
baches, las ondulaciones como pompas o vejigas. Había
proyectado atravesar los campos hasta el mar, pero lo recordé cuando ya estaba metido entre los pinos. Subí muy
alto, hasta cansarme. Fumé unos cuantos cigarrillos, cuyas
puntas enterraba meticulosamente bajo la manta de hojas
puntiagudas. Con la noche, el aroma de la resina se hizo
más fuerte. La luna, en la carretera, destacaba los perfiles
del paisaje y hacía compactas las sombras. Me detuve a
atarme los zapatos antes de continuar por una de las cunetas hacia la colonia.

Frente a casa estaba el automóvil de Amadeo. Rufi me
comunicó que se encontraban en el jardín de Elena, a
donde ella iría en cuanto acabase de preparar unos *sandwichs*.

—Dése usted prisa —subió los escalones de la veranda
con unos saltos menudos que hicieron oscilar la falda de
su uniforme negro— o se perderá el satélite. [380]

Empujó la puerta batiente del pasillo de la cocina. Apagué las luces del vestíbulo. En el despacho todo estaba

---

muy ordenado. En la cocina, que despedía un vaho caliente a mantequilla, no había nadie. Anduve por el jardín,
sin dirección premeditada. Inconscientemente, salí a la
calle. En casa de los Hofsen habían dejado encendidas las
luces del living. De repente, decidí ir aquella misma noche
al pueblo.

Al final de la cuneta, en las sillas de lona y en los sillones de mimbre que habían colocado en el centro de la
calle, allí donde los árboles no obstaculizaban la visión,
esperaban. Los niños corrieron a mi encuentro. Rufi y las
otras chicas distribuían bocadillos, refrescos y whiskys; las
bandejas y las botellas descansaban sobre la cerca del jardín
de Andrés.

—¿Cómo se encuentra usted? Siéntese aquí, a mi lado.

—Buenas noches, don Antonio. ¿Y doña Pura?

—Aquí, hijo —saludó desde el círculo de sillones.

—Creo que veinte mil kilos.

—Oh, Andrés, usted se lo toma a broma. [381]

Andrés me tendió un vaso vacío.

—A mí tampoco me cabe bien en la cabeza —dijo Karl.

Por el cuello abierto de la camisa de don Antonio salían
unos espesísimos pelos blanquinegros. Desde el bordillo de
la acera, en que estaba sentada con Ernestina, Amadeo y
Dora, Claudette me saludó moviendo una mano.

—Pues tiene que entrarles, amigos míos. Son las con-
quistas de la ciencia y de la técnica moderna. Para que luego digan —se volvió, al tiempo que se apoyaba en mi sillón— que América está degenerada. ¡Ahí está la degene-
ración!

Como los niños viesen extendido el brazo de don Antonio hacia el cielo y oyesen sus exclamaciones, comenzaron a gritar; en un momento todos estaban en pie, con las
cabezas levantadas. Cuando se cansaron de escudriñar el
horizonte o se enteraron del malentendido, se sentaron de
nuevo. Rufi, con una sonrisa nerviosa, cargaba diligente-
mente con un cubo de plástico lleno de botellas entre trozos
de hielo.

---

[381] El peso del satélite. Ha de considerarse una hipérbole.

—Pero si no son las diez y cuarto. ¡Pero, señoras, que aún no son las diez y cuarto!

—Ay, Antonio, hijo, ya lo hemos oído. Además, has sido tú quien ha dicho que llegaba ese aparato.

—Pura, yo no he dicho que llegase el satélite, porque sé muy bien que hasta las veintidós quince no pasará.

—¿Qué satélite?

Andrés comenzó a reír. Durante unos segundos, don Antonio y yo nos miramos en una absoluta inmovilidad. Inmediatamente, Andrés contó mi pregunta a unos y a otros.

—¿No lo ha leído en los periódicos?

—Sí, sí, naturalmente. Lo había olvidado. Quiero decir que había olvidado por qué nos encontramos aquí.

—No, no se ría usted, Andrés. Las personas como Javier son las que hacen el mundo.

—Yo...

—Sí, querido Javier. Pura, ponte el chal, que está refrescando. La vida produce dos clases de hombres. Los que hacen las cosas y los sencillos mortales que las contemplamos. Usted ahora maduraba seguramente algún negocio, alguna gran operación financiera que producirá en su día hermosos frutos a la patria. Y se había olvidado del espectáculo. No se rían ustedes. Hombres, como Javier, que trabajan en cualquier momento, son los que han hecho el milagro de colocar esa maravilla en los cielos.

—¿Qué dice don Antonio, que no le oigo bien? —preguntó Santiago.

—Que Javier —la risa le cortaba las palabras a Luisa— ha inventado el satélite.

En el centro de la atención general, comprendí que se me pedía la continuación de mi despiste, como a un *clown*. [382] Que incluso don Antonio exigía de mí la participación para el éxito del número. Elena, que salió del jardín, se sentó en el bordillo junto a Marta. Iba en *shorts* y con unos zapatos sin talón, plateados, de prostituta barata. [383]

---

[382] "clown", es anglicismo, por payaso.

[383] El hábito —hay que pensar— hace al monje. Estos zapatos equipararían a Elena y a Angus, que tienen otras cosas en común.

—¡No, no, no! —don Antonio, en tono conciliador, trató de hacerse escuchar entre el barullo—. Yo no he dicho eso.

Joaquín se acercó lentamente, hasta quedar semisentado en una de mis piernas.

—¿Tienes sueño?

—Si ha empezado a refrescar para mí, también lo ha hecho para ti. Ponte la chaqueta.

—Tú, échate el chal.

—No. Estoy un poco cansado.

—¿Por qué no te vas a la cama?

—Lo que yo decía...

—Quiero ver pasar el satélite —murmuró Joaquín.

—... es que no debíamos reírnos de Javier.

—¡Desde luego! —dijo Amadeo—. Encima que ha inventado el satélite.

—Y asegura que tenía un cólico. Construyendo satélites, es lo que estaba. [384]

En la penumbra, como dos bolas tersas llenas de reflejos, brillaban las rodillas de Elena. Busqué su mirada infructuosamente. Angus estaría en su ventanal —si había leído los periódicos— o en medio de la plaza del pueblo, también al acecho del cielo. Podría levantarme y, en cinco minutos, estar al volante del coche por la carretera.

—Dirección noroeste-sudeste.

—Don Antonio —dijo Asunción—, si no nos lo explica usted de una manera más sencilla...

—Ustedes, los hombres —interrumpió Dora—, siempre emplean unas palabrejas que la dejan a una como boba.

—Mis queridas señoras, el ingenio celeste volará, digamos, desde Montserrat hacia Mallorca [385] —dejó caer el brazo, que había movido de atrás adelante, sobre su cabeza.

—Ah.

—Y ahora en serio, señores. Yo, que soy ya viejo, o por

---

[384] Lo que estaba *haciendo*. La elisión del gerundio favorece la impresión de lenguaje vivo, en marcha.

[385] La dirección noroeste-sudeste equivalente a la línea imaginaria Montserrat-Mallorca confirma lo dicho en nota 365 sobre la localización de "Velas Blancas".

lo menos más viejo que ustedes, me siento esta noche fuerte
y joven como el más joven de los reunidos aquí.

—¡Viva don Antonio! —gritó Ernestina.

—¡¡Viva!!

—Porque esta noche nos estamos sacando unas cuantas
malas espinas, unas cuantas dolorosas espinas, que en los
últimos años, concretamente desde Suez, teníamos clavadas
en el corazón.

—Manolita, un whisky, por favor.

—¿Por qué Suez?

—Esta noche no son tantos kilos, ni tantos aparatos, ni
tantas maravillas, las que vuelan por esos cielos de Dios.
No son esas cosas, aunque también todas esas cosas mila-
grosas vuelen. Esta noche pasan sobre nuestras asombradas
cabezas el valor, la inteligencia y la honradez de todo un
pueblo. [386]

—¿Has traído los prismáticos?

—Pero ¿a qué hora es?

—Faltan tres minutos, hija mía.

—No, no los he traído —inclinado sobre Joaquín, vi a
Elena, con un cigarrillo entre los labios, que cuchicheaba
con Claudette—. No sé dónde los tengo.

—Yo te los dejaré un poco. Son los de teatro de mamá.

—Ya.

—Eran de la abuela, ¿sabes?

—Gracias, Rufi —bebí el whisky de un solo trago y, al
acabar, me levanté también.

—A lo mejor se retrasa.

—Parece que estamos esperando el tren, ¿verdad? [387]

De pie, cara al pinar, apenas si decían algunas frases.
Paulatinamente, todos los prismáticos acabaron sobre los
ojos. Tropecé con Elena.

---

[386] Don Antonio efectúa un auténtico panegírico del pueblo americano. No puede olvidarse que en septiembre de 1953 se había llegado a una serie de acuerdos con los Estados Unidos. *Bienvenido,
míster Marshall*, de Berlanga, recrea también estos contactos entre
Estados Unidos y España.

[387] Alusión a la falta de puntualidad de los trenes y a su masifi-
cación en la postguerra.

—Perdona.

—¿Estás —bajo las manos— ya mejor?

—Sí, gracias.

Delante los niños, después ellos y, unos metros más atrás, el servicio. Leoncio, Rafael, el jardinero de los Hofsen, un hombre con pantalones de pana y pañuelo negro a la cabeza. Rufi mantenía el cuello estirado y hacía pantalla con las dos manos sobre las cejas.

—Allí, allí.

—¿Dónde?

—¿Pero dónde?

—Tío Amadeo, ¿éste es uno de los que van a la luna?

—¡Que se callen los niños!

—Yo no veo nada.

—¡Sí, sí, mujer! Mira, lanza destellos.

—Pero, tío Amadeo, ¿éste puede ir a la luna?

Los últimos metros los bajé corriendo. En la oscuridad, arrodillado junto al matorral, me metí tres dedos en la boca.

Cuando terminé, me dejé estar quieto, con un sudor frío por todo el cuerpo, que me temblaba. Les oí llegar y traté de incorporarme. Los brazos de Andrés penetraron bajo mis axilas, al tiempo que Claudette rodeaba mi cintura con sus manos.

—Puedo yo —murmuré.

—Anda, vamos a dar un paseo. ¿Cómo se te ocurre beber, después de un día de cólico?

—No ha sido eso.

—¿Estás mejor —dijo Claudette.

—Me voy a casa.

Me desprendí de ellos. Las farolas de la calle lucían fijas y duramente, sin vacilaciones.

—Pero no seas burro. ¿Cómo vas a acostarte ahora?

—Yo sé bien lo que tengo que hacer.

—¿Qué dices?

Lejos, muy lejos, gritaban. Claudette corrió hasta ponerse a mi altura.

—Que sé bien lo que voy a hacer.

Andrés la detuvo, mientras yo continuaba a trompicones, casi llorando de rabia, por no conseguir dominar mis piernas.

—No seas tonta, déjale. Cada uno se cuida las tajadas a su gusto.

## 28

La vieja se guarecía del sol bajo un gran paraguas amarillo, que cubría también la cesta de los frutos secos. Crucé la calle.

—Están durmiendo la siesta.

—¿No hay nadie? —pregunté con un pie sobre el escalón del portal.

—Sí, pero están durmiendo la siesta. ¿Es urgente?

Un rayo de sol hacía más vivos los colores de las envolturas de los paquetes de tabaco y de chicle. La vieja dejó de pelar las bayas, que amontonaba sobre la falda.

—No es urgente.

—De todas maneras, puede usted llamar. En la primera puerta, a mano izquierda.

Sobre la vieja, apoyado el paraguas en el repecho, había una ventana cubierta de una celosía, partida hacia la mitad, con los listones verdes roídos por el sol y la lluvia.

—Gracias. Entraré, por si acaso.

—De estar están, pero durmiendo la siesta.

La puerta era de cuarterones y, antes de golpear en ella con el puño, aguardé a que la oscuridad del portal se disolviese.

—Buenas tardes.

El muchacho se acabó de abrochar la sahariana y levantó la cabeza.

—¿Qué quiere?

—Deseo ver al inspector de policía.

—¿Qué inspector? Aquí no está la policía. Lo que tenga usted que decir, dígamelo a mí.

—¿Es usted el cabo?

—No.

Me decidí a presentarme.

—¿Usted es el dueño de Velas Blancas? Perdone, señor, no le había reconocido. ¿En qué puedo servirle? El sargento sí está.

—Si pudiese recibirme.

—Usted dispensará un momento.

Volvió a entrar para salir a los pocos segundos, colocándose el cinturón.

—Sígame.

Hacia el final, en el comienzo de la escalera, el empedrado de losas continuaba en otro de guijos. Olía a humedad.

—Tenga cuidado. Aquí se ve poco.

Había un rellano antes de llegar al primer piso. El muchacho me precedió por un largo pasillo, que terminaba en una sala. Esperé a que regresase.

—Que pase usted.

El pasillo final tenía unos escalones, una ventana de vidrios sucios a un patio de paredes encaladas con una cuerda cargada de ropa, húmeda. Entré en una habitación, cubierta de estanterías llenas de legajos, con varias mesas y varias máquinas de escribir.

—Espere un momentito. Aquí hace fresco.

—Sí, tienen ustedes buena temperatura.

—El sargento está ocupado, sabe usted. Pero en seguida viene.

—No tengo prisa.

El muchacho movió unos papeles en la mesa bajo la ventana, al tiempo que mantenía una atención cortés por mi presencia. Me puse a calcular la cantidad de papel almacenado en los estantes. De repente, el muchacho se irguió y chocó los talones de sus botas. El sargento, que avanzaba con la mano derecha extendida hacia mi estómago, tenía mojados los cabellos de las sienes.

—¿Cómo está usted? Dispensará, pero no le esperaba.

—No tiene importancia. Lo decidí esta mañana.

—Si no manda usted nada, mi sargento.

Se volvió bruscamente, cuando me indicaba un sillón de cuero deslucido, para mirar extrañado al muchacho en la claridad de la ventana. Le hizo un gesto y me sonrió; después de cuadrarse otra vez, salió del despacho.

—Espero que no pasará nada de particular por Velas Blancas —me tendió la petaca.

—Aquello es un sitio tranquilo, usted lo sabe —con la petaca abierta, titubeé—. Nunca ocurrió nada hasta lo de esa chica.

—El librillo está dentro.

Dispuse el papel de fumar y volqué el tabaco sobre él.

—Lo de esa chica de la playa.

—Sí, sí.

—Creí que se encontraría aquí el inspector que lleva el caso. Le conocí en la colonia y, además, es amigo de Raimundo, el de la tienda de artículos de... —pasé la lengua por el borde engomado del papel—. Desde la guerra no había vuelto a liar un pitillo.

—Ya se ve. Ése no se lo va a poder fumar usted, se le deshace a las primeras chupadas. Coja del suyo.

—¿Usted quiere? —le tendí sobre la mesa el paquete.

—No; yo, rubio, no. Pues don Julio no está aquí, pero si yo puedo servirle...

—Verá, uno tiene ciertos compromisos, compromisos de vecinos podríamos decir. La gente de la aldea ha venido a verme.

—Los chicos marchan bien.

Sus dedos hacían rodar lentamente el papel en torno al tabaco, en contradicción con la rápida sequedad de sus últimas palabras.

—Sí, lo imagino. Es más, ni siquiera había pensado que no pudieran hallarse bien. Pero ¿es posible saber por qué les han detenido?

—Yo no puedo decírselo, porque se trata de un sumario. Pero usted es una persona seria y de consideración. Comprendo que le interese saber qué clase de gentes tiene usted en la aldea. Por eso, voy a comunicarle lo único que puedo. Los chicos esos están complicados en lo de la señora que apareció en la playa de Velas Blancas.

—¿Muy complicados?

—De verdad que lo siento. Mire usted, mañana vendrá don Julio; ¿por qué no habla con él?

—¿Mañana? Sí, volveré mañana. Ellos son jóvenes, son honrados, como usted sabrá mejor que yo. Parece difícil que hayan cometido algo serio. Que hayan matado a esa mujer, quiero decir.

Me mantenía la mirada con una expresión atenta, irónica, casi inquisitiva. Me puse en pie y él también, unos segundos después, parsimoniosamente.

—Don Julio es quien lleva el asunto. Yo, por mí, hasta le dejaría que los viese. Ellos marchan bien. Si usted les ha traído algo, tabaco, comida o periódicos, deje el paquete, que se les entregará inmediatamente. Pero más no puedo hacer. Y créame que lo siento.

—No les he traído nada. Ni siquiera les conozco. Quizá alguna vez les haya visto, pero me fijo poco en la gente. Mañana volveré.

—No se deje usted impresionar —a mi espalda, en la oscuridad del pasillo, la asmática respiración del sargento cortaba sus palabras— por lo que digan las familias.

—Es natural su preocupación.

—Sí, es natural. Pero usted no se deje impresionar. A usted, que es una buena persona, le van con sus quejas y le hacen mella.

Me detuve al final de la escalera, sobre el suelo desigual y húmedo de los guijos. El muchacho llevó la mano al tricornio cuando pasamos frente a él. Nos despedimos en la acera. Al doblar la esquina giré la cabeza; el sargento hablaba con la vieja del paraguas amarillo. En la otra calle me quité la americana.

En un rincón de la cafetería, casi vacía, bebí una ginebra con mucho hielo. Los camareros mantenían una cansina conversación con la muchacha, a la que sobresalía una cofia de encaje, almidonada, de su pelo negro. Por la nuca le escurrían unas gotas de sudor.

La calle estaba en sombra cuando abandoné la cafetería. Atravesé la plaza. Por las calles solitarias luchaba porque los pensamientos no se me amontonasen nerviosamente. Como si tratase de conseguir una licencia de importación.

Angus abrió la puerta. En el pasillo hizo las primeras preguntas. De inmediato, salió de la habitación del fondo para prepararme algo de beber.

—Sobre todo, frío, Angus.

—Sí, no te preocupes. Has pasado mucho calor, ¿verdad?

La luz se reflejaba en la pintura negra y roja de la moto de Angus, enrojecía las adelfas del patio. Apoyé la cabeza en el respaldo del sillón.

—¿Te has despertado ya? —Angus sonrió desde la penumbra, un instante antes de abrazarme.

—¿Qué hora es?

—Las ocho y media.

—¿Cómo es posible?

—Y tan posible —me besó en las mejillas—. El cansancio y, además, la comida, el calor... Te he dejado dormir. Pero no hacía ninguna falta, porque no te hubiera despertado ni un cañonazo. ¿Quieres algo?

—Tomaría una taza de té.

—No sé dónde vamos a parar —saltó sobre mis rodillas— con este tiempo.

Seguí a Angus a la cocina, iluminada por los tubos fluorescentes.

—Me dijiste que no habías visto a esos chicos, ni al policía.

—El inspector vendrá mañana.

—¿Y le buscarás?

Me apoyé en el fregadero, con las manos en los bolsillos del pantalón, sintiendo en las nalgas el frescor de la piedra. Angus puso a hervir el agua.

—Sí.

—El sargento, ¿cómo estuvo?

—Muy amable. Amabilísimo. Más que yo, que casi no resisto su amabilidad —encendí un cigarrillo—. Gracias —Angus dejó el cenicero sobre el hule de la mesa—. No me dijo absolutamente nada. Disculpas y amabilidades. Hasta incluso creo que sospechaba de mí.

—¿De ti? Esos sitios son horribles.

—No exactamente sospechar, pero sí una especie de con-
miseración, como si me reprochase, con golpecitos en la
espalda. Pero, hombre, señorito, ¿cómo se deja usted engañar? A usted ¿qué le interesan esos pobretones que hemos
encerrado?

—Haberle contestado... Bueno, con esa gente es mejor
callarse. ¡Claro que te interesas por ellos! Porque eres un
señor y si los señores no os preocupáis por los pobres, no
sé quién lo va a hacer.

—Angus, estás divertida de verdad.

Cogió el cazo de agua, dentro del que se enfriaba la tetera.

—¿Por qué?

—Me haces gracia, hablando tan seria de esas cosas de
pobres y ricos, con tus brazos —me rodeó la cintura— tan
bonitos y el color de tu piel...

—Pues sí que con esta luz. Vete a la sala, que ahora
mismo te llevo el té. Está ya frío.

—¿Querrás ponerme una rodaja de limón? Lo tomo
aquí.

—Ay, sí, perdona. Espera que te dé el azúcar.

—Gracias, Angus —con las manos cruzadas, me observó
beber—. No me imagino qué han podido hacer esos chicos.

—¿No te dejó verles?

—Se adelantó a decir que no, antes de que se lo pidiese.
¿Dónde pongo la taza?

—En la pila mismo.

—Voy a ducharme.

—Subo contigo para ver si tienes todo en orden.

Liado en la toalla, con la ropa y los zapatos bajo el brazo,
entré en el dormitorio. Angus se había tendido en la cama.
Apagué la luz.

Luego me fumé un cigarrillo calmosamente, con las estrellas muy arriba en el cielo azul de la noche. Angus cantaba bajo la ducha. Su piel estaba fría y olorosa cuando
nos abrazamos.

—Me duermo con frecuencia estos días sin darme cuenta. Como si estuviese enfermo.

—Pero no lo estás.

—No. Estaba raro. Debe ser eso, Angus. ¿Cómo eras tú a los diez años?

—¡Qué cosas se te ocurren! Como todos los niños, creo yo. No me acuerdo.

—¿Tenías juguetes?

—Sí, claro —con sus manos en mis mejillas, me obligó la mirada—. Todos los críos tienen juguetes. Hasta hace poco, guardé un oso de peluche. Un día lo tiré, porque estaba muy viejo y, además, era una tontería ya.

—Me gustaría conocer bien tu infancia.

—En casa se pasaban apuros. Desde muy pequeña me enseñaron que las cosas valen dinero. Y que mis padres no tenían pesetas.

—Me regalaron muchos juguetes siempre, Angus. El mejor tren eléctrico que se vendía en Alemania, cuatro o cinco Meccanos, un Pathe-Baby, escopetas de aire comprimido... Muchos juguetes.

—No te entiendo.

—Naturalmente, cariño. Se me había ocurrido que tú nunca has poseído una buena joya, una joya como las de mi mujer o las amigas de mi mujer.

—No, nunca.

—Te compraré una buena joya. Y muchas más.

—Oye, oye, eso es como en la copla. ¿Quieres un vestido? Catorce. ¿Y un collar? De brillantes.

—¿Quieres un collar de brillantes, Angus?

—Eres estupendo —reía tumultuosamente entre mis brazos—. Muy bonito, hombre. Pero ¿has pensado que te voy a cobrar esto?

—Algún día serás vieja y necesitarás tus ahorros.

—¡Anda a la puñeta! Claro que seré vieja. Dentro de muchos años, eh. ¿Y qué? ¿Te empiezo a sacar a ti los cuartos en grande para mi vejez?

—No me hagas caso, Angus. Verás, querría hacer algo por ti, demostrarte... Bien, no me hagas caso. [388] Debo de seguir dormido.

---

[388] No ha de olvidarse que esta expresión la había repetido Angus (nota 194), con lo que parecen invertirse los papeles.

—Piensas mucho. Te haría falta un viaje. Los viajes son buenos. Hay veces que estoy muy mal y me voy a Madrid. A la sierra.

—¿Y te alivia?

—No.

—Sería magnífico hacer un viaje. Por ejemplo, a Francia o a Mallorca. [389]

—Palma es muy bonito. Margot decía que París estaba bien, pero que no era para tanto. Eso pasa siempre que te dicen que una cosa es muy buena. Luego vas y no te resulta tan buena como te habías hecho la idea. Con el cine pasa muchísimo. Por eso yo no me dejo contar las películas, ni que me las alaben, luego me aburren. Dios mío, cuánto hablo. Y qué de prisa. Seguro que te mareo.

—¿Cómo? No, no, no. No me aturdes.

—Mira, voy a preparar unos *sandwichs* y los subo aquí.

—No tengo apetito.

—Debes comer algo antes de irte. Llegas a las tantas y cenas frío.

—Tengo el coche en el garaje.

—Sí, ¿y qué? ¿O es que te vas a quedar toda la noche?

—Anda, anda —la empujé fuera de la cama—. Y no pongas mucha lechuga.

La noche llegaba claramente a los límites de los campos y de los bosquecillos. Los colores se mezclaban, como los ruidos que sonaban en la distancia. Me volví a tender. Ni un solo embrollo en la mente. Todo como decidido. Únicamente que debía reprimir una pequeña risa nerviosa, si recordaba a Elena.

Angus colocó la bandeja sobre el colchón.

—Mi madre decía que sólo los cerdos comen donde duermen.

—No pienso dormir en toda la noche, Angus.

—¿De verdad vas a quedarte?

—No, no enciendas.

—Mucho mejor. Abajo hace un calor de horno.

---

[389] Son dos de los tres puntos de destino propuestos a Elena. Angus se convierte, así, en sucedáneo de aquélla.

—Angus —comencé—, quisiera vivir contigo. Quedarme a vivir contigo, porque resulta idiota no unirse a alguien que me quiere y a quien yo quiero. Cuando he encontrado a esa persona.

—Javier —dijo.

—Nos instalaremos por ahí. A cierta edad —cogí un emparedado—, aunque no se crea en él, se tiene, a cambio, ideas más claras [390] y, sobre todo, más prácticas del amor. Tú y yo, si quieres, empezamos juntos de nuevo.

El tenedor tintineaba contra el plato. Las puntiagudas uñas de su otra mano se arañaron el cuello. Solté el *sandwich* y procuré que mi beso no estuviese cargado de una urgencia apasionada.

29

—En la terraza de cualquier bar de la plaza hará menos calor —dijo Julio.

—Como quiera.

El aire, al abandonar el oscuro portalón de la casa-cuartel, era un viscoso fluido que quemaba la piel y la humedecía. La tienda de Raimundo ya estaba cerrada. En la terraza se encontraban desocupadas sólo dos mesas.

—Mejor aquí que no en la covachuela aquella, ¿verdad? Y podemos beber cerveza. ¿Está fría la cerveza, chico?

—Helada, don Julio. ¿Desean algún marisco los señores?

—No —dijo.

—Las cigalas estarán buenas.

—Es que no suelo tomar nada antes del almuerzo.

—¿Tiene percebes? Pues tráeme una de percebes. Y rápido esas cañas.

—¡Volando!

Julio se desabrochó el cuello de la camisa para aflojarse

---

[390] Estamos ante un anacoluto, puesto que a la estructura verbal en singular "se tiene" sigue un complemento en plural, que no es lógico. La figura, muy común en el lenguaje hablado —el que García Hortelano imita aquí— lo es menos en el lenguaje escrito.

el nudo de la corbata. Después arregló las rayas del pantalón, cruzó las piernas y se subió las gafas hasta el entrecejo.

—¿Se molesta usted por ésos? La verdad, no lo entiendo.

—Es fácil. Nadie se preocupa por ellos.

—Sus familias están todos los días dándole la lata al
sargento.

—Y usted ¿ha visto a sus familias?

—No.

—En cambio, yo sí. Alguien, que pueda hablar con usted, debe preocuparse. Hace diez días que están encerrados.
Desde el martes de la semana pasada, concretamente. Es
injusto.

—¿Por qué injusto? ¿Sabe lo que han hecho?

—No, naturalmente que no —el camarero colocó el servicio—. Pero es injusto, porque llevan diez días sin proce-
samiento.

—¿También sabe usted que no han sido procesados?

—Y, si lo han sido, ¿por qué no les buscan un abogado
que pida la libertad provisional?

—Ellos no tienen dinero para abogados, ni falta que
hacen leguleyos en este asunto.

—Perdóneme, pero es injusto.

Levantó los hombros con una casi silenciosa risa que le
cerraba los ojos. Bebí más de medio vaso de un solo trago.
El pañuelo olía a colonia. Esperó a que me enjugase el sudor de la frente, del cuello y de las manos, para dejar de
reír.

—Mire, no se debe juzgar precipitadamente. [391] Ahora
conviene que esos chicos estén ahí. Ellos se encuentran
bien atendidos, no les falta nada...

—La libertad.

—Oh, por favor, pero por poco tiempo.

—Entonces, ¿no han hecho nada?

—Ellos quizá no.

—Veo que no quiere usted aclararme el asunto.

---

[391] La respuesta, aparentemente inocua, del inspector, está cargada
de ideología. Los chicos, sean o no culpables, han sido privados de
su libertad y no hay prisa para devolvérsela.

—Escuche, sí quiero. Y le voy a decir más de lo que probablemente debiera, para que se quede tranquilo y no alborote la aldea con sus impulsos filantrópicos.

Al mirarle dejó de sonreír y de hablar. La sangre me daba pequeños golpes en las muñecas. Hubiese querido arrastrarle por el polvo de la plaza. De pronto, observé que le temblaba la mejilla izquierda cada cinco o seis segundos. Cambió la mirada a las relucientes punteras de sus zapatos blanquinegros. Ahora que acababa de descubrir su tic nervioso, me sentí más seguro.

—Disculpe —dijo—. No he pretendido molestarle con eso de la filantropía.

—Carece de importancia.

Acabé la cerveza y encargué dos más al camarero.

—Usted me ocultó que conocía a la muerta.

—Fue después que usted me lo preguntase, cuando me dijeron quién era.

—No discutamos eso. Sabe quién era y confío en que no lo habrá dicho por ahí.

—No he dicho nada.

—Le creo. Generalmente no conviene propalar noticias. Se embrolla todo.

Temí un chantaje con lo de Angus, a pesar del tono normal de su voz. El vaso de cerveza transmitió a las palmas de las manos una momentánea frescura. En un extremo de la plaza, dos hombres, vestidos con unos viejos trajes de pana marrón, regaban con una manguera los adoquines de la calzada. Julio movió la nuez al tragar la cerveza.

—Usted no ignora que la chica pasó acompañada por este pueblo.

—Sí, lo sé. Y aquel lugar donde fue después.

—Y con quién.

—Exactamente, y con quién. Le aseguro que en este momento sé casi todo. Por eso. Por eso tengo encerrados a los pescadores.

—No lo entiendo. Ellos no han matado a...

—Oiga, ¿quién ha hablado de matar?

—¿Fueron entonces los tipos con los que iba ella?

—Espero contestar pronto a esas preguntas.

—¿Por qué no suelta a los chicos?

—Le repito que están bien. Probablemente, sólo probablemente, no tienen nada que ver con lo que ando buscando. A lo mejor tiene usted más que ver. [392] ¡Entiéndame! —se apresuró a aclarar—. Quería decir que ellos posiblemente no hicieron nada a la difunta. Pero he de hallar a quien se lo hizo antes de soltarles. [393]

—¿Qué le hicieron?

—Escuche, don Javier, debe usted confiar en mí. Si usted no se fía, vaya al juez. Bueno, el juez lleva quince días de vacaciones. Pero encuéntrelo y no le sacará ni la mitad de lo que yo le he comunicado.

Me dolía la cabeza, cuando hice un gesto impensado con la mano, como de desaliento o abandono, que el inspector pareció interpretar como de conformidad, puesto que sonrió.

—Bien, siento haberle hecho perder el tiempo.

—Usted, don Javier —se retrepó en el sillón—, no molesta nunca. ¿Ha visto a Raimundo? Creo que preparaba una mariscada para esta noche. Yo debo volver a Barcelona.

—Gracias por todo. ¡Camarero!

—De ninguna manera. Oye, tú, el señor no paga, eh.

—Entendido, don Julio.

—Por aquí vengo poco, pero soy una verdadera autoridad. Le dejaré dicho al sargento que puede usted ver a los detenidos cuando quiera.

—Gracias otra vez.

—De nada. Le tendré al corriente.

Sus dedos eran escurridizos. Entró en el bar. Sobre la mesa quedaban, negros y frescos, los percebes.

La criada, que colocaba el mantel en la habitación de

---

[392] "A lo mejor, tiene usted más que ver". El tono del policía es muy similar al de Maigret en las novelas de Simenon.
[393] "Pero no he de hablar a quien se lo hizo, antes de soltarles". Estamos ante otro caso de anacoluto, si la preposición *a* no es una errata que pasó desapercibida al autor. En este caso la frase quedaría así: "Pero he de hallar quién se lo hizo, antes de soltarles".

atrás, me comunicó que Angus estaba arreglándose. Fumé un cigarrillo antes de subir.

El agua escurría por las baldosas blancas del cuarto de baño.

—¿Se puede? —la cama estaba aún deshecha.

Angus se volvió, insólitamente sobresaltada. Antes que su desnudez percibí el violento rubor de sus mejillas.

—Ah, hola.

—¿Te he asustado? Perdona.

—No, no. Bueno, un poco —anduvo hacia el armario empotrado, encogida y presurosa—. ¿Cómo ha ido todo?

—Bien. Pero ¿qué te pasa?

—Nada.

Sobre la mesilla de noche, doblada y rasgada, estaba la envoltura del esparadrapo. Angus, que había seguido mi mirada, permaneció un momento con la boca entreabierta.

—Angus, no comprendo.

Se me abrazó llorando. Conseguí sentarla, siempre en mis brazos, en la cama; le abrí el puño, que ocultaba la gasa y el esparadrapo, enrojecido por alguna sustancia química.

—No quiero oírte llorar así —besé sus labios—. Nadie debe tener miedo o pena hasta ese punto. No hay nada que merezca tantos sollozos. ¿De acuerdo? —suavemente, con la boca pegada a su oído, empujé sus hombros—. Y, sobre todo, ahora que hemos de soportarnos el uno al otro. ¿Qué te ha asustado? —denegó con la cabeza—. Habrás de acostumbrarte a no guardar secretos entre nosotros. Debe de ser difícil, ¿verdad, Angus? Yo nunca he conseguido confiar del todo en una persona, sin reservas de ninguna clase. Y de eso me di cuenta hace poco. Que nunca había estado realmente unido a ninguna mujer. Y tú, Angus, ¿has querido a alguien hasta el punto de no ocultarle nada? —volvió a mover la cabeza contra mi pecho, sus mejillas mojadas en lágrimas—. Desde ahora todo tiene que ser distinto.

Permaneció inmóvil, mientras me aproximaba a sus ingles. En el muslo, sobre el trozo blanquísimo de piel del tamaño de una moneda grande, había tatuadas dos letras: B. G.

—Angus, ¿llevas siempre un esparadrapo para tapar estas letras? [394]

Al separarme de ella se contrajo en un espasmo, abrazán-
dose las piernas. Un hilo de saliva le caía por la comisura
de la boca. Se encontraba abarquillada, casi hecha una bola
de carne temblorosa. Toqué uno de sus hombros y se des-
enroscó en un movimiento restallante.

—¿Son las iniciales de ése?

—Sí.

—Ya ves, hace sólo unos días pensaba en tu rozadura.

—Yo era muy joven y me dejé marcar. ¡Cómo una bestia, como marcan al ganado!

—Vamos, Angus, no digas tonterías.

—Como una bestia, sí. Como hacían en mi pueblo con
las terneras recién paridas o con las ovejas. Él decía...

—Angus, tienes que olvidar. Vamos a una playa a que
te cuente mi conversación con el policía. Luego haremos
planes para empezar tú y yo desde el punto cero. ¿Me es-
cuchas, Angus? Lo demás no tiene...

La voz de la chica llegó estridente.

—¡Señorita, la comida está servida!

Angus hipó, al estrangulársele la voz en la garganta.

—Ahora bajaremos —después reí—. Hay muchas cosas
buenas y alegres. No quiero que llores.

Los campos, quemados de sol, se encuadraban en la ventana en una única mancha enceguecedora. Me volví, al
tiempo que Angus se cerraba su bata granate. Se secó los
ojos en la escalera.

—Que no note que has llorado, porque pensará que te
trato mal.

—Soy idiota, Javier.

—Un baño de cinco horas. O de seis. Hasta que salgan
las estrellas. Buscaremos un restaurante con...

---

[394] Estas dos letras iniciales, B. G., que el esparadrapo ocultaba
(pp. 213, 276, 288, 350, 351) concretan el proceso de degrada-
ción —animalización— de Angus, marcada por su amante como una
res de su propiedad.

—Tú estás empapado en sudor. Y cansado —me cogió
la barbilla.

—¡No! Me encuentro mejor que nunca.

En la habitación de atrás, sobre el mantel amarillo, humeaba la sopera. Había, afortunadamente, una penumbra
sosegadora.

30

—Dicen que el policía y usted estuvieron ayer juntos,
porque usted le tenía que descubrir unas cosas.

—¿Qué cosas?

—Cosas.

—¿Quién lo dice?

—Anda, pues ya lo sabe usted. En el mercado lo estaban
hablando esta mañana. Y en la tienda en que usted se compró las camisas y los calcetines, cuando fui por el bulto.

Llevaba un vestido verde, con una orla de puntilla negra
en el escote cuadrado y unas zapatillas azules. Levanté los
ojos y sólo distinguí sus labios.

—¿Y qué más decían?

—Eso. Que para eso había venido usted al pueblo. Bueno, que sin usted el policía estaba a ciegas.

—Y de los presos, ¿qué dicen?

—Que los van a condenar. También...

—¿Quiere encender la luz?

Después entornó la ventana del patio. Se quedó inmóvil,
contemplativa e indecisa. Las manos, enrojecidas y ásperas,
se apoyaban una sobre otra, a la altura del vientre.

—Me voy, si no manda usted otra cosa.

—Nada, gracias.

—Y mañana, ¿van ustedes a salir también? Lo digo por
la comida. Ayer se quedó la mitad encima de la mesa y hoy
ha sobrado toda.

—Ya le dejaremos una nota, si es que salimos pronto.

—No se olvide. Y ponga la nota en la mesilla del pasillo. Adiós, señorito.

La puerta del jardín sonó. Angus caminaba por el piso

de arriba. En el patio, sentado en la Lambretta, me fumé un cigarrillo. Sobre el suelo de cemento caía una rendija de luz de la habitación de atrás. En el sumidero, cegado por algunas hojas de la mata de adelfas, se evaporaba un resto de agua sucia. Las paredes de la casa almacenaban el calor del día. Al terminar la escalera, sudaba de nuevo. Esperé a oscuras en el dormitorio.

—¿Quieres que encienda?

—No, no. Hace una noche muy clara.

—Lo que hace es un calor de infierno.

Angus dejó caer la toalla y se tumbó en la cama. Me senté en el borde, con una mano bajo su espalda.

—¿Te siguen quemando los hombros?

—No. Tu crema me ha ido muy bien —dije.

Angus suspiró al estirarse. En alguna radio sonaba un cuplé antiguo. Tenía arena en las sandalias.

—Ahora me levanto.

—¿Tienes ganas de vestirte?

—¿Qué hora es?

—Cerca de las nueve. Estás fatigada.

—Me echo un vestido y damos un paseo. Me apetece un poco de animación, después de dos días de playa.

—Como quieras.

—Además, lo de esos chicos.

—Yo puedo comprarlo —Angus se puso de costado, los labios contra mi antebrazo—. Estás rota de sueño.

—Sí.

—Duerme.

Continué sentado, con una fatiga bienhechora. Cuando retiré la mano de su espalda, Angus varió de postura. Cerré la puerta del dormitorio sin ruido. Antes de apagar en la habitación de atrás, bebí una coca-cola en la cocina.

Conforme me alejaba de las últimas calles del pueblo y entraba en las más concurridas, que conducían a la plaza, me sentía ligero y alegre. En el estanco compré cuatro cartones de tabaco y cerillas, y dos cajas de dulces en una confitería. Durante un largo rato elegí revistas, novelas de aventuras e historietas ilustradas en el kiosco de la plaza, donde la vendedora me hizo un solo paquete, envolviendo

los otros en un diario atrasado de Madrid, que aseguró con
un trozo de bramante.

Raimundo hablaba con unos amigos en la puerta de un
bar. Sobre las flechas, lucía un cruz de bombillas. Por la
calle Mayor cerraban los comercios; los cláxones de los
automóviles dejaban la calzada libre de paseantes o les
obligaban a subir a las aceras. Las muchachas, generalmente en grupos de cuatro o cinco, vestían telas de colores ro-
tundos. Al entrar, sobre el ruido de las conversaciones y del
vapor de la cafetera, oí, clara y seca, la voz de Elena.

—Bueno, ¿es que no quieres saludarme? —sonrió desde
la mesa junto a la cristalera.

—No te había visto —coloqué el paquete en una silla y
me senté frente a ella; las hojas de plástico de la persiana
se movieron con un rumor metálico—. ¿Estás sola?

—¿Y tú? ¿No te espera tu gran amor? Y la pobre Dora,
tan tranquila suponiendo que estás de negocios por Barcelona. Te encuentro muy bien, ¿sabes? Como más moreno.

—¿Qué haces aquí?

—Bebo mi jugo de tomate.

—¿También tú tienes un gran amor en este pueblo?

Dejó de sonreír, casi sin fuerzas para sostener mi mirada.
Llevaba recogido el pelo hacia arriba. Aquel ceñido vestido
azul, de una tonalidad mate, no se lo había visto nunca.

—Javier —con un movimiento de cejas, me indicó que
la camarera esperaba.

—Ah, sí. Un whisky, por favor. Solo.

—En seguida.

—Soy yo quien te encuentra muy bien, con esa boca tan
bien pintada. A juzgar por tu aspecto, acabas de llegar de
la colonia.

—No tengo a nadie en este pueblo.

—Lo dije solamente para molestarte.

—¿Te gusta molestarme ahora?

—Sí.

—Vaya. Toma un cigarrillo —nuestras manos se rozaron—. Estás muy sincero, al menos.

—Para ponerme a tu altura, Elena. El último domingo
me mandaste a la mierda y hace tres minutos, nada más

sentame, has empezado a hablar de la pobre Dora y de mis grandes amores. Cuando tú eras uno de ellos, mi mujer no te parecía tan pobre. No, no, por favor, si prefiero la sinceridad. Estoy empezando algo muy decisivo para andarme con mentiras.

—Yo no te mandé a la mierda.

—El domingo. Hace... Lunes, martes, miércoles, jueves y hoy. Cinco días. No es mucho tiempo para que se te haya olvidado.

—Y, sobre todo, que para eso estás tú, ¿verdad? Para recordar todo lo desagradable —Elena, al llegar la camarera con mi whisky, miró por entre las hojas de la persiana a la calle—. He venido por ti.

—Pues me has encontrado de casualidad.

—Confiaba en la casualidad.

—¿No pretendías más bien husmear lo que hacía?

—Sí.

—¿Y de qué te has enterado? —debí largarme—. Si es que estás dispuesta a continuar tu sinceridad del domingo.

—Pero ¿qué te hice yo, Javier?

—Un poco más bajo, por favor. No estamos en la cala, con la escena de la escapatoria.

—Estás dolido. Lo que nunca sospeché es la locura de liarte, a sesenta kilómetros de tus hijos, con una perdida. A ser la comidilla de todo el mundo.

—¡Vaya! ¿De todo eso te has enterado en los bares y en las tiendas?

—Sí, preguntando —la rabia le adelantó el rostro sobre la mesa, crispadas las manos a la altura de las sienes—, y hablando con tu amigote ese, Raimundo. El señor vive con una zorra. El señor se pasa el día con la Guardia Civil y la policía. El señor se ha metido hasta arriba en un asunto feo. Porque ellos creen que tú...

—¿Qué es lo que dicen?

—Cuarenta mil tonterías.

—Por ejemplo.

—Por ejemplo, que aquella desdichada era amiga de alguien de la colonia. Que has comprado a los pescadores

para que callen lo que tú o algún amigo tuyo habéis hecho.
Que tu mujer está en el ajo.

—¿Todo eso dicen? Es sorprendente la llamada imaginación popular. ¿Quieres otro jugo o prefieres un whisky?

—Tu maldita imaginación popular. ¡No quiero nada!
¿Cómo puedes convivir con tales gentes? Tú, una persona
tan normal, tan seria, tan inteligente. Y con tu valor y la
seguridad en ti mismo, que siempre te han hecho triunfar
y que...

—*Requiescant in pace.*[395]Ahora vivo con una puta.
Y oye, Elena —crucé los brazos sobre la mesa y engarfié
los dedos en los bíceps—, no vuelvas a llamarla zorra o
perdida. Que no te lo consiento.

—Javier... Perdona, hijo. Ya veo que es difícil...

—Muy difícil.

—¡Déjame hablar!

—Muy difícil. Tú lo sabes bien, porque me conoces. Me
sobra voluntad para eso y para más. Y lo voy a hacer. Voy
a librarme de vuestras pamemas y vuestras falsedades. Para
vivir honradamente. Y puedes gritarlo así esta misma noche
en mi casa y en todas las casas de la colonia.

—Bueno... Anda, pídeme un whisky, por favor. Espero
que seas muy feliz con ella toda la vida. ¿No es eso lo que
se dice en estos casos?

Me eché atrás en la silla, acabé el whisky y, cuando
nuevamente me apoyé en la mesa, logré un tono de voz que
me tranquilizó instantáneamente.

—Es posible que no dure toda la vida. Ya sabes, por
nuestra propia experiencia, que lo malo de las aventuras es
que acaban convirtiéndose en costumbres.

La cafetería estaba casi vacía, así como la calle, que
parecía ahora más grande y más iluminada. Elena bebió
nerviosamente, con los ojos llenos de unas lágrimas alargadas, con la forma de los cristales de la lámpara del comedor
de la madre de Andrés.

---

[395] "—Requiescat in pace", frase latina cuyas siglas R.I.P. suelen
grabarse en las lápidas mortuorias. Es una forma de expresar lo profundo que ha caído el protagonista.

—Provocarás más chismes con tus gimoteos.

—Javier —fingió no haber oído—, ¿es definitivo?

—¡Hombre!, eso mismo te preguntaba yo el domingo, cuando no me creíste.

—¿Quieres acompañarme al coche?

Se apoyó en mi brazo. Yo caminaba con las manos en los bolsillos del pantalón, deseoso de silbar una cancioncilla que me sonaba en la cabeza. Elena daba unos pasos cortos y rápidos sobre sus altos tacones. Abrió la portezuela. Al sentarse, le vi los muslos. Giró la llave del contacto y me miró.

—Has olvidado tu paquete.

—Ahora lo recogeré. Debes —comencé a empujar la portezuela— regresar al hogar, Elena. Seguro que te has pasado la tarde fuera, sin tener en cuenta tu honra —la portezuela se enquistó en la carrocería con un chasquido—. Adiós.

Atravesé los haces de los faros encendidos, moviendo una mano sobre el hombro. Al poco, sonó el ruido del motor.

La camarera había guardado el paquete detrás del mostrador. Me acomodé en una banqueta. Bebía, silbaba en sordina, fumaba. Durante unos minutos fui el único cliente. Más tarde, la barra y las mesas comenzaron a llenarse de hombres y matrimonios que pedían café —solo, cortado, con leche, con crema, sin crema, con dos terrones, un terrón o sin azúcar—. El whisky me entraba bien. Llegaron dos parejas de turistas que hablaban con acento extremeño. En el coche, aparcado a la puerta de la cafetería, se amontonaban las maletas, las bolsas de nylon y las revistas extranjeras. Me entretuve observando las piernas de ellas, sus nalgas apretadas bajo los pantalones, sus manos cuidadas. La más vieja exhibía complacida sus uñas moradas.

Con el paquete debajo del brazo me demoré por las calles solitarias. En algunas había faroles; en otras, las bombillas al aire pendían de unas barras en forma de ese, clavadas a la altura de los primeros pisos. Aunque sudaba, sentía menos calor. Cerca de casa de Angus tropecé en un bache. Y comencé a correr sin esfuerzo. Apoyado en la verja, recuperé aliento. Dejé el paquete en la cocina y puse la cara en el chorro del grifo del fregadero. Subí con una lentitud titubeante. Centuplicando las precauciones de silencio, me desnudé. Angus era una gran mancha palidísima. La sábana estaba tibia. Mordí la almohada para contener la súbita risa que me produjo el recuerdo de la expresión de Elena ante el volante. Era dichoso con aquella risa ahogada, sin compartir.

La sequedad de la garganta y la obstrucción de la nariz me despertaron. Los ojos de Angus brillaban, fijos en mí. Me incorporé sobre un codo. Continuaban las estrellas.

—¿Cómo estás? —murmuró Angus—. Has tenido un mal sueño.

—No. ¿Por qué?

—Dormías tranquilo y, de pronto, diste un salto, como si te hubieran pinchado.

—Voy a beber un poco de agua. ¿Quieres que te suba algo?

Busqué a tientas el pantalón del pijama. Angus fumaba, sentada y con las piernas en ángulo, cuando regresé. Sus manos me hicieron una lenta caricia desde las sienes al cuello. La presión de sus dedos en las vértebras de la nuca me sosegaba. No muy lejos, cantó el gallo.

—¿Sabes que son las cinco y media? Dentro de nada amanecerá.

Me quedé en contacto con sus piernas.

—¿No tienes sueño?

—No.

—Llevamos el sueño cambiado esta noche. Compré unas cosas para los muchachos de la aldea, pero no recuerdo dónde he dejado el paquete. Me pegaron fuerte unos whiskys que bebí. Hacía muy buen tiempo. Y menos calor. Ahora también hace menos calor. En cinco minutos me quedo como un leño. ¿En qué piensas?

—Te escuchaba. ¿De verdad te encuentras bien?

—Maravillosamente bien.

Había dejado de acariciar su piel, me dormía con una placidez deliberada, cuando Angus se movió. Inmediatamente sentí su cuerpo, sus dientes y su saliva.

—Oh, vas a volverme tonta.

—Angus, cariño —bostecé.

—No lo comprendes.

—¿Qué debo comprender ahora?

—Lo que te quiero.

—Ya, ya lo sé.

—Estás dormido y no lo sabes. Nunca lo sabrás.

—Poco a poco. Tenemos mucho tiempo por delante.

Miraba por la ventana. Se sentó en la butaca, cogiéndome las manos, y entreabrí los ojos.

—Me da rabia que duermas.

—A mí también, pero tengo mucho sueño.

A los pocos segundos, encendí un cigarrillo.

—Fíjate, al principio, cuando me lo dijiste, pensé que mentías. Ahora sé que me has dicho la verdad.

—¿A qué viene ahora todo eso?

—Estoy nerviosa.

—¿Por qué?

—Me desperté y empecé a rumiar lo que hemos hablado estos tres últimos días. De ti y de mí.

—Por la noche se agrandan las cosas.

—Tú y yo no podemos vivir juntos.

—Angus, por favor... Está a punto de amanecer.

—¡Qué más da! Tú a mí no me aguantas ni seis meses. Somos tan distintos... Quiero decir que yo soy poca mujer para ti, porque estás acostumbrado a otra educación, a otra vida. Yo, mira, no tengo cultura. [396]

—Angus, deja de decir tonterías.

—Es lo mismo decirlas que no. Pero, a la fuerza, te cansarás de una mujer así, como yo.

—¿Complejo de inferioridad o miedo?

—Las dos cosas —rió.

—¿O tratas de librarte de mí?

—No, eso no. Si te fueses, me harías daño. Aunque debo estar preparada —denegué con la cabeza—. Sí. Porque tú a mí no me soportas más de seis meses.

—Si me impides dormir, ni seis días.

---

[396] Recuérdese lo que se dijo sobre esto en la introducción.

—Pero ¿a quién se le ocurre dormir cuando te hablo de amor? [397]

Se acercó más. Abrumado de sueño, con los ojos en su rostro crispado, la tomé otra vez. Luego me derrumbé agotado.


31


Angus me ayudaba a encontrar las mangas del batín.

—Pero ¿sólo ha dicho que era urgente?

—Sólo.

—Dame el tabaco. Y las cerillas.

—No quedan cerillas. Toma mi mechero.

Rafael miraba por la ventana de la habitación de atrás. Se volvió al entrar yo.

—Buenos días, señor. La señorita Elena me encargó…

—¿Ha pasado algo, Rafael?

—El inspector de policía, que está en la colonia.

—Bien. ¿Y qué?

—La señorita Elena me mandó avisarle, señor. El inspector quería hacer unas preguntas a los niños.

La roja camisa de Rafael tenía una mancha de grasa en la hilera de botones. Estornudó. Los nervios me dieron un tirón.

—No, a los niños no.

—¿Cómo, señor?

—¿Por qué a los niños?

—Al parecer, los detenidos han dicho algo. O la gente de la aldea.

Dejé de pasear. Rafael guardaba el pañuelo.

—Dile a la señorita Elena que ahora voy —encendí un cigarrillo—. Y que, en ningún caso, dejen solos a los niños con ese hombre.

—He traído la furgoneta.

—Marcha tú delante. Yo iré en el coche.


[397] Un nuevo caso de anacoluto, ya que no existe concordancia de persona.

Se levantó al entrar yo en el dormitorio, pero no se aproximó a mí.

—¿Tienes que irte?

—Sí, está allí la policía.

Se puso en movimiento, como impulsada por alguien. Cuando abandoné la ducha, Angus tenía ya recogidas mis cosas. Fue al cuarto de baño, regresó con la máquina de afeitar y el cepillo de dientes y cerró el maletín. Mientras me vestía, imaginaba velozmente qué habría de hacer al llegar a la colonia. Pero, al tiempo que Angus me entregaba una prenda o la veía cruzar de un lado a otro de la habitación, pensaba también que debía decirle algo a ella en el minuto siguiente, que no era justo salir en silencio.

De pronto, me di cuenta de que estábamos junto a la puerta del jardín, entornada ya por Angus.

—No te preocupes, porque esto no será nada. Volveré pronto —cerró los ojos, para asentir con la cabeza—. De verdad que volveré pronto. Esta misma noche, quizá. O mañana por la mañana. Todo sigue igual entre nosotros.

—Anda —dijo—. No pierdas tiempo.

En la carretera, con la hiriente luz del sol en el parabrisas, sentí la desesperada fuerza del beso de Angus unos segundos antes de que yo saliese de la casa. Pero, al instante, olvidé aquella pasión de su boca. Apretaba el acelerador, salvo en las curvas, con una constante decisión. A cada momento, hasta que llegué al pinar, esperaba encontrar la furgoneta. Entonces me asustó la idea de que Rafael había venido a mayor velocidad que yo.

En el centro de la calle corrieron, revoloteantes, unas gallinas. El perro de los Hofsen ladraba alborotadamente a *Poker*. En la esquina había un grupo. Antes de que acabase de recorrer el sendero de grava, Dora y Ernestina aparecieron en la veranda.

—¿Y el policía?

—Javier, ¿cómo te has enterado? Qué contenta estoy de que hayas vuelto.

—Hola, Javier —dijo Ernestina—. El tipo ese ha ido a casa de Andrés. Por lo visto, también intenta interrogar a Joaquín.

—¿Dónde tienes a los niños?

—Arriba, con Rufi. No le he dejado que se quedase a solas con ellos.

—Has hecho bien, Dora.

—Estamos asustadas, Javier.

—Mujer... —dijo Ernestina.

—Dora, no les dejes salir. En el pueblo me encontré con Rafael. Ahora...

—Qué suerte, Dios mío.

—... te estás aquí, para que de ninguna manera los niños salgan.

Llegaron los demás. Asunción se soltó del brazo de Emilio y vino a besarme.

—En casa de Andrés —dijo Santiago.

—No le hemos dejado que interrogue a los niños —Emilio subió el bordillo de la acera—. Les hemos encerrado en las casas.

—Sí, gracias, Emilio —dije—, ya me lo han dicho. ¿Qué quería saber?

—Preguntaba a unos y a otros por la calle —dijo Marta.

—Verás —comenzó a explicarme Amadeo—, debió de llegar hacia las diez o diez y media. Empezó con Rafael, por alguna de las criadas. Merodeaba hacia el sendero de la playa, sin duda para cogernos a todos conforme apareciésemos —me puse a andar lentamente, con una mano en el hombro de Amadeo, seguido por los otros—. A mí me preguntó que quién había descubierto el cadáver, cuándo, de qué forma. Le dije que todo eso ya lo había declarado, pero insistió en que necesitaba que se lo contase otra vez. Y a los demás, por el estilo. Muy educado, eso sí.

—Continuamente con disculpas —dijo Marta.

—Calla —dijo Asunción.

—El hecho es que —a medida que nos acercábamos a la esquina, Amadeo disminuía la voz— debió de encontrarse con tu hijo y con José en el sendero. Leles llegó llorosa a la playa. Cuando subimos, interrogaba a los chicos. Ellos estaban muy asustados, claro, y nosotros...

—¿Qué dijeron los niños?

—Nada. Parece ser que nada. Les sorprendió demasiado.

—¿Y qué les preguntó?

—Enrique me ha contado —dijo Claudette— que empezó a hablarles amistosamente, que le ayudasen, que era importante su colaboración. Les propuso la cosa como si se tratase de un juego. Pero no les preguntó nada en concreto.

—Nosotros llegamos —encadenó Amadeo— y él empezó a dar disculpas.

—Entonces, yo —dijo Emilio— me negué en redondo a aquello. Le comuniqué que no consentía —la barba negreaba sus mejillas— aquel abuso de autoridad ni con mis hijos, ni con los hijos de mis amigos.

—¿Qué piensas hacer, Javier? —preguntó Marta.

Me volví hacia ellos al principio de la cuesta. Quedaban agrupados bajo el árbol, que les moteaba de pequeñas sombras y diminutos círculos de luz, excepto Emilio unos pasos adelantados, a pleno sol, con una seriedad atenta y parsimoniosa en el rostro.

—No os preocupéis. Sé cómo tengo que entendérmelas con él.

Apenas había andado unos metros, cuando oí la recomendación de Asunción:

—¡Javier, hazle comprender que somos unas personas honradas!

Luisa, con el albornoz corto sobre el traje de baño, estaba sentada en la hierba.

—Lleva más de media hora ahí dentro.

—¿Y Joaquín?

—En casa de Emilio. Si me necesitas, llama.

Manolita me recibió en el hall. Dejaron de hablar cuando descorrí las puertas del living. Con el vaso casi vacío de whisky en una mano, Andrés se detuvo. Julio se despegó unos centímetros del diván. Junto al ventanal, en la mecedora de rejilla, Elena sonrió.

—Buenos días. Perdonen que interrumpa su conversación.

—Hola, Javier —dijo Elena.

—No tiene importancia. Los señores y yo estábamos acabando.

—¿Quieres beber algo?

—Gracias, Andrés.

Traté de llegar calmosamente hasta el sillón, frente a Julio. Me senté, moví un cenicero sobre el mármol de la mesita que nos separaba y levanté la mirada.

—Supe por casualidad que había venido usted esta mañana.

—Me alegro de encontrarle. Cuando usted ha abierto esa puerta, he dado un suspiro de alivio. Desgraciadamente, mi presencia ha provocado mucho barullo. Espero que usted, que está más enterado del asunto y que lo comprende mejor, haga ver a su señora y a sus amigos que yo...

—Disculpe. Usted me dijo que se marchaba del pueblo.

—Y no le mentí. Pensaba hacerlo, pero luego cambié de idea.

—Después de haber interrogado otra vez a los detenidos, quizá.

—Sí, una vez más se ratificaron en su primera declaración.

—Y añadieron algo contra mis hijos.

—¡No! Perdone, no ha sido mi intención gritar. Esos muchachos no acusaron a los hijos de ustedes de nada. Ni siquiera hablaron de ellos. Aunque usted no me crea.

—No, no le creo.

—Sin embargo, usted confiaba en mí anteayer mismo. Y en la inocencia de esos muchachos.

—Javier...

—Deja, Elena. ¿Les preparo un whisky?

El inspector, sorprendido, volvió la cabeza hacia Andrés.

—Gracias, sí. Ahora se lo acepto.

—¿Tú, Javier?

—Pero ya no. Si intentan cargarles la responsabilidad a los niños, es que ellos son culpables de algo.

—Lo ignoro. Los pescadores afirman que ellos no saben nada de nada.

—Ni los niños —dijo Elena.

—Señora, el problema está en que ustedes me han impedido conversar con ellos.

—Pero nosotros le aseguramos que los niños no tienen ninguna participación en el asunto.

—Es cierto, señora, que ustedes lo afirman así...

—Oiga —bebió un trago; cuando dejó el vaso en la mesita, continué—. En el 36 yo tenía veinticuatro años [398] y luché desde el primero hasta el último día. Gané dos medallas individuales y tres colectivas. Empecé de alférez provisional y acabé de capitán. En el 39 me puse a trabajar...

—Por favor, don Javier, no desconozco que es usted una persona honorable.

—Me puse a trabajar como una mula y he hecho algo, y bastante importante, en la reconstrucción de la patria. He dado trabajo a cientos y cientos de hombres, he creado empresas, he traído y llevado materias primas, he aumentado la riqueza.

—Le repito que siempre le he considerado un señor. Pero escúcheme, por favor. Esos muchachos no han dicho nada contra los hijos de ustedes... Quizá, porque ni se les ha ocurrido. Por eso sólo. Yo también hice la guerra de oficial y trabajo desde que la ganamos. [399] Y fue a mí a quien anoche se le ocurrió [400] la idea de interrogar a los niños. No por capricho, sino por necesidad. No olvide que tengo una obligación que cumplir.

—De acuerdo. Comuníqueme qué le interesa saber y yo...

—¿Quiere usted un poco más de hielo?

—Me es imposible. No quiero más hielo, gracias.

—¿Por qué le resulta imposible decírmelo?

—Si le digo a usted qué necesito preguntarles, usted dirá a los niños lo que deben responder.

---

[398] El dato es ligeramente incorrecto. La entrada de Eisenhower en Seúl, con fecha de junio de 1960, fechaba el tiempo cronológico de esta novela con exactitud. Si Javier ha dicho en p. 345 que tiene 46 años, nació en 1914, de modo que no podía tener 24 en 1936, sino 22, a no ser que ahora tenga 48.

[399] El plural no sólo indica que él fue otro de los que participaron en la guerra, sino que estaba en el mismo bando que el protagonista; no es, por tanto, su enemigo.

[400] Otro caso de anacoluto, que sigue demostrando el carácter casi oral de la novela.

—Pero ¿qué es lo que han hecho?

—Elena, deja a Javier. O vete, si te pones nerviosa.

Oí crujir a mi espalda la mecedora. Le ofrecí un cigarrillo y retrasé encender el mío —con el mechero de Angus— a la busca de una nueva táctica para descubrir sus intenciones.

—Usted debe saber que la ley no obliga a unos menores de edad, unas criaturas, a...

Dio unos pasos hacia la puerta. Andrés, con un vaso lleno en la mano, se apoyaba en la chimenea.

—No he venido aquí en plan legal. Sé que son menores, que ustedes tienen la patria potestad, que no puedo interrogarles si no es con el consentimiento de todos ustedes. Todo eso lo sé. Pero yo no pretendo hacer daño a los niños, sino poner en claro unos extremos. Y que respondan sinceramente, con espontaneidad, sin que nadie les haya preparado. Es más, sólo se trata de que ellos me ayuden, puesto que ellos encontraron el cadáver.

—Todo lo sucedido...

—Ya, ya. Pero, aunque todo el mundo se ratifica en sus declaraciones, algo no cuadra. Lo cual significa que alguien ha mentido o ha callado parte de la verdad.

—¿Ha interrogado usted a los tres muchachos y a las dos chicas que iban con Margot aquella noche?

Volvió a sentarse. Con los codos apoyados en las rodillas, resbaló con lentitud las puntas de los dedos a ambos lados de la nariz.

—Pero ¿quién es Margot?

—No bebas, Andrés, por favor —dijo Elena.

—Les he interrogado. Hace ya tiempo, en cuanto se les localizó, que no fue muy difícil. Probablemente usted les conozca o, al menos, conozca a sus padres o sus apellidos, porque ellos también son de buena familia. A ver si nos entendemos —se apoyó unos segundos en el respaldo del diván—. Yo le explico a usted el estado de la cuestión y usted me autoriza a hablar con los niños cinco minutos.

—No. Lealmente le advierto que...

—Bien, es lo mismo. Tampoco se trata de cerrar un trato.

Espero, sobre todo, que comprenda de una vez —Julio miró
fugazmente a Andrés, que acababa de sentarse en uno de
los extremos del diván—. La muchacha era una prostituta,
como usted sabe. Los otros salieron de viaje desparejados.
Tres hombres y dos mujeres. En Madrid encontraron a Margot. Y siguieron la juerga. Eran jóvenes y con dinero de
sobra. Llegaron al pueblo borrachos y, después, a la aldea,
donde, a las cuatro de la mañana, alquilaron una barca con
motor y se hicieron a la mar. Al día siguiente, la barca estaba en el dique, pero nadie les vio regresar. Naturalmente,
volvieron cinco. Esa desdichada se quedó en la playa de
ustedes. Ellos, que estaban lo suficientemente asustados
cuando se les detuvo, soltaron todo pronto.

—¿La mataron esos chicos?

—Escuche, según el forense no la mató nadie. El exceso
de alcohol le arreó un ataque al corazón, una embolia, o lo
que fuese. El hecho es que se murió. Ellos no la conocían,
no querían líos y la desembarcaron ahí abajo. Luego salieron corriendo. Como esos tipos que aprietan el acelerador
cuando dejan a alguien tumbado en la carretera, ¿comprende?

—Sí.

—Pero queda algo que ni ellos, ni los pescadores, ni
ustedes me han explicado. Algo que, posiblemente, saben
los niños.

—¿Por qué los niños?

—Porque si todo es así como lo he contado, y quiero
creer que todo fue así, sus hijos tienen que saber lo que les
voy a preguntar.

—¿Qué es?

Se puso en pie, con una violencia inusitada. Andrés retiró
las piernas para dejarle salir. En la puerta se volvió.

—Créame que lo siento —dijo—. En este asunto hay
muchas personas importantes más o menos complicadas.
Pero mi único remedio es recurrir al Juzgado —compuso
una sonrisa—. Buenos días, señores.

—Un momento, le acompaño.

—No se moleste.

—Adiós.

—No, no es molestia. Debía usted de haber terminado el whisky. ¿Es que no estaba bueno? Dígame, pero ¿cuánto bebió esa pobre mujer para que sucediese una cosa semejante? Tan espantosa.

Junto a ella, la cara al ventanal, Elena me cogió una mano. En la palma de la otra se me clavaban las aristas del mechero de Angus. [401]

—Han sido —dijo— esos piojosos de la aldea.

Pensaba en Angus, en el dormitorio lleno de sol, y sentía el mechero, el refrescante contacto de la piel de Elena, su perfume, mientras Andrés y el inspector caminaban hacia la cerca de piedra y, en la misma dirección, Luisa atravesaba diagonalmente el césped. Me costó girar la cabeza y moverla en un sentido negativo.

—Sí, Javier, ha tenido que ser esa gentuza. Y vete a saber lo que se habrán inventado para quitarse ellos su responsabilidad.

Todo volvería a ser igual. Sus dedos acariciaron mi muñeca. Aunque Elena y los demás me negasen lo suficiente, les haría creer que yo sí daba lo suficiente. Aquello me determinaba para siempre al doble esfuerzo de la mentira y el éxito. Me guardé el mechero [402] en un bolsillo del pantalón.

Abrazados por la cintura, Andrés y Luisa regresaban. Se separó del ventanal. En pocos minutos estarían todos allí mismo. Se hablaría hasta la cena, durante la tarde entera, incluso hasta mucho después de la cena. Le miré los labios antes de que se moviesen.

—Tenemos que hacer algo para vernos, a la noche —susurró.

[401] El mechero de una y las uñas de la otra equiparan nuevamente a Angus y Elena.

[402] Guardar el mechero simboliza aparcar la relación con Angus.

## 32

A la salida de misa, [403] entre los colores de los vestidos de las mujeres, que el sol hacía más detonantes, destacaba el negro de la sotana de don José María. Me encaminaba hacia el grupo, cuando me detuvo Emilio.

—¿Te parece que nos encerremos con los chicos?

Se tardó más de media hora en reunirles. Yo esperé en el despacho hasta que llegó Emilio con ellos, como empujando un rebaño. Enrique, José y Martita ocuparon el diván del tresillo. Asun y Leles, que entraron cogidas de la mano, se sentaron al lado de su padre. Dorita empezó a recorrer la habitación sobre un solo pie.

—¿Y Joaquín?

José balanceaba las piernas.

—¿No habéis oído? —preguntó Emilio.

—No sabemos —dijo Enrique.

—¿Cuándo le habéis visto por última vez?

—Ayer estuvo metiendo papeles quemados —Asun rió agudamente—. Pero no sacó un solo topo. [404]

Los demás rieron también. Leles corrió hacia los del diván, que se apresuraron a hacerle sitio.

—Estaos quietos.

—Dorita está andando a la pata coja.

—Ya sabéis que ha estado aquí la policía.

—¡Acusica!

—La tía Ernestina —dijo Martita— habló ayer con mamá de que nos van a meter en la cárcel.

—¿En la cárcel tiene uno que bañarse todos los días?

—¡Callaos! Mientras no os pregunten, tenéis que estar callados.

Leles me sonrió, guiñándome un ojo.

---

[403] La vuelta a casa supone la vuelta a la doble vida con Elena, pero también a las pequeñas rutinas, entre ellas, las religiosas que Dora echaba en falta.

[404] La aliteración en base al fonema /o/ favorece el sentido negativo de la frase.

—Sí, papá —dijo José.

—Vamos a ver, José. Y tú, Enrique. Vosotros, que sois los mayores, cuando...

—Yo también soy mayor —dijo Asun.

—... llegasteis a la playa y encontrasteis a aquella mujer, ¿qué pasó?

—Llegamos a la playa —dijo Enrique— y nos encontramos a la muerta. Salimos arreando para avisar.

—¿Por qué supisteis que estaba muerta, José?

Le levantó la barbilla del pecho.

—Le toqué un pie.

—¿Alguien más la tocó?

En el silencio sonó la raspadura de la cerilla, seguida del chisporroteo.

—Digo yo una cosa —nos volvimos hacia Leles—. En la cárcel nos pondrán a todos juntos, ¿verdad?

—Cállate.

—Somos pequeñas para que nos cojan presas.

—Tío Javier, las niñas no vieron a la muerta. Ellas no saben nada.

—Nada, nada, nada —dijo muy de prisa Asun.

—¿Y vosotros?

—Nosotros sí vimos a la muerta. A lo mejor había huellas. Pero como pisoteamos la arena, se borrarían. No fue intencionado.

—Yo no quiero ir a la cárcel —dijo Dorita.

—¡Nadie va a ir a la cárcel! Si habéis dicho la verdad.

—Sí, sí.

—Lo de las huellas no fue aposta.

—Era muy guapa, ¿verdad? Se parecía a mamá, según dijo Joaquín.

—¡Leles! —Emilio abrió la puerta—. Andad fuera. A la playa... o al diablo.

Después de la algarabía de sus voces, el silencio era más profundo. Emilio llevaba una corbata de motas blancas sobre fondo azul claro.

—No se puede con ellos —dije.

—Son inocentes. Pero me gustaría que no estuviesen asustados. Bueno, me voy.

—Te acompaño.

Asunción y Dora tomaban una limonada en la veranda. Nos sentamos con ellas y, durante un largo tiempo, estuvimos en silencio. En una ocasión, inclinada sobre el morris de Dora, le cuchicheó algo. Emilio miraba al frente, sin apoyarse en el respaldo, casi inmóvil.

—Javier, últimamente las cosas no han ido muy bien entre nosotros.

Luisa dijo adiós, desde la calle, pero no entró, ni se detuvo. Dejé de mirar a Luisa y el lugar que momentáneamente había ocupado, al otro lado de la acera.

—Yo también deseaba solventar estas tonterías nuestras —tragué una bocanada de humo, que me secó aún más el paladar—. No debemos continuar regañados.

—Ya sabes, Javier, que si en algo...

—No, no. Soy yo quien...

—A mí me parece —dijo Dora— que ya está todo olvidado. Con la buena amistad que siempre habéis tenido...

Nos levantamos con las manos extendidas, que no llegamos a estrechar, porque, también al unísono, abrimos los brazos. Sobre el hombro de Emilio, a través de los párpados entreabiertos, observaba a Asunción, con el velo doblado y el misal sobre el halda, que se metió la punta del pañuelo en uno y otro lacrimal.

—Créeme, Javier, que le he pedido mucho a Dios porque llegase este momento.

—Emilio —gimoteó Dora—, no digas esas cosas, porque me haces llorar. Tenéis que quedaros a comer.

—Voy a buscar un poco de whisky. Hay que celebrarlo, ¿no?

En la penumbra del living me sequé el sudor lentamente, con los ojos cerrados y una extraña angustia por el estómago. Fuera piaban los pájaros, a la luz del sol ardiente, al cielo azulísimo, el aire quieto y pegajoso. Ya Rufi había sacado los vasos, cuando yo regresé con la botella. Brindamos y, luego, los tres se pusieron a hablar, principalmente Emilio. Asentía, emitía algún monosílabo, mantenía fija, como el calor de la mañana, mi sonrisa. Asunción propuso telefonear a todo el mundo. Al fin, Emilio decidió bajar a la playa.

—Entonces, os esperamos a almorzar.

—No, Dora, gracias. Será mejor a la noche, cuando los niños ya estén acostados.

Nos volvimos a abrazar. Dora, que subió a ponerse el traje de baño, cantaba por el vestíbulo, por la escalera. Rufi vino a recoger el cubo del hielo para llenarlo otra vez.

—Hace mucho calor.

—Ah, sí, Rufi, mucho calor.

Dora me besó —triunfalmente— antes de marcharse. Arrastré un sillón con el empeine del pie, y me estiré, abandonado a aquella creciente desgana, con el vaso lleno de whisky.

Era domingo. Angus estaría con el tipo aquel —B. G.— que no habría encontrado sola la casa, ni habría recibido una carta de ruptura. Sería preferible pensar en otra cosa. En algo que no se me ocurría, porque sentí el gusto de los labios de Angus. Me quité la camisa. El sudor me empapaba el vello del pecho, se escurría en gotitas por el esternón. El amigo de Raimundo se llamaba Agustín Riva. Se quedó en ir un día por el camping, a la busca de aquellas inglesas o alemanas amigas de Raimundo. En la carpeta de cuero del despacho se encontraban los datos para la recomendación del camión. Y la proposición de Vicente.

—Vengo a que me cuentes la rendición de Breda [405] —antes de que me incorporase en el morris, Andrés se sentó frente a mí—. O cuadro de las lanzas [406]. ¿Quién hizo de Spínola? [407]

—Bébete una copa. El hielo debe de estar hecho agua.

—Me lo ha contado Dora. No quiero hielo, porque da más calor. Ha tenido que ser preciosísima la escena. Cuando

---

[405] Figuradamente, la reconciliación con Emilio.

[406] *La rendición de Breda,* o *Cuadro de las lanzas,* pintado por Velázquez en 1635.

[407] General de los tercios españoles en Flandes, vencedor en Breda (1625) y una de las figuras centrales del cuadro citado.

vayas a representar una escena cumbre, haz el favor de avisar. ¿Es verdad que os besasteis todos?

—Me temo que sea verdad.

—¡Qué hermosura! Reina la paz, todo el mundo está en la playa y no sé qué hora es.

—Son las...

—No, si no quiero saberlo. Me gusta mucho tirarme así, en una veranda, tomar un trago, ignorar la hora, sentir que la colonia está desierta.

—¿Has visto a Joaquín?

—No recuerdo ningún encuentro con mi hijo en estos dos últimos años. Miento. La otra mañana coincidimos en la playa. La verdad es que aquí se está de maravilla.

Volví a estirarme. Andrés, con los ojos cerrados, sonreía.

—Cuando eras pequeño, ya te gustaba quedarte solo.

—¿Te acuerdas? —se movió una ráfaga de aire caliente—. No creo que sea nada lo de los chicos. ¿Estoy equivocado?

—No.

—Me disgusta ver a los críos mezclados en eso. La abuela afirmaba que los niños únicamente deben jugar. Así nos educaron a nosotros. Y la verdad es que no ha dado mal resultado. Está genial tu whisky.

—¿Crees que dio buen resultado?

—Hombre, sí.

—El inspector no hará nada de lo que dijo.

—Supongamos que los otros la hubiesen matado.

—No, no. Siempre he sabido que no se trataba de un asesinato. Que, en cierto modo, se sacaban las cosas de quicio. Yo también.

—Con los niños... —dejó las palabras en el aire, como una tela de araña.

—Nadie está dispuesto a permitir que se metan con los niños. Te lo aseguro.

—Sí, claro —luego, tardó mucho en añadir—. Me alegro que estés aquí.

Nos adormilamos en los morris con el calor, con el whisky, con el silencio. Cerca de las tres llegó Amadeo. Las mujeres se quedaban en la playa. Después de la comida orga-

nizamos una partida de tute. A las cinco o seis manos dejamos las cartas. Andrés se acomodó en la veranda. Yo me
acurruqué en un sillón del living.

—No seas bestia —dijo Andrés—. Espera dos horas por
lo menos.

—Nadie ha dicho que me vaya a tirar ahora mismo a la
piscina.

Rufi recogía la baraja, las fichas, cerraba las persianas.
Me quedé dormido antes de que hubiese salido, con el pensamiento de proponerle a Dora que subiese el jornal a Rufi.

Las voces en el hall me despertaron. Llegué abotargado,
casi tambaleante, junto a Emilio, que manoteaba con el
papel desplegado.

—Mira, no ha perdido el tiempo.

Amadeo leía otro impreso.

—Pero la ha tomado con nosotros.

—Dijo que lo haría —por la puerta entornada distinguí
al hombre que avanzaba por el jardín—. Y esto ya no se lo
consiento.

Al salir a la veranda, la luz de la tarde me obligó a entre-
cerrar los ojos. Traía los zapatos cubiertos de polvo, una
estrecha chaqueta de paño marrón y una camisa de rayas,
muy sucia. Dijo mi nombre al subir los escalones.

—Soy yo —y cogí el papel.

—Tiene usted que firmarme —al sonreír le rojearon unas
enormes encías, encuadrando unos dientes desiguales y ama-
rillos—. Por favor.

Con el bolígrafo del alguacil firmé el duplicado de la
citación.

—Buenas tardes, señor.

Entonces comprendí que él no tenía culpa alguna. Me
volví en el umbral y grité:

—¡Adiós! Buenas tardes.

El hombre continuó por el sendero, sin casi despegar los
zapatos de la grava.

A Marta, que tenía un ataque de histeria, trataban de cal-
marla Elena y Luisa. Estuve unos minutos, con el ruido de
sus palabras que no llegaba a distinguir, la hoja doblada en
una mano caída, hasta que Emilio me cogió de un brazo.

—Vamos a un sitio tranquilo.

Entramos en el despacho; antes de cerrar la puerta, se introdujo Amadeo.

—Ignoro lo que vosotros vais a hacer. Pero a mi hija no la llevan ante un juez.

—Siéntate y no te dejes llevar por la ira. Javier, debemos actuar rápidamente.

—Sí.

—Él lo ha hecho en menos de veinticuatro horas.

—De acuerdo, Emilio.

—Yo no conozco a este juez, pero alguien lo conocerá en Barcelona. Se puede llamar a un abogado. Además, tengo amistad con el presidente de...

—¡Eso es! Ahora mismo me largo a Barcelona. ¡A ese tío le hundimos!

—Un momento —dijo Emilio.

—Yo creo —tenía mal sabor de boca— que no es preciso que vayamos todos. Emilio conoce a más gente allí y yo, aunque ahora no puedo precisar quién nos valdría, sé que cuento con amigos de influencia. [408] Además, en Madrid...

—Vamos —dijo Emilio.

—Tendré que ducharme, aguarda.

En el hall había aumentado el desorden. Dorita lloraba en los brazos de Ernestina. La ducha me entonó. Me vestía, cuando oí el ruido. Al principio no supe lo que era. Luego me abalancé a subir la persiana. El viento, cálido y polvoriento, movía el jardín. Aspiré con fuerza, eché atrás los hombros. Rufi acabó de llenar mi maletín.

Alguien había sacado el automóvil. Andrés discutía con Amadeo. Sentado en el césped, Santiago reía y luchaba con los niños. Emilio atravesó la calle, con una enorme cartera de cuero con costuras de hilo amarillo; se había puesto sombrero, lo que le hacía distinto. También las mujeres, con los suéters [409] sobre los hombros, adquirían un aspecto insólito. Tardamos mucho en las despedidas.

---

[408] *Vid.* nota 76.
[409] "sueters", frente a sweaters en la primera edición.

Durante los primeros kilómetros no hablamos. En el cielo se agolpaban unas nubes redondas, amoratadas, muy bajas. Emilio, que fumaba sin pausa, consultaba direcciones y teléfonos en su agenda de bolsillo.

—¿Llegaremos de noche?

—No podremos estar antes de las once.

—Da lo mismo que corras o no. Hasta mañana no será posible ver a nadie. Lo malo es que muchos estarán en el campo. Va a llover.

—Ojalá.

Al pasar junto al pueblo, sonó en el cuartel un clarinazo fuerte, luego modulado. Tardé en identificar aquel toque. [410] Emilio guardó la agenda.

—Mañana, bien temprano —se puso el sombrero—, empezamos.

—Sería preferible hacer pocas visitas; dos o tres. Pero eficaces. Si te molesta el viento, cierro la ventanilla.

—No me molesta. De acuerdo, pocas y eficaces.

Se puso a recordar sus amistades. Por la carretera general aceleré, a pocos kilómetros del pueblo. Decidimos tres nombres. Aquello me hizo rememorar personas que no veía hacía años, historias, negocios, viajes. Encendí los faros. El tráfico crecía, como las nubes, que formaban ya una única cortina, unida a la tierra en el horizonte.

—Supongo que encontraremos habitación en algún hotel.

Se removió en la penumbra.

—Ah, sí —dijo.

—En esta época, casi todos los hoteles están llenos en Barcelona.

—¿Hotel? Vamos a casa. No nos hace falta hotel. [411]

Un resplandor rojizo crecía al frente. La sed me inquietaba. Los restaurantes quedaban atrás, cada vez más numerosos.

—Pero la casa está cerrada, con los muebles recogidos.

---

[410] Frente a la copiosa relación de datos de tipo bélico o militar, éste resulta lacónico. Será el toque de oración.

[411] Como se advirtió (nota 160) es difícil saber quién habla en diálogos como éste. Ahora ha sido Emilio, que vive en Barcelona.

—Siempre será mejor. Pero, vamos, si tú quieres... Por mí no lo hagas. Yo es que le prometí a Asun que daría una vuelta por el piso.

En las primeras calles, los faroles, las aceras llenas de gente, los tranvías, me animaron.

—Oye, con toda confianza, creo que me voy a buscar un hotel.

—Claro, como te parezca.

En la Plaza de Cataluña me equivoqué de dirección y tuve que enfilar por las Ramblas.

—Ahora doblo y te llevo a casa.

—De ninguna manera. Primero debemos solucionar lo de tu habitación.

—Pues, aquí mismo.

Dejé aparcado el coche en una calle lateral. Una vez conseguida la habitación, entregué la llave del automóvil en el *comptoir* para que lo llevasen al garaje.

—Está bien —opinó Emilio de la habitación.

—Es una tontería que te vayas. Y, encima, en taxi.

—Quizá telefonee Asun —leía la nota, clavada en la hoja interior de la puerta—. Un poco caro, ¿sabes? Es de primera A. Bueno, mañana vendré a las ocho. Que descanses.

—Hasta mañana, Emilio.

—Sigue pensando, por si recuerdas alguien más importante.

Me cambié de calcetines, me lavé las manos, abrí el balcón. El camarero trajo, además del maletín, la notificación de una multa por aparcamiento en zona prohibida.

Antes de salir, bebí un whisky en el bar del hotel. Por las aceras, pero, sobre todo, por el andén central, paseaba mucha gente. Los kioscos de revistas de las Ramblas estaban cerrados. Dudé si sentarme en una de las sillas, pero llegué hasta el puerto; en la soledad, el viento movía las bombillas. Llegaba fresco el aire, revuelto, lleno de olores. Al regreso, empezó a llover.

Primero cayó un agua lenta, como arenosa. De repente, los truenos sonaron sin interrupción y la lluvia se transformó en un aguacero de gotas gruesas, que dejaron vacías las calles. Corriendo de portal en portal, llegué empapado al hotel.

Una vez desnudo, apagué las luces. Desde el balcón veía bajar el agua, desbordando los bordillos de las aceras, espumosa y negra. Me tendí en la cama, fatigado, sin retirar la sábana superior. Olía todo a humedad y a carbonilla de tren. Los relámpagos y los truenos se alejaban, pero la lluvia arreció, arrancó más sonidos, trajo un viento más puro hasta mi piel húmeda de sudor.

Desperté encogido de frío. Era noche cerrada y ya no llovía. Envuelto en un cobertor, me senté cerca del balcón a fumar un cigarrillo, a mirar la calle, su soledad, los reflejos en sus superficies mojadas, las sombras de los árboles. Angus ni se imaginaría que yo estaba allí.

## 33

Emilio aún no había llegado a la floristería. Decidí esperarle en la terraza de un bar cercano. A pesar del cielo despejado de nubes, hacía menos calor. En media hora cerrarían las tiendas. Me entretuve observando los paseantes, que llenaban el Paseo de Gracia, los automóviles, los tranvías, las letras apagadas de los anuncios luminosos. Después de la limonada pedí una ginebra.

En la tienda, una mujer rubia con un elegante vestido negro me rogó, con una seña, que esperase. Los aromas eran fuertes allí dentro. La rubia dejó de hablar con el hombre bajito, al que unos lacios pelos le resaltaban la calva.

—Quisiera encargar un centro. No sé las señas aún, pero, en todo caso, se las comunicaré a primera hora de la tarde.

—De acuerdo, señor. ¿Qué le parecen unas camelias?

—Bien, sí.

Tenía una piel cuidadísima, que mejoraba su apretada obesidad. Le seguí, con la vista fija en sus caderas, hasta el fondo de la tienda. Nos enseñaba un cuenco de camelias, cuando llegaron Foz y Emilio.

—Perdona, Javier. Te acuerdas de Alberto Foz, naturalmente.

—¿Cómo estás? Claro que me acuerdo.

—Mi querido Javier... ¡Cuántos años sin verte! —me abrazó—. Nunca quieres venir por nuestro pueblo, eh. O vienes y no me avisas. ¿Qué debo hacer para ser amigo tuyo? Buenos días, Paulita.

—Buenos días, don Alberto.

—Pero si cuando vengo estás siempre en el extranjero.

—Ah, hijo, no me extraña. ¿Me encuentras más viejo? Claro, qué me vas a decir. Pues he cumplido ya los sesenta y tres.

—¿Es posible? Parece que tienes cincuenta.

—Paulita, estos señores se molestan por mandarle unas flores a mi mujer.

—Ah, magnífico. A S'Agaró, [412] entonces.

Emilio descubrió al calvo bajito que husmeaba por la tienda y vigilaba la confección de un enorme ramo, al que hacía añadir una nueva clase de flores de vez en cuando. Guiñó los ojos ante la inclinación de cabeza de Emilio.

—Ah, amigo mío.

Foz me apartó suavemente y avanzó con la más ruidosa de sus sonrisas. [413]

—¡Señor Director!

—¡Ah, amigos míos!

—¿Cómo se encuentra, señor Director? —preguntó Emilio.

—Sabe usted la dirección, ¿verdad?

Paulita, con su aureola rubia y su personalísimo perfume, movió el índice de la mano derecha coquetamente.

—Oh, si usted me hubiese dicho desde un principio que se trataba de los señores de Foz, con lo que aprecio a don Alberto... Mire, es el Director —bajó la voz— de...

—¿Cómo?

—Una personalidad, ¿sabe?

---

[412] Si no es una calle de la capital catalana o el nombre de una villa, ha de suponerse la localidad próxima a S. Feliú de Guixols y Sa Conça ya citada.

[413] *Vid.* nota 129.

Foz prodigaba sus risotadas, en contrapunto a las desiguales sonrisas de Emilio, que se apoyaba en un pie y otro, como si danzase. El chaleco del Director iba ribeteado de piqué blanco. Paulita recibió los billetes distraídamente.

—Pero usted nunca descansa.

—Ah, el descanso.

Paulita se movía de un lado para otro. Acabamos todos pendientes del ramo del Director.

—Es una maravilla.

—Ah, las flores... No hay nada como las flores.

—Sí, señor Director. Según he leído, su viaje por Andalucía ha sido un triunfo completo.

—Inenarrable, señores míos.

—Nos tiene usted muy olvidados.

—Señores, el trabajo me impide tantos placeres... Algún día me libraré de esta cadena.

—Nosotros encantados por usted. Pero Dios le conserve mucho tiempo el cargo, para bien de esta tierra.

—Oh, esta tierra... Créame que Cataluña va siempre dentro de mi corazón.

Paulita cuchicheaba al teléfono. Un chiquillo, con un largo mandil gris, colocó el cartel de cerrado en la puerta de vidrio.

—Y usted en el nuestro. [413]

—Lo sé, lo sé, amigos míos —movió los dedos de una mano a la altura del hombro; Paulita se apresuró a acercarse—. Querida amiga, confío plenamente en usted. Señores, muy honrado.

La puerta se abrió, volvió a cerrarse y el grupo se disgregó.

—Cuando queráis —dije.

—No te lo he presentado, porque ya sabes cómo son estas eminencias —dijo Emilio.

—Le molesta que le presenten gente, ¿comprendes? —Foz entonaba como el señor Director, ampuloso casi—. Como es demasiado importante, supone que se le va a pedir algo. Lo que daría yo porque Paulita me comunicase el destino de ese ramo.

—Don Alberto, don Alberto, ¿qué le parecería a usted que traicionase sus secretos delante de estos señores?

—Aaah, esta Paulita es terrible.

—Vamos a comer con Foz —dijo Emilio—. Se ha escapado antes del despacho, por venir con nosotros.

—Muy bien.

Foz, que salía con la cabeza medio vuelta hacia las sonrisas de Paulita, tropezó con dos muchachas que bajaban por la acera cogidas del brazo.

—Hasta siempre, don Alberto. Adiós, señores. Muchas gracias.

El chófer cerró la portezuela, rodeó el automóvil y, ya con la gorra puesta, se sentó al volante.

—Es extraordinaria esta mujer. Y guapetona, eh. Mira, aún puede despertar pasiones.

—Qué simpático es el Director, ¿verdad?

—Simpatiquísimo. Y un hombre muy sencillo, muy campechano. Conviene frecuentar la tienda de Paulita. Te lo tengo dicho, Emilio.

—Eso queda para vosotros, los grandes banqueros. Yo casi no conozco a nadie. Yo, escucha, no soy más que un humilde fabricante.

—¿Oyes esto, Javier? —me golpeó el muslo—. El gran sinvergüenza... Hace unos meses, cuando lo de los créditos, el Consejo pensó en recurrir a ti. ¡Un humilde fabricante! Muy simpático el Director. No, gracias, antes de comer no fumo. Dispepsia. No te lo he presentado porque siempre teme que le pidan una recomendación.

—Nada, hombre, no te preocupes.

—Tú, además, en Madrid, con todos los Ministerios a tu alcance... Eh, Emilio, fíjate. Éstos son los afortunados.

—Ellos, ellos —rió—. Pues se acordaba de mí. ¿Y a quién le mandaría las flores?

—Esta Paulita... Pero es cierta su discreción. Jamás descubre nada ni pregunta. Está viuda.

—¿Viuda?

—Sí, viuda. De un alto cargo republicano, al parecer. Ella era joven, la engañó, se la llevó en el 38, cuando la retirada, pasó mil calamidades en Méjico. Luego se quedó

viuda y volvió. Ella, la pobre, no había hecho nada. Un caso
lastimoso. Pero vale, lleva el negocio muy bien. Se la ha
ayudado, naturalmente.

Llegamos a la falda del Tibidabo. Esperé a que estuviésemos sentados en la terraza, desde la que la ciudad era una
larga extensión de colores y formas desiguales. Emilio terminó de encargar el menú.

—Bueno, éste ya te habrá hablado de...

—Todo arreglado. Foz ha cogido el teléfono y en dos
minutos lo ha arreglado todo.

—¡Pues no faltaba más!

—Te digo que milagroso.

—Gracias, Alberto. Emilio te explicaría lo desagradable
del asunto.

—Quita, por Dios. Una monstruosidad. Esas pobres criaturas implicadas en un caso de crónica negra... Y, encima,
por una tontería, por una cabezonada de ese hombre. Gracias —examinó la carta de los vinos—. Chateauneuf du
Pape. ¿Os parece?

—Sí, sí —dijo Emilio.

—No os volverán a molestar y, claro, lo del Juzgado queda sin efecto. Pero si es inútil. Si según me han explicado,
el caso está ya resuelto. O casi resuelto. He dicho quiénes
sois, quiénes son vuestros hijos. ¡Adorables niños, qué asustados se encontrarán!

—Un día tienes que ir por Velas Blancas.

—Gracias, Emilio. Oye, Javier, después de comer te voy
a robar media hora. Dejamos al humilde fabricante en su
despacho, para que vigile cómo entra el oro a chorros, y te
consulto un par de cosas.

—Lo que quieras.

—Se trata de unos terrenos que tenemos en Alicante. Es
sólo una idea, un proyecto muy difuso, pero pensaba construir por allí algo parecido a vuestra colonia. Como explo-
tación comercial. Nada de lujos. Yo sólo puedo veranear en
S'Agaró y, como las cosas continúen así, el próximo verano
los chicos no salen de la calle de Balmes.

—Continuarán así.

—Hombre, Emilio, no seas pesimista

—¡Pesimista! Mira, Alberto, esta mañana Javier y yo estuvimos a ver a Augusto.

—¿A Augusto Mondoñedo?

—Pues no estaba.

—Claro, si veranea en Málaga.

—No sabíamos que estuviese en Málaga. Antes de molestarte a ti, fuimos a Augusto.

—Mal hecho.

—Yo me puse a charlar con el secretario. Desde allí te telefoneé. No sé si conoces a su secretario. Un chico joven, muy listo...

—Sí, sí, muy competente.

—Como es lógico, vinimos a parar en lo del discurso. Has leído el discurso, claro. Yo no soy una potencia en algodón, [414] pero...

—Bueno, Emilio, si sacas lo del algodón, me indigestas la comida.

Hasta los postres hablaron del algodón. El vino me llenaba de una fruición silenciosa. A lo lejos, en la neblina, que debía de ser ya el mar, terminaba el profuso panorama de las fachadas, las azoteas, la mancha verde del Parque Güell, las torres de la Sagrada Familia, las chimeneas de las fábricas, bajo un bloque de luz cristalina incrustado en las calles. De repente experimenté una conocida sensación de potencia y bienestar, últimamente olvidada; algo muy compacto por todo el cuerpo, que me mostraba el mundo en un orden claro. Cuando Emilio quiso pagar, supimos que el chófer de Foz había abonado ya la cuenta. Emilio encargó unos habanos.

—Pero ¿visteis a esa chica? —preguntó Foz.

—¿Qué chica? —dije.

—Sí, la vimos. Espeluznante.

—¿Desfigurada?

—No, no —me apresuré a contestar—. Estaba quieta, dormida, como con un sueño fingido. Tenía una boca de una belleza rara.

—No me acuerdo.

[414] *Vid.* nota 238.

—Yo, sí. La vi en la playa y, luego, en la caseta del antiguo guarda. Parecía haber sido alguien realmente interesante, la chica. Y, ya ves, resultó una ramera.

—Es doloroso —Foz se escarbó en los dientes con un palillo, la mano izquierda como pantalla de la boca—. Y la mala pata de esos chicos que iban con ella. ¡Sobre todo, de las chicas! En una sociedad como la nuestra, tan pacata. La verdad es que nosotros tampoco éramos así, caray. A nosotros ni se nos ocurría coger el Hispano [415] y marcharnos de viaje con una prostituta y dos muchachas de nuestra clase.

—No —dijo Emilio—. Da miedo cómo evolucionan los jóvenes.

—Yo a mis hijos les parezco un extraño. Y no os digo ellos a mí. Con sus costumbres de negros.

Dimos un corto paseo por la explanada del funicular. Después de dejar a Emilio en su despacho, Alberto me llevó al suyo para exponerme con planos, con estudios económicos, con memorias y con aclaraciones personales, sus proyectos sobre los terrenos. Me escuchaba con una atención concentrada, sin sonreír, emanando una especie de solidaridad que me facilitaba el pensamiento. Me asombró que fuesen las seis, cuando me despedía de Alberto Foz.

—Te lo agradezco, pero prefiero andar hasta el hotel. Alberto, muchas gracias por todo.

—A ti, gran hombre. Dile a Emilio que cojo vuestra invitación. La semana próxima me tenéis en Velas Blancas. Vuelvo a repetirte que el coche [416] está a tu disposición —me estrechó la mano—. Como quieras… Ah, oye, no dudes un momento en llamarme si os molestasen otra vez. Que no creo. Recuerdos a tu mujer.

Antes de ducharme telefoneé a Emilio. Me contestó, distraído, que tardaría una media hora. Nada más colgar, tuve la idea de llamar a Angus. La telefonista no me prometió la

---

[415] Un ejemplo más de metonimia del tipo marca por objeto, que aquí es un coche Hispano Suiza.

[416] Javier casi siempre ha dicho "automóvil", como si para él fuese un objeto de mayor estima que para Alberto, acaso porque el suyo sea más caro.

conferencia antes de unos cincuenta o sesenta minutos. Me vestí calmosamente, fumé unos cigarrillos, encargué una ginebra, di un paseo por las Ramblas, compré los periódicos de la noche, los leí en el hall. Cerca de las nueve llegó Emilio, sudoroso.

—Perdona, perdona. No he tenido tiempo de avisarte siquiera —se dejó caer en el butacón—. Un café, por favor.

—Y a mí tráigame otra ginebra. Pero ¿qué pasa?

—Que yo no puedo faltar. Asunción cree que son manías mías, ganas de amargarme la vida. Pero no. Mira, dile que no voy, ¿sabes? Que hasta dentro de tres o cuatro días no volveré.

—¿Tanto trabajo tienes?

—¿Trabajo? Tú se lo explicas, que yo mañana le pondré una conferencia. Que no se inquiete, que estoy bien en casa, que se cuide sólo de los niños. ¿Te marchas ahora?

—Sí.

—Es tarde. ¿Por qué no te acuestas y sales mañana temprano? Mañana a las siete tengo que estar en el despacho. No, no puedo faltar.

—Prefiero conducir por la noche, que hace menos calor.

—Todo amontonado, sin resolver, sin atender los pedidos... Te digo que cuando autorizo las nóminas, firmo un robo. ¡De mi dinero!

La noche estaba clara. Por la ventanilla, ya fuera de la ciudad, penetraba un viento frío. Me detuve en un restaurante a tomar una tortilla francesa, una salchicha y una botella de cerveza. Me encontré menos fatigado cuando otra vez cogí el volante. La carretera, durante varios kilómetros, bordeaba el mar, que quedaba, a veces, al mismo nivel y otras en lo hondo de unos acantilados. A la salida de un pueblo me pararon los agentes de tráfico para revisar mis documentos. En una y otra dirección circulaban muchos automóviles y camiones.

Al llegar al pueblo de Angus dejé la carretera general. [417] Las calles estaban solitarias. Me detuve en la oscuridad,

---

[417] "Angus, dejé la carretera general". El pueblo puede ser S. Feliú de Guixols.

desde donde distinguía los perfiles del chalet. Fumaba despacio, amodorrado casi. Si Angus no había deshecho el paquete, estarían resecos los dulces comprados para los pescadores. Luego descubrí que pensaba en Elena, en los planos de Foz, en mi sed. Con los faros apagados, di la vuelta. [418]

Apenas si duró la gasolina hasta Velas Blancas. Las suelas de mis zapatos crujieron en la grava del sendero. Olía a tierra mojada. Tanteando por el vestíbulo y por el pasillo fui a la cocina. Unos puntos marrones corrieron por el suelo al encender la luz; se inmovilizaron. Con la sangre agolpada en las mejillas, no supe qué hacer durante unos segundos. Por fin, busqué una escoba, pero, antes de que llegase a levantarla, las cucarachas desaparecieron por las rendijas de las baldosas, en el suelo y en las paredes.

Bebí agua glotonamente. El sueño, la fatiga, también el bienestar, me los había arrebatado en un velocísimo instante la visión de aquellos animaluchos. Salí al jardín. Mi ira creciente se empecinaba en el absurdo de las cucarachas por mi casa nueva, que tanto me había costado. Tardé mucho en recordar la existencia de los insecticidas.

## 34

Claudette acababa de servirme un Martini. [419] Desde la veranda veíamos a los albañiles, que cerraban la cerca divisoria con el jardín de Amadeo. Dora apareció en la calle. A la mitad del sendero comenzó a hablar.

—Ese hombre... Ha vuelto ese hombre, Javier.

—Pero ¿qué quiere? —dijo Claudette.

—Amadeo, que le vio llegar, está con él en casa. Pero es a ti a quien busca. Date prisa. Voy a la playa a recoger a los niños.

—Tranquilízate, Dora.

---

[418] Este "dar la vuelta" es, sobre todo, simbólico, la vuelta definitiva a los orígenes, que se comentó en la introducción.
[419] Recuérdese lo que sobre otra bebida se dijo en nota 52.

—Espera, te acompaño —Claudette bajó los escalones de la mano de Dora.

En un par de tragos, dejé vacía la copa. Me puse en marcha con calma. Un halo de polvo blanco rodeaba a los tres hombres, caía sobre la tierra y la hierba. En dirección contraria, por la calzada, Rafael se dirigía hacia casa.

Julio se levantó cuando entré en el living.

—Buenos días, don Javier. Necesito pedirle un favor.

—Bien, yo les dejo.

—No —se volvió hacia Amadeo—. Por mí, puede quedarse.

—Siéntese. Usted dirá.

—Sé que estuvieron hablando ustedes con mis superiores —se aseguró las gafas—. Es lógico. Yo nunca quise causar a ustedes más molestias de las precisas. Solicité esas citaciones porque... Pero es lógico que ustedes no permaneciesen quietos. Si tiene tiempo, yo...

—Tengo tiempo.

—Hace dos días, el sábado, les pedí que me dejasen hablar con los niños. Ustedes se negaron.

—Justamente —dijo Amadeo.

—Continúa siendo preciso que yo hable con ellos.

—Me temo...

—Perdone —la mejilla izquierda le tembló—. Les diré qué he de preguntar a los niños. Y cómo he de hacerlo, si ustedes acceden.

—Supongo que no es inmotivado su deseo de interrogar a los niños. Siempre lo he supuesto. Por otra parte, nunca pretendí obstaculizar su trabajo. Respeto mucho lo que usted hace. Es más, lo admiro. Usted cuida de la tranquilidad de todos nosotros, incluso arriesga la suya propia. Y me temo que no por un sueldo muy elevado —el inspector cabeceó, con una incierta sonrisa—. Pero usted no tiene hijos.

—No, no, señor.

—Si los tuviese... Hijos pequeños, como son los nuestros. Usted haría lo que nosotros hemos hecho. Estoy dispuesto a escucharle ahora y siempre que desee.

—Gracias —carraspeó, al tiempo que juntaba las yemas

de los dedos—. Ya le expliqué que todas las personas complicadas en este caso se habían ratificado una y otra vez en
sus primeras declaraciones. Pero que existía un hecho que
ninguna de ellas justificaba. La chica —subió el tono de la
voz— estaba borracha. En la barca que alquilaron en la
aldea siguieron bebiendo. Allí mismo murió. Se asustaron,
la dejaron en la playa, huyeron. Bien. Nadie de la aldea, ni
del camping, nadie en absoluto, pasó en todo el día por la
playa. Sus hijos fueron los que descubrieron el cadáver. La
chica estaba desnuda. Los otros dicen que la dejaron vestida.
Es más, hasta con un pequeño bolso en el que llevaba dinero y documentos.

—¡Oiga! —gritó Amadeo—. Los niños no son unos la-
drones.

—Yo no he dicho que...

Amadeo, puesto en pie, atravesó la habitación, hasta tro-
pezar con un sillón.

—¡Sí! Ha insinuado que los niños robaron a esa mujer.
Que le quitaron su bolso, sus vestidos. ¡Es ridículo! Unas
criaturas que no levantan tres cuartas del suelo, desnudando
un cadáver.

—¿Quién lo hizo entonces?

—¡Yo sé quién! Los que la mataron...

—Nadie la mató.

—... o los pescadores, para robarla. ¡Ellos! Ellos sí tenían motivos para robar, esos muertos de hambre, hijos
de...

—Siempre han negado y creo que no mienten.

Continuaban gritándose sus hipótesis. También Julio, de
pie, floja la corbata, se había desabrochado el cuello de la
camisa. En el vestíbulo, Rufi y Leles escuchaban. La niña,
cogida a la falda de Rufi, chupaba un caramelo engastado
en un palo. Amadeo y el policía callaron cuando yo salí de
la habitación. Me detuve en la veranda, sin indecisión ya.

—Rufi.

—Dígame, señor.

—Que Leoncio o Rafael empiecen inmediatamente a va-
ciar la piscina.

La mano del inspector sobre mi antebrazo me retuvo suavemente.

—Gracias —dijo.

—Tú, Amadeo, hay que encontrar a Joaquín.

No estaba en su casa, ni en la playa. En un cuarto de hora se organizó la búsqueda. Sudaba a chorros cuando llegué a la piscina, que bajaba de nivel. Santiago buceaba. Tranquilicé a las mujeres. Andrés, en pijama, reía de las palabras de Marta, que le narraba lo sucedido. Ernestina y yo nos dirigimos hacia la aldea en la moto. Amadeo y Rafael, en la furgoneta, tomaron la dirección del pueblo. Luisa y Karl debían recorrer la costa.

—Pero ¿cómo se habrá enterado de que estamos detrás de él?

—Es listo como un lince. Y tiene la conciencia intranquila, se huele las cosas. El día de mañana va a ser un águila de los negocios, si antes no termina en la cárcel o estrellado desde un árbol.

—No digas esas cosas, Javier.

—Déjame aquí.

Ernestina regresó a la colonia y yo comencé a subir por el pinar. Descansaba de vez en cuando, húmedo de sudor. A las dos horas, me tendí a la sombra. El cansancio me impedía recordar las conversaciones de aquellos últimos días con Joaquín, sus correrías, sus escondrijos. Continué una media hora más y, por fin, decidí bajar. Llegué a media tarde, polvoriento, sucio, con una costra de saliva en el paladar. La piscina no contenía ni medio metro de agua en su parte más profunda.

—No ha aparecido —me comunicó Marta—. Ni han encontrado nada.

En el living hablaban las mujeres. El humo de los cigarrillos enturbiaba el aire quieto; platos, tazas, copas, botellas, llenaban las mesas y la repisa de la chimenea. Elena, mientras yo bebía un vaso de limonada, me miró. Sus ojeras y la falta de maquillaje resaltaban sus pómulos quemados por el sol.

—No te preocupes. Todo lo más tarde, aparecerá a la noche.

—Andrés ha salido también, porque está muy preocupado.

En una boca de riego del jardín me mojé la cabeza y el pecho. Las olas alcanzaban flojamente la playa, en la calma de la tarde desierta. Oí los gritos de Rufi, que me hicieron correr sendero arriba.

—Lo han encontrado el señorito Santiago y la señorita Ernestina. Por los campos.

—Pero ¿bien?

—Sí, señor. ¡Gracias a la Virgen! Se puso a dormir a la sombra de unos matorrales. Ahora no quiere decir nada.

Hice un esfuerzo y seguí corriendo. Don Antonio caminaba hacia casa.

En la habitación llena, el inspector, apartado de los demás, se apoyaba en la chimenea. Sentado en el borde del diván, Joaquín comía un bocadillo de jamón. Me abrí paso y, entonces, todos callaron.

—Parece ser que has hecho una buena excursión —levantó los ojos y sonrió; me senté junto a él—. No me extrañaría nada que tus padres enfermasen con una de estas tuyas. ¿Nunca te paras a pensar en tus padres, cada vez que te largas por ahí? —dejó de masticar; tenía el entrecejo fruncido, cuando le pasé una mano por los cabellos revueltos—. Bueno, lo que ahora interesa es que digas dónde tienes las ropas que le quitaste a aquella mujer.

—Ésos son unos chivatos, que se lo inventan.

—Ninguno de éstos te ha delatado.

—¡Son unos chivatos! Y han roto el juramento.

Enrique y las niñas rompieron a llorar. Asunción quiso tranquilizarles.

—Ay, si estuviese aquí vuestro padre...

—Callaos vosotros.

—Ya veréis cuando se entere.

—Calla, Asunción. Tú, Joaquín, no es cierto que te hayan...

—Sí, es cierto —dijo Andrés—. Ellos lo han contado todo, porque son unos niños honrados. Sólo mi hijo se empeña en negar la evidencia, aunque ve que eso disgusta a su madre y me avergüenza a mí. Pero es verdad que le quitaron las ropas.

—No he dicho que sea mentira —dejó caer el bocadillo.

—¿Hiciste eso, Joaquín?

—Sí, lo hice. Yo también soy honrado.

—¿Por qué? —Andrés se sentó en el lugar que yo había dejado y rodeó con un brazo los hombros de Joaquín—. A ti, que dirigías la banda, se te ocurrió la idea, ¿no?

—Primero vimos el bolso. Pero no le quitamos el dinero ni nada. Éstos no sabían cómo era una mujer. Decían que las mujeres son igual que los hombres. Yo les dije que no.

—Sigue.

—Una vez vi una fotografía. Y, además, se podía hacer un tesoro. Juramos que era secreto —Enrique redobló sus sollozos entre los brazos de Dora—. Le corté la tela con mi navaja. Sólo la que no salía. Pero yo no he roto el juramento.

—Bien, Joaquín, ¿dónde guardas el tesoro?

Se soltó del brazo de Andrés, su mirada persistía sobre mí. Una larga mirada, suplicante, atemorizada.

—Yo sé dónde está. Hace poco, tú mismo tú me lo descubriste.

—Javier, por favor —dijo Elena.

—El día que me enseñaste tu escondite, en la tapia. Tu guarida. Tienes tres sillones de mimbre medio rotos, una mesa de piedras y unos cajones de botes de leche condensada. ¿Ves cómo me acuerdo? —dio unos pasos; para continuar mirándome, tuvo que echar atrás la cabeza—. Pero no pienso decir nada. Eres tú quien debe confesar el lugar del tesoro. Yo no quiero traicionarte.

—Joaquín, Javier confía en ti.

Con los dedos entrelazados a la altura del pecho, le temblaban las manos.

—¡Mentira! No se acuerda de nada, no se acuerda de dónde le dije que guardaba el plano del tesoro —las lágrimas le mantenían líquidos los ojos—. Si se hubiese acordado, lo habría dicho ya.

—Hijo...

—¡Déjame!

En los hombros se denotaba, por unos leves estremecimientos, su esfuerzo por reprimir los sollozos. Avanzó entre
los que llenábamos la habitación, casi ciego, en una serie de
vueltas hacia un lugar que parecía olvidar. El inspector salió
a su encuentro y le cogió en brazos.

—Eres valiente. Le voy a escribir al jefe mayor de toda
la policía, que eres el niño más valiente de España. Si no
lloras.

—No lloro.

—Me gustan los hombres tan valientes como tú. Fíjate,
qué risa, que me has tenido más de un mes buscando tu
tesoro.

—Está en el cuarto de los trastos viejos, en la bolsa de
viaje de mamá.

Elena gritó agudamente.

Más allá del crepúsculo, que iluminaba con una luz violeta las copas de los árboles, había un resplandor amarillo.
Percibí que me habían seguido, cuando Ernestina se cogió
de mi brazo; Amadeo, a mi derecha, me ofreció un cigarrillo.

—Vamos a dar un paseo —dijo Ernestina.

Atrás quedaba la casa, con las luces eléctricas recién encendidas, con el murmullo de las voces, las lágrimas y los
gritos. Estuvimos por la carretera hasta que fue noche completa. Al regreso, nos iluminaron los faros del coche del
inspector. Amadeo y Ernestina hablaban de los niños, del
calor, de lo que habían adivinado o no en el transcurso
del día.

—¿Os acordáis —dijo Amadeo— qué disgusto tuvo Emilio, porque los niños habían contemplado a una mujer desnuda?

—Y porque Javier les había explicado la anatomía feme-
nina. Claro que me acuerdo.

—Pues verás cuando sepa que los niños desnudaron a
una muerta. Les tiene a pan y agua hasta diciembre.

—Bueno, a todo esto —dijo Ernestina—, ¿se sabe algo
de la familia de esa pobre desgraciada?

—No —mentí—. Quizá no tuviese familia.

—Mira, están en casa.

Habían instalado los sillones a unos metros del porche iluminado. Marta preparaba las bebidas. Claudette, con las piernas cruzadas, movía el zapato sobre los dedos del pie.

—¿Te das cuenta, Luisa —dijo Andrés—, cómo hiciste bien en quedarte? En Zarauz no te hubieras divertido tanto.

—Andrés, eres un superclase —Luisa le besó en la frente—. Me enamora la gente con sentido del humor.

—No, gracias, Marta.

—Pero, Andrés, ¿no bebes? Seguro que es mañana tu día de médico.

—No —dijo Andrés—. Es que voy a acercarme un momento a ver a Joaquín. Luego, cuando vuelva.

Derrumbado en el balancín, descansé la cabeza en los almohadones del respaldo. Me sentía sucio y me dolían terriblemente los riñones.

—Gracias.

El vidrio del vaso estaba frío, como una caricia. Aquella terca nostalgia se deshizo después del primer trago. A fin de cuentas, Angus no era más que una prostituta, a quien encontraría siempre que desease en Madrid. Al invierno. Tras el segundo trago me di cuenta de que era ginebra.

—¿Falta mucho para el invierno? —pregunté inconscientemente.

Las carcajadas me hicieron abrir los ojos.


35


Rufi puso la comunicación en el despacho.

—¿Qué haces? —preguntó Elena.

—Llevo dos horas trabajando. ¿Y tú?

—Completamente sola. ¿No ibas a bajar a la playa?

—Sí, creo que sí —nos reímos juntos—. Creo que salgo de inmediato.

Enrique estaba sentado en los escalones de la veranda.

—No me gusta verte ensimismado, como si te hubieras vuelto tonto.

—No tengo nada que hacer —se puso en pie y me siguió.

—Vete a jugar.

—¿Vas a la playa?

—Sí.

—¿Me dejarás que vaya con vosotros?

—¿Con quién?

—Con vosotros. En la "Marta".

—Ah, es cierto —miré el reloj—, bueno. Pero aún falta media hora. Hasta las doce no salimos. Espérame en la playa, que he de acercarme a casa del tío Andrés.

—El tío Andrés se fue con Joaquín muy temprano. A comprarle juguetes.

—De todas maneras, espera en la playa. Seguro que puedes ayudar a preparar la barca.

Me entretuve en la esquina, hasta que Enrique desapareció por el camino. Silbaba, mientras subía por el centro de la calzada. En lo alto de la calle, las sombras de los árboles formaban unas oscurísimas manchas sobre el asfalto, sobre la tierra, en el césped. Elena me esperaba en la veranda. Nada más cerrar la puerta del living nos besamos.

—¿Te encuentras bien?

—Sí —me senté en el diván—. ¿Y tú?

Elena me acercó un zumo de frutas. Deliberadamente, sin duda, llevaba aquel vestido, que le dejaba la espalda desnuda.

—Yo, muy bien. Andrés se ha llevado a Joaquín por dos o tres días, para distraerle. ¿Vas a salir al mar?

—Sí. ¿Cómo estaba Joaquín esta mañana?

—Alterado por el viaje. Se le pasará pronto el berrinche. ¿Has trabajado realmente?

—Desde hace dos horas. Me levanté, me senté en el despacho y hasta que tú me has llamado. Tenía montañas de cartas sin contestar.

—Si no te importa… —cogió el frasco de laca—. ¿A qué horas salís?

—A las doce, según me dijo Amadeo. Tengo ganas de pescar, de bañarme en alta mar. ¿Por qué no vienes con nosotros?

—No tendré tiempo —graduó las persianas para dejar entrar más luz—. Volvéis muy tarde. ¿Está bien el zumo?

—Muy bien.

Vista de perfil, en la raya de luz que limitaba la penumbra, Elena parecía más joven. Inclinaba el rostro hacia las uñas y movía casi imperceptiblemente la cabeza. Cuando terminase el zumo, me levantaría a besarle la curva del hombro, donde la carne se abombaba ya en el arco de la espalda.

—Había olvidado lo guapa que eres.

Me miró sonriente, durante unos segundos. Nadie en la aldea me confió que les habían alquilado una barca. Posiblemente, Angus escribiría un día u otro. Elena examinaba las uñas, que rojeaban al final de su mano extendida. Fuera, la tierra crepitaba de calor, como en un burbujeo de arena o de resina.

—Tienes que perdonarme —bajó el brazo.

El tono banal de su voz me desorientó.

—Te perdono.

—Sé que lo has hecho. Pero debía decírtelo, porque estos últimos días no me porté bien contigo.

—Elena, olvida estos últimos días. Todo ha vuelto a ser como antes.

—Tú me faltabas —se había levantado— y eso me ponía nerviosa, estúpida y, sobre todo, torpe. Estoy —avanzó lentamente, rodeando la mesa, con los brazos extendidos hacia adelante— acostumbrada a no pensar, ya lo sabes. Desde hace mucho tiempo, tú piensas por los dos. Y, de pronto, tuve que arreglármelas por mí misma.

Arrodillada en el diván, apoyó los antebrazos en mis hombros.

—Lo hiciste bien.

—Tienes razón, hay que olvidarlo —resbaló de costado, al tiempo que yo le estrechaba la cintura—. Ten cuidado, no te manches —las líneas paralelas de sus brazos apretaron mi cuello—. ¿Me quieres?

—Naturalmente que te quiero. Suenan un poco ridículas estas declaraciones, ¿verdad? —frotó su nariz contra mi mejilla—. Por mí, claro. Tú aún estás joven.

—Oh, ¿y tú no?

—No tan joven, digamos. Hay momentos en que recono-

ces que ya no tienes las energías de los veinte años. Eso me
ha pasado a mí.

—¡Tonterías!

—Déjame que te dé un beso rápido.

Después ella se separó, bajó los párpados, que tardó en
levantar, con una mueca que me recordó una tarde de lluvia.

—¿Te acuerdas de una tarde en que llovía mucho y espe-
rábamos…?

—Oye, no me agrada oírte eso de la vejez. Perdona, ¿qué
me decías?

—Nada. Pero, Elena, entiende que es una broma y una
mentira. Jamás me he sentido menos viejo.

—No es una broma, seamos sinceros. Piensas que has
vuelto a casa porque ya no eres joven. ¿Es así o no?

—No.

—¡No, no y no! Has vuelto porque eres un hombre. Un
hombre de una vez.

—Elena, cariño, eso se cantaba en las zarzuelas.

—Tómame el pelo.

—Estoy muy contento. Escucha —puse las manos sobre
su falda—, ahora en serio. Dices que yo he pensado por ti y
puede que sea cierto. Pero tú vales por ti misma, porque tú
sola has sabido hacer lo conveniente. Sí, será mejor que lo
hablemos todo, como hemos hecho siempre.

—Javier…

—Hiciste perfectamente en no abandonar a tu marido por
mí, Elena. Tú, Elena, sabes cómo es la vida, cómo hay que
vivir, incluso cuando yo lo he olvidado. Regresé, porque si
no estoy con los míos, ¿con quién voy a estar? [420] Y me gusta
estar con los míos, créeme. Sobre todo ahora, que ya no me
considero el padre salvador del mundo —terminé, riendo.

—Oh, con lo emocionante que era lo que has dicho y, al
final, lo estropeas con tus gracias. Te quiero mucho.

—Yo a ti… Bueno, aquí, en cualquier momento, entra
alguien y… Te necesito, con intereses por todo el tiempo
que me has faltado.

---

[420] Para algunos críticos este argumento es una clave de la novela: Javier ha de permanecer con los miembros de su clase social.

—Del cien por cien.

De pie, contra la pared, la sujetaba firmemente, ahogado en su aroma, en el conocido contacto de su pelo, en la luz que la persiana descomponía en franjas.

—Oh, tú, tú, tú —empujé su cuerpo—. Un poco de sentido común. Decídete a salir con nosotros.

Me acompañó hasta el jardín, con nuestras manos asidas. A pesar de caminar por la sombra, sudaba. En el principio del sendero me detuve a examinar el cartel recién puesto, con la pintura negra aún blanda. PROHIBIDO EL PASO, CAMINO PARTICULAR. [421] Antes de llegar a la playa me quité la camisa. Amadeo y Santiago se inclinaban en cubierta sobre el motor de la barca, varada en la arena. Los niños corrieron tras de mí, mientras me desprendía de las sandalias. En el agua insólitamente fría nadé durante unos minutos.

Dora aseguraba las estacas del toldo, con la ayuda de Asunción y de Luisa.

—Tardaremos en salir —dijo Santiago.

—Cuando queráis, no tengo prisa —la arena quemaba la planta de los pies—. Hola, Asun. ¿Te llamó Emilio?

—Ay, Javier, estoy muy contenta. Esta mañana tuvimos una conferencia de más de un cuarto de hora. ¡José, ese gorro! Te dará una insolación.

—Colócate aquí.

—Deja, Dora. Me voy a poner un rato al sol. ¿Me das una toalla? —don Antonio levantó la mirada del periódico—. Gracias. El agua está muy fría.

—José. ¡José!, no os sentéis en la orilla, que está muy fría el agua.

—¡Andá, fría!

Extendí la toalla cerca de la sombra del toldo de don Antonio, coloqué el tabaco y las cerillas dentro de la bolsa de plástico y me tumbé. La camisa de don Antonio tenía estampada una enorme palmera en la espalda. Por el borde del sombrero, en la frente, un cerco de sudor le marcaba

---

[421] Esta leyenda también es simbólica, como se vio.

una arruga más. A pleno sol, Claudette instalaba su caba-
llete.

—¡¿Qué pasa?! Si queréis, voy a ayudaros.

—Son las malditas bujías, como siempre.

Enrique saltó, apoyado en los hombros de Santiago.

—¿Han vuelto Juan y el chico? —preguntó Amadeo.

—Ese motor... —masculló don Antonio—. Cualquier día
les deja a ustedes al pairo.

—Si el tacaño de Amadeo le pusiese el Johnson [422] de doce
caballos...

—Una canoa para hacer esquí es lo que se necesita —dijo
Marta.

Don Antonio asomó los ojos por encima del periódico.

—¿Qué hay por el mundo? —dije.

—Bah, guerras, revoluciones, accidentes, locuras... El
mundo se ha vuelto loco.

—¡Que te estoy esperando, Ernestina! —dijo Claudette.

—Aquí hay paz —crucé las manos bajo la nuca.

—Sí, aquí es distinto —don Antonio dobló el periódico,
después de habérmelo ofrecido con un gesto—. Hace un
tiempo espléndido, los críos juegan, las mujeres murmuran
y nosotros descansamos. Es mentira que todo marcha mal,
como aseguran los resentidos y los fracasados. Uno se pone
enfermo leyendo el periódico —don Antonio sacó una novela policíaca de debajo de la silla, donde amontonaba sus
bolsas, las botellas, la carpeta—. ¿Dice usted que está fría?

—Muy fría.

Me di la vuelta. Ernestina, con las manos en las caderas
y las piernas abiertas, tensaba los hombros atrás, al tiempo
que, bajo sus gafas negras, miraba, inmóvil, hacia el mar.

—Pero ¿estás posando al sol?

—No la distraigas —dijo Claudette—. Son sólo diez minutos, guapa.

—Oye, que yo no protesto. ¡Leles!, dame un poco de crema por la cintura.

La arena tenía un sabor caliente, acre. Me sudaba la

---

[422] Otra nueva metonimia del tipo marca comercial por objeto;
en este caso, el motor.

frente sobre el antebrazo. Con un ojo solo, veía la playa en una bruma de luz en movimiento, que se llenaba, a veces, de manchas coloreadas. Por entre las piernas de Ernestina observaba a Claudette, que, la paleta en la mano izquierda, se inclinaba sobre el cuadro, se retiraba. Luisa perseguía a Leles. Aflojé los músculos de los pies.

—¡Ya era hora, hombre! —gritó Amadeo.

Avanzaban despacio, los pantalones remangados hasta media pierna, las camisas atadas en un nudo de dos puntas sobre el ombligo, primero Juan y, unos pasos detrás, el muchacho. Con toda seguridad, la carta de Angus llegaría antes de que yo me decidiese una tarde cualquiera a ir por el pueblo. Juan movió una mano hacia la barca. Resbalé la frente y cerré los ojos. Luego, un olor rancio, como a madera podrida, me aturdió un instante. Sobre la arena flotaba un poco de polvo.

—Oye, tú, ¿le has prometido a Rufi una subida de sueldo? —dijo Dora.

—No recuerdo —me arrastré sobre el vientre hasta la sombra del toldo—. Pero súbeselo, si te lo ha pedido.

Hice pasar la toalla bajo mi pecho.

—Te vas a raspar con la arena —Dora se alejó—. ¿Quién tiene el salvavidas de goma?

—Amadeo, ¿por qué no bebéis algo?

—Dame el neumático para la tía Dora.

—¿Cómo se va a llamar tu marina, Claudette? —pregunté.

—No sé a qué hora vamos a salir —Amadeo saltó desde la barca—. Enrique, vete trayendo los bidones del agua. Y que te ayude José.

—No tiene título.

—Paisaje con sirena —dijo Luisa.

Apoyé los labios en el antebrazo. Ahora, únicamente olía mi piel.

# VARIANTES

76-23 begoñas // 79-9 obscuridad // 82-17 tardó en contestarme... // 83-6 —dijo Rufi y añadió // 83-7 prisa—. Señor,
// 90-18 —Andrés, y ¿si bebieras un poco más despacio?, //
90-21 a obscuras // 91-21 juntos, Santiago y yo // 94-11 obscuridad // 105-31 cambiarme, además // 108-3 algo, que le
escandalizó // 114-4 clarobscuro // 114-31 —Y, ¿te habrás
mojado? // 117-15 aclarar—. Las ruedas // 118-12 turismos
// 121-7 Y ¿don Julio? // 121-13 pesca, y, además, // 121-16
a dos, que // 122-24 Cualquier extranjera, que // 122-39 en
una cala, que // 125-24 Y ¿Dora? // 130-16 —aclararé—
deben // 132-20 en silencio y, luego, bailamos // 136-25
—Luego, se me pasa // 137-25 —Y ¿tú? Pero y ¿tú, sinvergüenza? // 137-37 —No. Y ¿qué? // 138-5 gin-tonic // 138-8
vasos, que tenemos en // 139-21 Que me muera, si sé //
140-32 a cuenta de oleoducto // 141-5 obscuro // 142-2 sustituían mis fugaces pensamientos // 142-9 —Ya. Y ¿los niños?
// 143-7 —Pero ¿dónde iba? // 144-19 Y ¿café? // 144-34
algún comentario, que juzgue // 146-30 —Pues, ya te ha dicho // 147-14 una resaca espantosa, a las doce, // 147-16 las
farolas recién encendidas, // 147-28 crujió, al moverla Amadeo. // 148-20 como un objeto, que se sabe // 149-1 Las
callejuelas, por las que anduve // 149-18 Y ¿los tuyos, Juan?
// 149-19 —El chico regular, // 150-13 Aquí, no. // 151-3
Y ¿qué se dice por la colonia, // 151-11 el cigarrillo, que le
había dado // 151-12 dos muchachos, que enrollaban //
151-20 Trabajar trabajamos // 152-11 un vaso, para que yo
mismo // 152-34 Quizás // 152-36 O si no, // 158-34 su
movimiento, para sonreirme. // 161-7 Incluso, Andrés y Emilio // 161-10 en un sollozo continuo, que nos sobresaltó //
161-13 y a Marta, que // 162-13 —Pero y ¿los otros? //

163-2 las piernas, primero, // 163-24 No me da la gana de
que nuestros hijos sean ¡una canalla! // 164-1 Y ¿qué? //
166-15 un mal rato, atado al árbol, // 167-27 La gente admira, // 169-14 —Bah, no te inquiete // 169-15 descubra //
170-17 —Y ¿de novio? // 171-5 ráfagas de aire, que olían a
mar. // 171-12 del sendero, que conducía a la colonia. //
174-19 Y ¿vosotros? // 174-31 Y ¿Joaquín? // 175-9 Y ¿Joaquín? // 175-13 —Sí, sí —rio— te comprendo muy bien. //
179-5 Enrique, en la bicicleta, // 179-16 Y ¿tú? // 180-24
y a dónde ibas // 180-26 esta situación, que tú has provocado. // 181-7 se porten así; yo no he // 183-18 Y ¿vosotros?
// 184-11 Y ¿Marta? // 184-19 sweater // 185-1 Oye: ¿dónde
está Joaquín? // 185-2 Hace un rato por ahí // 185-6 unos
metros, sin localizar la voz de Joaquín // 186-19 —Y ¿confías en mí? // 187-17 Y ¿una taza de café? // 194-12 con
terrazas entoldadas, me hizo recordar // 194-23 una calle,
que me condujese a la de Angus // 194-29 —¿Por que no
me esperas? // 195-21 obscurecía // 195-24 ¿tú no bebes?
// 195-27 sobre el diván, me sonreía. // 196-19 color de chorizo, que se me ha puesto esta mañana. // 198-26 Y ¿la chica? // 199-5 —Y ¿tu clase de inglés? // 199-12 Y ¿le gustas? // 199-30 —Reímos juntos— // 201-26 obscuro // 204-5
El tictac // 204-16 obscuras // 204-28 obscuridad // 205-33
—Tú la viste, cuando la encontraron, // 206-4 a esa chica,
que apareció // 207-30 Lloro, aunque sólo sea por eso, //
209-7 demasiado olorosa, que me tonificó // 209-23 —Y ¿tú?
// 210-3 Luego, salí a emborracharme, // 210-8 con echarme
del pueblo, si contaba algo. // 211-3 Luego, decidí no preguntarte nada // 211-3 Y, ya ves // 211-10 En ningún caso,
no voy a ir por ahí con el cuento. // 214-21 saloon // 215-20
—Nada, por ahora. // 218-4 —Y ¿esta mañana? // 219-7 del
whisky ese, que nos has ofrecido // 219-25 —Mira, por donde aparecen —dijo Marta // 221-32 Y ¿Andrés? // 222-11
cargado, que los adelgazaba // 224-15 Y ¿tú? // 224-19 Y
¿Karl? // 225-34 —Y ¿la partida de mus? // 230-16 te prometo, // 234-29 obscuridad // 234-30 Levanté la cabeza, en
busca de la luna. // 235-23 —¿nos vamos a cenar? // 237-28
Pues, dormí hasta cerca de // 243-19 Por las calles iluminadas, hacía sonar mis pasos, // 243-26 Y ¿los demás? //
243-31 ambas manos, sobre el estómago // 244-15 sobre él—,
te quiero mucho para quitarte la botella // 245-3 sweater //
245-20 Poor Butterfly // 247-18 Ernestina se rio agudamente, sobre la carcajada ronca de Amadeo. // 253-4 como tú

me ahorco. // 253-19 Y ¿tú? // 255-8 sobre el colchón, al levantarse—. // 256-3 Dejémoslo, para cuando estemos solos. // 256-22 Cuando quieras, tú, me avisas. // 258-31 al fin, dejó de gritar mi nombre, // 261-3 Y, desde las cinco, ¿que has hecho? // 261-10 se puso en pie, sin apoyar las manos // 261-24 cuando volvía la cabeza hacia ella // 261-34 La pacífica felicidad, se llama a eso. // 270-11 un movimiento, que me hizo volver la cabeza // 271-10 Cuando continuaron por la calle, me incorporé, // 271-26 Era tonto y absurdo esperar, que los demás // 273-2 de la puerta de la cocina— han traído el recibo de la luz. // 273-3 Y ¿lo has pagado? // 273-19 y el bañador, en el asiento trasero—. // 273-33 no me hables de eso porque // 273-39 del terraplén, que sostenía el pueblo // 274-11 Sí, te comprendo. // 276-25 —En ti no lo hace nada feo // 283-13 Dentro del coche, quemaba el aire. // 286-20 Y ¿hablaste con ella? // 287-8 diez y nueve // 288-15 y yo, cogiéndomela también // 290-5 Luego, volvió desnuda y chorreando agua. // 290-15 No, ¿y tú? // 290-25 Sobre las bombillas del pueblo, quedaba en sombras el castillo. // 291-23 Al salir de la ducha, oí a Rufi // 293-3 Y ¿Amadeo? // 293-6 nosotros // 293-14 por lo menos, no estorbes // 293-19 Por algunas ventanas abiertas, se veían // 293-24 Sin darme cuenta, comencé a subir a la calle, // 293-25 De pronto, oí // 294-19 A lo mejor, se me ha olvidado, // 295-30 piensan // 296-30 formaba // 296-34 Anduve, mientras me ponía la camisa. // 299-2 hacia las siete, o las ocho // 299-19 secas, que cubrían el suelo, // 299-35 con el pañuelo, me senté en la tierra que olía // 299-37 Traté de no pensar en nada, mientras andaba hacia la colonia // 299-37 oí // 301-12 —Que esta tarde nos reunimos las señoras, para... // 301-35 de su hombro derecho— no tienen más que llamar // 303-29 En la vida, he pensado más de un minuto // 304-30 de los clavos, que la sujetaban // 304-34 que tiré al lavabo, cuando Angus // 305-1 Después, me adormecí. // 305-4 Me despertó, al moverse // 305-25 una puerta trasera, que daba a un callejón solitario // 309-21 Ahora soy yo, el que no le entiende a usted. // 315-21 Le oí correr, mientras me alejaba // 315-28 Se me dobló la pierna, a los primeros pasos // 316-12 Entonces, ¿no estabas impaciente? // 320-18 Baja hacia el sur, porque dice que no hay pesca. // 321-2 La chica se sentó a una mesa, ocupada por otras mujeres // 323-24 De un momento a otro, también puede que entrase Angus. // 324-9 Y ¿si la han matado ellos? // 325-25 Sentí

frío, al vestirme // 326-12 Perdone el señor // 326-14 Molestarme, ¿quién? // 327-24 Y, ¿lo ha conseguido? // 328-8 Tú
¿qué haces? // 328-23 —Y ¿qué han hecho esos chicos? //
329-1 El inspector, que lleva el caso, no estaba. // 329-8 ¿Por
qué era cierto // 329-26 Y ¿a ti? // 331-23 Aún sin sueño //
333-26 Y diles que se inclinen, para enseñarles bien las tetas.
// 334-6 En el azul del cielo, verdeaban // 334-29 —Pues,
a ver si te casas pronto. // 335-17 a lo mejor, se confía demasiado // 335-33 en lo de sus hombres, no les entra //
335-35 por la acera, con los pantalones remangados // 335-39
—dijo Rafael— voy a unas compras // 337-8 usted ya sabe,
que la vida es bastante mala en este pueblo. // 338-7 ¿Quién,
coño, te mete a ti en la conversación? // 340-1 Rafael apoyado en el volante // 340-27 Pero, ¿cómo podíamos figurarnos? // 341-11 obscuridad // 342-8 Me levanté, porque creí
oir unos pasos. // 342-23 Empieza, cuando quieras // 343-13
Elena sin romper su gesto sonrió // 344-16 llena de mentiras,
que // 347-15 suave y conciliador, con que empezó a decir:
// 347-32 vi la mirada del tipo, que nos abrió la puerta del
coche. // 348-1 —¿Por eso, quieres romper con todo? //
348-11 —Pero realmente, ¿no has querido, ¡tú!, comprender?
// 348-25 Resistimos hasta tarde, tú y yo, eh. // 351-14 Angus sentada a la barra // 351-21 postguerra // 351-33 De
pronto, oí sus voces // 352-2 a obscuras // 353-16 al día
siguiente, tengo el vientre movido // 353-25 —Y, ¿qué hizo?
// 353-31 De vez en cuando, temía // 354-1 A la madrugada,
me desperté // 354-12 Dorita, que estaba sentada // 354-16
Tú, ¿estás yà bueno? // 354-19 y se marcharon, cuando entró
Dora. // 355-3 cortinas del ventanal, lucía la mañana //
355-24 María dijo que, luego, subiría a ver al señor. //
355-37 La casa parecía vacía, cuando bajé. // 356-15 Para,
antes del pinar // 356-33 A veces, se pasan momentos malos
// 357-3 Pero, ¿tú crees que me vendría bien casarme? //
357-8 No te doy un beso, porque estamos solos. // 357-13
—No hagas carreras con el coche, a la vuelta. // 357-28
Frente a casa, estaba el automóvil // 357-31 sandwiches //
357-33 con unos saltos menudos, que hicieron oscilar // 358-8
de mimbre, que habían colocado // 358-14 Y ¿doña Pura?
// 358-20 de la camisa de don Antonio, salían // 359-1 Pero
señoras, que // 359-34 shorts // 360-33 Y, ahora en serio,
señores. // 360-33 Yo que soy ya viejo, // 361-2 y joven,
como el más joven // 361-28 A lo mejor, se retrasa // 362-4
después ellos, y, unos metros // 362-13 ¡Que se callen esos

niños! // 362-17 obscuridad // 363-1 domeñar // 363-14
chiclé // 363-24 obscuridad // 364-38 al muchacho, en la
claridad de la ventana // 364-39 y me sonrió, después //
365-5 Nunca ocurrió nada, hasta lo de esa chica. // 366-38
En el pasillo, hizo las primeras preguntas // 367-24 Y ¿le
buscarás? // 368-2 esos pobretones que hemos encerrado? //
368-33 fría y olorosa, cuando nos abrazamos. // 368-35 estos
días, sin darme cuenta. // 369-30 Y ¿qué? // 370-3 Y ¿te
alivia? // 370-11 Con el cine, pasa muchísimo. // 370-15
sandwiches // 370-27 Únicamente, que debía reprimir //
370-30 —Mi madre decía, que sólo los cerdos // 371-11 sandwich // 371-17 obscuro // 371-25 de la camisa, para aflojarse el nudo de la corbata. // 372-1 Después, arregló las
rayas del pantalón, // 372-4 todos los días, dándole la lata
// 372-8 —En cambio yo sí. // 372-9 Alguien, que pueda
hablar con usted, // 372-18 un abogado, que pida la libertad
provisional? // 373-3 Al mirarle, dejó de sonreir // 373-27
movió la nuez, al tragar la cerveza // 373-31 Y con quien //
373-32 y con quien // 375-14 doblada y rasgada estaba //
375-35 Desde ahora, todo tiene que ser distinto. // 376-3 Al
separarme de ella, se contrajo // 376-18 tú y yo, desde el
punto cero. // 376-22 Angus, hipó, // 376-23 —después, reí—
// 377-5 sobre el mantel amarillo, humeaba la sopera. //
377-19 Y ¿qué más decían? // 377-25 Después, entornó la
ventana del patio. // 378-37 Durante un largo rato, elegí revistas, // 379-5 claxones // 379-16 Y ¿tú? // 380-18 —Y ¿de
qué te has enterado? // 380-20 —Pero. ¿Qué te hice yo, Javier? // 382-9 rápidos, sobre sus altos tacones. // 382-21 Durante unos minutos, fui el único cliente // 382-33 había faroles, en otras, // 382-37 Angus, tropecé en un bache. //
383-2 Angus, era // 383-5 Elena, ante el volante. // 385-8
—Pero, ¿sólo ha dicho // 385-13 Se volvió, al entrar yo //
386-27 Entonces, me asustó // 386-29 En el centro de la calle,
corrieron, // 386-31 Poker // 386-34 Y ¿el policía? // 387-18
—dije—, ya me lo han dicho. // 387-20 y a otros, por la
calle // 387-23 con Rafael por alguna de las criadas. //
387-28 Le dije, que todo eso // 388-1 Y ¿qué les preguntó?
// 388-27 Y ¿Joaquín? // 390-8 En el 39, me puse a trabajar... // 391-13 interrogarles, si no es // 391-28 Pero,
¿quién es Margot? // 392-13 asustados, cuando se les detuvo,
// 392-19 Luego, salieron corriendo. // 392-19 Como esos
tipos, que aprietan // 392-32 En la puerta, se volvió. //
393-26 En pocos minutos, estarían todos allí // 394-12 Y

¿Joaquín? // 394-21 Estos, quietos // 395-13 En el silencio,
sonó // 395-18 Somos pequeñas, para que nos cojan presas.
// 395-22 Y ¿vosotros? // 395-24 A lo mejor, había huellas.
// 397-8 el cubo del hielo, para llenarlo // 397-12 arrastré
un sillón, con el empeine // 397-18 En algo, que no se me
ocurría // 397-24 del despacho, se encontraban // 398-37 Nos
adormilamos en los morris, con el calor. // 398-38 Cerca de
las tres, llegó Amadeo. // 399-1 Después de la comida, organizamos // 399-2 A las cinco o seis manos, dejamos las cartas. // 399-12 casi tambaleante junto a Emilio, // 399-17 por
la puerta entornada, distinguí // 399-23 Dijo mi nombre, al
subir los escalones. // 399-25 al sonreir, le rojearon // 399-28
Con el bolígrafo del alguacil, firmé // 400-26 Luego, me abalancé // 401-1 Durante los primeros kilómetros, no hablamos. // 401-15 Mañana bien temprano —se puso el sombrero— empezamos. // 402-17 comptoir // 403-22 Después de
la limonada, pedí una ginebra // 405-24 —Y usted, en el
nuestro. // 406-35 Y ¿a quién le mandaría las flores? //
406-37 Jamás descubre nada, ni pregunta. // 407-27 ¡Adorables niños!, qué asustados se encontrarán // 407-30 después
de comer, te voy a // 407-34 de unos terrenos, que tenemos
en Alicante. // 408-26 De repente, experimenté // 408-32
—Pero, ¿visteis a esa chica? // 409-11 como // 409-17 al
suyo, para exponerme // 409-31 Antes de ducharme, telefoneé a Emilio // 411-23 Desde la veranda, veíamos // 411-25
A la mitad del sendero, comenzó a hablar // 411-29 —Pero,
¿qué quiere? // 411-31 Pero es a ti, a quien busca. // 412-6
En dirección contraria por la calzada, // 412-16 Solicité estas
citaciones, porque... // 413-5 En la barca, que alquilaron //
413-9 quienes // 413-22 —¿Quién lo hizo, entonces? //
413-33 callaron, cuando yo salí // 414-6 Sudaba a chorros,
cuando // 414-16 intranquila. Se huele las cosas. // 414-22
Descansaba, de vez en cuando, // 414-32 En el living, hablaban las mujeres. // 415-9 —Pero, ¿bien? // 415-20 No me
extrañaría nada, que tus padres // 415-25 las ropas, que //
415-33 —Ya veréis, cuando se entere. // 417-24 Estuvimos
por la carretera, hasta que fue // 418-1 los sillones, a unos
metros // 418-18 Aquella terca nostalgia, se deshizo // 420-37
—Oh, y tú ¿no? // 420-37 Hay momentos, en que // 421-21
sobre su falda— ahora en serio. // 422-4 en la luz, que //
422-8 por la sombra, sudaba. // 422-12 Antes de llegar a la
playa, me quité la camisa. // 422-13 en cubierta, sobre el
motor // 422-16 insólitamente fría, nadé durante unos minu-

tos. // 422-31 —¡Anda, fría! // 422-35 una enorme palmera, en la espalda. // 423-31 —Pero, ¿estás posando al sol? // 424-10 primero, Juan, y unos pasos

# ÍNDICE DE LÁMINAS

ESTE LIBRO
SE TERMINÓ DE IMPRIMIR
EL DÍA 5 DE ENERO DE 1990

*clásicos* **Castalia**

# ÚLTIMOS TÍTULOS PUBLICADOS